Une mère prise au piège

MARIE FERRARELLA

Un protecteur aux yeux bleus

Traduction française de
LISA BELLONGUES

BLACK ROSE

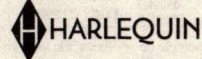

Collection : BLACK ROSE

Titre original :
CAVANAUGH WATCH

Ce roman a déjà été publié en 2012

© 2006, Marie Rydzynski-Ferrarella.
© 2012, 2021, HarperCollins France pour la traduction française.

Ce livre est publié avec l'autorisation de HARLEQUIN BOOKS S.A.

Tous droits réservés, y compris le droit de reproduction de tout ou partie de l'ouvrage, sous quelque forme que ce soit.
Toute représentation ou reproduction, par quelque procédé que ce soit, constituerait une contrefaçon sanctionnée par les articles 425 et suivants du Code pénal.

Si vous achetez ce livre privé de tout ou partie de sa couverture, nous vous signalons qu'il est en vente irrégulière. Il est considéré comme « invendu » et l'éditeur comme l'auteur n'ont reçu aucun paiement pour ce livre « détérioré ».

Cette œuvre est une œuvre de fiction. Les noms propres, les personnages, les lieux, les intrigues, sont soit le fruit de l'imagination de l'auteur, soit utilisés dans le cadre d'une œuvre de fiction. Toute ressemblance avec des personnes réelles, vivantes ou décédées, des entreprises, des événements ou des lieux, serait une pure coïncidence.

Le visuel de couverture est reproduit avec l'autorisation de :
© STEPHEN CARROLL 2015

Tous droits réservés.

HARPERCOLLINS FRANCE
83-85, boulevard Vincent-Auriol, 75646 PARIS CEDEX 13
Service Lectrices — Tél. : 01 45 82 47 47 - www.harlequin.fr
ISBN 978-2-2804-5658-6 — ISSN 1950-2753

Composé et édité par HarperCollins France. Achevé d'imprimer en janvier 2021.
par CPI Black Print - Barcelone - Espagne
Dépôt légal : février 2021.

Pour limiter l'empreinte environnementale de ses livres, HarperCollins France s'engage à n'utiliser que du papier fabriqué à partir de bois provenant de forêts gérées durablement et de manière responsable.

1

Une détonation retentit, suivie d'une série d'explosions évoquant les pétarades d'un moteur.

Cependant, pour toute personne ayant un tant soit peu d'expérience, c'était un bruit facilement reconnaissable, celui de coups de feu.

Quand la fusillade éclata, Janelle Cavanaugh se tenait au pied de l'escalier du tribunal du comté en compagnie de Stephen Woods, le substitut du procureur. Des cris de terreur s'élevèrent tandis que, instinctivement, elle se tournait en direction du bruit. L'instant d'après, elle se trouva précipitée au sol avec tant de force qu'elle en eut le souffle coupé. Par bonheur, elle eut le réflexe de se protéger la tête en tombant, sans quoi elle se serait à coup sûr retrouvée à l'hôpital avec une commotion cérébrale.

Dans le même temps, quelqu'un s'abattit sur elle, l'écrasant sous son poids. Un homme, grand et athlétique. Et diablement lourd.

Elle crut d'abord qu'il avait été touché et qu'il était inconscient, voire mort. Puis, en sentant son souffle contre sa joue, elle comprit qu'il n'en était rien. Il ne semblait éprouver aucune difficulté à respirer, ni même, d'ailleurs, ressentir la moindre frayeur.

— Ne bougez pas ! ordonna-t-il d'un ton sans réplique alors qu'elle tentait de se dégager.

Il avait une voix grave, autoritaire. Janelle se demanda si donner des ordres était une seconde nature chez lui ou simplement un moyen de masquer sa peur. Quoi qu'il en soit, il s'exprimait avec la douceur d'un sergent instructeur !

Elle tendit l'oreille. Ayant grandi parmi une nuée de frères et de cousins aussi turbulents que farceurs, elle avait dû, très tôt, s'exercer à rester vigilante. Malgré les cris de panique assourdissants, elle perçut le retour du silence à l'arrière-plan. Les coups de feu avaient cessé.

Elle s'avisa alors que son bouclier humain était toujours couché sur elle, son corps étroitement collé au sien. Tout en affectant de jouer les héros, l'homme n'hésitait visiblement pas à profiter de la situation !

— Le tireur est parti, lui dit-elle. Dans votre propre intérêt, je vous conseille de me lâcher !

— Un simple merci suffira, grommela-t-il près de son oreille.

Sur ces mots, il se remit debout et, sans un sourire, lui tendit la main pour l'aider à se relever.

Quel odieux personnage ! L'ignorant, elle se mit sur ses pieds et rajusta sa veste.

L'âme masculine n'ayant pas de secrets pour elle, elle savait reconnaître un macho quand elle en voyait un. En l'occurrence, il lui avait suffi d'un coup d'œil pour comprendre qu'elle se trouvait face à un spécimen de la plus belle espèce.

Elle regretta d'avoir attaché ses cheveux : une moue de mépris avait toujours plus d'impact si elle était soulignée par un mouvement de tête qui faisait valser sur ses épaules sa longue chevelure blonde.

Janelle avait conscience de susciter beaucoup d'intérêt — souvent malveillant, hélas ! —, et ce à double titre : elle était la fille du chef de la police d'Aurora et, à vingt-neuf ans, la plus jeune assistante du substitut du procureur de la ville.

Pourtant, jusqu'ici, elle n'avait encore jamais été prise pour cible.

« Cet attentat n'a probablement rien à voir avec toi », se dit-elle.

Elle baissa néanmoins les yeux pour s'assurer qu'elle n'était pas blessée. Après l'assaut musclé qu'elle venait de subir, elle était tout endolorie mais, à part quelques traces de poussière sur ses vêtements, elle n'avait rien.

En relevant la tête, elle surprit son garde du corps improvisé en train de la détailler froidement. Sentant presque courir sur sa peau les yeux d'un bleu profond, elle frissonna.

Elle faillit lui demander s'il cherchait quelque chose ou si le spectacle lui plaisait, mais elle n'avait pas de temps à perdre en futilités — elle avait trop à faire pour se lancer dans des discussions stériles.

— Merci, dit-elle finalement de mauvaise grâce.

Elle l'aurait de toute façon remercié pour son intervention, mais elle n'appréciait pas d'avoir été rappelée à l'ordre.

L'homme inclina la tête, et les commissures de ses lèvres se relevèrent imperceptiblement. Des lèvres qui paraissaient peu accoutumées à sourire.

— Voilà des remerciements qui manquent singulièrement de chaleur !

Ignorant sa remarque, Janelle jeta un coup d'œil autour d'elle. Au moment où les coups de feu avaient éclaté, une dizaine de personnes venaient de sortir du tribunal, dont elle-même, son sauveur et Stephen Woods, le substitut du procureur. Quelques-unes avaient cherché refuge plus bas dans la rue, et les autres s'étaient jetées à terre.

Désagréablement consciente d'être observée, elle contourna l'homme qui restait campé devant elle.

Pourquoi la regardait-il ainsi ? Et d'abord, qui était-il ? Elle croisait beaucoup de monde, dans son métier, et plus encore chez son oncle Andrew, l'ancien chef de la police, qui adorait recevoir. Si sa mémoire était bonne, elle ne l'avait jamais rencontré.

Habituée depuis le plus jeune âge à prendre des initiatives, elle lança à la cantonade, d'une voix aussi calme que possible :

— Y a-t-il des blessés ?

Non loin de là, le substitut du procureur, pour qui elle travaillait depuis le début de l'année, se relevait. Il semblait passablement secoué.

— Stephen ? demanda-t-elle avec inquiétude.

Passant une main dans ses cheveux un peu trop noirs, Stephen Woods mit un moment à se ressaisir.

— Je vais bien, Janelle, assura-t-il.

Semblant alors s'apercevoir de sa négligence, il ajouta vivement :

— Et vous ?

Elle lui sourit et ôta une feuille morte accrochée à sa jupe bleu marine.

— Il en faut plus pour m'impressionner, répondit-elle.

Autour d'eux, les autres commençaient à se relever, apparemment indemnes. Dieu merci, il y avait eu plus de peur que de mal, songea-t-elle.

— Nous avons eu de la chance que le tireur ne sache pas viser, lança-t-elle.

— Ou, au contraire, qu'il vise très bien, fit une voix dans son dos.

Elle se retourna vers son sauveur, qui était en train

d'enlever sa cravate. Il la fourra dans la poche de son veston marron clair.

— Peut-être cherchait-il simplement à donner un avertissement à quelqu'un, poursuivit-il sans préciser davantage sa pensée.

— Quel avertissement ?

Aucune trace d'émotion dans son regard ou sur ses traits burinés, nota Janelle. De toute évidence, cet homme avait des nerfs d'acier.

— Quelque chose du genre : « Tenez-vous à carreau sinon, la prochaine fois, je ne vous raterai pas », dit-il d'une voix menaçante qui aurait aussi bien pu être celle du tireur.

Qui diable était-il ? se demanda de nouveau Janelle. Avait-il quelque chose à voir dans tout cela ?

— « Tenez-vous à carreau » ? C'est-à-dire ? s'enquit-elle.

Il haussa nonchalamment les épaules.

— Ne témoignez pas, laissez tomber cette affaire, ne menez pas trop loin cette enquête… A vous de choisir, conclut-il, croisant son regard.

Il fallut plusieurs secondes à Janelle pour détourner les yeux. Quand enfin elle parvint à rompre le contact, elle eut l'impression qu'elle venait de subir un véritable examen, d'avoir été littéralement mise à nu.

Elle regarda l'inconnu déboutonner son col. On aurait dit un prisonnier qui voit enfin s'ouvrir la porte de sa cellule. Cette image, familière, lui donna envie de sourire. Ses trois frères aussi détestaient porter une cravate, ce qui ne manquait pas d'ironie, étant donné qu'ils y étaient contraints cinq jours sur sept — et parfois plus, lorsque les affaires sur lesquelles ils enquêtaient exigeaient qu'ils travaillent le week-end.

C'était probablement en grande partie à cause de cette

aversion pour l'uniforme que son frère Jared s'était montré si empressé de s'engager comme agent d'infiltration l'année précédente. Il n'avait pas eu à mettre de cravate pour jouer le rôle de chef cuisinier dans un restaurant à la mode servant de façade au blanchiment d'argent. L'opération avait été un succès, ce qui lui avait valu d'être récompensé et lui avait permis, indirectement, de rencontrer sa femme.

Janelle était désormais la seule de sa famille à être encore célibataire. Hormis son père, bien sûr. Mais Brian Cavanaugh avait lui aussi été marié, pendant vingt-cinq ans, avant de devenir veuf.

Elle-même n'avait jamais offert son cœur à quiconque, même si elle avait à une époque songé à sauter le pas. Avec Barry, rencontré au temps où elle officiait comme stagiaire chez le juge Teal.

Mais Barry avait perdu toutes ses chances lorsque, un soir, il lui avait annoncé son intention de « l'extraire du troupeau » — le « troupeau » faisant bien entendu référence au clan Cavanaugh. Selon lui, Janelle lui accordait moins d'attention et d'affection qu'à sa famille.

Il était fils unique et doté de parents à peu près aussi chaleureux que des robots, c'est pourquoi la notion de loyauté familiale lui était totalement étrangère. Il ne comprenait pas pourquoi le petit déjeuner dominical chez l'oncle Andrew, qui réunissait tout le monde autour de sa grande table, avait tant d'importance à ses yeux.

Leur histoire s'était terminée avant même d'avoir vraiment commencé. Cela faisait presque deux ans qu'ils s'étaient séparés, et la famille comptait alors encore quelques célibataires.

Il ne restait plus qu'elle, à présent. Et son père…

Elle secoua la tête. Que lui prenait-il donc ? D'où lui

venaient ces pensées saugrenues ? Ce devait être le choc. Elle était certainement en train d'expérimenter quelque chose de comparable au vécu de ces personnes qui, frôlant la mort, voient défiler leur vie en une fraction de seconde. A ceci près qu'elle n'avait pas précisément eu conscience que sa vie était menacée avant la fin de la fusillade.

En tout cas, elle avait du mal à se concentrer sur l'instant présent. Il s'agissait probablement d'une réaction différée, songea-t-elle. Cette explication en valait bien une autre.

Son regard revint se fixer sur l'homme de haute taille qui s'était jeté sur elle. Il portait un jean ajusté et un veston confortable. Son visage aux reliefs accusés était de ceux qui retiennent l'attention. En le voyant, on se demandait d'où il venait, qui il était, et quelles expériences avaient ainsi façonné ses traits.

— Vous me semblez bien au courant, dit-elle en l'observant attentivement.

Si sa remarque avait fait mouche, il ne le montra pas.

— Simple déduction logique, répliqua-t-il.

Sans même prendre congé, il traversa la rue et se dirigea vers le parking situé de l'autre côté. Elle le regarda s'éloigner, songeuse. Que fallait-il penser de lui ? Une chose était sûre : il s'était trouvé au bon endroit au bon moment et lui avait probablement sauvé la vie.

Elle le vit s'approcher d'une vieille voiture d'un bleu sombre, qui avait connu des jours meilleurs. Si cet homme était un criminel, il ne devait pas se situer bien haut dans la hiérarchie, décida-t-elle.

— Tu n'as rien, Nelle ?

Se retournant, elle découvrit Dax, son frère, qui paraissait inquiet.

— J'étais à l'intérieur, ajouta-t-il en désignant du pouce les portes automatiques du bâtiment.

Derrière lui, une douzaine de personnes sortaient en toute hâte du tribunal, curieuses de voir ce qui s'était passé. Comme un écho, le mot « fusillade » résonnait dans les talkies-walkies tandis qu'huissiers de justice et agents de sécurité fendaient la foule qui commençait à s'attrouper.

Bien qu'elle n'en soit pas sûre, il lui sembla se rappeler qu'aujourd'hui était le jour où son frère devait témoigner devant un jury d'accusation dans l'une des salles du premier étage. Ces derniers temps, elle avait été trop occupée pour voir sa famille et ne les croisait que par hasard pendant sa journée de travail, au détour d'un couloir.

Elle savait que Dax avait tendance à voir en elle la petite fille ayant du mal à lacer ses chaussures, plutôt que le garçon manqué prompt à se servir de ses poings et à rendre les coups qu'elle était. Elle pria en silence pour qu'il ne la mette pas mal à l'aise devant Stephen Woods.

— Tout va bien, Dax, je t'assure. Un type que je ne connais pas s'est jeté sur moi quand les coups de feu ont éclaté. J'ai les os en miettes mais, à part ça, je me porte comme un charme !

N'accordant visiblement aucun crédit à cette affirmation, Dax la prit par les épaules et l'observa avec attention. Il fallait reconnaître à sa décharge qu'elle avait toujours tendance à jouer les dures à cuire. Cela datait du temps où elle les suivait partout à la trace, Jared, Troy et lui, bien résolue à ne pas se laisser semer et même à leur en remontrer à la moindre occasion. Evidemment, à leurs yeux, elle était plutôt un boulet pendu à leurs basques, mais ils s'étaient toujours montrés très protecteurs avec elle.

Elle se libéra d'un mouvement d'épaules.

— Tant mieux, dit-il. Pour rien au monde je n'aurais voulu être dans l'obligation d'annoncer à papa que sa petite fille chérie s'était fait descendre devant le tribunal.

— Merci ! Ta sollicitude me touche beaucoup, répliqua-t-elle d'un ton railleur.

— Je t'en prie.

Le visage de son frère redevint grave tandis qu'il reportait son attention sur le substitut du procureur.

— L'un de vous deux a-t-il une idée de qui pourrait vous en vouloir ?

— En dehors de ma famille, tu veux dire ? lança-t-elle, pince-sans-rire.

Puis elle ajouta un peu trop vite :

— Non.

A l'instant où le mot franchissait ses lèvres, elle s'aperçut de son erreur. Dax la considéra d'un air sceptique.

Près d'elle, son patron esquissa un léger mouvement.

Pourvu que Stephen ne choisisse pas justement ce moment pour faire preuve de franc-parler ! espéra-t-elle. Parler à Dax du procès capital qu'ils étaient en train de préparer ne ferait qu'inquiéter ce dernier. Et, de toute façon, rien ni personne ne la ferait revenir sur sa décision de s'impliquer dans ce qui s'annonçait comme l'affaire la plus importante de sa carrière. Elle ne rencontrerait peut-être jamais d'autre occasion comme celle-là.

Anthony Wayne, fils de l'un des grands chefs d'une organisation criminelle que la police s'efforçait en vain de démanteler depuis plus de quinze ans, venait d'être inculpé pour possession et trafic de stupéfiants. Etudiant en médecine, Anthony complétait de toute évidence ses revenus en vendant de la cocaïne, empiétant en quelque sorte sur les plates-bandes de son père, Marco.

Comme c'était souvent le cas, le bureau du procureur était tombé sur l'information par hasard. La police avait procédé à l'arrestation de Sam Martinez, un petit malfrat qui encourait une troisième condamnation et risquait de passer le reste de sa vie en prison. En échange d'une promesse de remise de peine, celui-ci leur avait livré le nom de Tony.

Munies d'un mandat, les forces de l'ordre avaient perquisitionné l'appartement de l'étudiant en son absence et y avaient découvert plus d'un kilo de cocaïne. Ils n'avaient eu qu'à attendre son retour pour lui passer les menottes.

Le dossier était solide comme du béton et promettait une victoire facile ; le procureur et tous ceux qui avaient collaboré à cette affaire y gagneraient en prestige.

Janelle se rappela le commentaire de l'inconnu. Et s'il avait vu juste ? Si cet attentat était un avertissement de la part de Marco Wayne ? Il avait peut-être voulu leur signifier qu'ils devaient laisser tomber l'affaire, abandonner les charges contre son fils.

Eh bien, ça ne risquait pas d'arriver ! se jura-t-elle. Ce n'étaient pas quelques balles qui allaient leur faire peur ! Le procureur était un ancien combattant et ne détestait pas se bagarrer de temps à autre. Quant à Stephen Woods, il tenait à connaître son heure de gloire.

Elle crut soudain voir briller une lueur de compréhension dans les yeux de Dax.

Il savait.

Elle aurait dû se douter que l'affaire Wayne s'ébruiterait. C'était couru d'avance... Dans la police, la notion de secret semblait inconnue. Quelles que soient les mesures adoptées, des fuites se produisaient systématiquement. Cela était dû aux liens étroits unissant les services de police et l'autorité judiciaire.

Pour protéger le témoin, le bureau du procureur avait essayé d'étouffer l'affaire jusqu'au procès. A en juger par l'expression de son frère, ils avaient échoué. Mais

Dax, elle l'aurait parié, ne savait pas encore qui allait seconder le substitut.

Elle !

Elle avait mérité cet honneur. Non pas, comme semblaient le croire certaines personnes du Bureau — celles qui ne la connaissaient pas —, parce qu'elle était la fille du chef de la police, mais parce qu'elle travaillait d'arrache-pied pour réussir. Il en était allé de même pour ses frères, ainsi que pour ses cousins, dont le père était l'ancien chef de la police.

Seuls Patrick et Patience n'avaient pas eu à redoubler d'efforts pour faire leurs preuves, car leur père n'était jamais sorti du rang. Michael Cavanaugh avait malheureusement été tué en service alors qu'il n'était encore qu'agent de patrouille en uniforme. Il arrivait malgré tout à Patrick d'être accusé de profiter de la notoriété de son oncle. Patience, elle, n'avait pas eu à subir ce genre d'affront. Ayant opté pour une carrière de vétérinaire, elle était également la seule à travailler dans le civil. Ses contacts avec la police se bornaient à sa famille et son mari.

Janelle avait été désignée comme bras droit dans le procès Wayne deux semaines plus tôt, en récompense du travail et des heures supplémentaires qu'elle avait effectués depuis qu'elle occupait son poste.

Lorsque Stephen Woods l'avait convoquée dans son bureau pour l'informer de cette décision, son premier mouvement avait été d'appeler chez elle pour annoncer à tous la bonne nouvelle. Puis elle s'était ravisée ; elle ne voulait pas qu'ils se fassent du souci pour elle. En tant que policiers, ils connaissaient les risques encourus.

S'affirmer au sein d'un clan essentiellement masculin était parfois difficile, surtout pour une femme. Mais elle préférait cette vie-là à une existence plus tranquille en dehors du cercle familial. Etre une Cavanaugh, se montrer à la hauteur, était crucial à ses yeux et avait toujours constitué sa priorité.

Dax se tourna vers Woods, les sourcils froncés.

— Tout ça a un rapport avec le procès Wayne, n'est-ce pas ?

Il posait la question pour la forme car, manifestement, il connaissait déjà la réponse.

— C'est possible, concéda le substitut.

— A moins qu'il ne s'agisse simplement d'une querelle qui a mal tourné, intervint Janelle avec l'espoir de décourager son frère. Ce pourrait être quelqu'un qui se venge parce qu'on lui a volé sa petite amie. On ne le saura pas avant d'avoir interrogé tout le monde ici…

Elle désigna l'homme qui l'avait protégée des balles et qui s'apprêtait à monter dans sa voiture. Elle se demanda comment il allait caser son mètre quatre-vingt-cinq dans le petit coupé bleu sombre d'un modèle célèbre.

— … Y compris le type, là-bas, qui est en train de grimper dans cet affreux vieux clou.

2

Se tournant légèrement, Dax regarda dans la direction qu'elle indiquait et secoua la tête en souriant.

— Si j'étais chargé d'enquêter sur cette fusillade, je ne perdrais pas de temps à l'interroger.

Au loin, le hurlement des sirènes se fit entendre. Apparemment, quelqu'un avait appelé les secours.

Janelle jeta un coup d'œil curieux à son frère. Que savait-il donc qu'elle ignorait ? Depuis toujours, Troy, Jared, Dax et elle se livraient une âpre concurrence — chacun voulait avoir une longueur d'avance sur les autres, être le premier à savoir, à agir, à atteindre la ligne d'arrivée. Elle plus encore que ses frères.

— Et pourquoi donc ? s'enquit-elle.

Dax considéra l'homme qui venait de monter dans son petit coupé.

— Parce que, s'il pensait que les balles lui étaient destinées, il n'aurait pas l'air d'aussi bonne humeur.

Elle se tourna vers le parking et, mettant sa main en visière, s'efforça de distinguer les traits de l'individu. Il était à peu près aussi expressif qu'une statue de pierre.

Elle eut un petit rire.

— C'est ce que tu appelles « de bonne humeur » ?

A cet instant, un véhicule de patrouille stoppa devant

le parvis du tribunal. Deux policiers en uniforme en sortirent. Woods s'éloigna pour leur parler.

Et voilà, songea-t-elle. Début de l'enquête.

Puis elle demanda :

— Tu le connais ?

Dès le premier regard, elle avait été frappée par l'aura particulière qui se dégageait de l'inconnu. Il y avait chez lui, malgré son calme apparent, quelque chose d'affûté, de nerveux. De dangereux... Elle l'imaginait très bien faisant partie de l'organisation de Marco Wayne. Cela dit, pour autant qu'elle sache, son frère ne connaissait personne de ce milieu. Elle-même n'avait rencontré Tony Wayne qu'une seule fois, le jour de sa mise en accusation. On aurait dit un gosse effrayé, et elle avait presque eu pitié de lui.

Dax salua l'un des policiers d'un signe de tête avant de répondre.

— Je le connais de vue et de réputation.

Il ne se montrait guère coopératif !

— De réputation ? répéta-t-elle en essayant de masquer son impatience. Qui est-ce ? Zorro ?

Il prenait de toute évidence plaisir à ne lui livrer les informations qu'au compte-gouttes. Si elle s'était écoutée, elle l'aurait expédié au sol et immobilisé jusqu'à ce qu'il lui dise ce qu'elle voulait savoir. Cependant, elle doutait que Woods ou les deux officiers de police se montrent très compréhensifs si elle plaquait son frère sur les marches du tribunal du comté.

Il rit.

— Tu ne crois pas si bien dire !

— Dax..., fit-elle d'un ton menaçant.

— Il s'appelle Sawyer Boone.

Elle haussa les sourcils ; ce nom ne lui disait rien.

— Il est enquêteur de police, précisa Dax. Avant, c'était un agent infiltré. Un justicier masqué, comme Zorro, ajouta-t-il avec un petit rire. C'est la première fois que je le vois rasé de près.

— Policier, fit pensivement Janelle. Tout s'explique !

— Comment ça ?

Machinalement, elle remua son épaule endolorie. Il était à parier qu'elle lui ferait encore plus mal demain, ainsi que d'autres parties de son anatomie.

— Quand les coups de feu ont commencé, il s'est jeté sur moi.

Dax hocha la tête, comme si cela ne le surprenait guère.

— Il se peut qu'il t'ait sauvé la vie.

Ils n'en auraient confirmation que lorsque les enquêteurs auraient examiné la scène de crime et retrouvé tous les points d'impact des balles.

— Il aurait aussi pu me briser le cou, objecta-t-elle. Le résultat est nul.

Dax leva les yeux au ciel en soupirant.

— Quoi ? fit-elle.

— Un jour, il te faudra admettre que tu peux avoir besoin des autres.

Elle lui tapota la joue, quelque peu rudement.

— Le jour où ça arrivera, je te le ferai savoir. Tu pourras organiser une petite fête en mon honneur.

— Compte sur moi ! répliqua-t-il en riant.

Tout en lui parlant, il observait les deux policiers qui prenaient la déposition des témoins.

— Il va falloir te mettre sous protection, déclara-t-il soudain.

Quelle étrange suggestion ! Elle décida de ne pas la prendre au sérieux.

— Pour me protéger de qui ? De l'agent Boone ?

Mais Dax ne riait plus.

— De Wayne et de son organisation.

« Oh non ! Je t'en prie, tu ne vas pas t'y mettre aussi ! »

Son père s'inquiétait déjà suffisamment à son sujet, à cause des gens pas toujours recommandables qu'elle était amenée à croiser dans son métier. Elle n'avait pas besoin que son frère s'y mette aussi.

— Rien ne prouve que Wayne est derrière tout ça ! protesta-t-elle.

— Mieux vaut se montrer prudent.

« Prudent » était bien le dernier mot qu'elle aurait employé pour qualifier Dax. A l'âge de neuf ans, il avait eu l'idée de sauter du toit de la maison avec une grande serviette bleue nouée autour du cou, pour voir s'il était capable de voler. Heureusement qu'elle avait eu le temps de courir chercher leur père avant qu'il ne mette son projet à exécution !

— Depuis quand ? s'enquit-elle d'un ton railleur.

— Depuis que j'ai découvert que le formulaire à remplir pour changer de sœur faisait dix pages de long !

Il lui passa le bras autour des épaules.

— Non. En fait, je ne veux pas réellement changer de sœur. J'ai eu trop de mal à te dresser ! Tu es unique en ton genre, Nelle. Des comme toi, on n'en fait plus... Dieu merci !

Il resserra son étreinte et déposa un baiser sur le sommet de sa tête.

— Tu as besoin d'un garde du corps, conclut-il avec simplicité. Tout comme Woods et son témoin à charge.

Ainsi, il savait cela aussi ! La notion de confidentialité n'avait donc plus cours, aujourd'hui ? Tout le tribunal était certainement au courant... Le procès de Tony Wayne n'était plus qu'un secret de Polichinelle.

Cela devait arriver un jour ou l'autre, se dit-elle avec fatalisme. Elle regrettait simplement que ça ne se soit pas produit plus tard.

Elle serra les lèvres. Comme toujours, elle allait devoir se montrer pragmatique et s'arranger pour tirer le meilleur parti de la situation. Avait-elle le choix ?

Il y avait toutefois un point sur lequel elle n'était pas disposée à céder, et cela concernait la question de la garde rapprochée.

Non loin d'eux, Woods achevait de témoigner. Ça allait certainement être son tour.

— Si les choses devaient mal tourner, toi et le reste de la famille pourrez toujours me venir en aide, déclara-t-elle. Mais, d'ici là, j'ai un procès à préparer.

Elle avait hâte de faire sa déposition pour pouvoir ensuite s'atteler à la tâche.

Tirant sur la manche de Dax pour qu'il se baisse un peu, elle planta un baiser sur sa joue.

— Au revoir, grand frère. A bientôt ! dit-elle avant de tourner les talons pour rejoindre les policiers.

— Oui, à bientôt !

Elle s'arrêta net et le regarda par-dessus son épaule. Le ton sur lequel il avait prononcé ces mots ne lui disait rien qui vaille. Il mijotait quelque chose, c'était sûr. Avait-il l'intention de lui servir de garde du corps ? Ou s'était-il mis en tête de lui en trouver un ?

Quoi qu'il en soit, elle décida de ne pas relever. Peut-être qu'en ignorant le problème celui-ci se résoudrait de lui-même.

Au cours des minutes qui suivirent, elle décrivit aux policiers ce qu'elle avait vu avant l'incident — c'est-à-dire pas grand-chose, car elle était en pleine conversation avec le substitut du procureur au moment où le tireur avait fait feu.

L'un des agents prit note de sa déclaration avec un sourire poli. Une fois libérée, elle alla rejoindre Woods. La journée promettait d'être longue ; elle aurait beaucoup à faire avant de pouvoir fermer à clé son bureau et rentrer chez elle, complètement harassée.

S'ils voulaient coincer Tony Wayne, il fallait qu'elle s'assure que le dossier de l'accusation était parfaitement ficelé. Woods et Kleinmann, le procureur, voulaient éviter toute mauvaise surprise une fois le procès commencé.

Ezra Kleinmann était le genre d'homme qui, lorsqu'il arrivait quelque part, attirait tous les regards. Ce n'était pas quelqu'un de doux et effacé, bien au contraire. Cet ancien avocat en droit pénal n'avait pas besoin d'ouvrir la bouche pour en imposer : sa seule présence suffisait. On voyait tout de suite qu'il n'était pas homme à se laisser marcher sur les pieds, et que mieux valait éviter de le sous-estimer ou de le contrarier.

Sa formidable carrure y était sans doute pour quelque chose. Il mesurait pratiquement deux mètres et, s'il n'était pas gros à proprement parler, il ne faisait pas non plus vraiment pitié à regarder. Lorsqu'il s'exprimait, c'était d'une voix retentissante et d'un ton plein d'autorité. Et ceux qui souhaitaient obtenir de l'avancement au sein du Bureau savaient qu'il ne fallait jamais faire fi de son avis.

Dès l'instant où elle entra dans son cabinet de travail, Janelle sut qu'elle allait devoir l'affronter. Il lui suffit de voir l'expression de son visage pour deviner qu'un moment peu agréable l'attendait.

Quelqu'un — elle était prête à parier qu'il s'agissait de Dax — l'avait de toute évidence appelé pour lui annoncer la nouvelle de l'attentat, avant même que Woods et elle n'aient eu le temps de s'en charger. A peine avaient-ils réintégré les locaux des services administratifs qu'ils avaient été convoqués chez leur supérieur.

Assis derrière la table de travail — faite sur mesure — qu'il avait apportée avec lui lors de son entrée en fonction dix-huit ans plus tôt, le procureur s'adossa confortablement au dossier de son fauteuil, croisa les mains sur son estomac et darda sur eux un regard perçant.

« Dites-moi toute la vérité, et rien que la vérité », semblaient leur enjoindre ses petits yeux noirs.

— J'ai appris que vous aviez été pris pour cibles, déclara-t-il.

— Par des tireurs embarqués dans une voiture en marche, précisa vivement Janelle avant que Woods n'ouvre la bouche et ne dramatise la situation.

Kleinmann les considérait, l'air parfaitement serein. Janelle, qui le connaissait bien, savait que ce calme n'était qu'apparent. En réalité, il était inquiet pour eux.

Pourvu qu'il ne lui retire pas l'affaire ! pria-t-elle en silence. Originaire du Sud, il avait des principes d'un autre âge et n'hésiterait pas à la mettre sur la touche s'il le jugeait nécessaire — pour « son bien ».

Au bout d'un moment, il rendit son verdict.

— Vous avez besoin d'un garde du corps. Tous les deux.

Woods hocha la tête en souriant, visiblement soulagé. Janelle aussi se sentait soulagée, mais pas pour la même raison. Elle conservait le dossier, mais elle était loin d'être ravie par la tournure que prenaient les événements. Rien ne lui déplaisait plus que de voir son espace vital envahi sans son accord préalable.

Elle s'efforça de ne pas laisser transparaître sa contrariété.

— Est-ce vraiment nécessaire, monsieur ?

N'importe qui connaissant un peu Kleinmann savait qu'il n'aimait pas que ses ordres soient discutés.

— J'en suis persuadé, répondit-il avec fermeté.

Consciente qu'elle n'aurait pas la moindre chance de gagner si cela devait tourner à la confrontation, elle soupira discrètement.

— Très bien. Je pense que l'un de mes frères pourra...

Secouant sa grosse tête aux cheveux clairsemés, il la fit taire d'un regard.

— Il vous faut une protection vingt-quatre heures sur vingt-quatre. Vos frères ont déjà largement de quoi s'occuper. De plus, ils sont trop proches de vous. Vous trouveriez le moyen de les entortiller.

Le procureur, qui savait très bien qui elle était, connaissait la plupart de ses proches de nom et de réputation. Il lui adressa un sourire quelque peu contraint. De manière générale, sourire n'était pas chez lui un réflexe naturel.

— Ne vous inquiétez pas, mademoiselle Cavanaugh. Tout est déjà réglé.

C'était justement ce qui inquiétait Janelle. Elle fit de son mieux pour conserver une expression neutre.

— Si vite ?

— On ne devient pas procureur en restant assis à regarder voler les mouches, répliqua-t-il d'un ton bref. Et je ne veux pas qu'on pense que je ne sais pas protéger mon personnel, ajouta-t-il en regardant Woods à son tour. Si nous laissons nos propres éléments servir de cibles, de quoi aurons-nous l'air quand nous dirons à un témoin qu'il n'a rien à craindre sous notre protection ? Notre crédibilité serait anéantie et, en un rien de temps, nous fermerions boutique. Je n'ai aucune envie de retourner dans le privé, figurez-vous !

Sa voix puissante résonnait dans la pièce spacieuse — deux fois plus spacieuse que toutes celles de l'étage.

— Je suis trop vieux pour tout recommencer de zéro.

Comme s'il le pensait sincèrement ! songea Janelle avec une pointe d'amusement. Mais, sachant que c'était ce que l'on attendait d'elle, elle protesta pour la forme :

— Vous n'êtes pas vieux, Ezra !

Kleinmann resta un moment silencieux, semblant goûter la plaisanterie.

— Et vous, vous n'êtes pas très subtile, Janelle !

Recouvrant son sérieux, il répéta, les yeux braqués sur elle :

— Je vous place tous les deux sous protection rapprochée. Ainsi que Martinez, le témoin. J'ai déjà signé la réquisition.

Passer par la voie officielle allait prendre du temps. Janelle entrevit une lueur d'espoir.

— Vous connaissez les lenteurs du système judiciaire…

Avec un peu de chance, le temps qu'on leur assigne un garde du corps, le procureur aurait changé d'avis, se dit-elle.

Elle ne pouvait supporter l'idée que quelqu'un la suive partout comme son ombre et lui donne des consignes idiotes. Elle en arrivait même à espérer que l'un de ses frères serait désigné pour cette tâche. Mais, à bien y réfléchir, aucun d'entre eux n'assurait ce genre de mission. Pour cela, il faudrait que son père prenne des dispositions particulières.

Or, le mêler à tout cela était bien la dernière chose qu'elle souhaitait. Aussitôt qu'il serait informé, son unique souci serait de la mettre à l'abri du danger, de l'envelopper dans du coton, comme si elle était en porcelaine.

Certain d'avoir gagné la partie, Kleinmann se paya le luxe d'afficher un petit air satisfait.

— N'ayez pas d'inquiétude, fit-il avec un semblant de sourire. Je connais les bonnes personnes.

Qu'il connaisse les bonnes personnes et qu'il sache obtenir d'elles ce qu'il voulait, quand il le voulait, Janelle n'en doutait pas une seconde. Beaucoup de gens, à Aurora, lui étaient redevables.

Protester ne servirait à rien, elle le savait. Cela risquerait même de lui causer du tort. On n'allait pas très loin dans ce service quand on se mettait Ezra Kleinmann à dos, ce qui ne manquait pas d'arriver lorsqu'on perdait régulièrement des procès ou qu'on le défiait.

Sagement, elle décida d'en rester là, mettant en application l'une des premières leçons que lui avait enseignées son père : choisir judicieusement ses batailles.

Brian Cavanaugh lui avait également appris une chose très importante : savoir accepter la défaite avec grâce, même s'il n'avait lui-même pas souvent été confronté à cette nécessité dans sa vie professionnelle. Sur le plan personnel, en revanche, c'était différent. Il avait perdu son épouse bien-aimée après vingt-cinq ans de mariage et avait eu bien du mal à surmonter ce deuil. C'est pourquoi il avait appris à ses enfants à se préparer au pire, au cas où.

Janelle se contraignit donc à faire bonne figure en dépit de sa contrariété. Elle était forcée d'accepter sans broncher la présence d'un inconnu qui s'immiscerait dans sa vie et lui imposerait sa volonté, certes, mais rien ne l'obligeait à être ravie de cette situation.

— Quand la protection sera-t-elle mise en place ? demanda Woods, visiblement plus détendu.

L'idée qu'un garde du corps allait veiller sur sa sécurité jusqu'à la fin du procès le rassurait, songea-t-elle. Elle savait que son supérieur n'avait que cela en tête depuis la fusillade.

Un peu plus tôt, alors qu'ils rentraient du tribunal, elle l'avait interrogé sur quelques points délicats du dossier. Au vu de ses réponses, elle avait compris qu'il n'était pas en état de réfléchir normalement.

Charitable, elle avait alors changé de sujet.

— N'est-ce pas Adam Shepherd que j'ai aperçu devant le tribunal, juste avant les coups de feu ?

Shepherd était un avocat spécialisé dans les divorces, connu pour faire obtenir à ses clientes d'astronomiques pensions alimentaires, et qui était de ce fait très demandé.

Tiré de sa torpeur, Woods avait confirmé qu'il s'agissait bien de lui, en effet.

— Dans ce cas, il se peut que le tireur soit un ex-mari furieux qui a voulu se venger de Shepherd, avait-elle suggéré, pleine d'espoir.

Son collègue l'avait alors contemplée avec un sourire las.

— Je ne crois pas, Janelle. Mais c'est une jolie théorie.

— Ce n'est peut-être pas qu'une théorie. Les gens sont parfois surprenants.

Hochant la tête, il l'avait regardée dans les yeux.

— Oui, en effet.

Kleinmann enfonça une touche de son téléphone, ce qui la tira de ses pensées.

— Doris, dit-il, envoyez-moi les deux messieurs.

— Il n'y a qu'une personne ici, monsieur, annonça la secrétaire. Un certain M. Novak. Agent Novak.

Le procureur fronça les sourcils.

— Où est l'autre ?

— Il n'est pas encore arrivé, monsieur. Mais il a appelé pour dire qu'il ne tarderait pas.

Kleinmann relâcha le bouton. Il ne fit pas de commentaire, mais Janelle vit saillir une veine de son cou. Ceux qui travaillaient pour lui savaient que c'était mauvais signe et qu'il était sage, dans ces cas-là, de se faire tout petit en attendant l'accalmie.

La porte du bureau s'ouvrit, livrant passage à un homme brun, d'apparence banale, vêtu d'un costume d'une teinte indéfinissable et légèrement froissé.

Novak, sans doute, se dit-elle.

L'homme lui semblait vaguement familier. Sans doute s'étaient-ils déjà croisés quelque part. Il la salua d'un signe de tête auquel elle répondit de la même manière.

Le policier s'avança et tendit la main au procureur, qui la serra.

— John Novak, monsieur.

— Agent Novak, voici mon adjoint, Stephen Woods. Vous êtes chargé de veiller à ce qu'il ne lui arrive rien.

Alors qu'il prononçait ces mots, ils entendirent une porte s'ouvrir et se refermer dans la pièce voisine, puis un bref dialogue s'engager. L'expression de Novak indiqua qu'il reconnaissait la voix du visiteur.

« Mon garde du corps, probablement », songea Janelle.

Se préparant mentalement à cette rencontre, elle se retourna… et n'en crut pas ses yeux. L'homme qui entra quelques instants plus tard n'était autre que celui qui s'était jeté sur elle moins d'une heure auparavant.

Décidément, les choses allaient de mal en pis, songea-t-elle sombrement.

3

Sawyer ne chercha pas à cacher son mécontentement.

Sauf lors d'opérations d'infiltration — et encore, seulement en cas de nécessité vitale —, il n'était pas partisan du mensonge. Selon lui, sourire maintenant reviendrait à mentir.

L'idée de devoir faire du baby-sitting, il ne voyait pas comment appeler ça autrement, pour l'assistant du procureur ne lui plaisait pas beaucoup.

Ce genre de mission n'était plus de son âge, et bien en dessous de ses capacités.

Il était Sawyer Boone, enquêteur confirmé, ancien de la police de Los Angeles, et n'avait aucune envie de servir de garde du corps à cette espèce de pimbêche.

Il voulait être sur le terrain, faire son métier d'agent infiltré et s'acquitter de missions périlleuses, même si l'une d'elles finirait sans doute par lui coûter la vie un jour.

Ce ne serait pas plus mal. Ainsi, il n'aurait pas à se charger lui-même de mettre un terme à son existence. Il n'y avait pas d'autre moyen de faire cesser les cauchemars qui le hantaient jour et nuit depuis la disparition d'Allison.

Sa fiancée avait trouvé la mort moins d'un mois avant leur mariage. Une fin absurde, injuste. Elle s'était simplement trouvée au mauvais endroit au mauvais moment. Alors que, dans sa voiture, elle attendait qu'un feu de signalisation passe au vert, elle avait été touchée par une balle perdue. Un règlement de comptes entre deux gangs : un voyou avait canardé le domicile d'un rival depuis un véhicule en marche, volant la vie de sa future femme.

Si Allison avait été moins généreuse et désintéressée, si elle n'avait pas travaillé dans ce centre d'assistance juridique gratuite, si elle avait accepté de rejoindre le cabinet de Beverly Hills au lieu de marcher sur les traces de son père, elle serait encore là aujourd'hui.

Ou plutôt, pensa sombrement Sawyer en dévisageant l'une après l'autre les personnes qui se trouvaient dans le bureau du procureur, il serait là-bas, lui. Avec elle. Il vivrait dans le sud de la Californie avec Allison, et non ici. Et il ne serait pas aujourd'hui dans l'obligation de jouer les baby-sitters auprès de la fifille chérie du chef de la police, tout ça parce qu'un ou deux coups de feu avaient effarouché cette mijaurée.

En rentrant du tribunal, où il s'était rendu pour témoigner, il avait trouvé l'inspecteur Richard Reynolds, son supérieur, dans son bureau. Au début, il avait cru que le chef, informé de l'attentat, voulait l'interroger en détail sur ce qui s'était passé. Puis il avait compris que Reynolds était venu le charger d'une nouvelle mission. Et du seul genre de mission qu'il aurait refusé s'il en avait eu la possibilité ce qui, hélas ! n'était pas le cas.

L'incident s'était produit moins d'une heure plus tôt, et déjà la demande d'attribution de gardes du corps avait été lancée et acceptée. Aucune paperasserie ni procédure administrative n'était venue retarder la décision.

De toute évidence, se dit-il avec cynisme en toisant la petite blonde en tailleur bleu marine, la police d'Aurora était capable de faire diligence lorsqu'il le fallait.

Protester n'aurait servi à rien. Il venait de boucler une

affaire et était donc disponible. Le fait qu'il n'avait aucun lien avec cette femme ou sa famille avait été déterminant aussi aux yeux de ses supérieurs.

— Je me suis laissé dire que Mlle Cavanaugh avait un caractère bien trempé, avait dit Reynolds. Comme toutes les femmes de cette famille, avait-il ajouté en baissant la voix. Le procureur a spécifié qu'il voulait un garde du corps qui ne se laisse pas intimider.

Eh bien, il correspondait tout à fait à ce profil, songea Sawyer. Il n'était pas homme à se laisser intimider par qui que ce soit, et surtout pas par une femme qui estimait que son nom lui valait un traitement de faveur.

Il l'étudia avec plus d'attention, comme il l'aurait fait avec n'importe qui. Il examinait systématiquement tous ceux qu'il rencontrait dans le cadre d'une mission, car la survie du « client » dépendait en grande partie du sens de l'observation de son garde du corps.

Un mètre soixante-cinq environ, une ligne parfaite, des cheveux couleur de miel rassemblés en queue-de-cheval qui lui dégageait le visage.

Il fallait reconnaître qu'elle était plutôt agréable à regarder, mais cela ne changeait rien à l'affaire. Il n'avait absolument pas envie de jouer les nounous.

Même si l'organisation criminelle à laquelle ils s'attaquaient était redoutable, ce qui s'était produit devant le tribunal une heure plus tôt n'était à ses yeux qu'un incident isolé, un simple avertissement. Rien de plus.

Salvatore Perelli, le patron à qui Marco Wayne avait fait serment d'allégeance, n'allait pas se lancer dans une guerre non officielle avec la police d'Aurora ou le bureau du procureur, gaspiller de l'argent et des effectifs pour un simple voyou, même si le voyou en question était le fils de Marco.

Wayne avait sans nul doute agi pour son propre compte, tout en ayant conscience d'avancer en terrain miné. Afin de ne pas contrarier son patron — et mettre ainsi sa propre vie en danger —, il s'était contenté, selon toute probabilité, de leur envoyer un petit coup de semonce.

Plus vite il en aurait terminé avec cette mission, mieux ce serait, se dit Sawyer.

Lorsque Janelle croisa le regard de l'enquêteur, la connexion fut instantanée. Ce fut comme si un courant passait entre eux, et qu'elle avait soudain accès à toutes ses pensées.

Ce qu'elle y lut n'était guère flatteur.

Elle redressa les épaules.

Cet homme se croyait capable de marcher sur l'eau, elle le voyait à son expression, à son regard, et même à sa façon de s'avancer vers eux. Il paraissait encore plus revêche que tout à l'heure, quand il l'avait précipitée sur le trottoir.

Et lui avait fait un rempart de son corps, dut-elle reconnaître.

Même quand ça ne l'arrangeait pas, elle s'efforçait toujours d'être juste. Et la vérité, c'était qu'elle lui devait une fière chandelle. Elle aurait pu être sérieusement blessée, voire tuée, s'il n'était pas intervenu.

Ce n'était que dans le secret de son cœur qu'elle admettait parfois n'être pas aussi invincible qu'elle le prétendait. Elle fronça les sourcils. Lui étant, bien malgré elle, redevable, elle pouvait difficilement faire savoir en sa présence qu'elle ne voulait pas de lui comme garde du corps.

Zut ! pesta-t-elle intérieurement.

Elle tourna les yeux vers son employeur.

— Etes-vous *vraiment* certain que ce soit nécessaire ?

demanda-t-elle, tentant de faire appel à son légendaire sens de l'économie.

Ce genre de service coûtait en effet très cher à la communauté.

— Notre réaction est peut-être exagérée, ajouta-t-elle.

Elle avait dit « notre » en pensant « votre », en espérant qu'ainsi ce reproche masqué ne serait pas trop criant.

Kleinmann lui fit signe d'approcher du bureau. Se préparant mentalement à subir un sermon, elle obtempéra. Il se pencha vers elle pour lui parler à voix basse, comme s'il préférait éviter que les autres ne l'entendent. Elle remarqua que seul Woods paraissait tendre l'oreille. Son futur garde du corps, lui, semblait aussi vivant qu'un bloc de marbre ; il ne clignait même pas des yeux.

— Votre père me couperait la tête et l'exposerait sur un piquet au milieu de la ville si je restais les bras croisés, et s'il vous arrivait quelque chose par la suite !

— Si tel devait être le cas, ce que je ne crois pas, répliqua-t-elle vivement, je prendrais les torts sur moi. Je lui dirais que c'est ma faute, que j'ai refusé d'être mise sous protection.

A en juger par l'expression de Kleinmann, elle aurait tout aussi bien pu lui réciter *l'Iliade* en grec ancien : son petit discours ne lui fit aucun effet. Sa décision était prise, et rien ne l'en ferait démordre.

Le fait que son père occupe dans la hiérarchie policière une position équivalente à celle de Kleinmann était parfois plus un inconvénient qu'autre chose. Elle était fière de lui, évidemment, mais être la fille du chef de la police lui valait indéniablement bien des désagréments. Bien que son orgueil et sa détermination lui aient toujours interdit de se servir de son nom, les gens pensaient malgré tout qu'elle bénéficiait d'un traitement de faveur et devait sa rapide ascension à l'appui de son père.

Dire qu'elle se faisait un point d'honneur de ne jamais parler devant lui de ce qui se passait au sein du bureau du procureur ! C'était trop injuste.

Lorsque, comme maintenant, elle devait payer le prix du favoritisme sans en avoir jamais eu les avantages, elle en venait presque à regretter de *ne pas* avoir tiré profit de sa situation.

Sauf que ce n'était pas son mode de fonctionnement et qu'elle n'avait pas été élevée ainsi.

« La vertu est une récompense en soi », lui avait maintes fois répété son père. Dans des moments comme celui-là, mieux valait en être convaincue…

Elle étouffa un soupir de résignation. Peu importait la façon dont elle avait été éduquée ; elle était une fois de plus punie de s'appeler Cavanaugh.

Elle parviendrait à s'en accommoder, se dit-elle. Ou, tout du moins, à se montrer polie.

Se tournant vers l'homme que le destin et le procureur semblaient déterminés à lui imposer, elle tendit la main.

— J'imagine que vous et moi allons passer un peu de temps ensemble.

Il regarda sa main puis, après une seconde d'hésitation, la serra brièvement, se comportant comme si tout contact en dehors de l'exercice de ses fonctions lui répugnait.

— Comme vous dites.

Eh bien ! Ça promettait d'être une vraie partie de plaisir ! songea-t-elle.

Comment était-il possible, à moins d'être ventriloque, de parler sans remuer les lèvres ? Il s'exprimait sans quasiment bouger les muscles du visage. Si elle avait été moins avisée, elle aurait été tentée de croire qu'il communiquait par télépathie. Mais, de toute évidence, elle n'était pas seule à avoir entendu sa voix grave et profonde.

Fermement décidée à ne pas faire de vagues, elle retint à grand-peine le commentaire cinglant qui lui brûlait les lèvres. En intégrant le bureau du procureur, elle savait que tout ne serait pas rose, qu'il y aurait des moments éprouvants, mais elle pensait que ces désagréments se limiteraient aux horaires à n'en plus finir et à la surcharge de travail. Jamais elle n'aurait imaginé devoir supporter la présence d'un homme qui ressemblait à Dark Vador — même en mieux…

Elle reporta son attention sur Kleinmann qui, pour une raison connue de lui seul, paraissait assez content de lui. On voyait bien que ce n'était pas lui qui aurait à traîner à ses basques un grand baraqué mutique.

— Combien de temps ? demanda-t-elle.
— Jusqu'à la fin du procès.

Le procureur sembla considérer sa réponse, puis ajouta :
— Peut-être plus longtemps.

Janelle écarquilla les yeux. S'agissait-il d'une torture spécialement destinée aux assistants du procureur, d'une sorte de rite initiatique ?

Comptant sur un peu de soutien de sa part, elle jeta un coup d'œil à Woods. Mais, contrairement à elle, il ne semblait absolument pas contre l'idée d'avoir de la compagnie vingt-quatre heures sur vingt-quatre. C'était donc à elle de fixer les limites.

— Plus longtemps ? répéta-t-elle. Pourquoi ?
— A cause des représailles, répondit le procureur. Quand nous aurons fait condamner le prévenu.

De toute évidence, il n'envisageait même pas l'éventualité d'un échec. Personne n'aimait perdre, Kleinmann moins que quiconque.

— Je parviendrai peut-être à convaincre l'avocat de Tony Wayne d'accepter une négociation de peine, suggéra Woods.

Kleinmann secoua la tête.

— J'en doute. Après avoir appris la nouvelle de l'attentat, il se dira que l'avantage est dans son camp.

— Il ne s'agit pas d'un match mais de justice ! s'indigna Janelle.

Elle vit Sawyer Boone lever les yeux au ciel. Cette mimique était-elle une marque de mépris, ou une bizarre façon d'exprimer son amusement ? Elle lui fit face, à bout de patience.

— Oui, monsieur Boone ? Quelque chose à dire ? Pourquoi ne pas vous exprimer à haute voix et nous faire profiter de votre sagesse ?

Sawyer n'avait jamais aimé se faire remarquer, que ce soit à Los Angeles ou ici. Il n'était pas de ces gens qui ont besoin d'attirer l'attention ou qui rêvent de se retrouver sous le feu des projecteurs. Il n'aspirait qu'à une chose : faire son travail et rentrer chez lui tranquillement.

— Rien, répliqua-t-il sèchement.

Elle dut se contenter de cette réponse, du moins jusqu'à ce que le procureur ait mis un terme à l'entretien.

Lorsqu'ils eurent enfin quitté le bureau de Kleinmann et qu'ils furent hors de portée des oreilles de sa secrétaire, dont l'ouïe était extrêmement fine, Janelle s'arrêta brusquement et se tourna vers l'homme qui marchait à son côté.

— Pourquoi avez-vous levé les yeux au ciel, tout à l'heure ?

Il ne s'attendait pas à cette halte soudaine et fut surpris par le ton belliqueux de la jeune femme. Il n'avait aucune envie de s'engager dans une discussion ou un échange d'idées avec elle. Pour lui, elle ne représentait qu'un travail, au même titre qu'une opération d'infiltration visant à démanteler un réseau de trafiquants de drogue — comme celle qui avait motivé sa présence au tribunal ce matin.

A cette différence près que, dans le second cas, il avait joué un rôle, adopté une façon de parler, s'était inventé un personnage créé de toutes pièces. Là, il était censé être Sawyer Boone, enquêteur de police à Aurora… ce qui était bien plus difficile. Car être soi-même impliquait une certaine notion de partage.

La seule fois où il s'était livré à une femme, elle lui avait été enlevée.

— Croyez-moi, il vaut mieux que vous ne le sachiez pas.

C'était là une réaction typiquement machiste, ou elle ne s'y connaissait pas ! pensa Janelle. Bien qu'elle ait toujours vécu entourée d'hommes, elle n'avait jamais été véritablement confrontée à la discrimination sexuelle. On évaluait ses compétences en tant que personne ou membre du clan Cavanaugh, mais pas en tant que femme immergée dans un monde masculin.

— Si je n'avais pas souhaité connaître la réponse, dit-elle d'un ton égal, je n'aurais pas posé la question.

Il l'étudia pendant un long moment, comme s'il pesait le pour et le contre, avant de répondre :

— Pourquoi j'ai levé les yeux au ciel ? Parce que, si vous croyez qu'il est question de justice ici, vous êtes plus naïve que vous n'en avez l'air !

— Ah ? Et de quoi ai-je l'air ?

— D'une parfaite midinette !

En temps normal, se faire qualifier de « midinette » n'aurait nullement affecté Janelle, car elle n'avait pas de problème d'estime de soi. Toute personne la connaissant savait de quoi elle était capable. Cependant, pour une raison qui lui échappait, chaque mot que proférait cet homme — même le plus banal — la faisait sortir de ses gonds.

Elle ne se fatigua pas à le contredire ou à le remettre à sa place. Elle avait en tête une question plus importante.

— Si assurer ma protection vous est tellement pénible, pourquoi ne pas avoir refusé la mission ?

— J'ai fait savoir que je n'en voulais pas, dit-il simplement. Mais ça n'a servi à rien.

Se remettant en marche, il prit la direction du bureau de Janelle, de l'autre côté du bâtiment. Apparemment, il connaissait le plan de l'étage.

— Eh bien, vous n'êtes pas le seul ! lança-t-elle.

Il la regarda, et elle crut distinguer un éclair de surprise dans ses yeux.

— Mais je suppose, poursuivit-elle, que nous allons devoir tous deux faire contre mauvaise fortune bon cœur.

Sawyer resta coi et salua cette dernière remarque d'un imperceptible hochement de tête, tâchant de ne pas laisser paraître son étonnement. Il n'aurait pas cru que quelqu'un d'aussi scandaleusement gâté qu'elle refuserait la protection d'un garde du corps.

Il devait y avoir anguille sous roche... Peut-être avait-elle espéré attirer ainsi l'attention sur elle et, indirectement, faire de la publicité à l'affaire Wayne ? Et, qui sait, obtenir de cette façon un changement de juridiction ? Cela s'était déjà vu.

— Je tiens à préciser, reprit-elle alors qu'ils arrivaient devant son bureau, que cette situation me déplaît autant qu'à vous.

Pour la première fois depuis qu'il était venu à son secours, un sourire fugitif se dessina sur les lèvres de Sawyer.

— Cela m'étonnerait fort, mademoiselle Cavanaugh.

Sans faire de commentaire, Janelle ouvrit la porte et entra dans son minuscule cabinet de travail, qu'elle surnommait affectueusement son « cagibi ». Lorsque Woods le lui avait attribué, elle n'avait pas protesté ; elle n'était pas exigeante.

La pièce n'était ni plus en désordre ni plus encombrée qu'avant son départ pour le tribunal ce matin, mais la présence de quelqu'un d'aussi imposant — un homme dont elle percevait presque la chaleur — la faisait paraître encore plus exiguë.

Elle regarda autour d'elle, s'efforçant de voir les lieux avec les yeux de son garde du corps.

— Je ne sais vraiment pas où je vais vous mettre, dit-elle enfin.

— Ne vous inquiétez pas, je m'occupe de moi. Et de vous, ajouta-t-il après une courte pause.

Elle eut l'impression irritante de recevoir une mise en garde. Or, elle détestait qu'on la traite en enfant irresponsable. Pouvoir contrôler, diriger les opérations était très important à ses yeux. Aussi loin que remontaient ses souvenirs, elle s'était battue pour acquérir ce droit. Chez elle, on ne l'accordait que s'il était mérité ; le respect se gagnait. Cette nouvelle épreuve s'annonçait rude.

Elle lui indiqua une chaise contre le mur.

— Vous pouvez vous asseoir là, si vous voulez.

Sans piper mot, Sawyer attrapa la chaise par le dossier et l'approcha du bureau. Mais il ne s'assit pas pour autant.

A cet instant, le téléphone sonna. Janelle réprima un soupir de soulagement. Toute distraction venant rompre cet étouffant tête-à-tête était bienvenue.

Elle posa la main sur le combiné et s'éclaircit la voix avant de décrocher.

— Cavanaugh, dit-elle d'un ton brusque.

Pas de réponse. Au début, elle crut qu'il s'agissait d'une erreur, mais son correspondant ne raccrocha pas précipitamment, ne bredouilla pas de vague excuse et ne demanda pas d'une voix incertaine à parler à un parfait inconnu. Elle insista :

— Allô ?

Cette fois, elle obtint une réponse.

— Vous êtes Janelle Cavanaugh ?

La voix était grave, sonore. Elle tendit l'oreille, se demandant si c'était l'un de ses frères ou de ses cousins qui lui jouait un tour.

— Oui, c'est bien moi.

Il y eut un autre silence, comme si l'inconnu au bout du fil prenait le temps d'étudier sa voix.

— Il est innocent, déclara-t-il enfin.

Elle fronça les sourcils. Elle n'était vraiment pas d'humeur à plaisanter.

— Qui est à l'appareil ?

Du coin de l'œil, elle vit Sawyer se redresser, soudain attentif.

— Marco Wayne, répondit son interlocuteur.

Il avait une voix ferme mais empreinte d'émotion. Janelle en fut étonnée.

— Mon fils est innocent, répéta-t-il.

— Monsieur Wayne...

A peine prononça-t-elle ce nom que Sawyer fut près d'elle. A en juger par la dureté de son expression, on aurait pu croire qu'une bombe, commandée à distance depuis l'autre bout de la ligne, allait lui exploser au visage. Gênée par son manque de discrétion, elle lui tourna le dos. Peine perdue ! Il contourna le bureau pour lui faire face.

Génial ! se dit-elle. N'y avait-il donc pas moyen d'avoir deux minutes de tranquillité ?

— Monsieur Wayne, répéta-t-elle, cela est totalement inapproprié. Vous n'avez pas le droit de m'appeler à ce sujet. Ou pour quoi que ce soit d'autre, ajouta-t-elle vivement avant qu'il n'ait eu le temps de protester.

Si elle espérait se débarrasser de lui, elle se trompait.

— Je vous appelle parce que vous êtes impliquée dans ce procès, et que je veux que vous compreniez que mon fils n'est pas coupable du crime dont on l'accuse.

— S'il n'est pas coupable, dit-elle davantage pour la forme qu'autre chose — car tous les indices qu'ils possédaient incriminaient Tony —, son innocence sera démontrée.

— Avec les fausses preuves qui l'accablent, aucune chance, objecta Wayne. Il a été piégé.

Il était grand temps de mettre fin à cette conversation, décida-t-elle. Elle n'allait tout de même pas rester là à discuter avec lui.

— Je vais raccrocher, à présent, monsieur Wayne.

— Je demande seulement ce que tout père souhaite pour son enfant : les mêmes chances que pour n'importe qui.

Janelle pinça les lèvres. Elle savait pertinemment qu'il lui fallait couper la communication. Rester en ligne était un manquement à l'éthique et une faute professionnelle. Pourtant, alors même que sa tête lui en donnait l'ordre, sa main refusait de replacer le combiné sur son socle — c'était plus fort qu'elle.

L'homme paraissait sincère. C'était sans doute pour cette raison qu'il occupait la place qui était la sienne aujourd'hui ; il était doué pour convaincre les gens, les plier à sa volonté. D'une façon ou d'une autre.

— Le procureur n'a pas l'intention de commettre une

injustice. Votre fils aura un jugement équitable, monsieur Wayne. Je vous en donne ma parole.

Son interlocuteur n'en avait pas terminé.

— Interrogez de nouveau votre témoin, ce minable… Il ment. Si vous lui proposez un marché, il dira tout ce que vous avez envie d'entendre.

Il marqua une pause avant de poursuivre :

— Dites-lui que Marco Wayne veillera à ce qu'il brûle en enfer, s'il arrive malheur à son fils.

Les yeux de Janelle lancèrent des éclairs.

— Ne comptez pas sur moi pour transmettre vos menaces, monsieur Wayne !

Elle ne put en dire plus, car Sawyer coupa la communication.

4

Pendant un instant, Janelle resta pétrifiée. Elle n'en croyait pas ses yeux. Sawyer, le doigt appuyé sur le socle de l'appareil, venait de raccrocher alors qu'elle était au beau milieu d'une conversation !

Pour qui cette espèce de mufle se prenait-il donc ?

Peu importait qu'elle ait elle-même été sur le point de mettre fin à cette discussion, qu'elle n'ait pas *voulu* s'entretenir avec Wayne. Seul comptait le fait que ce prétendu garde du corps, dont la présence lui avait été imposée, ait cru bon d'intervenir dans une affaire qui ne le concernait pas, sans même lui demander son avis !

De toute évidence, il n'avait pas encore compris à qui il avait affaire.

Se retenant à grand-peine de lui lancer le téléphone à la tête, elle le posa si violemment sur la base qu'il retomba sur le côté. Tandis qu'il le remettait en place tranquillement, comme si de rien n'était, elle le fusilla du regard.

Au comble de la rage, elle lui fit face. Leurs visages se touchaient presque.

— Bon sang ! Mais qu'est-ce qui vous a pris ? s'exclama-t-elle.

Sawyer eut l'impression que l'air, chargé d'électricité, crépitait au-dessus d'eux. Pas de doute, cette femme était en colère. Mais elle était aussi follement imprudente.

— Sans mon intervention, vous auriez été accusée de non-respect de l'équité procédurale, dit-il avec calme.

Il marqua une pause, comme s'il réfléchissait à la question, puis ajouta :

— J'ai même probablement sauvé votre peau.

Elle le considéra avec des yeux étrécis et répliqua d'un ton glacial :

— Je me charge de sauver ma propre peau, merci. Tout ce qu'on vous demande, c'est de vous fondre dans le décor. Et de vous jeter devant moi pour recevoir les balles à ma place si, par un hasard extraordinaire, je devais être prise pour cible pendant notre association forcée — qui, je l'espère, sera brève. Mais, jusque-là, vous êtes prié de vous faire oublier et, surtout, de garder vos mains dans vos poches !

Otant son veston, il le suspendit au dossier de sa chaise. Les muscles de son torse et de ses bras roulaient sous l'étoffe de sa chemise à chacun de ses mouvements, comme animés d'une vie propre. Janelle s'efforça de ne pas y prendre garde, mais ce spectacle était encore plus impressionnant que le holster et l'arme qu'il portait à l'épaule.

— Vous avez terminé ? demanda-t-il en la fixant droit dans les yeux.

Elle leva le menton d'un air de défi.

— Pour le moment.

— Si quelqu'un apprend que vous avez parlé à Wayne, ce sera suffisant pour vous faire perdre le dossier et très certainement votre poste au bureau du procureur. A moins, bien sûr, que papa ne tire quelques ficelles haut placées...

Quel odieux et arrogant petit personnage ! se dit-elle. En cet instant, elle en arrivait presque à souhaiter que son père puisse tirer non des ficelles mais un nœud coulant bien serré.

Elle exhala un long soupir et tâcha de recouvrer son sang-froid. Il ne fallait surtout pas qu'il puisse penser qu'il était parvenu à l'atteindre.

— Sachez, dit-elle d'un ton uni, que « papa » n'intervient pas dans ma carrière et n'est en rien responsable de mes réussites ou de mes échecs. Il s'avère simplement que nous avons le même nom et les mêmes gènes. Ce n'est pas lui qui m'a obtenu cette place, et il ne serait pas en son pouvoir de m'y maintenir si Kleinmann ne s'estimait pas satisfait de mon travail. Est-ce clair ? conclut-elle en redressant la tête.

Inconsciemment, elle se haussa sur la pointe des pieds car, à sa grande contrariété, Sawyer la dominait d'une bonne tête malgré ses talons hauts.

Il laissa errer son regard sur son corps, tranquillement, insolemment, avant de répondre :

— Très clair.

Il se moquait d'elle, c'était évident, mais elle pouvait difficilement le lui faire remarquer sans prendre le risque de se faire traiter de folle. C'était un rustre, un véritable homme de Neandertal, et il aurait plus vite fait de la qualifier d'hystérique que de se remettre, lui, en question.

— Oh ! Encore une chose, ajouta-t-elle avec un calme trompeur.

Boone, qui était sur le point de s'asseoir, la regarda, le sourcil levé. Au même instant, des coups légers furent frappés à la porte. Tenant à aller jusqu'au bout de sa tirade, elle les ignora.

— Ne refaites jamais ça. *Jamais*.

— Sinon ?

— Je vous tranche la main.

Cette fille avait une sacrée trempe, songea Sawyer en appréciant d'un regard connaisseur le petit bout de femme qui se tenait face à lui. Une dure à cuire... Etait-elle naturellement ainsi ou son nom de famille avait-il déteint sur sa personnalité ?

— Je tâcherai de m'en souvenir.

Décidément, ce malotru se payait sa tête. Qu'avait-elle donc fait pour mériter pareil coup du sort ?

— Vous avez intérêt, répliqua-t-elle d'un ton menaçant.

On frappa de nouveau, aussi timidement que la première fois.

— Quoi ? ne put s'empêcher de crier impatiemment Janelle.

La porte s'ouvrit lentement, comme si la personne qui se trouvait derrière n'osait se risquer à l'intérieur.

Mariel Collins, une grande brune aux yeux marron entrée au service du substitut du procureur six mois plus tôt, passa la tête dans l'entrebâillement avant de s'avancer d'un pas hésitant. On aurait dit qu'elle marchait sur des œufs.

Elle baissa les yeux sur les papiers qu'elle tenait à la main.

— Hum... ceci vient d'arriver pour vous. J'ai pensé que vous voudriez y jeter un coup d'œil.

Son ton manquait de conviction. En fait, elle semblait plaider l'indulgence.

Elle tendit à Janelle une de ces notes de service reconnaissables à leur chemise cartonnée bleue. Tout le monde au Bureau redoutait d'en recevoir car, généralement, il s'agissait d'une motion interdisant l'utilisation de telle ou telle pièce à conviction, d'une importance souvent cruciale dans l'instruction d'un dossier.

Le bleu, qui était naguère la couleur préférée de Janelle,

était en passe de devenir celle qu'elle aimait le moins. Avec un soupir, elle se dirigea vers Mariel, qui se tenait toujours sur le seuil, lui prit la chemise des mains et en parcourut rapidement le contenu.

— Zut !
— Une mauvaise nouvelle ? s'enquit Mariel nerveusement.

Elle eut un sourire tremblant en voyant que sa tentative pour engager la conversation tombait à plat.

Janelle se retint de rouler les papiers en boule et se contenta de les jeter sur son bureau.

— L'avocat de Wayne a requis l'élimination de son ordinateur de poche comme pièce à conviction, dit-elle.

Bon sang ! pesta-t-elle intérieurement. Elle aurait dû se douter que les choses se déroulaient un peu trop facilement.

L'ordinateur de poche contenait un journal détaillé confirmant les déclarations de leur informateur.

— Tous les noms des clients de Tony étaient dessus. Grâce à cette liste, la victoire nous était servie sur un plateau.

Les sourcils froncés, elle examina de nouveau le document officiel, mais les mots refusaient de changer.

— D'après l'avocat, c'est une preuve irrecevable.
— Comment êtes-vous entrés en sa possession ?

La question venait de Sawyer.

Devinant ce qu'il avait en tête, elle le regarda par-dessus son épaule.

— Pas en mettant l'appartement à sac, si c'est ce que vous insinuez !

C'était peut-être ainsi que lui-même opérait, mais pas les enquêteurs qui avaient fait inculper Wayne.

— D'après l'agent Conway, le policier qui a procédé à

l'arrestation, il faisait froid dehors, et Wayne a demandé sa veste. L'appareil est tombé de l'une des poches.

— Juste aux pieds du policier ? Comme c'est pratique ! ironisa Sawyer.

— Seriez-vous en train de mettre en doute l'honnêteté de l'agent Conway ?

Lorsqu'elle était en colère, ses yeux étincelaient de mille feux, remarqua Sawyer. Ils passaient du vert clair à une teinte plus sombre, presque émeraude. Il était facile de la faire enrager ; elle démarrait au quart de tour.

— Pourquoi ? demanda-t-il doucement. Vous êtes parents ?

Elle n'apprécia pas le sous-entendu.

— Non. Mais il se trouve que j'ai foi en l'intégrité de la police d'Aurora.

Sawyer n'avait jamais été un adepte du travail en équipe. Dès que vous faisiez confiance aux gens, ils vous laissaient tomber, surtout dans les moments où vous aviez le plus besoin d'eux. Comme ses parents qui, après leur divorce, avaient cessé de se soucier de lui alors qu'il n'avait pas encore dix-sept ans.

— Dans votre position, c'est plutôt normal, non ?

Janelle décida qu'elle en avait assez de ces attaques voilées.

— Qu'est-ce que ça signifie, exactement ?

Au lieu de répondre, il s'assit à califourchon sur sa chaise, après avoir pris soin de la tourner dans l'autre sens.

— Vous avez l'air suffisamment intelligente pour tirer vos conclusions toute seule. Inutile que je vous fasse un dessin, dit-il enfin.

Mariel choisit cet instant pour quitter la pièce. Elle referma la porte derrière elle, les laissant seuls dans le minuscule bureau.

Janelle, qui avait du mal à contenir sa fureur, serra les poings avec tant de force que ses ongles s'enfoncèrent dans ses paumes. Elle fit un effort surhumain pour paraître calme.

— Mais si, essayez donc !

Ce n'était pas une prière mais un ordre.

Après une seconde d'hésitation, il esquissa une courbette ironique.

— Etant donné le nombre de vos proches qui travaillent dans la police, tout acte de corruption avéré entacherait forcément la réputation de l'un d'eux, dit-il comme s'il énonçait une évidence. Il est donc normal que vous parliez ainsi.

Elle ouvrit la bouche pour rétorquer, puis la referma sans avoir prononcé un mot. Il essayait de la pousser dans ses retranchements. Or, l'une des premières leçons que lui avait apprises son père était de ne jamais laisser l'adversaire vous acculer. Le meilleur moyen pour éviter d'en arriver là consistait à prendre l'offensive. Avec ses frères et ses cousins, elle n'avait pas manqué d'entraînement.

Elle respira profondément avant de répliquer :

— Depuis quand avez-vous une vision aussi noire du monde, monsieur Boone ?

Si elle avait espéré le désarçonner, elle en fut pour ses frais.

— Depuis toujours, dit-il.

C'était un mensonge. Il se rappelait vaguement un temps où l'espoir existait, où tout n'était pas sombre. Mais c'était avant que ses parents ne partent chacun de leur côté et ne l'expédient chez sa grand-mère maternelle, une femme qui s'intéressait davantage aux hommes de passage qu'à l'éducation de son petit-fils. Hormis la brève période où Allison avait été présente dans sa vie, il avait toujours été seul.

Janelle l'examina et s'aperçut qu'il pensait réellement ce qu'il disait. Cette idée la fit presque frissonner. Il devait se sentir tellement vide à l'intérieur... S'il n'avait pas été si exaspérant, elle aurait presque eu de la peine pour lui.

— Et donc, vous vous attendez toujours au pire ?

Il hocha imperceptiblement la tête.

— Ainsi, je ne suis jamais déçu.

Quelle triste façon d'aborder l'existence ! songea-t-elle. Elle n'était pas comme Patience, sa cousine, qui éprouvait le besoin de recueillir chaque animal blessé qui croisait sa route. Toutefois, elle ne supportait pas le spectacle de la souffrance, et l'homme assis en face d'elle était manifestement une âme en peine — qui disait avoir toujours été ainsi.

— Quel genre d'enfance avez-vous eue, monsieur Boone ? s'enquit-elle.

Sawyer croisa son regard. Au lieu de lui dire de s'occuper de ses affaires, comme l'envie l'en démangeait, il répondit :

— Je n'en ai pas eu.

— Je comprends mieux, à présent ! dit-elle en hochant la tête.

Elle fut surprise de voir ses lèvres s'incurver légèrement, mais ce n'était pas un sourire chaleureux, qui engageait tout son être. Ses yeux ne souriaient pas. Son regard resta froid, détaché. Analytique.

Des yeux de robot, songea-t-elle. Dans les films de science-fiction, ces créatures étaient intelligentes, mais sans âme, sans compassion, incapables de comprendre les sentiments humains. Etait-ce le cas de cet homme ?

L'ébauche de sourire disparut, et elle se demanda si elle ne l'avait pas rêvée.

— Ne vous fatiguez pas à essayer de me psychanalyser, mademoiselle Cavanaugh. Gardez vos talents pour autre chose.

De nouveau, on frappa à la porte. Plus fermement cette fois. Avant qu'elle n'ait eu le temps d'inviter le visiteur à entrer, le battant s'ouvrit, créant un léger courant d'air — pas frais à proprement parler, mais particulièrement bienvenu dans les circonstances présentes.

Comptant sur cette bouffée d'oxygène pour l'aider à se calmer, Janelle prit une profonde inspiration. L'attitude dédaigneuse de Sawyer la rendait folle.

Elle concentra son attention sur la jeune femme élégamment vêtue qui se tenait sur le seuil.

Engagée comme assistante trois semaines avant Janelle, Marcia Croft faisait tout son possible pour attirer l'attention de Stephen Woods. Elle voulait que leur patron la voie non comme une jeune collaboratrice pleine d'avenir, mais comme une riche diplômée de l'université Cornell. Elle visait moins une brillante carrière dans les services du procureur que le substitut du procureur lui-même. Pour Marcia, tout était question de relations.

— Woods attend tout le monde dans la salle de conférences, annonça-t-elle, avant de s'apercevoir que Janelle n'était pas seule. Bonjour, ajouta-t-elle d'un ton soudain nettement plus chaleureux alors que, d'ordinaire, elle était la froideur personnifiée.

Apparemment, Sawyer savait faire ressortir le bon côté de certaines personnes, à défaut du sien, songea Janelle.

Chaque fois qu'elle croisait le chemin de Marcia, celle-ci faisait un écart comme si elle était pestiférée. De toute évidence, elle la considérait comme une rivale indigne d'elle.

Ses yeux sombres balayèrent rapidement le torse large de Sawyer et se fixèrent sur le holster de cuir à son épaule.

— Joli matériel, murmura-t-elle d'un air appréciateur.

Un sourire étira ses lèvres et elle ajouta avec gourmandise :

— Et vous avez un revolver...

Janelle regarda Sawyer, dont l'expression demeurait indéchiffrable. Toutefois, comme ses semblables en pareil cas, il devait être aux anges.

— J'ai une idée ! Pourquoi ne pas vous occuper d'*elle*, plutôt ? suggéra-t-elle.

Sans attendre de réponse, elle se saisit de son bloc-notes et passa devant sa collègue comme si celle-ci n'était qu'un obstacle à contourner. D'un mouvement souple, Marcia se plaça devant Sawyer de façon à lui barrer le passage vers la sortie.

— Pourquoi pas, en effet ? susurra-t-elle en levant les yeux vers lui.

— Ma mission, c'est Cavanaugh, dit-il simplement.

N'étant pas d'humeur badine, il la prit par les épaules et l'écarta fermement de son chemin.

— Si vous n'en dites rien à personne, cela restera entre nous, lança-t-elle dans son dos tandis qu'il s'éloignait à la suite de Janelle.

Comme il l'ignorait, elle haussa les épaules et se hâta de les rattraper.

Woods avait réuni ses quarante et quelques collaborateurs pour les informer des derniers événements et leur expliquer la raison de la présence des deux gardes du corps.

Cette situation n'était que temporaire, assura-t-il. A ces mots, Marcia poussa un petit cri de dépit, semblable au miaulement d'un chaton abandonné dans le froid sans nourriture. Seules quelques personnes autour d'elle l'entendirent, dont Janelle et son nouveau garde du corps.

Janelle jeta à Sawyer un regard à la dérobée. C'était à son tour de rire, à présent, et elle n'allait pas s'en priver.

— Eh bien, il semblerait que vous ayez une groupie !
— Une quoi ?
— Une groupie, répéta-t-elle.

Lorsqu'il devint évident qu'il ne comprenait pas de quoi elle parlait, elle ne put s'empêcher de le dévisager.

— Vous ne savez pas ce qu'est une groupie ?

Sawyer avait tendance à ne remarquer et ne garder à la mémoire que ce qui avait un rapport direct avec son travail.

— Non, mais quelque chose me dit que ça ne va pas me plaire.
— C'est une fan, expliqua Janelle. Une *très, très* fervente admiratrice. Reconnaissable, en général, à la traînée de bave qu'elle laisse derrière elle. Dans un univers parallèle, ajouta-t-elle après un instant de réflexion, c'est ce qu'on appellerait une maniaque.

Il poussa un grognement.

— Je ne crois pas à l'existence d'un univers parallèle. Il y a déjà bien assez de vermine à éliminer dans ce monde.

Sur ce point, il avait raison, approuva-t-elle en silence. Une partie de cette vermine se tenait justement derrière elle.

Elle eut une bouffée de nostalgie en repensant au bon vieux temps, à l'époque pas si lointaine où elle n'avait rien d'autre à affronter qu'une écrasante masse de travail.

Quand Woods en eut fini avec les préssentations d'usage et le résumé des événements ayant abouti à la présence sur les lieux des deux policiers en civil, ils évoquèrent les affaires en cours, examinant ensemble chaque dossier pour déterminer s'ils disposaient de suffisamment d'éléments à charge pour faire accuser les défendeurs.

En dépit de tous ses efforts, Janelle avait du mal à prêter attention à ce qui se disait.

Elle avait l'impression que ses pensées s'échappaient dans deux directions différentes. Une partie de son esprit s'attardait sur le coup de fil de Wayne car, à sa grande contrariété, elle s'apercevait que Sawyer avait raison. Par ce simple appel, le truand avait mis en péril sa participation à l'affaire.

Réfléchissant, elle se mordit la lèvre inférieure. Fallait-il en parler à Woods ou garder le silence, en misant sur la discrétion de Boone ? Après tout, ce n'était pas comme si Wayne lui avait offert un pot-de-vin ou avait seulement évoqué cette possibilité.

Et elle n'avait rien fait de mal, sinon tarder à lui raccrocher au nez. Sawyer s'en était chargé pour elle, songea-t-elle sombrement.

Et si Wayne avait enregistré leur conversation ? se demanda-t-elle soudain. Il pourrait alors truquer la bande, lui attribuer des paroles qu'elle n'avait pas réellement prononcées — et obtenir ainsi l'annulation du procès pour vice de forme. Elle n'aurait plus qu'à dire adieu à sa carrière.

Elle avait besoin d'un conseil avisé. Or, il n'existait qu'une personne au monde à qui elle était capable de demander ouvertement de l'aide : son père. Elle décida donc de lui rendre visite le soir même. Avec un peu de chance, il l'aiderait également à se débarrasser de ce maudit enquiquineur.

Ce qui l'amena à son second sujet de préoccupation. Pour une raison mystérieuse, le fait de savoir que Boone se tenait là, debout juste derrière son siège, l'empêchait de réfléchir normalement, de percevoir autre chose que quelques bribes éparses de ce qui se disait autour de la table de conférence.

Cette présence dans son dos la rendait nerveuse. Elle était sur le qui-vive, comme sous la menace d'une attaque surprise. Elle éprouvait exactement la même impression qu'autrefois quand, enfant, ses cousins ou ses frères lui tendaient une embuscade et pouvaient fondre sur elle à tout moment.

Que l'idée de cette comparaison lui soit venue lui parut aussi étrange qu'absurde.

Boone n'était pas là pour l'attaquer mais pour la protéger, se morigéna-t-elle en silence. Ce qui ne l'empêchait pas de tout faire pour la contrarier. Etait-ce délibéré de sa part ? Peut-être faisait-il en sorte de la tenir à distance.

Elle comprit alors qu'elle venait probablement de mettre le doigt sur quelque chose. C'était bien cela : il se montrait bourru et désagréable pour qu'elle garde ses distances et évite de l'approcher de trop près. Il ne voulait pas qu'elle brise sa réserve et ait ainsi la possibilité de mieux le connaître. Pour une raison connue de lui seul, cette idée lui était pénible.

L'avantage d'avoir autant d'hommes dans son entourage, songea-t-elle avec un léger sourire, était que la psychologie masculine n'avait plus guère de secrets pour elle.

Comme Woods levait la séance, elle jeta un regard satisfait par-dessus son épaule.

« Je connais votre point faible, agent Boone. Et j'ai ma petite idée sur la façon de m'en servir ! »

5

Janelle consulta sa montre. Il y avait maintenant un sacré bout de temps qu'elle était plongée dans son travail. Son bureau ne comportant pas de fenêtres, et donc pas de vue sur le ciel, elle ne pouvait se fier à la position du soleil pour deviner l'heure qu'il était. Cependant, elle pouvait se flatter d'avoir réussi à oublier la présence de l'homme assis non loin d'elle.

Elle l'observa. Il était absorbé dans la lecture d'un livre qu'il avait tiré de la poche de sa veste plus tôt. A en juger par son air captivé, ce devait être passionnant. Certainement un roman de gare à deux sous ! se dit-elle.

Fatiguée, irritée de ne pas progresser plus vite, elle posa son stylo et se balança sur sa chaise tout en prenant garde à ne pas trop se pencher en arrière, car ce siège était quelque peu instable.

Son compagnon semblait avoir complètement oublié le monde autour de lui. Pour un garde du corps, c'était un comble !

— Vous comptez rester là à lire toute la journée pendant que je travaille ?

Sawyer leva les yeux dans sa direction. En dépit des apparences, depuis qu'ils étaient entrés dans ce bureau à peine plus grand qu'une boîte d'allumettes, il ne perdait pas une miette de ce qui se passait autour de lui. Il était constamment à l'affût, prêt à bondir à la première alerte.

— C'est à peu près ça, répondit-il cependant d'un ton nonchalant.

Janelle aurait cru qu'un homme dans son genre ne tiendrait plus en place après tant de temps passé dans cet espace confiné. Mais, après tout, ce qu'elle savait de lui se limitait à des suppositions et au peu que Dax lui avait dit à son sujet. Personne ne lui avait communiqué ses états de service, une lacune qu'elle se promit de combler à la première occasion.

En attendant, elle devrait se fier à son instinct, songea-t-elle, et tâcher d'imaginer ce que feraient ses frères dans la même situation.

— Ça ne vous dérange pas ?

Voyant qu'elle semblait décidée à poursuivre la discussion, Sawyer ferma son livre, en prenant soin de marquer la page avec son index.

— Oh que si ! Et vous n'avez pas idée à quel point !

Ayant soudain, inexplicablement, envie de l'empêcher de se replonger dans sa lecture, elle se pencha légèrement en avant.

— Dans ce cas, pourquoi ne pas avoir refusé la mission ?

Il haussa négligemment les épaules. Ils avaient déjà eu cette conversation, et il n'était nullement tenté par un nouvel affrontement.

— J'ai protesté. Ça n'a servi à rien.

— Vous ne me faites pourtant pas l'effet d'un individu particulièrement docile. Je vous imaginais plutôt comme quelqu'un qui nage à contre-courant.

Ces paroles firent naître un sourire sur les lèvres de Boone. Se moquait-il d'elle ? Elle n'aurait su le dire.

— Si vous comptez user de la flatterie pour me

convaincre de partir, vous perdez votre temps. Vous êtes ma mission, ajouta-t-il d'un air stoïque, jusqu'à ce qu'on me rende ma liberté.

— Donc, dans votre esprit, me servir de garde du corps équivaut à être en prison.

Il soutint son regard pendant un long moment.

— Exactement.

L'incohérence entre cette déclaration et ses actes sautait aux yeux. Janelle fut ravie de pouvoir le prendre en défaut.

— Tout à l'heure, devant le tribunal, vous vous êtes jeté sur moi, fit-elle avec un accent de triomphe. Si assurer ma protection vous est tellement pénible, pourquoi avoir risqué votre vie ?

A sa grande déception, il resta impassible.

— Ce n'était pas pareil.

— Pourquoi ? demanda-t-elle, curieuse de comprendre ce qu'il voulait dire par là. Parce que personne ne vous en avait donné l'ordre ?

Seuls les héros de films d'action pouvaient se permettre d'agir aussi librement. Dans la vraie vie, c'était différent.

— Quand on doit gagner sa vie, monsieur Boone, il faut respecter les règles. C'est ainsi, dit-elle.

De nouveau, il la détailla avec une lenteur insolente et, une fois encore, elle eut la sensation d'être déshabillée du regard. Troublée, elle frissonna.

— Vous les respectez, vous ? s'enquit-il d'une voix où ne transparaissait aucune émotion.

— Autant que possible.

C'était un mensonge, admit-elle en son for intérieur, mais il n'avait pas besoin de le savoir. Elle vit cependant à son air qu'il ne la croyait pas, et cela l'irrita. Elle ne voulait surtout pas lui donner l'impression qu'il voyait clair en elle.

Elle respectait les règles lorsqu'elle les estimait justes ou quand elle y était obligée. Entre ces deux positions, il y avait une sorte de zone mal définie, où la loi pouvait être enfreinte si nécessaire — et quand elle était certaine de ne pas se faire prendre. Elle avait foi en la justice et en l'honneur ; l'ennui, c'était que ces deux valeurs s'excluaient parfois l'une l'autre. Dans ces cas-là, son choix était vite fait.

Boone continuait à la dévisager.

— Dites-moi ce que vous entendez par « possible ».

Pas de doute, il la provoquait... Cet homme avait décidément le don de l'exaspérer ! Dire que, un instant auparavant, elle ne doutait pas d'être capable de le remettre à sa place en exploitant ce qu'elle pensait être ses faiblesses ! Comment, en si peu de temps, avait-il réussi à retourner la situation à son avantage ?

Elle soupira. Tout cela ne rimait à rien.

— J'aimerais beaucoup poursuivre cette intéressante conversation philosophique avec vous, monsieur Boone, mais il se trouve que l'un de nous deux ici doit travailler, et ce n'est de toute évidence pas vous.

Cette petite pique, destinée à lui faire perdre son calme, n'eut pas l'effet escompté. Il fit un geste vague de la main en direction du bureau, indiquant qu'elle était libre de retourner à ses occupations.

— Loin de moi l'idée de vous retenir.

Evidemment, se dit Janelle. Il était furieux d'avoir reçu l'ordre de rester là pour veiller sur elle au lieu de se consacrer à ses activités habituelles. Donc, il reportait sa colère sur la seule personne qui se trouvait à sa portée, elle.

Mais elle avait mieux à faire que de se livrer à une guerre psychologique. Baissant la tête, elle réprima un soupir d'exaspération et, tâchant d'oublier la présence de son garde du corps, reporta son attention sur les trois ouvrages de référence ouverts devant elle. Elle s'efforçait de trouver des affaires qu'elle pourrait citer au cours du procès, afin d'étayer certains points de droit qui ne manqueraient pas d'être soulevés.

Parfois, la justice n'était rien de plus qu'un immense jeu d'échecs. C'était moins une affaire de bien et de mal que de stratégie ; l'important consistait à avoir plusieurs coups d'avance, à être plus malin que l'adversaire et à lui couper l'herbe sous le pied. En faisant interdire l'utilisation d'une pièce à conviction qui lui aurait garanti la victoire, par exemple. L'équité, la vérité passaient alors au second plan.

Le plus révoltant, dans tout cela, c'était de constater que, au nom du respect des droits de chacun, on libérait des criminels et on ôtait tout moyen de recours aux victimes, qui avaient alors le sentiment de ne pas avoir été défendues ni reconnues. Savoir que ces principes fondamentaux servaient l'intérêt commun ne rendait pas la chose plus facile à accepter. Surtout pour les victimes et leur famille.

Elle entendit Boone remuer sur sa chaise mais, bien décidée à ignorer sa présence, s'interdit de lever les yeux. Il fallait qu'elle reste concentrée sur son travail car, plus tôt l'affaire Wayne serait résolue, plus tôt elle serait débarrassée de cet indésirable.

Malheureusement, ignorer Sawyer Boone n'était pas chose aisée. Elle espérait au moins qu'il ne se rendait pas compte à quel point il la déstabilisait.

Son cou était de plus en plus raide. Fermant les yeux, Janelle massa sa nuque douloureuse tout en bougeant la tête de droite et de gauche.

Elle en avait assez fait pour aujourd'hui ; elle était épuisée. A ce stade, il ne servirait à rien d'insister. De plus, elle avait l'intention de passer voir son père à une heure décente, pour une fois.

En sentant des mains se poser sur ses épaules, elle se crispa et voulut se retourner. En vain : son garde du corps la maintenait avec fermeté.

Il avait abandonné son siège et se tenait derrière elle.

— Qu'est-ce que vous faites ? s'exclama-t-elle.

Il ne répondit pas tout de suite et, lorsqu'il le fit, c'était sans rapport avec sa question. Elle commençait à s'apercevoir que c'était chez lui une fâcheuse habitude. Il préférait la questionner à son tour ou répondre de façon détournée, comme maintenant.

— On ne peut pas se masser correctement soi-même, dit-il d'un ton neutre tout en faisant rouler sous ses doigts ses muscles contractés.

Elle sentit une douleur fulgurante lui vriller le sommet du crâne et traverser ses épaules avant de se propager dans sa poitrine, pour finalement gagner toute la partie supérieure de son corps.

C'était probablement ainsi que les mercenaires torturaient leurs ennemis, songea-t-elle. Elle pouvait à peine respirer et se retenait pour ne pas crier de douleur.

— Acquérir une telle maîtrise a dû vous demander des années d'efforts, je suppose ? persifla-t-elle, les dents serrées.

C'était sans doute puéril, mais elle ne voulait pas lui montrer qu'elle avait mal. Ça lui aurait fait trop plaisir !

— Et vous, vous êtes toujours aussi sarcastique ?
— Seulement… sous… la torture !

Etait-ce un effet de son imagination ou appuyait-il encore plus fort ? Elle avait l'impression qu'il lui enfonçait littéralement les doigts dans la chair. Elle se mordit la lèvre pour ne pas gémir.

— Ce n'est pas ce que j'appellerais de la torture, répliqua-t-il presque gaiement. Croyez-moi, quand je vous torturerai, vous le saurez !

— Je n'ai aucunement l'intention de le découvrir, marmonna-t-elle.

Jouant sur l'effet de surprise, elle se retourna brusquement et parvint à lui échapper. En une seconde, elle fut debout, prête à bondir hors de sa portée au cas où il serait tenté de continuer à lui broyer les épaules.

Alors que les élancements se dissipaient, elle s'aperçut que la contracture musculaire initiale avait également disparu.

Se plaçant devant elle, il inclina la tête jusqu'à ce que ses yeux soient à la hauteur des siens.

— Ça va mieux ?

Son expression laissait entendre qu'il connaissait déjà la réponse et qu'il se montrait simplement poli.

— Oui, admit-elle à contrecœur.

Fermant son ordinateur d'un geste vif, elle repoussa son siège contre le bureau et attrapa son sac à main.

Du coin de l'œil, elle vit Boone prendre sa veste sur le dossier de sa chaise, remettre son livre dans sa poche et lui emboîter le pas. Pas plus que la première fois elle ne parvint à déchiffrer le titre de l'ouvrage. En tout cas, la couverture, de couleur sombre, semblait indiquer qu'il s'agissait d'une lecture assez sérieuse.

— Vous me raccompagnez à ma voiture ? s'enquit-elle en longeant le couloir.

— Je vous accompagne partout.

Janelle s'arrêta brusquement devant l'ascenseur. Enfonçant impatiemment le bouton d'appel, elle sentit l'appréhension l'envahir. Déjà contrariée à l'extrême à l'idée que cet homme allait la suivre partout comme son ombre pendant ses heures de travail, elle n'avait pas pensé à cela.

Il n'avait pas fait le moindre doute dans son esprit que, si elle prenait sa pause déjeuner à l'extérieur au lieu de se faire livrer son repas, il resterait planté derrière elle au restaurant. Mais, Dieu seul savait pourquoi, elle s'était imaginé qu'il se volatiliserait tout bonnement à la fin de la journée. Pas une seconde, elle n'avait imaginé qu'il serait encore là *après*.

— Comment ça ? s'enquit-elle, méfiante.

« Par pitié, ne dites pas ce que je crois que vous allez dire… »

Les prières n'étaient pas toujours exaucées, hélas ! Elle le savait depuis longtemps, mais n'apprécia pas pour autant d'en avoir confirmation en cet instant.

— Je suis censé vous suivre partout où vous allez.

Les portes argentées de l'ascenseur s'ouvrirent. Janelle y entra sans quitter Boone des yeux.

— Et puis quoi encore ? lança-t-elle d'un ton véhément. Vous allez me surveiller vingt-quatre heures sur vingt-quatre, sept jours sur sept ?

— C'est ce que prévoit mon contrat, en effet.

Comme ils étaient seuls dans l'ascenseur, elle haussa la voix.

— Et comment comptez-vous vous y prendre ? Vous n'êtes pas une machine, tout de même ! Il faut bien que vous dormiez ?

Sawyer ne s'offusqua pas de son ton irrité. Il n'avait pas à se justifier. S'il détestait cette mission, il aimait encore moins se voir congédier.

— Je n'ai pas besoin de beaucoup de sommeil.

Janelle hocha la tête, accueillant ces paroles avec un air de feint recueillement.

— Juste d'un bidon d'huile de temps en temps, persifla-t-elle.

Il ne cilla pas.

— Même pas, dit-il sans l'ombre d'un sourire.

Cette situation devenait intolérable, songea Janelle. C'était déjà bien assez de l'avoir dans les pattes toute la journée, sans avoir en plus à supporter sa présence après le travail.

— Je vais voir mon père.

— D'accord.

— Seule, exigea-t-elle.

L'ascenseur descendait directement au rez-de-chaussée, sans aucun arrêt ; du point de vue de Janelle, il aurait tout aussi bien pu plonger en enfer.

— Pas d'accord.

Les yeux de Janelle lancèrent des éclairs, spectacle que Sawyer jugea assez divertissant.

— Mon père est le chef de la police…

Il arbora un air triomphal qui donna à Janelle envie de le gifler.

— Ah ! Nous y voilà ! Je me demandais quand vous finiriez par le dire… J'imagine que vous devez resservir cet argument à longueur de journée !

Elle se demanda brièvement si le sous-sol comportait des recoins où dissimuler un corps.

— Nous avons déjà abordé ce sujet, monsieur Boone. Et, franchement, ça devient lassant. Ce que j'étais sur le point de dire, c'est que mon père est le chef de la police et que, à moins d'être stupide, personne ne viendra s'attaquer à moi tant que je serai avec lui. Donc, vous n'êtes pas obligé de m'accompagner, conclut-elle.

— D'expérience, je peux vous affirmer que les truands auxquels nous avons affaire ne sont pas précisément des lumières. Inutile d'avoir un QI à deux chiffres pour faire leur boulot. Tout ce qu'on leur demande, c'est d'exécuter les ordres et de comprendre qu'ils risquent gros en cas d'échec.

Janelle pinça les lèvres. Pas question de perdre son sang-froid. Elle garderait son calme, quoi qu'il lui en coûte.

— O.K., dit-elle tandis qu'ils quittaient le bâtiment. Vous pouvez venir, mais vous resterez dans la voiture.

Sur ce point, elle ne céderait pas. Ce qu'elle avait à dire à son père était d'ordre privé et, même si ce maudit garde du corps était au courant du coup de fil de Wayne — sujet dont elle voulait s'entretenir avec son père —, cela ne le regardait pas.

Le visage de Boone demeura impénétrable.

— Tant que je suis autorisé à entrer en cas d'urgence ou à casser une vitre s'il le faut...

— Allez-vous monter dans ma voiture ? s'enquit-elle.

— Je vous suivrai dans la mienne, répondit-il à sa grande surprise. Mais, s'il vous venait à l'idée d'essayer de me semer, épargnez-vous cette peine. J'ai filé les meilleurs.

Qui était cet homme, exactement ? se demanda-t-elle. Dax ne lui avait donné que peu d'informations à son sujet. Il fallait qu'elle interroge son frère de nouveau pour en apprendre davantage. A la réflexion, son père le connaissait peut-être... Ce serait encore mieux ; il lui répondrait avec plus de franchise. Elle aborderait la question après lui avoir parlé de l'appel téléphonique de Wayne.

Précédant son garde du corps, elle se dirigea vers sa voiture.

— C'est vous qui le dites !

65

Elle ne se retourna pas pour voir sa réaction, mais elle espéra que le coup avait porté.

Elle disposait de seize kilomètres. Seize kilomètres pour tenter de se calmer et offrir à son père un visage serein. Et pour oublier l'exaspérant personnage à l'origine de sa frustration.

Pourtant, en dépit de tous ses efforts, ces seize kilomètres ne suffirent pas. Si elle atteignit partiellement son premier objectif, elle ne parvint pas à se sortir Sawyer Boone de l'esprit.

Finalement, il s'avéra que cela n'avait aucune importance. En se garant dans l'allée, elle constata que toutes les lumières étaient éteintes. Seule la lampe extérieure brillait, à côté de la porte d'entrée. C'était un réverbère ancien que son père et elle, les seuls bricoleurs de la famille, avaient passé un samedi entier à installer. Relié à un minuteur automatique, il s'allumait à 17 heures en hiver, et à 19 heures en été.

Il était 19 heures passées et, visiblement, son père n'était pas encore rentré.

Elle descendit néanmoins de voiture et se dirigea vers la maison. Derrière elle, elle entendit Boone claquer la portière de son coupé sport. Jetant un coup d'œil par-dessus son épaule, elle constata qu'il s'était garé le long du trottoir. L'arrière du véhicule était placé de telle sorte qu'il bloquait la sortie.

Il l'avait fait exprès, pour lui couper toute retraite au cas où elle songerait à lui fausser compagnie, se dit-elle en fronçant les sourcils. Il avait sur elle une longueur d'avance, et elle n'aimait pas cela.

Pourtant, aussi énervant soit-il, ce n'était pas lui mais l'affaire Wayne qui la préoccupait le plus en cet instant — et le fait que son père ne soit pas là au moment où elle avait besoin de lui. Juste avant de prendre le volant, elle avait passé un coup de fil à son bureau, et son assistante lui avait dit qu'il venait de partir. Elle en avait déduit qu'il était rentré directement chez lui, comme d'habitude.

Tout comme ses frères et son oncle, elle avait un double des clés. Elle donna un coup de sonnette pour l'avertir de son arrivée, dans l'éventualité où il serait en charmante compagnie. Personne n'ayant jamais réussi à le persuader d'accepter le moindre rendez-vous avec une femme, ce serait très surprenant, mais elle procédait toujours ainsi. Après avoir attendu un petit moment, elle entra.

— Papa ?

Sa voix résonna dans le hall obscur.

— Papa, tu es là ?

Alors qu'elle venait d'allumer la lumière et d'entrer dans le salon, elle sentit une présence derrière elle. Le poing levé, prête à frapper et à griffer s'il le fallait, elle fit volte-face.

Une main de fer lui immobilisa le poignet, lui arrachant une exclamation de dépit.

— Doucement, championne, dit Boone en abaissant son bras.

Elle était nerveuse, reconnut Janelle en son for intérieur. Mais il y avait de quoi, avec un garde du corps qui lui rôdait autour en permanence !

— Je croyais vous avoir entendu dire que vous resteriez dans la voiture ! s'exclama-t-elle.

— C'était à condition que vous soyez avec votre père. Mais il n'y a personne, dit-il en désignant la pièce vide d'un geste circulaire.

Elle éprouva soudain un furieux besoin de lui prouver qu'il avait tort.

— Papa ? lança-t-elle d'une voix assez forte pour être entendue depuis l'étage.

Pas de réponse.

— Vous auriez dû appeler avant de venir, dit Boone d'un ton tranquille.

Il fit une pause, comme s'il cherchait à deviner ce qu'elle avait en tête, puis demanda :

— Vous voulez aller voir là-haut ?

Elle trouvait détestable qu'il lise ainsi dans ses pensées. Il ne la connaissait pas. Alors comment pouvait-il savoir ce qu'elle voulait ?

Sans répondre, elle pivota sur ses talons et se dirigea vers l'escalier.

— Papa ? cria-t-elle de nouveau, encore plus fort.

Silence.

S'entêtant, elle fit le tour des chambres de l'étage. Ses frères et elle avaient quitté la maison depuis longtemps, mais Brian Cavanaugh n'avait pas touché à leurs affaires, afin qu'ils puissent dormir là s'ils le désiraient. Cela l'aidait probablement à supporter le fait de se retrouver seul après toutes ces années.

En tout cas, il n'était pas ici. Elle se mordit la lèvre. Il ne sortait jamais après le travail. A moins que...

— On y va ? fit Boone, qui l'avait suivie.

L'ignorant, elle prit son téléphone dans son sac et composa un numéro familier. On décrocha après deux sonneries.

— Allô ? Tante Rose ? C'est Janelle. Papa est avec toi ?

— Bonjour, Janelle, répondit une voix chaleureuse. Il est juste à côté. Tu veux lui parler ?

Le moment était mal choisi pour entamer une discussion, alors que Sawyer Boone était à portée de voix et ne la quittait pas des yeux. Elle lui tourna le dos.

— Non, pas tout de suite, tante Rose. Dis-lui simplement que je l'appellerai plus tard dans la soirée. Ou demain, ajouta-t-elle vivement, de crainte qu'ils ne s'inquiètent.

— Sait-il de quoi il s'agit ?

— Probablement.

Elle sourit intérieurement.

— Il sait tout.

Du moins était-ce ce qu'il leur disait autrefois, à elle et à ses frères. Et pendant très longtemps elle l'avait cru.

Après avoir dit au revoir à sa tante, elle referma son portable, le remit dans son sac et se tourna vers son garde du corps.

Appuyé contre le mur, les mains dans les poches, il était l'image même de la décontraction. Elle ne fut pourtant pas dupe une seule seconde ; il était aussi vif et alerte qu'un serpent à sonnette.

— Souhaitez-vous l'attendre ici ? demanda-t-il. Ou rentrer chez vous ?

— Rentrer chez moi, répondit-elle.

A peine eut-elle prononcé ces mots qu'elle se rendit compte que « chez elle », son appartement, ne serait pas cette fois le refuge qu'elle se plaisait à retrouver chaque soir. Pas si Sawyer Boone venait avec elle.

Elle leva les yeux vers lui et comprit que rien ne le ferait changer d'avis.

6

— Vous venez aussi, dit Janelle d'une voix blanche.

C'était un constat, pas une question. En le faisant à voix haute, elle espérait vaguement que l'homme qui lui faisait face, debout contre le mur, la détromperait. Il était hors de question qu'il entre dans son appartement. Comment le convaincre d'aller dormir chez lui et de poursuivre cette petite comédie demain matin ?

Il se redressa, visiblement prêt à partir.

— Je ne vous quitte plus.

Comment cette petite phrase, prononcée d'un ton neutre et dépourvu de passion, pouvait-elle la bouleverser à ce point, susciter en elle tout à la fois colère, peur et sentiment d'être envahie ? se demanda-t-elle. Le fait de n'avoir pas de réponse à cette question la perturba encore plus. Elle fit de son mieux pour faire face à ces trois émotions distinctes sans se transformer en une espèce de furie hystérique — même si, pour être tout à fait honnête, elle avait déjà atteint ce stade.

Elle ne voulait pas de cet homme chez elle ! N'était-ce pas déjà bien assez d'avoir à subir sa compagnie toute la journée ? Avec la décourageante impression de perdre son temps, elle décida de faire malgré tout une ultime tentative.

— Ecoutez, tout cela dépasse le cadre de votre mission…

— *C'est* ma mission ! Ne vous en faites pas, madame l'avocate, vous ne vous apercevrez même pas de ma présence.

— C'est un peu comme si vous demandiez à un moine tibétain de prétendre qu'il ne voit pas l'Himalaya.

Sawyer n'aurait su dire pourquoi, car il n'avait pas pour habitude d'analyser ses sentiments, mais le fait était que tout ça lui procurait un certain plaisir. Peut-être parce qu'il trouvait une consolation dans le fait de n'être pas le seul à devoir supporter cette situation…

Un peu amusé, il la considéra.

— Vous voulez dire que je suis recouvert de neige ?

— Non, répondit-elle.

« Même si je rêve de vous y ensevelir jusqu'au cou. »

— Je dis juste qu'il est un peu difficile de ne pas vous remarquer.

Pensif, il hocha la tête.

— J'essaierai de me faire encore plus discret.

Comme si cet homme pouvait être « discret » ! songea Janelle. L'unique façon pour elle de ne pas le voir serait de le recouvrir d'une housse et de le remiser dans la chambre qui lui servait de débarras.

Luttant contre un sentiment croissant de désespoir, elle sortit de la maison, son garde du corps sur les talons. Elle verrouilla la porte d'entrée et glissa la clé dans sa poche avant de faire face à l'homme qu'elle considérait désormais comme sa croix.

— Vous n'êtes pas obligé de venir, insista-t-elle. Je ne dirai rien à personne.

Malheureusement pour elle, Sawyer ne considérait pas les choses de cette manière. Pour lui, on n'était pas coupable seulement quand on se faisait prendre ; on l'était quand on avait commis une mauvaise action. Ce qui importait n'était pas d'avoir ou non des témoins.

Il la dévisagea longuement sans rien dire, en se demandant si elle avait simplement parlé sans réfléchir ou si son apparente moralité n'était qu'une façade.

— Mais moi, je le saurai, dit-il enfin.

— Et vous avez un sens de l'honneur très développé.

— Pourquoi ? Je ne devrais pas ?

En temps normal, Janelle aurait parlé comme lui. Mais pas aujourd'hui.

— Quelle veine ! soupira-t-elle. Il a fallu que je tombe sur un cow-boy donneur de leçons !

Vaincue, elle ouvrit la portière côté conducteur, avant d'ajouter :

— Vous dormirez sur le canapé.

Voilà ce qui s'appelait sauter du coq à l'âne, songea Sawyer. Il secoua la tête avec un petit rire.

— Je n'ai pas l'intention de dormir.

Sur le point de monter dans la voiture, Janelle s'immobilisa et le regarda fixement.

— C'est une plaisanterie, n'est-ce pas ?

Comme il ne répondait pas, elle se sentit dans l'obligation de le ramener à la réalité quotidienne.

— Tout le monde dort, monsieur Boone.

Sawyer avait servi chez les marines et participé à des combats. Puis, au sein de la police de Los Angeles, il avait mené une autre sorte de guerre. A force, il avait fini par apprendre à ne dormir que d'un œil, en position assise. Ainsi, il parvenait à se reposer, mais se réveillait au moindre bruit.

— Si vous le dites…, lâcha-t-il.

Son ton ironique n'échappa pas à Janelle, à qui cette attitude condescendante déplut profondément. Cependant, elle était trop fatiguée et trop stressée pour s'engager dans une polémique.

Elle jeta un dernier coup d'œil alentour pour s'assurer que la berline couleur crème de son père n'apparaissait pas puis, s'efforçant de surmonter sa déconvenue, se mit au volant. Habituée à faire le trajet entre chez elle et chez son père, elle n'avait pas besoin de réfléchir à son itinéraire et n'eut même pas conscience de mettre le contact.

Les routes étant désertes, elle roula à cent kilomètres/heure tout le long du chemin. Boone ne se laissa pas distancer ; il était juste derrière lorsqu'elle pénétra dans sa résidence. Elle se dirigea droit vers son emplacement sans même un regard dans son rétroviseur. Qu'il se débrouille pour trouver une place sur le parking réservé aux visiteurs ! Les résidents étant nombreux, il était généralement très difficile de se garer en fin de journée.

« C'est son problème, pas le mien », se dit-elle.

Peut-être que, s'il ne trouvait pas de place libre, il partirait…

Ses espoirs furent de courte durée.

Sawyer Boone la rejoignit alors qu'elle n'était plus qu'à quelques pas de son appartement. Elle pinça les lèvres pour ne pas lui ordonner de rentrer chez lui ; cela ne servirait qu'à la déstabiliser, elle. Or, elle était bien décidée à ne montrer aucun signe de faiblesse.

Elle inséra la clé dans la serrure, ouvrit la porte et entra.

— Vous savez, vous auriez pu recevoir une contravention pour excès de vitesse, tout à l'heure.

— Heureusement pour moi, il n'y avait pas de policier trop zélé dans les parages ! répliqua-t-elle, sarcastique.

Une fois dans l'appartement, elle alluma les lumières. Pour la première fois, elle regretta de ne pas avoir pris un chien de garde comme le lui avait conseillé son père.

A l'époque où elle avait emménagé, elle s'était dit qu'elle n'avait pas assez de temps pour s'occuper d'un animal de compagnie. Néanmoins, en cet instant, elle aurait bien aimé savoir comment aurait réagi Sawyer Boone si un chien s'était jeté sur lui en montrant les crocs.

Il l'aurait probablement abattu, se dit-elle soudain. C'était tout à fait le genre d'homme à tirer d'abord et à poser des questions ensuite.

Ressasser ne lui serait d'aucune aide. Dans la vie, il fallait savoir faire contre mauvaise fortune bon cœur. Elle viendrait à bout de cette épreuve, se promit-elle.

Après avoir pris une profonde inspiration, elle jeta son sac à main sur une chaise et se dirigea vers la cuisine.

— Vous avez faim ?

Elle ouvrit le réfrigérateur. Vide. Rien d'étonnant : elle n'avait pas eu le temps de faire des courses, et rien ne s'était matérialisé comme par magie sur les clayettes.

Elle eut une pensée affectueuse pour son oncle. Comme son père et ses frères, il disposait d'un double de ses clés. S'adonnant à sa passion pour la cuisine, il expérimentait souvent de nouvelles recettes dont il lui laissait des échantillons dans le frigo, car elle était la seule célibataire du clan Cavanaugh et n'avait personne d'autre pour lui préparer de bons petits plats.

Eh bien, si oncle Andrew s'était livré à une de ses expériences culinaires aujourd'hui, lui et tante Rose n'en avaient pas laissé une miette.

— Je mangerais bien un morceau, oui, répondit Boone.

Il s'approcha et regarda par-dessus son épaule, lorgnant les clayettes vides.

— C'est de la nourriture invisible ?

Il se moquait d'elle, fulmina Janelle en silence, refrénant un accès de colère et une autre émotion bien plus perturbante... Une sensation de chaleur l'envahissait sournoisement ; il était trop près !

Elle referma la porte du réfrigérateur d'un geste brusque.

— Je pensais plutôt commander le dîner. Vous avez une préférence ? Pizza ? Chinois ?

A son grand soulagement, il s'éloigna, passant dans la pièce voisine.

Elle l'observa tandis qu'il regardait autour de lui, faisant connaissance avec les lieux. On aurait dit un félin prêt à bondir sur une proie.

Il commença à faire le tour de l'appartement, s'assurant qu'il n'y avait rien d'anormal et qu'aucun équipement de surveillance n'y était dissimulé.

— Peu importe, répondit-il enfin.

Irritée par son ton désinvolte, Janelle fronça les sourcils. Si elle lui avait demandé son avis, c'était pour qu'il fasse un choix. « Peu importe » n'en était pas un. De plus, cela lui fournirait une occasion de se plaindre si le menu ne lui convenait pas.

— Des croquettes pour chat vous iraient ? lança-t-elle d'un ton acerbe.

Il haussa ses sourcils parfaitement dessinés.

— J'aurais juré que vous aviez des goûts plus raffinés.

« En voilà assez ! » se dit-elle. Elle avait faim et comptait bien se nourrir avant le lendemain.

— Ce sera de la pizza, déclara-t-elle.

Sawyer haussa les épaules. Peu lui importait ce qu'elle commanderait. De toute façon, ça ne répondrait pas à ses attentes. Ce dont il avait vraiment envie et besoin, ce soir, c'était d'un bon whisky sec.

De plusieurs, même. Il lui fallait quelque chose d'assez fort pour lui faire oublier la présence de la femme qu'il était censé protéger. Malheureusement, son rôle de garde du corps lui interdisait précisément de consommer de l'alcool, car il devait rester lucide.

Et Dieu sait que Janelle Cavanaugh et sa langue acérée ne l'aidaient pas à garder l'esprit clair ! Entre son mauvais caractère, qui l'amusait et l'exaspérait à la fois, et la douce fragrance qui émanait d'elle à chacun de ses gestes, il avait du mal à ne pas perdre la tête.

C'était étrange, d'ailleurs, ce contraste entre la subtilité de son parfum et son tempérament si affirmé…

Elle n'avait besoin, selon lui, ni de l'un ni de l'autre pour captiver les hommes. Il y avait quelque chose chez elle qui retenait l'attention, qui enflammait l'imagination. Il aurait préféré que ce ne soit pas le cas, que Janelle Cavanaugh soit une petite souris incolore se fondant dans la masse. Son travail s'en serait trouvé facilité.

D'un autre côté, il aimait les défis, et c'était exactement ce qu'elle était à ses yeux : un défi. La côtoyer tout en résistant à la tentation de lui dire ce qu'il pensait d'elle et de son fichu caractère demandait en effet une bonne dose de sang-froid.

— Votre appartement est sûr, annonça-t-il en revenant dans la cuisine.

Janelle le regarda remettre son arme dans son holster. Ses frères et ses cousins en portaient eux aussi. C'était un spectacle familier auquel elle ne prêtait plus attention depuis longtemps.

Sauf maintenant.

Il y avait quelque chose d'incroyablement viril dans sa façon de se mouvoir, de prendre les choses en main.

En elle, l'admiration le disputait au besoin d'indépendance car elle n'avait pas envie qu'il prenne les commandes. Décidément, leur collaboration n'allait pas être facile, songea-t-elle en raccrochant le téléphone.

La pizza ne tarderait pas à être livrée. Puisqu'il n'avait pas formulé de préférence, elle en avait choisi la garniture sans le consulter. Et tant pis pour lui s'il n'aimait pas !

Elle lui jeta un regard éloquent. Il considérait peut-être l'appartement comme sûr, mais elle n'était pas du même avis.

— Certainement pas, lâcha-t-elle.

Sur ces mots, elle le contourna et alla chercher des draps, pour que tout soit prêt dans le cas où Superman aurait menti en prétendant ne pas avoir besoin de dormir.

Le carton à pizza luisant de graisse qui avait contenu leur dîner était vide.

Janelle s'essuya les doigts avec une serviette en papier avant de la froisser et de la jeter dans la boîte. Elle étudia l'homme assis face à elle à la minuscule table de la cuisine. Pour une fois, il ne la regardait pas.

Pour quelqu'un qui n'avait pas paru particulièrement enthousiaste à l'idée de manger, le moins que l'on puisse dire, c'est qu'il avait fait honneur à la pizza au fromage, poivron et chorizo. Elle qui espérait en garder une part pour son petit déjeuner, c'était raté : il était en train de dévorer le dernier morceau.

Elle ne pouvait guère protester. Il avait insisté pour ouvrir la porte au livreur et régler la commande. Lorsqu'elle avait voulu le rembourser, il l'avait arrêtée net, sans même un regard, s'adressant à elle sur ce ton froid et distant qui lui était coutumier. Repousser les autres semblait être un don, chez lui.

— Vous avez tué beaucoup d'hommes ? demanda-t-elle soudain.

Il ne sembla pas étonné par sa question et demeura impassible. A l'arrière-plan, la télévision allumée diffusait l'une de ces séries policières qui pullulaient sur toutes les chaînes.

Elle avait un faible pour ce genre de feuilletons, pour ces enquêtes criminelles rondement menées et bouclées en l'espace d'une heure, pauses publicité comprises. Si seulement la vie pouvait être aussi simple !

Boone prit tout son temps pour répondre.

— Tout dépend de ce que vous entendez par « beaucoup ».

Cet homme était réellement dangereux, se dit-elle. Avant d'aller se coucher, elle allumerait son ordinateur portable et tâcherait de trouver des informations sur son ange gardien au caractère si peu angélique. Si ses recherches ne donnaient rien, elle ferait appel à ses relations pour la renseigner. Ou elle demanderait de l'aide à Brenda, la femme de Dax. Quand il s'agissait de dégoter des informations, sa belle-sœur faisait des miracles.

— Plus d'un ? lança-t-elle en l'observant attentivement.
— Oui.
— Moins de cent ?

Cette fois, il leva les yeux, ébauchant un sourire. Sidérée, Janelle en oublia presque sa question.

— Oui.

Elle avait proposé ce chiffre exorbitant pour plaisanter. A présent, étant donné la manière dont il lui avait répondu, elle n'était plus sûre d'être très loin de la vérité. Un frisson lui parcourut l'échine.

— Est-ce que vous connaissez le nombre exact, au moins ?

— Oui, dit-il d'un ton neutre.

Elle laissa échapper un long soupir. Cet homme avait vraiment tout du cow-boy de cinéma : taciturne, bourru et dépourvu d'humour. D'habitude, elle avait affaire à des gens bien plus communicatifs. Même un inconnu aurait été plus bavard que lui.

— Dites-moi… Comment doit-on s'y prendre pour vous soutirer plus d'un mot à la fois et avoir une conversation normale avec vous ?

Saisissant la dernière serviette, il s'essuya les mains à son tour et la jeta dans la boîte à pizza.

— Peut-être en essayant d'abord un sujet digne d'intérêt.

Un point partout, la balle au centre.

Se levant, Janelle empila leurs assiettes en plastique par-dessus les serviettes, referma le couvercle du carton et alla le poser sur le comptoir. Lorsqu'elle se retourna, elle constata que Boone s'était levé aussi, une canette de soda vide dans chaque main. Il les posa à côté de la boîte.

— D'accord, dit-elle sans se démonter. Parlez-moi de vous.

Elle le contempla fixement, attendant sa réponse. Il secoua la tête — un mouvement infime qu'elle n'aurait sans doute pas remarqué si elle ne l'avait pas observé avec autant d'attention.

— Ça ne vaut pas la peine d'en parler.
— Vous dites ça par modestie ? s'enquit-elle.
— Je me contente de constater les faits.

Il n'avait peut-être pas son mot à dire quant au choix de ses missions, songea Sawyer, mais il n'était pas question qu'il laisse cette femme fourrer son nez dans ses affaires. Précisément parce que c'étaient *ses* affaires. Sa vie ne regardait que lui.

— Chaque existence mérite qu'on s'y intéresse, monsieur Boone, déclara-t-elle sans le quitter des yeux.

C'était bien sa veine d'être tombé sur une femme aussi fatigante ! gémit-il in petto.

— Il se fait tard, répondit-il. La journée a été longue.

Pas seulement longue, songea Janelle. Elle aurait pu employer toute une série de qualificatifs pour la décrire ou le décrire, *lui*, mais elle s'abstint.

Elle jeta un coup d'œil en direction de la télévision. L'épisode était terminé, et elle ne s'en était même pas aperçue ; elle ne savait pas qui, en fin de compte, avait commis les meurtres. Le journal de 23 heures, avec son générique dissonant, annonçait les grands titres. Si Janelle appréciait les feuilletons mettant en scène des enquêtes policières, elle n'éprouvait pas le même intérêt à l'égard des informations. Il y avait déjà bien assez de misère dans le monde ; elle n'éprouvait pas le besoin d'en voir davantage. Elle aimait la fiction. La réalité était souvent nettement moins souriante.

Alors qu'elle se dirigeait vers la télévision et tendait la main pour l'éteindre, l'écran devint soudain noir devant elle. Elle se retourna et découvrit Boone, la télécommande à la main.

Le stéréotype masculin ! songea-t-elle.

Ou peut-être pas tant que cela, tout compte fait… En tout cas, Sawyer Boone ne ressemblait pas aux hommes de sa famille. Sauf peut-être à Hawk, le mari de sa cousine Teri — lui aussi officier de police à Aurora —, qui était très renfermé avant de rencontrer Teri.

Preuve qu'il y avait toujours, dans les ténèbres d'une âme en peine, un rayon de soleil qui ne demandait qu'à briller. Il fallait juste creuser assez profondément pour le trouver.

Elle enfonça les mains dans les poches arrière du jean qu'elle avait passé avant de manger et adopta une posture défensive. En quoi cela l'intéressait-il de savoir si cet homme, dont elle devait supporter la présence dans son appartement, avait en lui un rayon de soleil ? Cela ne changerait rien. Il était une source d'ennuis, et voilà tout.

Tout cela était temporaire, se rappela-t-elle. Une fois l'enquête bouclée, on la libérerait de ce boulet et elle serait enfin seule de nouveau. Loin de ces yeux d'un bleu électrique qui la transperçaient, semblaient lire au plus profond d'elle-même. Loin de cet homme qui la déstabilisait et paraissait prendre un malin plaisir à la faire enrager.

Elle attendait ce moment avec impatience.

7

Pour la énième fois, Janelle frappa son oreiller, comme s'il était responsable du fait qu'elle ne parvenait pas à s'endormir.

Cette situation ne pouvait plus durer ! Si elle ne trouvait pas un moyen de s'y soustraire, ou au moins de la supporter plus calmement, elle aurait tout d'un zombie avant même d'arriver au procès.

Elle jeta un coup d'œil au réveil sur sa table de nuit. Les chiffres rouges lumineux indiquaient 2 : 03.

Elle poussa un grognement.

Dire que, d'habitude, elle s'endormait aussitôt la tête posée sur l'oreiller ! Depuis qu'elle s'était glissée entre les draps, aux alentours de minuit, elle ne cessait de se tourner et de se retourner dans son lit. Tout ça parce qu'un casse-pieds occupait son salon et était — peut-être — en train de monter la garde.

Un homme sur qui elle avait trouvé étonnamment peu d'informations. A 11 heures, elle s'était retirée dans sa chambre et avait consacré l'heure suivante à naviguer sur internet, fouillant tous les sites auxquels elle avait accès, pour ne trouver finalement que son nom, son grade et son matricule. Elle avait également appris qu'il avait servi chez les marines puis dans la police de Los Angeles, mais ignorait où il était né.

D'ailleurs, était-il vraiment humain ? songea-t-elle, sarcastique. La plupart du temps, il avait le comportement d'un robot.

Comment se faisait-il qu'il n'ait pas de dossier, pas d'antécédents ? se demanda-t-elle, au comble de la frustration. Cette question la taraudait, et elle n'avait pas même le commencement d'une réponse.

De guerre lasse, elle avait refermé son ordinateur portable et passé un coup de fil à Brenda. Après s'être excusée de la réveiller, elle lui avait exposé son problème. Sa belle-sœur lui avait assuré que, s'il y avait quelque chose à trouver, elle le trouverait. C'était une chance que ses frères aient su choisir des épouses aussi adorables, s'était dit Janelle en raccrochant. Dans certaines familles, les mariages finissaient par mettre de la distance entre les différents membres, alors que la sienne était encore plus unie qu'auparavant.

Cette pensée et l'idée qu'elle en saurait peut-être bientôt plus sur son mystérieux garde du corps la réconfortèrent. Hélas ! une nuit qui s'annonçait blanche n'était pas propice à la sérénité et, bientôt, elle recommença à s'inquiéter.

Elle ne s'attendait évidemment pas à ce que Brenda la rappelle dans l'heure qui suivait, mais sa propre incapacité à trouver des renseignements lui donnait à penser qu'il n'y en avait pas. Ce qui signifiait qu'elle avait affaire à quelqu'un dont le passé avait été effacé et la menait à la question suivante : pourquoi ?

A force de s'énerver, elle ne parvenait plus à penser de façon rationnelle.

Repoussant les couvertures d'un mouvement décidé, elle se leva. Il y avait dans la bibliothèque du salon des ouvrages de référence qui pourraient lui servir dans l'affaire Wayne. Plutôt que de rester là à tourner en rond, autant employer son temps à quelque chose qui soit utile.

Sans prendre la peine d'enfiler ses pantoufles posées au pied du lit, elle sortit sa robe de chambre de la penderie, l'enfila et ouvrit la porte. De là où elle se trouvait, elle voyait la tête de Boone dépasser du dossier du canapé.

Cela ne signifiait pas pour autant qu'il ne dormait pas. Bien des gens étaient capables de somnoler en étant assis. Elle-même s'était endormie, un jour, en passant en revue un dossier juridique — ce qui était excusable, car ce n'était pas précisément le genre de littérature qui tenait en éveil.

Très doucement, sans le quitter des yeux, elle s'avança dans la pièce en retenant son souffle. Elle n'avait pas fait trois pas qu'il tourna la tête dans sa direction. Cet homme *était* un robot, songea-t-elle avec désespoir. Doté d'une ouïe surnaturelle.

— Où allez-vous ?
— Je suis somnambule, répliqua-t-elle.

Il hocha la tête, comme si cette explication lui suffisait.

— Tant que je suis au courant, murmura-t-il avant de se replonger dans son livre.

La curiosité fut la plus forte. Janelle s'approcha du canapé, essayant de déchiffrer l'inscription sur la couverture usée. Mais les doigts de Boone masquaient le titre et le nom de l'auteur.

— Que lisez-vous ?
— Un livre.

Il ne faisait pas suffisamment clair pour distinguer quoi que ce soit. Toutes les lumières étaient éteintes, sauf la lampe sur la table basse à côté du canapé, qui diffusait un halo tamisé. L'ambiance aurait presque été romantique si l'homme assis là avait été quelqu'un d'autre.

— Ça, je le vois bien, répondit-elle d'un ton égal. Quel genre de livre ?

— Un bon livre.

S'il avait fallu illustrer le mot « exaspérant », cet individu aurait été parfait.

— Vous le faites exprès pour m'agacer ou est-ce que jouer au petit malin est chez vous une seconde nature ?

Comme elle faisait mine d'avancer, il roula son livre à la façon d'un magazine et le fourra dans la poche arrière de son pantalon.

— Il est encore tôt, dit-il. Vous devriez retourner vous coucher.

Les yeux de Janelle s'étrécirent. Enfant déjà, elle n'aimait pas qu'on lui dicte sa conduite, alors même que les personnes qui lui donnaient des ordres étaient en droit de le faire. Ce qui n'était pas le cas de cet homme.

— Quand j'aurai besoin de votre avis, je vous le ferai savoir, lâcha-t-elle avec hauteur.

Cette déclaration aurait eu beaucoup plus d'impact si un bâillement irrépressible n'était venu l'interrompre. Elle soupira et son regard se porta sur la cafetière électrique posée sur le comptoir. Si elle voulait travailler — et comprendre ce qu'elle lisait —, elle allait avoir besoin d'un remontant.

— Désirez-vous du café ?

— J'en boirais bien une tasse, dit-il après un bref instant de réflexion.

— C'est bien, moi aussi. Allez le préparer, ordonna-t-elle d'un ton désinvolte. Les filtres sont dans le placard, au-dessus de la machine, et le café est dans la contre-porte du réfrigérateur.

Elle l'avait bien eu ! pesta Sawyer en son for intérieur.

Il faillit protester, puis se ravisa. Il devait reconnaître sa défaite ; elle s'était montrée plus maligne que lui.

Dans un tribunal, cette femme devait être une vraie terreur. Un de ces jours, il irait peut-être assister à l'une de ses plaidoiries. Ce ne serait pas désagréable de la voir s'en prendre à quelqu'un d'autre que lui. Mais on verrait ça plus tard. Pour le moment, conclut-il en se levant, il avait du café à préparer.

L'arôme puissant du café vint chatouiller les narines de Janelle, rompant le fil extrêmement flottant de ses pensées. Siroter sa première tasse de café du matin était pour elle un moment de plaisir sensuel qui lui permettait de s'éveiller en douceur.

Se redressant, elle pencha la tête sur le côté et tendit l'oreille. Elle ne perçut pas le moindre son, aucun bruit de pas signalant que quelqu'un approchait de la pièce où elle s'était isolée pour travailler.

Boone se mouvait aussi silencieusement qu'un avion furtif, une qualité dont il tirait probablement fierté. Après quelques instants, elle décida de se lever et d'aller voir.

Il avait repris sa place sur le canapé, une tasse dans une main et son mystérieux livre dans l'autre. Lorsqu'elle se planta devant lui, ses mollets touchant la table basse, il ne leva même pas les yeux.

— Je croyais vous avoir demandé de faire du café !
— En effet.

Il lui jeta un bref regard.

— Mais vous ne m'avez pas demandé de vous l'apporter, répliqua-t-il.
— La prochaine fois, je tâcherai d'être plus claire, marmonna-t-elle en se dirigeant vers la cafetière.
— C'est cela.

Riant sous cape, Sawyer se replongea dans sa lecture tandis qu'elle se servait un café en bougonnant.

Son sourire fut long à s'effacer.

Peu après, Janelle retourna se coucher, avec l'espoir de grappiller quelques heures de sommeil avant d'entamer une nouvelle journée de travail.

Le fait d'avoir bu du café, si on pouvait appeler ainsi l'espèce de breuvage ressemblant à du goudron que Boone avait concocté, ne l'empêchait pas de dormir, songea-t-elle en soupirant. La caféine ne l'avait jamais empêchée de dormir. Non, ce qui causait son insomnie, c'était la présence d'un garde du corps dans son salon.

Après voir tourné dans son lit pendant encore un moment, elle finit par sombrer dans un sommeil agité.

Lorsqu'elle se réveilla, il faisait déjà clair. Elle était en retard ! Elle se leva d'un bond et se prépara en toute hâte, se douchant et s'habillant en moins de vingt minutes. Faire son lit ne lui en prit que deux.

Tout en mettant sa seconde boucle d'oreille, elle gagna le séjour. Boone n'était plus sur le canapé. Au début, elle se crut seule, puis elle le vit. Il était dans la cuisine, en train de faire du café.

Voilà au moins une chose à laquelle il était utile…

Elle s'avisa alors qu'il avait changé de chemise et, en s'approchant, remarqua qu'il avait les cheveux légèrement humides. Il y avait une salle de bains dans la chambre d'amis ; il avait dû prendre une douche, conclut-elle en empêchant ses pensées de s'égarer dans cette direction.

Cependant, cela n'expliquait pas comment il s'était procuré des vêtements propres.

Elle sortit le pain de mie du réfrigérateur, en mit deux tranches dans le grille-pain et abaissa le levier.

— Vous êtes rentré chez vous pendant la nuit ?

Les premières gouttes de café tombèrent dans la verseuse, accompagnées du gargouillement habituel.

— Non, pourquoi ?

Elle lui jeta un coup d'œil à la dérobée. Il lui sembla que le tissu de sa chemise lui collait légèrement à la peau, épousant son torse musclé. Pourquoi l'effet produit était-il aussi sexy ?

— Vos vêtements. Ce ne sont pas les mêmes.

— J'ai toujours de quoi me changer dans la voiture.

Il prit la cafetière et versa du café dans la tasse qu'il avait utilisée la veille.

— Pour plusieurs jours, ajouta-t-il.

Elle aurait dû s'en douter.

— Paré à toute éventualité, lança-t-elle. Comme les scouts.

Les scouts fonctionnaient en groupe, pensa Sawyer. Pas lui. Il avait toujours été solitaire, sauf durant la brève période où Allison avait fait partie de sa vie.

— Comme quelqu'un qui peut être envoyé en mission à tout moment, indiqua-t-il.

A bien y réfléchir, décida Janelle, elle s'était trompée. Le terme « scout » évoquait le base-ball, la tarte aux pommes et les gentilles mamans. Les scouts étaient généralement inoffensifs. Or, c'était bien la dernière chose qu'on aurait pu dire de Sawyer Boone.

L'espace d'une seconde, elle caressa l'idée de l'emmener prendre le petit déjeuner chez son oncle Andrew, juste pour voir comment il réagirait. La porte de son oncle était toujours ouverte. Qu'il vente ou qu'il pleuve, qu'il y ait ou non une occasion particulière, il préparait tous les matins de quoi nourrir une armée.

Si toute la famille venait, c'était une véritable foule qui se retrouvait autour de la table, au grand bonheur d'Andrew. Si elle n'avait pas déjà eu un père merveilleux, son oncle aurait été son héros. Elle les aimait presque autant l'un que l'autre.

Les tartines sautèrent dans le grille-pain. Elle les posa sur une assiette, qu'elle poussa vers son hôte forcé. Il leva un sourcil interrogateur auquel elle répondit par un léger signe de tête.

— Le beurre est dans le frigo.

— Je mange mon pain nature, dit-il en prenant la tranche du dessus.

— Evidemment, fit-elle, sarcastique.

Et, chez lui, il dormait probablement sur un lit de clous — quand il dormait !

Son intuition lui soufflait que son garde du corps ne se sentirait pas à sa place dans la cuisine d'oncle Andrew. Du moins au début, car ce dernier s'y entendait pour briser la glace. Et si, pour une raison ou une autre, il en était empêché, il y aurait toujours quelqu'un pour le mettre à l'aise. Elle se demanda combien de temps il faudrait pour arriver à le dégeler.

Elle coula un regard furtif dans sa direction, tandis que ses propres tartines jaillissaient de l'appareil. A première vue, il paraissait coriace. Ce serait dur mais pas impossible. Et l'expérience pourrait se révéler amusante.

Très vite, pourtant, elle chassa cette idée. Sawyer n'était rien pour elle, sinon une source d'ennuis. Il n'y avait pas de raison qu'elle exige de sa famille l'effort d'apprivoiser un autre olibrius à l'humeur maussade.

Ce jour-là, accaparée par de multiples réunions et un développement imprévu dans l'une de ses autres affaires, Janelle n'eut pas le temps de décrocher le téléphone et d'appeler son père comme elle se l'était promis. Il en alla de même le jour suivant. Avant qu'elle ait eu le temps de s'en apercevoir, plus d'une semaine s'était écoulée.

Tout en travaillant d'arrache-pied et en jonglant entre ses différents dossiers, tâchant d'accorder le maximum de temps à chacun, elle avait été peu à peu gagnée par une sorte de claustrophobie, à laquelle la présence de Boone était loin d'être étrangère.

Non qu'il la noie sous un flot continu de paroles ; il était, si possible, encore plus silencieux qu'auparavant. Durant ces longues journées laborieuses, saturées d'appels incessants, de montagnes de textes de référence à étudier et d'une succession de repas peu équilibrés livrés sur place, son garde du corps restait simplement assis là, absorbé dans son mystérieux livre.

Même ainsi, il paraissait capable de passer à l'action instantanément. Un peu comme un serpent endormi, prêt à frapper au premier signe d'alerte. Avec lui, elle pouvait se sentir en sécurité, mais sa seule présence, pesant sur elle comme un lourd manteau, lui donnait la sensation d'étouffer. D'être coupée du reste du monde.

Elle avait tenté de se débarrasser de cette impression. Puis, voyant que ça ne marchait pas, de l'ignorer. Cela n'avait fait qu'empirer car, au fond, elle savait que si elle provoquait un affrontement il l'enverrait au tapis. Or, l'idée d'être vaincue, d'une manière ou d'une autre, lui était insupportable. Elle n'aimait déjà pas cela avec ses frères, et ça lui plairait encore moins avec cet ours mal léché.

Faisant une pause, elle ouvrit le tiroir de son bureau et en sortit un tube d'antalgiques vitaminés à moitié vide.

Elle ôta le couvercle, fit tomber deux comprimés dans sa main et les avala sans eau. Elle avait acquis une certaine pratique à cet exercice.

— Ces trucs-là finiront par vous donner un ulcère.

Janelle aurait juré qu'il était occupé à lire alors qu'il n'avait cessé de la surveiller. L'impression de claustrophobie s'accrut.

— J'ai mal à la tête, dit-elle.

— Faites comme ça vous chante, lâcha-t-il avant de retourner à sa lecture.

A court de réplique, elle l'observa longuement. Même s'il dissimulait la couverture de son livre, elle était quasiment certaine qu'il s'agissait du même volume, qu'il avait recommencé. S'agissait-il d'un ouvrage philosophique qu'il appréciait particulièrement ? D'une sorte de bible qu'il lisait et relisait pour l'apprendre par cœur ?

Après tout, que diable lui importait ? se réprimanda-t-elle. Tout ce qu'elle souhaitait, c'était qu'il s'en aille.

Hélas ! ça ne risquait pas d'arriver — du moins, pas de sitôt, songea-t-elle, maussade.

Inexplicablement, l'appel téléphonique de Marco Wayne lui revint alors à la mémoire. Elle n'y avait plus pensé depuis des jours, et voilà qu'elle avait de nouveau mauvaise conscience. Bien qu'elle n'ait rien fait de mal, elle se sentait coupable d'avoir gardé cela pour elle. L'homme lui avait paru sincère mais, à force de mentir à la police et de faire de fausses déclarations sous serment dans les tribunaux, il avait certainement appris à se montrer convaincant.

Ni Marco Wayne ni son fils n'étaient innocents, mais elle, si ! s'insurgea-t-elle. Aucune véritable information n'avait été échangée durant cette brève conversation. Wayne avait seulement fait savoir que, comme tous les pères du monde, il voulait que son enfant ait un jugement équitable. Que Tony avait été piégé. Cette dernière déclaration n'était probablement qu'un argument destiné à l'attendrir, rien de plus.

Qui n'avait pas fonctionné, conclut-elle.

Elle ne l'avait pas cru. Pas vraiment. Mais c'était plus fort qu'elle, il fallait qu'elle se fasse l'avocat du diable. Tout en se répétant qu'elle n'avait pas commis de faute, elle ne pouvait s'empêcher de penser à la façon dont cet échange pourrait être interprété, aux rumeurs qui pourraient courir sur elle.

Elle devait s'assurer qu'elle était en terrain solide.

Normalement, elle aurait dû aller trouver Woods, puis Kleinmann. C'est ce qu'elle aurait fait d'habitude. Mais, avant d'en passer par là, elle avait besoin d'un avis bienveillant.

De renfort, en quelque sorte. Ce recours spontané au jargon policier la fit sourire ; elle n'était pas fille de flic pour rien.

Eh bien, il était temps que cette fille appelle son père, songea-t-elle. Elle prit son portable et pressa une unique touche.

— Roz ? Ici Janelle Cavanaugh. Mon père est-il là ?

— Pour vous, toujours ! répondit son interlocutrice.

Roz Smith était la secrétaire et l'assistante de Brian Cavanaugh depuis que celui-ci avait accédé au poste de chef de la police, huit ans auparavant.

— Un instant, je vais le prévenir.

S'adossant à sa chaise, Janelle respira profondément. Avant même de regarder dans sa direction, elle prit conscience que Boone avait levé les yeux de son livre et la dévisageait.

Cet homme lui donnait vraiment l'impression d'être

nue et exposée... Son père pourrait peut-être aussi l'aider à régler ce problème. S'il lui fallait supporter la présence d'un garde du corps, elle voulait un professionnel qui sache se faire oublier. Pas ce type qui lui mettait les nerfs en pelote et la plongeait d'un seul regard dans un état d'affolement indescriptible, comme si Dieu sait quoi allait lui arriver.

La voix de baryton de son père résonna à son oreille.

— Alors, comment va ma fille préférée ?

Elle rit à cette plaisanterie. Elle était son unique fille, ce qu'elle considérait comme un privilège.

— Toujours aussi sublime ! répondit-elle.

— Ça, c'est grâce à ta mère.

— Vraiment ? lança-t-elle, feignant l'étonnement.

Il ne faisait aucun doute qu'elle ressemblait beaucoup à sa mère. Elle avait également un air de famille très prononcé avec ses cousines. Toutes étaient blondes, menues et délicates — excepté Patience.

— J'ai toujours pensé que je tenais ma beauté du côté Cavanaugh.

— Je ne vais pas dire le contraire, répliqua son père avec un petit rire. Sans vouloir te bousculer, ma chérie, je dois partir en réunion dans dix minutes. On dirait que notre cher maire s'est mis en tête de réformer les prestations de retraite des agents de patrouille, ce qui risque de ne pas plaire à nos hommes en uniforme.

Janelle alla droit au fait.

— Il faut que je te parle, papa. C'est au sujet de Marco Wayne.

Il y eut un silence si long qu'elle crut que la communication avait été coupée.

— Papa, tu es là ?

— Je suis là. De quoi s'agit-il ?

Toute trace d'humour avait disparu de la voix de Brian Cavanaugh.

Elle était consciente qu'il était pressé, mais il fallait qu'elle lui expose brièvement la situation avant d'en arriver au principal.

— Je monte un dossier contre son fils et...

— C'est toi qui secondes le substitut du procureur dans l'affaire Tony Wayne ?

Percevant une note de surprise dans la voix de son père, elle répondit :

— Je sais, je sais, tu te demandes pourquoi il n'a pas choisi quelqu'un qui a plus d'ancienneté que moi dans l'équipe. Il faut croire qu'il sait reconnaître le talent ! Quand pourrons-nous nous voir pour en parler ? Je suis passée chez toi mardi dernier, et tu n'y étais pas.

— Je sais. Ta tante Rose m'a transmis le message. Je m'attendais à ce que tu rappelles plus tôt.

Brian Cavanaugh faisait des efforts pour parler avec naturel. Il croyait cette histoire enterrée depuis longtemps. Le fait qu'elle resurgisse soudain prouvait que rien n'était jamais réellement fini.

— Oui, moi aussi, dit Janelle. Mais c'est la folie, ici, papa. Il y a tellement de travail... Ça ne s'arrête jamais. Un jour, on me retrouvera écrasée sous une montagne de dossiers. Nous pourrions nous voir en fin de journée, qu'en dis-tu ? Juste toi, moi et mon ombre.

— Il y a quelqu'un dans ta vie ? s'enquit son père avec une note d'espoir dans la voix.

— Malheureusement, oui !

Plaquant un sourire artificiel sur ses lèvres, elle regarda Boone.

— Agent Sawyer Boone, énonça-t-elle. Mon garde du corps, désigné par le procureur.

Encore une fois, son père resta silencieux un long moment. Le pauvre, il était débordé de travail, se dit-elle, prise de remords. Le moment était mal choisi pour lui donner ainsi rendez-vous à l'improviste.

— Papa ?
— Je suis là, Janelle.

« Et j'aurais dû être là pour toi beaucoup plus tôt », ajouta intérieurement Brian Cavanaugh en espérant qu'il ne paierait pas trop chèrement sa négligence.

— 6 heures, ça te va ? proposa-t-il. Retrouvons-nous dans notre restaurant préféré.
— Parfait.

Janelle se sentait déjà mieux. Son père produisait toujours cet effet-là sur elle. Il avait dû s'apercevoir de ses absences répétées à la table d'Andrew, car il ajouta :

— Ce sera probablement ton premier vrai repas depuis un mois.
— J'ai mangé pas mal de pizzas ces dernières semaines, admit-elle.
— Je le savais ! Andrew m'a dit qu'il ne te voyait plus.
— Je n'ai pas le temps.
— Tu devrais toujours avoir du temps pour ta famille, Janelle.

Son ton grave inquiéta Janelle.

— Tout va bien, papa ?
— Bien sûr. A tout à l'heure, ma chérie.

« Non, ma fille, ça ne va pas », songea Brian en raccrochant.

Il allait devoir lui parler à cœur ouvert.

Il avait rendez-vous avec le maire dans quelques minutes, mais cette entrevue lui semblait tout à coup avoir perdu beaucoup de son importance. Le moment qu'il redoutait depuis vingt-huit ans était arrivé.

En son temps, il avait fait face à de dangereux criminels, risqué sa vie un nombre incalculable de fois. Pourtant, il s'était alors senti bien plus calme et confiant que maintenant.

Ses hommes disaient souvent de lui qu'il avait des nerfs d'acier. Et voilà que ce fameux sang-froid l'abandonnait, au moment où il en avait le plus besoin.

Il allait devoir dire la vérité à Janelle, et cela le terrifiait.

8

Le restaurant était bondé et, comme de coutume, assez faiblement éclairé. Jusqu'à cet instant, Janelle n'avait jamais vraiment prêté attention à ce détail. En fait, la lumière tamisée qui baignait les lieux en faisait un endroit parfait pour un rendez-vous amoureux.

Elle jeta un coup d'œil à l'homme qui se tenait près d'elle. Cet homme qui avait envahi sa vie, ne souriait que très rarement et, de toute évidence, fonctionnait à piles — elle ne l'avait encore jamais surpris en train de dormir.

Elle le connaissait assez, maintenant, pour se douter qu'à ses yeux ce devait être l'endroit rêvé pour une fusillade ou, à tout le moins, pour une rencontre entre deux personnes ne souhaitant pas être vues ensemble. Pour en avoir fréquenté toute sa vie, elle savait comment fonctionnait l'esprit d'un policier.

Son père avait sans nul doute choisi le *Three Queens* parce que c'était autrefois le restaurant préféré de sa mère et que, chaque fois qu'ils venaient manger ici, ils se sentaient plus près de Susan Cavanaugh.

Janelle regarda en direction du box que son père réservait toujours. Il était déjà là, un verre posé devant lui. Elle trouva cela étrange. Sauf en de rares occasions, le seul alcool qu'il consommait était la bière. Il répondit par un petit hochement de tête au signe qu'elle lui fit.

— Allez donc prendre un verre au bar, suggéra-t-elle à son garde du corps. Je serai juste là.

D'un geste de la main, elle lui indiqua la banquette où Brian Cavanaugh était assis.

Sawyer inspecta rapidement les lieux, passant en revue toutes les personnes présentes.

— Impossible. Je suis en service.

Sur le point de s'éloigner, Janelle s'arrêta net et le toisa. Il était hors de question qu'il s'attable avec eux.

— Très bien. Dans ce cas, mangez des cacahuètes au bar. Les cacahuètes ne sont pas interdites pendant le service, n'est-ce pas ?

Il esquissa un sourire à peine perceptible. Pourquoi son sourire la troublait-il à ce point ? s'interrogea-t-elle. Pourquoi, soudain, ce léger vertige ? La faim, probablement, se dit-elle pour se rassurer.

Ne voulant pas faire attendre son père plus longtemps, elle tourna le dos à Boone et se dirigea vers sa table. Un verre l'y attendait. Un whisky sour, accompagné d'un cocktail de crevettes à grignoter. Exactement ce qu'elle aimait. Son père avait toujours eu le souci du détail, pensa-t-elle avec affection.

— Bonsoir, papa. Merci d'être venu.

Elle l'embrassa, avant de prendre place en face de lui. Il lui adressa un sourire contraint. Une soudaine appréhension la fit frissonner. Un instant, elle fut tentée de faire diversion par un commentaire léger, mais elle se reprit. En digne fille de son père, elle n'avait pas pour habitude de fuir devant les difficultés.

Elle étala sa serviette sur ses genoux, puis referma les doigts autour de son verre.

— Qu'y a-t-il ?

Il passa la main dans ses cheveux poivre et sel, autrefois noirs comme le jais. Son alliance, qu'il semblait ne jamais devoir quitter, brilla dans la pénombre.

— Janelle…, souffla-t-il, avant de s'interrompre, visiblement submergé par l'émotion.

Janelle connaissait chaque expression de son visage bien-aimé. Enfant, elle arrivait à deviner, rien qu'au pli de sa bouche ou à son froncement de sourcils, s'il allait les gronder, ses frères et elle. Ses pommettes ressortaient lorsqu'il était particulièrement en colère. Là, il paraissait surtout préoccupé.

Elle sentit son estomac se nouer.

— Papa, tu me fais peur.

L'espace d'une seconde, Brian fut tenté de prendre une gorgée de son whisky pour éviter de répondre, mais ç'aurait été lâche. Tout comme l'avait été le fait de refuser d'affronter le problème pendant toutes ces années. Il l'avait fait pour la protéger. *Les* protéger, elle et Susan. Or, aujourd'hui, les circonstances étaient telles que la situation lui échappait, et il détestait cela.

— Janelle, reprit-il. Il faut que tu abandonnes l'affaire Wayne.

Elle éprouva aussitôt un intense soulagement. Tout allait bien. Il était seulement inquiet à cause des menaces qu'elle avait subies et réagissait en père. Mais il allait devoir se faire à l'idée qu'elle travaillait pour le procureur.

— Tu m'as fait peur, dit-elle en prenant une crevette dans la coupe décorée de givre.

Elle la porta à sa bouche sans prendre la peine de la tremper dans la sauce. Manger, même peu, lui fit du bien — le déjeuner était loin.

— Je ne peux pas m'enfuir en courant, simplement

parce que quelqu'un a tiré des coups de feu devant le tribunal, papa. La fusillade n'a d'ailleurs peut-être aucun rapport avec l'affaire Wayne.

Son père demeura de marbre ; il n'était visiblement pas convaincu.

— Nous avons un dossier solide, poursuivit-elle. J'ai travaillé dur, tu sais. Je me suis documentée, j'ai fait des recherches sur d'autres affaires semblables. Nous pouvons...

— Tu ne peux pas, la coupa-t-il d'un ton sans appel.

Cela ne lui ressemblait pas, se dit Janelle, étonnée. D'habitude, il était ouvert à la discussion.

— Pourquoi ?

« Tout cela est ma faute », songea Brian. Plus les années passaient, plus il devenait difficile d'avouer la vérité.

— Parce que, si la défense l'apprend, l'affaire sera rejetée en non-lieu.

Bon sang, comment était-il au courant ?

— Tu parles du coup de téléphone, lâcha-t-elle.

En dehors de l'intéressé lui-même, le seul à savoir que le lieutenant du crime l'avait appelée était Boone. L'avait-il dénoncée à son père ? Pourquoi aurait-il fait cela ? Pour ne plus avoir à assurer sa sécurité ?

Se tournant sur son siège, elle le chercha du regard du côté du bar. Elle n'eut aucun mal à le localiser. Loin de se fondre dans la foule, il ressortait comme le nez au milieu de la figure. Cela devait d'ailleurs probablement le rendre fou. Tout comme il la rendait folle, elle, en ce moment.

Les yeux de son garde du corps étaient rivés sur elle. Ravalant les qualificatifs peu flatteurs qui lui montaient aux lèvres, elle reporta son attention sur son père. Ayant appris à se montrer juste, elle tenait à savoir ce qu'il en était avant d'accuser Boone.

— Comment l'as-tu découvert ?

Brian secoua la tête.

— Quel coup de téléphone ? demanda-t-il.

Janelle nageait en pleine confusion. S'il n'était pas au courant de l'appel de Wayne, pourquoi se comportait-il aussi bizarrement ? Il s'était toujours inquiété pour elle, elle le savait, mais, jusqu'ici, il avait fait en sorte de ne pas le lui laisser voir.

Elle décida de tout lui raconter.

— Marco Wayne m'a appelée. Je sais que j'aurais dû raccrocher tout de suite, poursuivit-elle précipitamment pour parer à un éventuel reproche, mais je lui ai parlé.

Les yeux de son père jetèrent des éclairs. Elle ne l'avait jamais vu aussi furieux.

— A quel propos ?

C'était une étrange question, étant donné qu'elle était membre du bureau du procureur et montait un dossier contre le fils de Wayne. Toutefois, le lui faire remarquer n'aurait fait qu'aviver une colère dont elle ne comprenait pas l'origine.

— A propos de Tony. Il a dit que son fils avait droit à un jugement équitable. Et aussi qu'il était innocent, qu'on lui avait tendu un piège. Enfin, tu sais, l'argument habituel.

Non, songea Brian, il n'y avait là rien d'habituel. Pas si Marco Wayne entrait en relation avec sa fille.

Il la regarda, l'air sombre.

— Tu n'aurais pas dû lui parler.

Janelle n'avait aucune envie d'essuyer un sermon, et surtout pas ici. Son père se comportait décidément de façon étrange. Que se passait-il ? Y avait-il dans tout cela un enjeu dont elle n'avait pas conscience ? Avait-il des soucis personnels ?

— Je sais, je sais, mais ça n'a duré qu'une minute.

Marco avait l'air sincère, j'imagine que j'ai été prise au dépourvu.

Une sensation de déjà-vu s'empara de Brian ; il avait l'impression d'entendre Susan.

— C'est drôle, c'est exactement ce que ta mère m'a dit il y a vingt-neuf ans.

Ebahie par ce qu'elle venait d'entendre, Janelle le regarda fixement.

— Maman ? Maman connaissait Marco Wayne ?

Brian contempla le liquide ambré dans son verre en repensant au passé.

— Moi aussi. Nous avons tous trois grandi dans le même quartier. Je n'étais pas vraiment ami avec lui.

Il leva les yeux vers Janelle.

— Nous étions plutôt des rivaux. Marco a toujours eu un faible pour ta mère. Il était plus riche que moi et l'éblouissait de cadeaux. Et il avait cette petite touche de sophistication qui lui conférait un charme particulier...

Ses lèvres formèrent une moue ironique.

— J'ai été surpris qu'elle me préfère à lui.

— Pas moi, dit Janelle en tendant le bras par-dessus la table pour lui prendre la main. N'importe qui s'apercevrait que tu le vaux mille fois !

L'expression soucieuse de son père ne s'effaça pas.

— Papa, je t'assure que ça va aller. La moitié des policiers d'Aurora est là pour veiller à ma sécurité, sans compter l'homme de Neandertal que tu vois là-bas. Et sans compter mon père, ajouta-t-elle avec un chaud sourire. Et ça, c'est un sacré atout, personne ne dira le contraire !

Brian demeura silencieux un moment, tâchant d'imprimer ce sourire dans sa mémoire, se demandant si elle lui pardonnerait jamais de ne pas avoir eu le courage de lui parler des années plus tôt.

— Il faut que je te dise quelque chose, lâcha-t-il enfin, l'air grave.

Une main glacée enserra le cœur de Janelle. Jamais encore elle n'avait vu son père se comporter comme ce soir. Rassemblant son courage, elle s'efforça néanmoins de rester optimiste.

— D'accord.

Il se pencha en avant et, parlant à mi-voix pour qu'elle soit la seule à pouvoir l'entendre, déclara :

— J'aurais dû te le dire depuis longtemps, mais le moment ne semblait jamais bien choisi. Et puis... il s'agissait du secret de ta mère, pas du mien.

Janelle sentit le goût métallique de la peur lui emplir la bouche.

— Continue.

— Tu sais que je t'aime, Janelle.

— Oui, répondit-elle sans le quitter des yeux. Mais j'imagine que ce n'est pas ce que tu essaies de me dire.

Il s'obligea à poursuivre, tout en étant conscient de ce qu'il était sur le point de perdre : un lien privilégié, fondé sur la confiance et l'innocence.

— Ta mère et moi, nous avons eu quelques petits passages à vide au cours de notre mariage.

Janelle n'ignorait pas que, malgré tout l'amour qu'ils se portaient, ses parents n'avaient pas vécu une histoire de conte de fées. Sa mère était de nature assez nerveuse et avait eu, vers la fin, tendance à la dépression, bien qu'elle ait fait en sorte de ne pas le montrer à ses enfants.

— Oui, je sais.

— Ce n'était pas facile pour elle. Je travaillais dans un quartier sensible, à l'époque, et elle s'inquiétait pour moi. Nous nous disputions souvent à ce sujet. Puis, une chose en entraînant une autre...

Peu désireux de revenir sur le fossé qui s'était creusé entre son épouse et lui après la naissance de leur dernier fils, il n'acheva pas sa phrase.

Il prit la main de Janelle, priant silencieusement pour qu'elle se montre compréhensive, qu'elle lui pardonne de ternir l'image de sa mère et d'ébranler la confiance qu'elle avait placée en lui.

— J'espérais ne jamais avoir à aborder ce sujet, avoua-t-il. Je ne voulais pas entacher ton estime pour elle.

Janelle essayait désespérément de donner un sens à ses paroles.

— Que vas-tu m'annoncer ? Que maman a eu une liaison avec Marco Wayne ?

En disant cela, elle s'aperçut qu'elle ne supportait pas d'imaginer sa mère avec un autre homme que son père. Elle s'était toujours représenté sa famille comme un cercle uni. Cette trahison était-elle la cause de la dépression de sa mère à la fin de sa vie ? S'était-elle sentie coupable d'avoir trompé son mari ?

— Nous sommes au XXIe siècle, papa, reprit-elle en faisant son possible pour dissimuler sa profonde déception. Ces choses-là arrivent…

Mais Brian savait qu'il devait aller jusqu'au bout. C'en était fini des mensonges, des faux-semblants.

— Ce n'est pas tout.

Les cheveux de Janelle se hérissèrent sur sa nuque ; sa respiration devint difficile.

— Comment cela ?

Soudain, la raison du malaise de son père lui apparut.

— Anthony est leur fils, c'est ça ? Et c'est pour cette raison que Marco m'a appelée ? Parce que Tony est mon demi-frère ?

O mon Dieu ! songea-t-elle. Son pauvre père…

Jusqu'à preuve du contraire, Marco n'était pas au courant, songea Brian. Seuls Susan et lui connaissaient la vérité. Ainsi qu'Andrew, qui l'avait aidé à prendre la décision de pardonner à sa femme et de se tourner vers l'avenir, sans plus regarder en arrière.

Si, aujourd'hui, il rouvrait les anciennes blessures, c'était qu'il n'avait pas d'autre choix.

— Tony est ton demi-frère, annonça-t-il. Mais il n'est pas le fils de ta mère.

Voilà maintenant qu'il se mettait à parler par énigmes, se dit Janelle.

— Je ne vois pas…

Mais, à l'instant même où elle prononçait ces mots, la lumière se fit dans son esprit. Elle se mit à prier pour avoir mal compris. Les yeux brûlants, elle tenta de toutes ses forces de repousser l'horrible vérité.

— Tu n'es pas en train de dire… que Marco Wayne est… est mon…, bredouilla-t-elle d'une voix enrouée.

Brian ne voulait pas l'entendre appeler « père » quelqu'un d'autre que lui. Il estimait avoir gagné le droit d'être le seul à répondre à ce nom.

— Tu es devenue ma fille dès l'instant où tu es venue au monde, Janelle, déclara-t-il d'une voix qui avait du mal à ne pas trembler. Et même avant cela. J'ai été le premier que tu as regardé, le premier à te tenir. Tu as toujours été ma fille, conclut-il d'un ton farouche.

Un voile sombre tomba devant les yeux de Janelle, tandis que le brouhaha du restaurant envahissait sa tête, s'ajoutant au chaos qui régnait dans son esprit. Elle respira profondément pour ne pas basculer dans l'obscurité qui l'aspirait, dans l'abîme noir, béni, de l'inconscience.

— Seulement sur le papier, chuchota-t-elle.
— De toutes les façons possibles, affirma Brian.

Il ne pouvait pas la perdre à cause de sa propre lâcheté. C'était impossible.

— Sauf par le sang !

Elle se sentait à la fois hébétée et furieuse. Son cerveau emballé cherchait frénétiquement une explication qui puisse donner un sens à tout cela.

— Pourquoi ne m'as-tu rien dit ? Quand je pense au nombre de fois où j'ai disserté, très fière, sur ma ressemblance avec toi…

Elle se tut, submergée par la honte et par un indicible sentiment de trahison.

— Pourquoi ne m'as-tu rien dit ? répéta-t-elle.

Elle dévisagea l'homme assis en face d'elle. Qui était cet étranger qu'elle avait cru si bien connaître ?

— Tu as bien ri à mes dépens ? J'espère que le spectacle était amusant !

— Bon sang, Janelle, personne ne se moquait de toi ! Je viens de t'expliquer pourquoi je n'ai pas réussi à te parler avant. Je ne pouvais pas, surtout après avoir perdu ta mère. Tu étais ma fille, je t'aimais…

— Pourquoi m'aurais-tu aimée ? s'écria-t-elle.

Elle se redressa, prête à se lever pour partir.

— Comment aurais-tu pu ressentir autre chose que du dégoût ? Dès que tu posais les yeux sur moi, tu devais te rappeler l'infidélité de maman…

Brian lui saisit les mains pour la retenir.

— Quand je posais les yeux sur toi, je voyais la petite fille que j'aimais. J'ai regardé cette petite fille se transformer en une jeune femme dont je suis fier…

— Une jeune femme à qui tu as menti ! rétorqua-t-elle, tentant de dominer l'intolérable souffrance qui s'était emparée d'elle.

Elle n'était pas sa fille. L'homme qu'elle adorait, qui

était le centre de son monde, le pilier de sa grande famille, n'était pas son père ! Elle se sentait trahie. Seule et perdue. Et également en colère. Elle brûlait de colère. Contre sa mère et contre cet homme qu'elle avait pris jusque-là pour son père. Contre Marco Wayne.

Se raccrochant au seul lien qui lui restait avec sa fille, Brian refusait de lâcher ses mains.

— Accuse-moi plutôt de ne pas t'avoir révélé la vérité.

Elle se dégagea, le cœur en miettes.

— Bon sang, papa — si je suis toujours censée t'appeler ainsi… Tu sais que se taire revient à mentir !

Il n'était pas qu'un flic impartial, se dit-il. Il était aussi un homme, avec ses faiblesses.

— Ma seule excuse, c'est que j'avais peur de te perdre. Peur que tu ne réagisses comme tu es en train de le faire en ce moment.

— Qui d'autre est au courant ? demanda-t-elle en se laissant aller contre le dossier de son siège. Est-ce que tout le monde le sait ?

De nouveau, un sentiment de honte la submergea. Elle ne supportait pas l'idée que ses frères, ses cousins aient pitié d'elle.

— Seulement Andrew.

Il vit Janelle écarquiller les yeux et ajouta vivement :

— C'est lui qui m'a conseillé de pardonner à ta mère. J'ai suivi son conseil et je suis heureux de l'avoir fait.

Quelques minutes plus tôt, Janelle aurait pu jurer sur la Bible qu'il n'y avait dans sa famille aucun secret, aucune zone d'ombre. Dire qu'elle était le dindon de la farce !

— Et Dax, Troy, Jared et les autres ?

— Ils ne savent pas, assura-t-il avec fermeté. Marco non plus. Ta mère ne l'en a jamais informé.

Brian était absolument certain que ce dernier ne soupçonnait pas sa paternité. Le fait qu'il ait appelé Janelle en était la preuve.

Elle repensa au coup de téléphone de Wayne et essaya de se rappeler les moindres inflexions de sa voix. Avait-il des doutes ? Y avait-il une raison pour qu'il en ait ? Ou alors savait-il depuis toujours qu'elle était sa fille ?

Il se pouvait que ce soit pour cela qu'il s'était adressé à elle.

A moins qu'il ne s'agisse d'une coïncidence. Ou qu'il l'ait choisie simplement parce qu'elle était la fille de Brian Cavanaugh, ancienne connaissance et mari d'une femme avec qui il avait eu une liaison.

Elle entrevit soudain une lueur d'espoir et s'y raccrocha comme à une bouée de sauvetage. Sa mère avait fait l'amour avec Marco. Si elle avait eu des rapports avec son père durant la même période...

— Maman s'est peut-être trompée ?
— Il n'y a pas d'erreur possible, Janelle, dit-il doucement. Ta mère et moi n'avions plus de relations depuis un certain temps lorsqu'elle s'est rendu compte qu'elle était enceinte.

Toutes les illusions de Janelle sur sa famille, sur sa vie, s'envolèrent d'un coup en fumée. Elle avait du mal à réfléchir, à respirer. Si elle restait là une minute de plus, elle allait s'évanouir. Il fallait qu'elle sorte prendre l'air.

Elle se leva et s'éloigna en hâte. Son père l'appela, mais elle ne se retourna pas. Elle ne pensait plus qu'à une chose, sortir. Mettre le plus de distance possible entre elle et ce qui lui causait tant de douleur.

Elle poussa avec force la porte d'entrée et se précipita dehors, avalant de grandes goulées d'air, emplissant ses poumons aussi vite que possible pour tenter de recouvrer le contrôle d'elle-même.

Cela ne lui fut d'aucune aide.

Réprimant un juron, elle s'empressa de rejoindre sa voiture avec une seule idée en tête, partir loin d'ici.

Depuis leur arrivée dans ce restaurant, Sawyer n'avait cessé de l'observer. Pour la forme, il avait commandé un soda, ce qui lui avait valu un regard dédaigneux du barman qui s'était éloigné en marmonnant dans sa barbe. Les yeux rivés sur le box où était assise Janelle, Sawyer ne lui avait prêté qu'une oreille distraite.

L'éclairage laissait franchement à désirer, mais il avait une grande capacité d'observation et de concentration.

Il s'adossa au bar, le coude posé sur le zinc, et se préparait à siroter sa boisson sucrée pendant une heure ou deux lorsqu'il remarqua l'expression de la jeune femme. Même à cette distance, et malgré le peu de lumière, il était facile de voir qu'elle venait d'apprendre une nouvelle qui allait changer le cours de sa vie. Et qu'elle était dévastée.

Cela devait avoir un rapport avec sa grande famille, supposa-t-il. Dans la mesure où elle ne risquait pas de recevoir une balle dans le corps, ça ne le concernait pas. De plus, elle était en compagnie du chef de la police d'Aurora ; a priori, elle ne risquait rien.

Mais tout espoir de profiter d'une heure de détente s'envola lorsqu'il la vit se lever de table subitement. C'était d'autant plus surprenant de sa part qu'elle discutait avec son père, avec qui, de notoriété publique, elle entretenait des rapports harmonieux fondés sur un respect mutuel.

Vu d'ici, ça n'en avait pas l'air. On aurait plutôt dit qu'elle venait de rencontrer le grand méchant loup.

Quelle tuile ! se dit-il en s'élançant à sa suite, fendant la foule pour atteindre la porte d'entrée. Assurer la sécurité de Janelle Cavanaugh n'était décidément pas une mince affaire.

9

Janelle sortit sa clé de son sac, mais ses mains tremblaient tant qu'elle lui échappa.

Elle ne tremblait jamais, d'habitude, songea-t-elle avec colère en se baissant pour la ramasser. Mais, après tout, quoi de surprenant ? Elle n'était de toute évidence pas la personne qu'elle avait cru être jusqu'ici.

Elle pointa la télécommande vers sa voiture et appuya sur le bouton. Rien ne se passa. Elle fit un nouvel essai, sans plus de résultat, ce qui la plongea dans un tel état de rage qu'elle en fut presque effrayée. Agrippant la clé plus fermement, elle essaya de l'introduire dans la serrure, ne réussissant qu'à rayer la peinture. A deux reprises.

Enfin, elle parvint à déverrouiller et s'écroula sur le siège en refermant la portière si violemment qu'elle faillit la recevoir contre l'épaule. Etouffant un juron, elle tenta de mettre le contact et laissa de nouveau tomber sa clé.

— Zut !

La clé avait atterri directement sous le volant. Elle dut se contorsionner pour la récupérer.

Alors qu'elle se redressait, la portière du conducteur s'ouvrit brusquement.

— Passez de l'autre côté ! ordonna Sawyer.

De son point de vue, elle n'était absolument pas en état de conduire : elle avait l'air au bord de la crise de nerfs.

Janelle le regarda fixement. D'où diable sortait-il ? Son cerveau engourdi peinait à trouver une réponse. Il lui fallut plusieurs secondes pour se rappeler qu'elle l'avait laissé au bar. Pourquoi avait-il fallu qu'il la suive jusqu'ici ?

— Je n'ai pas d'ordres à recevoir de vous ! vociféra-t-elle.

Sawyer savait quel comportement adopter face à la colère, mais pas face à des larmes qui menaçaient de couler.

— Je vous donnerai des ordres si j'estime que c'est nécessaire, répondit-il sans s'émouvoir. Maintenant, sortez et installez-vous sur l'autre siège.

Bon sang ! Elle allait vraiment se mettre à pleurer, se dit-il en étudiant son visage. Sa seule chance de l'en empêcher était de provoquer sa colère.

— Vous n'êtes pas en état de conduire.

En quoi cela le concernait-il ? s'indigna Janelle en silence. A ses yeux, elle n'était rien de plus qu'une mission, un objet quelconque dont il avait la garde. Au moins, elle avait tout de même appris une bonne nouvelle, ce soir : elle pouvait désormais se passer de lui.

— Vous êtes libre, déclara-t-elle en le congédiant d'un geste. Rentrez chez vous, monsieur Boone. Vous n'avez plus à veiller sur moi.

— Cessez vos bavardages et faites ce que je vous dis.

Elle agrippa le volant de toutes ses forces. Alors que tout semblait être en train de s'écrouler autour d'elle, elle avait besoin de se raccrocher à quelque chose de solide, ne serait-ce que physiquement.

Elle n'était pas une Cavanaugh. Elle n'était rien du tout.

— Ne comprenez-vous pas ? lança-t-elle d'un ton acerbe. Vous n'avez plus besoin de jouer les chiens de garde ! J'abandonne l'affaire. Je vais peut-être même démissionner.

Elle se sentait complètement désorientée. A quoi servait-elle, désormais ?

— Retournez dans votre grotte et attendez qu'on vous assigne une nouvelle mission, ajouta-t-elle.

Sans perdre davantage de temps en discussions inutiles, Sawyer la prit par le bras et la fit sortir de force de la voiture.

Une fois passé le choc de la surprise, elle se mit à gesticuler et vitupérer.

Imperturbable, il la saisit à bras-le-corps, la souleva comme une plume et, sans paraître affecté par les coups de poing dont elle lui martelait la poitrine, fit le tour du véhicule et la déposa sans cérémonie sur le siège passager. Avant qu'elle n'ait pu pousser un nouveau cri de protestation, il boucla sa ceinture de sécurité, effleurant ses cuisses au passage, et claqua la portière. Puis il se dépêcha d'aller s'installer au volant, de peur qu'elle ne se détache et ne reprenne la place du conducteur.

Pour un homme de son gabarit, il était incroyablement rapide, se dit Janelle avec rancune.

Il appuya sur le bouton de verrouillage central, puis désactiva les commandes côté passager.

Elle était prisonnière.

— C'est un enlèvement, Boone ! cria-t-elle.

Comme il démarrait, elle se mit à proférer des menaces d'une voix stridente pour dominer le bruit du moteur.

— Vous me lirez les chefs d'accusation plus tard, dit-il d'un ton léger.

Elle laissa échapper un soupir exaspéré. S'il pensait qu'elle était le genre de femme à se laisser faire sans réagir, il se fourrait le doigt dans l'œil.

— Comptez sur moi !

— Je suis sûr que vous aurez votre papa derrière vous pour vous soutenir.

Du coin de l'œil, il la vit se raidir. Il fit marche arrière et se dirigea vers la sortie du parking. Juste avant de tourner dans la rue, il lui coula un regard furtif. Toute couleur avait déserté son visage.

— Vous êtes blanche comme un linge. Qu'est-ce que j'ai dit ?

Craignant de se mettre à pleurer, Janelle garda les yeux rivés sur le pare-brise. Elle ne voulait surtout pas fondre en larmes devant lui, sans quoi il croirait que c'était à cause de sa remarque.

— Rien.

« Tu parles », songea Sawyer. Il avait pour principe de ne jamais se mêler de la vie d'autrui mais, dans la mesure où cette femme était sous sa responsabilité, il considérait comme son devoir d'intervenir.

Il insista :

— Ecoutez, je ne suis sur cette mission que depuis deux semaines, mais j'ai eu le temps de remarquer une ou deux choses. Vous êtes de la race de ceux qui ont besoin d'exprimer ce qu'ils ressentent. Si vous ne vous confiez pas, vous allez exploser.

S'insérant dans le flot de la circulation, il attendit qu'elle se mette à parler.

— Et alors ? fit-elle, têtue.

— Alors, racontez-moi ! ordonna-t-il d'un ton impatient. Il se trouve que le sang est difficile à enlever du revêtement des sièges. De plus, si quelque chose devait vous arriver, j'aurais sur le dos un bon nombre de gens : vos frères, vos cousins et votre père, sans compter l'ancien chef de la police.

Toute sa famille. Enfin, son *ancienne* famille…, songea Janelle sombrement.

Elle aurait donné n'importe quoi pour que Marco Wayne et son maudit fils ne soient jamais entrés dans sa vie. *Son père et son demi-frère.* Deux personnes qui venaient de lui voler son insouciance et son bonheur. Qu'ils aillent brûler en enfer !

Luttant de toutes ses forces pour ne pas pleurer, elle continua à regarder droit devant elle.

— Vous n'avez rien à craindre d'eux, assura-t-elle, les dents serrées.

Sawyer avait rarement entendu autant de chagrin dans la voix de quelqu'un. A première vue, elle ne semblait pas être le genre de femme à faire des scènes ou des crises d'hystérie. Pourtant, elle était de toute évidence sur le point de s'effondrer. Elle était sur la défensive, et cependant vulnérable.

— Pourquoi ? s'enquit-il.

— Parce que c'est comme ça ! rétorqua-t-elle en croisant les bras sur sa poitrine.

Il la regarda de nouveau à la dérobée, à l'instant même où les phares d'une voiture venant en face éclairaient son visage. Elle était livide et respirait avec difficulté, comme si elle était en proie à une crise de panique.

Pris de compassion, il devina pourtant d'instinct que lui témoigner de la sympathie ne serait pas un bon moyen d'approche.

— Que diable vous a-t-il dit, là-bas ?

De toutes les personnes que Janelle connaissait, Sawyer Boone était bien la dernière à qui elle aurait souhaité se confier. Elle aurait encore préféré parler aux criminels qu'elle avait traduits en justice. Mais elle se sentait tellement perdue, déboussolée, abandonnée, et avait désespérément besoin de chaleur humaine, de quelqu'un qui l'aide à se sortir de ces sables mouvants...

Or, Sawyer Boone lui tendait la main.

Les mots jaillirent, en même temps que les larmes qu'elle craignait tant de verser.

— Qu'il n'est pas mon père.

Sawyer ne s'attendait pas à ça.

— Quoi ?

Elle n'était pourtant pas soûle, se dit-il. Le verre qui l'attendait à leur arrivée n'était qu'à moitié vide lorsqu'elle avait quitté précipitamment le restaurant. Alors de quoi parlait-elle ? Avait-elle eu une dispute avec son père ? Peut-être, finalement, n'était-elle qu'une de ces mijaurées qui sortaient de leurs gonds quand on ne faisait pas leurs quatre volontés...

Il attendit qu'elle s'explique.

Janelle se passa la main dans les cheveux, souhaitant n'avoir jamais vécu cette journée, en effacer la dernière heure afin que tout redevienne comme avant. Mais c'était impossible, elle le savait bien.

Elle ne voulait plus qu'une chose, être seule.

— Ecoutez, fit-elle impatiemment, pourquoi ne pas aller chez vous ?

Cette suggestion prit Sawyer au dépourvu. Etait-elle en train de lui faire des avances ? S'il n'avait pas été en mission, s'il l'avait connue dans un autre contexte, en la croisant dans le restaurant qu'ils venaient de quitter, par exemple, il se serait peut-être laissé tenter. Quelque chose, chez cette femme, le touchait, parvenait à percer les défenses qu'il avait érigées autour de lui.

Il éprouvait pour elle une sorte d'attirance élémentaire, de désir à l'état brut.

Quoi qu'il en soit, elle était l'objet de sa mission et, en cet instant précis, il s'efforçait de la traiter avec ménagement.

Ce qui, s'il avait bien interprété sa proposition, signifiait qu'il devait décliner son offre.

— Quoi ? lança-t-il pour la seconde fois.

— Je pourrais vous déposer chez vous en allant chez moi, articula-t-elle péniblement.

Visiblement, chaque mot lui coûtait.

— Ce n'est pas sur votre route.

— Ça m'est égal.

Pourquoi la tourmentait-il ? se demanda Janelle. Tout ce qu'elle désirait, c'était se débarrasser de lui, rentrer chez elle, se jeter sur son lit et pleurer toutes les larmes de son corps. Peut-être se sentirait-elle moins mal ensuite.

— Ma préoccupation du moment n'est pas d'économiser de l'essence, déclara-t-elle.

— Je vous ramène chez vous, trancha-t-il d'un ton sans réplique.

Chez elle.

Pour Janelle, la notion de « chez-soi » était moins un endroit concret que sa famille proprement dite. Cependant, si elle avait dû désigner un lieu qui corresponde à la définition classique du terme, elle aurait sans hésiter choisi la maison où elle avait grandi. Grandi avec le sentiment rassurant de savoir qui elle était et quelle était sa place dans l'univers.

Quelle idiote !

Le sang qui coulait dans ses veines n'était pas celui qu'elle croyait. Toutes ces années, elle n'avait cessé de souligner les ressemblances entre elle et son père, entre elle et ses cousins, alors qu'il n'y en avait aucune. Pas la moindre. Tout simplement parce qu'elle n'était pas une Cavanaugh.

— Conduisez-moi où bon vous semblera, dit-elle avec un soupir résigné.

L'instant d'après, Boone arrêtait la voiture sur le bas-côté. Qu'avait-il encore ? Elle le fusilla du regard.

— Que faites-vous ?

Il coupa le contact et se tourna vers elle.

— Je n'irai pas plus loin tant que vous ne m'aurez pas expliqué ce qui se passe.

— Je vous l'ai déjà dit, lâcha-t-elle, agacée. Vous en savez autant que moi.

Il ne renonça pas pour autant.

— Je ne crois pas. Vous êtes en train de vous décomposer devant moi, et ce n'est pas votre genre.

— Parce que vous savez quel est mon « genre » ? s'emporta-t-elle. Comment sauriez-vous quoi que ce soit sur moi alors que je ne me connais pas moi-même ?

— Est-ce qu'on vous aurait droguée ? demanda-t-il. Je ne vous ai pas quittée des yeux de la soirée, mais si un serveur a mis quelque chose dans votre verre…

— Personne n'a mis quoi que ce soit dans mon verre ! Mon père…

Elle s'arrêta à la seconde où le mot quitta ses lèvres. Brian Cavanaugh n'était pas son père. Plus maintenant.

— Le chef de la police, reprit-elle, vient juste de réduire à néant mon existence. Ce que vous voyez là, ajouta-t-elle en écartant les mains, c'est moi quand tout fiche le camp.

Sawyer ne voyait toujours pas où elle voulait en venir. C'était peut-être une brillante avocate, mais ce qu'elle était en train de dire n'avait aucun sens.

— Vous allez devoir tout reprendre depuis le début, dit-il.

Janelle se sentit soudain très lasse.

— Et pourquoi le devrais-je ?

— Parce que je ne peux pas vous aider si je ne comprends pas ce qui vous arrive.

— Et pourquoi voudriez-vous m'aider ?

— Pour gagner une médaille, répliqua-t-il sèchement. Cessez de poser des questions stupides et expliquez-moi pourquoi vous vous comportez soudain comme si vous aviez perdu la tête.

Elle pressa sa main sur sa poitrine tout en serrant les lèvres pour les empêcher de trembler.

— Pas ma tête... Mon cœur !

Il fronça les sourcils.

— Votre cœur ? Qu'a-t-il, votre cœur ?

— On me l'a arraché.

Il soupira. Elle, d'habitude si éloquente, se montrait bien avare de mots, tout à coup !

— Que vouliez-vous dire, tout à l'heure, en déclarant que le chef de la police n'était pas votre père ?

— Tout simplement qu'il n'est pas mon père.

Comment était-ce possible ? se demanda Sawyer. Tout le monde savait que le chef de la police avait une fille, celle-là même qui était assise à côté de lui en ce moment.

— Mais je croyais...

Elle l'interrompit d'un éclat de rire, un son creux qui résonna dans l'habitacle tel un écho moqueur.

— Nous sommes deux.

— Je ne vous laisserai pas descendre de cette voiture tant que vous ne m'aurez pas fourni une explication sensée, la prévint-il. Alors ? Que vous a donc dit le chef pour que vous soyez dans cet état ?

Ravalant les larmes qui lui montaient de nouveau aux yeux, elle redressa les épaules.

— Que Marco Wayne est mon père.

Abasourdi, Sawyer la dévisagea, incapable de réagir.

— Comment ?

L'expression qui se lisait sur son visage reflétait son propre ressenti, songea Janelle. En beaucoup moins fort, évidemment. Elle avait l'impression que son âme avait été dévastée par un ouragan.

— Vous avez bien compris.

Elle prit une profonde inspiration. Que lui importait qu'il soit au courant ? Tout le monde finirait par l'apprendre, de toute façon. Une fois dévoilé, ce n'était pas le genre de secret qu'on pouvait cacher très longtemps.

Elle lui rapporta donc ce que lui avait révélé son père et conclut en disant :

— Apparemment, Marco a profité d'un moment où mes parents traversaient une passe difficile. Lui et ma mère ont eu une aventure.

Un sourire crispé aux lèvres, elle écarta de nouveau les bras.

— Et voilà le résultat !

Sawyer l'avait écoutée avec attention. Il avait entendu pire, bien pire. Mais, de toute évidence, elle était très affectée par ce qui lui arrivait ; il s'efforça donc de se montrer compréhensif.

— Et vous n'étiez pas au courant ?

— Vous trouvez que j'ai l'air de quelqu'un qui était au courant ?

— Plutôt de quelqu'un dont l'existence vient d'être réduite en miettes.

C'était une description fidèle de son état intérieur, se dit Janelle. Sa vie n'était plus qu'un champ de ruines. Elle laissa échapper un petit rire sans joie. Plus rien, désormais, ne pourrait lui rendre sa gaieté.

Puis, sa curiosité reprit le dessus. Elle considéra son

compagnon, se demandant si c'était une remarque de pure forme ou si ces mots dissimulaient autre chose.

— Vous semblez savoir de quoi vous parlez.

Il lui jeta un regard appuyé, puis reporta son attention sur le pare-brise. Les feux arrière des voitures qui passaient à côté d'eux brillaient, tels des joyaux dans la nuit.

— Je sais ce que c'est, oui…

« Hélas ! » compléta-t-il in petto.

Quelque chose dans sa voix interpella Janelle, qui n'en demeura pas moins méfiante : il s'agissait peut-être d'un stratagème.

— Ah oui ? fit-elle. Comment pourriez-vous savoir ce que c'est que de découvrir tout à coup que vous n'êtes pas la personne que vous croyez ?

— Je n'en ai aucune idée, admit-il. Mais je sais ce que c'est que de tout perdre du jour au lendemain.

C'était quelque chose dont il ne parlait jamais. Du temps où il travaillait à Los Angeles, ses collègues n'avaient appris ce qui était arrivé qu'en lisant le rapport de police.

Les premiers policiers à arriver sur les lieux avaient découvert dans sa voiture le corps sans vie d'Allison, sa fiancée. Il avait fallu qu'un jeune fou furieux choisisse la minute précise où elle passait par là pour régler ses comptes, ôtant la vie à la personne la plus délicieuse qu'il ait jamais connue.

— Je vous écoute, dit Janelle.

Il comprit qu'elle le mettait au défi de mesurer son malheur au sien. Or, les défis ne l'intéressaient pas. Il n'était pas de ceux qui avaient besoin de ce genre de motivation ou qui triomphaient lorsqu'ils remportaient la victoire, même s'il en remportait souvent. Pour lui, gagner allait de soi. Néanmoins, le seul moyen d'atteindre cette femme était de lui montrer qu'elle n'était pas seule dans son malheur.

— Ma fiancée a été abattue par un voyou qui passait en voiture.

Elle le contempla fixement. Elle avait entendu ce qu'il venait de dire, mais n'en avait visiblement pas saisi la portée.

— Vous avez été fiancé ?
— Oui.

Pendant trois semaines seulement. Les trois semaines les plus heureuses de sa vie.

— Elle était avocate. Comme vous, ajouta-t-il d'un ton ironique. Sauf qu'elle était de l'autre côté. L'assistance juridique était sa passion, sa cause.

En cela, elle avait suivi les traces de son père. Si le vieil homme ne lui avait pas transmis ce goût dès sa plus tendre enfance, songea Sawyer, Allison serait encore en vie aujourd'hui.

— Elle s'est trouvée au mauvais endroit au mauvais moment.

Janelle comprenait enfin d'où venait la tristesse qu'elle voyait parfois dans son regard. Malgré sa propre peine, elle éprouva pour lui un élan de sympathie.

— Je suis désolée.

Sawyer ne dit rien. Le sujet était clos, et il ne voulait pas revenir dessus. Tournant la clé de contact, il remit le moteur en marche et démarra.

— Vous ne vous êtes jamais doutée de votre... de la vérité ?

Janelle n'avait pas besoin de fouiller sa mémoire et son passé pour avoir la certitude que rien, à aucun moment, n'aurait pu lui laisser deviner qu'elle n'était pas la fille de Brian Cavanaugh. Il n'avait jamais fait la moindre différence entre elle et ses frères.

Elle secoua la tête.

— Non.

— Quand Marco Wayne vous a appelée au bureau l'autre jour, a-t-il…

— Non, il n'a fait aucune allusion à quoi que ce soit. C'est moi qui avais besoin des conseils de mon père… du chef, se reprit-elle aussitôt.

Dieu, que c'était dur ! Elle allait avoir du mal à s'y habituer, songea-t-elle avant de poursuivre :

— Je lui ai fait savoir que Wayne avait téléphoné, et c'est à ce moment qu'il a demandé à me voir pour me parler. Je n'aurais jamais imaginé…

Elle dut s'éclaircir la voix pour pouvoir continuer.

— Il a dit qu'il valait mieux que j'abandonne l'affaire, parce que si la défense avait vent de…

De nouveau, elle laissa sa phrase en suspens et rit doucement.

— Je pensais qu'il voulait me parler du coup de fil.

— Comment vous traitait-il ? demanda Sawyer de but en blanc.

— Que voulez-vous dire ? répondit-elle sèchement.

Il tourna promptement à gauche, juste avant que le feu ne passe au rouge.

— Durant le temps que vous avez passé sous son toit, vous a-t-il ignorée, sermonnée, prise comme souffre-douleur ?

Janelle se sentit offensée pour l'homme qu'elle avait aimé dès son premier souffle.

— Non, il ne m'a pas prise comme souffre-douleur !

Il poursuivit son interrogatoire sans paraître remarquer son ton indigné.

— Aviez-vous le sentiment qu'il vous aimait ?
— Oui, murmura-t-elle.

Et c'était précisément pour cette raison que cela faisait si mal.

Il hocha la tête.

— Alors, où est le problème ?
— Le problème, c'est qu'il m'a menti !
— Non, répliqua Sawyer. Il ne vous a rien dit, c'est différent.
— C'est ce qu'il m'a répondu. Il n'empêche qu'il a dissimulé la vérité.

Sawyer choisit un autre angle d'attaque.

— Il ne vous est pas venu un instant à l'idée que cette vérité ne lui plaisait pas ? Qu'il vous aimait en dépit de tout ? Il fallait avoir de la grandeur d'âme pour vous aimer comme sa propre chair alors que vous ne l'étiez pas. Alors, cessez de vous lamenter sur votre sort et considérez-vous comme chanceuse !

Il pensa à sa propre enfance. Lui avait grandi sans parents, sans amour.

— On n'a pas tous la chance d'avoir un père, biologique ou non, qui se soucie de notre bien-être !

Du revers de la main, Janelle sécha ses larmes. Elle était en colère contre Boone parce qu'il avait posé des questions indiscrètes, et contre elle-même pour s'être décomposée devant lui. Cependant, ce qui la rendait plus furieuse encore, c'était de s'apercevoir qu'il avait raison.

La blessure était récente et la faisait terriblement souffrir ; seul le temps atténuerait la douleur et lui permettrait de se réconcilier avec son identité et son histoire.

Brian Cavanaugh voudrait-il encore la voir, maintenant qu'elle savait, que la vérité avait finalement éclaté au grand jour ?

Elle observa à la dérobée l'homme assis à sa gauche. Son profil semblait taillé dans le roc. Il était franc, abrupt, impulsif, mais, étrangement, elle ne parvenait pas à le condamner. Ce qui ne signifiait pas pour autant qu'elle approuvait ses manières.

— Vous n'avez jamais songé à embrasser une carrière de diplomate ? demanda-t-elle d'un ton railleur.

— Il en a été question, répliqua-t-il, impassible, en tournant dans l'allée de sa résidence.

La pluie commença à tomber.

10

Ils furent trempés avant d'avoir eu le temps d'atteindre la porte de l'immeuble. On aurait dit que le ciel venait de s'ouvrir pour se déverser d'un coup sur eux.

Tout en courant pour se mettre à l'abri, Janelle ne put s'empêcher de faire le parallèle entre cette averse et sa vie. Le bulletin météo n'avait pas annoncé de pluie et l'horizon avait été dégagé toute la journée. Rien n'avait laissé prévoir un tel déluge. Ni les révélations de son père.

Son père... Comment devait-elle l'appeler, à présent ? Brian ? Chef ? Désormais, elle ne pourrait plus s'adresser à lui en disant « papa ». C'était pourtant ce qu'il était, réellement, profondément.

Jamais encore elle ne s'était sentie à ce point perdue.

Dès qu'elle eut ouvert la porte, elle alluma la lumière et, sans réfléchir, secoua la tête, projetant des gouttes de pluie autour d'elle.

— Je vais chercher une serviette, annonça-t-elle en se dirigeant vers le placard à linge situé près de la porte de sa chambre.

Sawyer ôta sa veste et la posa sur la chaise la plus proche. Son jean collait à ses cuisses comme une seconde peau.

— Prenez-en une grande !

Il fallut quelques secondes à Janelle pour saisir ce qu'il

venait de dire. Elle n'avait évidemment jamais eu l'intention de suggérer qu'ils utiliseraient la même serviette.

— J'en prends deux, lança-t-elle.

Elle revint vers lui quelques instants plus tard et lui tendit un drap de bain bleu clair.

— Vous n'auriez pas dû monter, dit-elle en s'essuyant les cheveux.

Sawyer fit de son mieux pour se sécher, mais il était évident qu'ils allaient tous deux devoir se changer. Il la regarda, s'efforçant de ne pas s'attarder sur son chemisier qui était devenu transparent.

— Parce que je dégouline sur la moquette ?

— Non, parce que vous pourriez être tranquillement en train de rentrer chez vous.

Il avait des vêtements de rechange sur place et aucune raison de partir ce soir, décida-t-il. Sans doute était-elle trop bouleversée pour avoir une vision rationnelle de la situation.

— Il n'y a pas d'urgence.

Il jeta la serviette sur son épaule et fit mine de ne pas voir que son chemisier mouillé moulait ses seins de façon extrêmement suggestive. Un tel spectacle ne pouvait cependant laisser indifférent aucune homme normalement constitué.

Il s'accorda quelques secondes avant de croiser son regard.

— Je ferais mieux d'enfiler quelque chose de sec. Et vous aussi, ajouta-t-il.

Janelle haussa les épaules. Pour le moment, se concentrer sur sa respiration était tout ce qu'elle pouvait faire ; réfléchir était au-delà de ses forces. Puis, peu à peu, les paroles de Sawyer firent leur chemin dans son cerveau.

Il allait se changer. Or, s'il devait de nouveau retourner sous la pluie, cela s'avérerait inutile.

Elle comprit enfin ce que cela impliquait.

— Vous ne rentrez pas chez vous ?

Il la considéra patiemment, à la façon d'un adulte qui tolère les extravagances d'une enfant.

— Non.

Il n'avait aucune raison de rester, décida-t-elle, même si la perspective de demeurer seule avec ses idées noires ne lui paraissait plus aussi tentante qu'une demi-heure auparavant.

— Je n'ai plus besoin de garde du corps, lui rappela-t-elle. Je vais demander au procureur de me retirer l'affaire.

Pour justifier sa requête, elle invoquerait des « raisons personnelles ». Restait à espérer que Kleinmann s'en contenterait ; elle ne comptait pas lui expliquer la vraie cause de son abandon.

— Les hommes de Wayne ne sont pas au courant de votre décision. Rien n'a changé, objecta Sawyer d'un ton léger, tout en l'adjurant mentalement d'aller se changer sans plus attendre.

Si, au moins, elle ne restait pas en pleine lumière !

— En fait, si, murmura-t-elle. Tout a changé…

Les genoux flageolants, elle se laissa tomber sur le canapé.

Il regarda, fasciné, une empreinte humide se former sur les coussins le long de ses cuisses. Elle n'en était pas consciente, mais lui, hélas ! l'était. Et diablement.

Il s'obligea à penser à autre chose.

— Si le chef ne vous avait pas parlé ce soir, rien n'aurait changé, déclara-t-il.

— Mais il l'a fait.

— Le fait que vous connaissiez la vérité est la seule

différence. Le chef ne va pas modifier son comportement envers vous, et vos frères non plus. Les choses resteront telles que vous les avez connues, à moins que *vous* n'en décidiez autrement.

Il avait sans doute raison, se dit Janelle. Elle avait envie de le croire mais, à cause du traumatisme qu'elle venait de subir, elle avait du mal à réfléchir de manière cohérente.

Elle l'étudia attentivement et se demanda soudain pourquoi il se montrait si gentil avec elle. Depuis le début, il ne cachait pas sa hâte d'en avoir terminé avec cette mission. Et, à présent, il la réconfortait…

— Qu'est-ce que ça peut bien vous faire ?

— Ça m'est égal, répondit-il sans détour. Simplement, je n'aime pas que l'on se comporte de façon irrationnelle.

Et il aimait encore moins l'air perdu qu'elle avait. Sans doute était-il encore accessible à la pitié, conclut-il. Il ne voyait pas d'autre raison d'avoir envie de lui venir en aide.

— Et maintenant, ordonna-t-il, levez-vous de ce canapé et allez vous débarrasser de ces vêtements mouillés.

Une ébauche de sourire naquit sur les lèvres de Janelle.

— Seriez-vous en train de me faire du gringue, inspecteur ?

Sawyer enfonça les mains dans les poches arrière de son pantalon — avec quelque difficulté, car elles étaient mouillées.

— Quand ce sera le cas, Cavanaugh, vous n'aurez pas besoin de me poser la question.

Il avait dit « quand ce sera le cas » et non « si c'était le cas », nota-t-elle.

Pour une raison inconnue, cette découverte la réconforta quelque peu.

Elle était énervée, fatiguée, et se sentait vide au-delà de toute expression. Avec un hochement de tête, elle se leva.

Il ne bougea pas d'un pouce, ne fit pas l'effort de s'ôter de son chemin. Il resta où il était et la regarda s'en aller.

Arrivée devant sa chambre, elle ouvrit la porte puis se retourna vers lui.

— Inspecteur ?

Il haussa les sourcils.

— Oui ?

Rêvait-elle ? Janelle eut soudain l'impression qu'il lui parlait avec plus de douceur. En cet instant, elle doutait de tout, se sentait complètement privée de repères, mais il s'était montré gentil alors que ce n'était pas dans son caractère, et elle lui en était reconnaissante.

— Merci.

Elle entra et referma la porte avant qu'il n'ait eu le temps de répondre.

Stephen Woods la dévisagea d'un air incrédule. Janelle aurait préféré s'adresser directement à Kleinmann, mais celui-ci avait dû s'absenter à cause d'une urgence. Lui et sa femme s'étaient envolés à l'aube pour New York, afin de se rendre au chevet de la mère du procureur, malade depuis longtemps.

— Vous souhaitez que je vous retire l'affaire Wayne ? répéta Woods.

« Souhaiter » n'était pas le terme approprié, corrigea-t-elle en son for intérieur. Elle n'avait pas vraiment le choix.

— Oui.

Il se pencha au-dessus de son bureau, l'air soucieux. Malgré les grands airs qu'il se donnait parfois, c'était un chic type.

— Il s'est passé quelque chose, Janelle ? Nous pouvons renforcer la sécurité…

— Il ne s'est rien passé.

Du moins, pas au sens où l'entendait le substitut. Personne ne lui avait tiré dessus. Cela dit, elle aurait encore préféré ça à la blessure morale qu'elle venait de recevoir.

Une expression entendue se peignit sur les traits fins de Woods.

— C'est cet inspecteur, n'est-ce pas ? Boone. Un ours mal léché... N'importe qui aurait du mal à s'entendre avec lui, affirma-t-il en hochant sa tête parfaitement coiffée. Nous pourrions vous attribuer un autre garde du corps.

— Ça n'a rien à voir avec lui. C'est... personnel, expliqua-t-elle avec réticence.

Elle détestait demander des faveurs, quelle qu'en soit la raison.

Comme Woods l'observait, perplexe, elle décida de s'en sortir par une autre vérité, moins dangereuse. Qui aurait cru que la cause de son malheur lui sauverait la mise ?

— Marco Wayne m'a téléphoné.

Il en resta un instant bouche bée.

— Il a quoi ?

— Il m'a appelée. Ici, au bureau.

Elle savait que la liste des appels serait contrôlée. N'ayant pas droit à l'erreur, ses supérieurs respecteraient à la lettre le protocole.

— Il a dit que son fils était innocent, qu'il avait droit à un procès équitable. Enfin, ce que dirait n'importe quel père..., précisa-t-elle avec une feinte insouciance.

Woods renifla.

— Oui, sauf que ce n'est pas n'importe qui mais un criminel d'envergure.

— Il n'en demeure pas moins un père, insista Janelle.

Wayne lui avait paru sincère. Il se pouvait qu'il ait joué la comédie mais, étant elle-même issue d'un milieu où la famille passait avant tout le reste, Janelle ne trouvait pas inconcevable qu'un chef du crime organisé puisse être inquiet pour ses enfants, au même titre que n'importe qui.

— En tout cas, reprit-elle, même si aucun propos important n'a été échangé durant l'appel, la défense pourrait utiliser cet argument et faire annuler le procès pour vice de forme. Je pense donc qu'il est préférable que j'abandonne le dossier.

Woods s'adossa à son siège et soupira, ses petits yeux marron fixés sur elle.

— Je ne sais pas quoi vous dire, Janelle. C'est la plus grosse affaire de votre carrière.

— Je sais.

Il secoua la tête, admiratif.

— Les Cavanaugh sont des gens intègres.

« Les Cavanaugh », songea-t-elle avec ironie.

— Oui, répondit-elle. Nous sommes des gens intègres.

Hélas ! elle ne faisait plus partie de ce « nous », même si l'inspecteur Boone avait essayé de la convaincre du contraire.

Lorsqu'elle retourna dans son bureau, Boone ne s'y trouvait plus. Parti. Disparu comme un voleur. Il aurait au moins pu avoir la politesse de lui dire au revoir, mais il était sans doute trop impatient de prendre le large.

A moins que son supérieur ne l'ait appelé pour lui confier une nouvelle mission urgente...

Elle contempla la chaise qu'il avait occupée pendant deux semaines. C'était étrange de ne plus le voir assis là, après tout ce temps. Une trace de son eau de Cologne flottait encore dans l'air. Son odeur.

Elle prit une profonde inspiration.

« Reprends-toi, Nelle. »

Elle s'aperçut alors qu'il avait oublié sa veste.

Après une seconde d'hésitation, décidant de mettre ses principes de côté, elle entreprit de fouiller ses poches. Avec un peu de chance, le livre qui le captivait tant s'y trouverait encore.

— Vous cherchez quelque chose ? lança la voix de Sawyer derrière elle.

Etouffant un cri de surprise, elle fit volte-face, les joues en feu.

— Je vous croyais parti, dit-elle avec un calme surprenant compte tenu de sa pression artérielle élevée.

— Je l'étais.

Il se dirigea vers elle et ramassa sa veste, qui était tombée par terre. Aucune trace d'amusement dans son regard. Ni de réprobation, d'ailleurs.

— Aux toilettes... Même les super-héros doivent y faire un tour de temps à autre !

Pourquoi se sentait-elle si heureuse qu'il n'ait pas disparu de sa vie sans un mot ? se demanda Janelle. Cela devrait lui être égal. Elle aurait même dû éprouver du soulagement en apprenant son départ, et non cette étrange sensation de tristesse.

Pourtant, ils allaient devoir se séparer maintenant. C'était comme lorsqu'on arrachait un pansement ; mieux valait en finir rapidement.

— Je viens de parler à Woods, et il me retire le dossier, annonça-t-elle.

La veste à la main, il la contempla quelques secondes puis hocha la tête.

— Vous lui avez dit que Wayne vous avait appelée.

Il avait deviné du premier coup et ne doutait pas un instant d'avoir vu juste. Son assurance agaça d'autant plus Janelle qu'elle était fondée.

— Comment le savez-vous ?

— Simple déduction.

Il baissa les yeux sur sa veste.

— Je ne vous imaginais pas en voleuse à la tire.

— Je voulais juste savoir ce que vous lisiez, répondit-elle pour se justifier, vexée.

Il tapota la poche où était rangé le livre, sans l'en sortir pour autant.

— La curiosité est un vilain défaut !

Janelle avait toujours trouvé ce dicton idiot.

— Mais c'est aussi une qualité ! riposta-t-elle.

Un sourire s'épanouit lentement sur les lèvres de Boone. Il enfonça la main dans la poche droite, en sortit le livre, rendu informe par d'innombrables lectures, et lui montra la couverture.

— *Henri V* ? lut-elle avant de relever les yeux vers lui. Shakespeare ? Vous lisez Shakespeare ?

Il n'avait pas du tout le profil d'un amateur de littérature classique.

— Le bonhomme a des choses intéressantes à dire, déclara-t-il face à son expression perplexe.

Il enfila sa veste et remit l'ouvrage dans sa poche, avant de se diriger vers la porte.

— Faites attention à vous, Cavanaugh.

— Vous aussi.

Il s'en allait, songea-t-elle. C'était ce qu'elle n'avait cessé de réclamer depuis l'instant où il était entré dans sa vie.

Mais, dès qu'il referma la porte derrière lui, son bureau lui sembla terriblement vide.

A la place de l'affaire Wayne, Janelle se vit rapidement confier deux nouveaux dossiers qui vinrent s'ajouter à ceux qu'elle avait déjà à traiter. Elle s'y attela tout de suite pour se familiariser avec les détails de chacun. Afin de ne pas avoir à sortir, elle se fit livrer son déjeuner.

Pour la première affaire, il s'agissait d'un accident de la route avec délit de fuite impliquant un sans-abri et une directrice de publicité dont la carrière était en pleine ascension. La femme avait paniqué et abandonné sa victime à son sort ; malheureusement pour elle, un témoin avait assisté à la scène depuis un stand de tacos de l'autre côté de la rue. Dans le second cas, tout était parti d'une divergence d'opinion entre deux clients dans un bar sportif à la mode. La dispute, qui portait sur un match de base-ball, avait dégénéré, et l'un des hommes avait failli tuer l'autre. Il y avait de nombreux témoins, et autant de points de vue différents.

Vers 13 heures, elle commença à avoir mal à la tête et, à la fin de la journée, elle avait la sensation d'être arrivée à un point de saturation tel qu'elle allait exploser. Tout en se sentant étrangement vide.

Lorsque enfin elle quitta le bâtiment et gagna le parking situé à l'arrière, il était presque 20 heures. Il ne restait plus que quelques rares véhicules çà et là. Le parking souterrain devait être quasiment désert lui aussi, songea-t-elle. La plupart des employés préféraient se garer au sous-sol. Il y faisait plus frais en été, plus chaud en hiver, et leurs voitures y étaient à l'abri des éléments. Janelle, pour sa part, préférait rester dehors, à l'air libre.

Elle avait regardé trop de films effrayants quand elle était petite, pensa-t-elle avec dérision.

C'est alors qu'elle remarqua la limousine noire, à l'instant même où un bruit de pas résonnait derrière elle. Elle se rappela tout à coup qu'elle n'avait plus de garde du corps. Boone n'était plus là pour surveiller le moindre de ses gestes.

Elle eut à peine le temps de faire volte-face ; une espèce d'armoire à glace à la mine patibulaire et au visage si plissé qu'il évoquait celui d'un shar-peï, vêtu d'un costume sombre et froissé, la saisit par le bras. Son haleine sentait légèrement l'oignon.

— M. Wayne voudrait vous dire un mot.

Elle le fixa, abasourdie. Un autre homme se matérialisa à son côté, lui prenant l'autre bras, et ils l'emmenèrent sans ménagement vers la longue voiture noire.

— Nous ne sommes pas loin du commissariat de police, les prévint-elle. Et je ne suis plus sur l'affaire.

Elle aurait aussi bien pu parler chinois ; ni l'un ni l'autre ne parut l'avoir entendue.

La portière de la limousine s'ouvrit, et on la poussa rudement sur la luxueuse banquette avant de refermer derrière elle, la laissant seule avec son hôte improvisé.

L'air conditionné était en marche. L'homme assis face à elle portait un pardessus camel, dont les boutons défaits laissaient voir un costume que le salaire mensuel de cinq policiers n'aurait probablement pas suffi à payer.

Pour avoir entendu dire que Marco Wayne ne se contentait que du meilleur, elle n'en fut pas étonnée. Il avait une abondante chevelure gris argent et l'expression de quelqu'un qui n'a plus confiance en personne depuis longtemps.

Pourtant, les années l'avaient épargné : il ne paraissait pas son âge. La veille, elle avait fait quelques recherches sur son compte car, c'était connu, savoir était synonyme de pouvoir. Même si elle se sentait en cet instant totalement impuissante, elle fit de son mieux pour ne pas le montrer.

Consciente que détourner les yeux serait interprété comme un signe de peur, elle soutint son regard. Elle savait d'instinct que Marco Wayne ne respectait pas ceux qui avaient peur.

— Je ne travaille plus sur ce cas, monsieur Wayne.

Il inclina très légèrement la tête et dit d'une voix aux inflexions chaudes :

— Je le sais.

Comment avait-il pu l'apprendre si rapidement ? se demanda Janelle. Aucun journaliste ne l'avait approchée pour l'interroger, et elle doutait que Woods ait fait la moindre déclaration à ce sujet. Cela ne pouvait signifier qu'une chose, à savoir qu'une taupe, au sein même du bureau du procureur, avait renseigné Wayne. Et qu'ils étaient donc vulnérables.

Elle réfléchirait à cela plus tard. Pour le moment, l'important était de sortir saine et sauve de cette voiture. Le fait qu'ils ne roulent pas était déjà un bon point.

— Dans ce cas, vous savez également que je ne puis vous être d'aucune utilité.

— J'en suis moins sûr, répondit Wayne avec un sourire qui n'atteignit pas ses yeux. Je me suis laissé dire que vous étiez très futée et dotée d'une réelle indépendance d'esprit. Vous observez, vous analysez.

— Et donc ?

— Et donc, Tony a été piégé.

— On a retrouvé un kilo de cocaïne dans son appartement, lui rappela-t-elle.

Les yeux sombres de Wayne s'étrécirent jusqu'à ne plus former que deux fentes.

— Quelqu'un l'a mis là.

— Dans quel but ? Et qui ?

S'il voulait la convaincre, il allait devoir lui donner autre chose que sa parole. Elle avait besoin de preuves, d'un mobile, de quelque chose sur quoi s'appuyer.

Il hocha la tête, comme s'il n'en attendait pas moins de sa part. Cette fois, son sourire était authentique. On aurait dit qu'il venait de lui faire passer un test à sa façon et qu'il était content d'elle.

— Tony est un bon garçon, dit-il. Je l'ai tenu autant que possible à l'écart de mes affaires.

« Mes affaires. » Drôle de façon de faire référence à l'extorsion de fonds, au proxénétisme et au trafic de drogue, se dit-elle.

— Vous n'ignorez sans doute pas que je suis numéro deux de l'organisation, reprit-il.

Cherchait-il à l'impressionner ? A l'effrayer ? A la flatter ?

— J'ai fait ma petite enquête sur vous, répondit-elle.

— La diffamation et l'élimination de la concurrence n'existent pas que dans le monde de l'entreprise.

— Que voulez-vous dire ? Que quelqu'un a une dent contre vous et cherche à détruire votre fils ?

— Je ne le permettrai pas.

Bien qu'il n'ait pas élevé la voix, ses joues se colorèrent sous l'effet de la colère.

— On se sert de lui comme d'un moyen de pression sur moi, déclara-t-il.

Elle se demanda ce qu'il se passerait si elle ouvrait brusquement la portière et tentait de s'enfuir. Les hommes qui l'avaient « escortée » jusqu'ici montaient sans doute la garde à proximité de la limousine.

— Soupçonnez-vous quelqu'un en particulier ?

Il répondit sans hésitation.

— Charlie Wentworth. Il veut devenir numéro un à la mort de l'ancien.

L'« ancien » auquel il faisait référence était sans doute Salvatore Perelli, songea Janelle.

— Mais c'est vers vous que va la préférence de « l'ancien ».

De nouveau, Marco inclina la tête.

— Nous venons du même quartier.

— Il devrait donc vous aider à régler le problème. En tout état de cause, cela ne me concerne pas. Je ne peux pas vous aider, monsieur Wayne, lâcha-t-elle, le menton levé.

Elle refusait de se laisser intimider.

— Cela vous concerne plus que vous ne le dites, Janelle.

Un sourire nostalgique éclaira ses traits.

— Vous me rappelez beaucoup votre mère.

S'agissait-il d'une remarque innocente ou insinuait-il autre chose ?

L'estomac noué, elle décida de le sonder.

— Il paraît que je tiens mon caractère entêté de mon père.

Il éclata d'un rire bref, non dénué de cruauté.

— Brian Cavanaugh est un homme bien. Bien qu'il m'ait pris Susan, j'ai toujours eu une certaine affection pour lui. Je savais qu'elle serait plus heureuse avec lui, même si, matériellement, je pouvais lui offrir plus.

Il marqua une pause, l'étudiant avec attention.

— Brian vous l'a dit, n'est-ce pas ?

Faire l'innocente n'aurait servi à rien.

— Il me l'a dit, reconnut-elle.

Wayne hocha la tête.

— Il ignore que je suis au courant. J'ai gardé le silence par égard pour votre mère. Personne d'autre ne le sait.

Mais il parlerait, si cela pouvait servir ses intérêts, compléta Janelle en silence. A voix haute, elle déclara :

— Pour l'instant.

— Non. Jamais je ne me servirai de ça pour vous

contraindre à nous aider. Mais Anthony est votre demi-frère, et on l'a piégé. Prêtez-lui secours.

C'était une prière autant qu'un ordre.

Impuissante à se libérer de l'emprise de son regard, elle gardait les yeux rivés sur lui.

Avant qu'elle ait pu protester ou ajouter quoi que ce soit, il donna un petit coup contre la vitre. L'instant d'après, la portière s'ouvrit, et l'homme qui l'avait poussée à l'intérieur lui prit le bras pour la faire sortir. Doucement, cette fois.

Puis, sans un mot, il monta à son tour dans la voiture tandis que son acolyte s'installait à côté du conducteur qui, pendant tout ce temps, était resté sur son siège, séparé de l'habitacle par une vitre teintée. Incapable du moindre mouvement, Janelle regarda la portière se refermer.

Un instant plus tard, la limousine noire s'éloignait à vive allure, la laissant seule sur le parking.

11

— Bon sang ! Mais qu'est-ce qui vous a pris ?

Janelle retint un cri de frayeur. Le cœur battant à tout rompre, elle fit volte-face, la main pressée sur sa poitrine.

Boone était tout près d'elle — si près qu'elle aurait presque pu le toucher —, et elle ne l'avait même pas entendu approcher.

— Vous arrivez toujours comme ça, sans prévenir ? Vous m'avez fait une peur bleue !

— Désolé, j'ai laissé mon clairon chez moi, ironisa-t-il. Qu'est-ce qui vous a pris de monter en voiture avec ces truands ?

Il était sorti du bâtiment quelques instants plus tôt. Grâce à la lumière des réverbères et au clair de lune, il avait pu distinguer les deux types qui montaient la garde de chaque côté de la limousine et avait identifié sans mal les hommes de main de Wayne. Il était sur le point d'appeler du renfort quand il avait vu le plus grand des deux ouvrir la portière et aider Janelle à descendre de la voiture.

— On ne m'a pas vraiment laissé le choix, rétorqua-t-elle. Je venais juste de quitter l'immeuble quand ces deux gorilles me sont tombés dessus. Celui qui ressemblait à un tas de linge froissé m'a dit que Wayne voulait me voir.

— Et ?

Elle balaya la question du revers de la main. Bien qu'encore sous le choc elle n'aimait pas le ton sur lequel il s'adressait à elle.

— Et alors, il m'a vue.

— Et ? répéta Sawyer.

Face à son expression de défi il eut beaucoup de mal à conserver son calme. Il n'avait pas besoin de ça. Vu, d'une part, le poste qu'elle occupait au bureau du procureur et, d'autre part, les lascars auxquels ils avaient affaire, il aurait cru qu'elle respecterait les règles, quelle que soit sa relation avec Wayne.

— Ecoutez, Cavanaugh, ce n'est pas le moment de faire votre mauvaise tête. Au cas où ça vous aurait échappé, Marco Wayne n'est pas un enfant de chœur !

Les yeux de Janelle s'étrécirent. S'il avait fait preuve d'un peu de sollicitude, elle aurait accepté qu'il l'interroge. Or, il était visiblement plus agacé qu'inquiet. Elle fut à deux doigts de tourner les talons et de le planter là.

— Venez-en au fait, Boone !

— Cet homme est dangereux, articula-t-il, les dents serrées.

Bon, peut-être était-il un peu inquiet, finalement, concéda-t-elle. Et peu doué pour communiquer. Elle décida de lui accorder le bénéfice du doute.

— Il ne m'a pas menacée. Et il sait que je suis sa fille.

Le front de Boone se plissa, trahissant sa surprise.

— Il m'a plus ou moins laissée entendre qu'il ne s'était pas manifesté parce qu'il savait que ma mère essayait de sauver son mariage, enchaîna-t-elle. S'il s'est tenu à l'écart de nos vies, c'est par égard pour elle.

Sawyer imaginait sans mal une foule d'autres raisons, bien plus égoïstes, pour lesquelles Wayne n'était pas entré plus tôt en contact avec sa fille.

— Mais il se manifeste maintenant, lâcha-t-il.

Janelle commençait à connaître son garde du corps et voyait bien qu'il n'avait pas confiance en Wayne. Elle ne pouvait lui en vouloir — à sa place, elle aurait été tout aussi méfiante. Cependant, elle venait de rencontrer le chef de l'organisation criminelle et avait vu son visage au moment où il avait évoqué Tony.

— Parce qu'il a peur pour son fils. Il a aussi une théorie.

Sawyer éclata d'un rire bref.

— Le contraire aurait été surprenant !

Elle commença à se diriger vers sa voiture, et il n'eut d'autre choix que de lui emboîter le pas.

— Wayne pense que l'un des autres chefs du réseau cherche à l'intimider, reprit-elle. Qu'il se sert de Tony pour l'obliger à rester en retrait.

Sawyer fit halte et lui posa la main sur l'épaule pour l'obliger à s'arrêter.

— Et si Marco décidait de coopérer avec cet autre lieutenant, les « preuves » disparaîtraient subitement ?

— C'est possible, concéda-t-elle.

Elle haussa les épaules.

— Cela dit, je ne suis pas persuadée que Wayne soit disposé à céder devant qui que ce soit. S'il donnait le moindre signe de faiblesse, sa vie ne vaudrait plus un kopeck.

Sawyer réfléchit, échafaudant mentalement divers scénarios.

— Donc, si je comprends bien, vous êtes son seul espoir.

— A vous entendre, on dirait que c'est impossible.

— Je n'ai pas dit ça.

Ils se remirent à marcher. La voiture de Janelle n'était plus qu'à quelques mètres.

— Si vous comptez saborder votre propre dossier,

vous allez avoir besoin d'aide. Et je vous conseille de ne pas traîner… Le procès a lieu dans deux semaines.

— Ce n'est plus mon dossier.

— Exact. Vous pouvez donc le saborder autant qu'il vous plaira, dit-il d'un ton sarcastique. Ça vous coûtera seulement votre carrière au bureau du procureur. Je vous rappelle que cette affaire fait beaucoup de bruit, et que certaines personnes espèrent bien récolter des bons points au passage.

Perdre un procès qui faisait l'objet d'un tel battage médiatique et passionnait les foules serait une humiliation pour Woods autant que pour Kleinmann. Et, selon toute probabilité, ni l'un ni l'autre ne pardonnerait au responsable d'un tel désastre.

Parvenue devant sa voiture, Janelle se tourna vers lui.

— Vous avez dit que j'allais avoir besoin d'aide. Etes-vous volontaire ? s'enquit-elle, soutenant son regard.

Comme il ne répondait pas, elle prit son silence pour un assentiment.

— Pourquoi ?

Il haussa les épaules.

— Je me sentirais coupable de vous laisser patauger seule dans ce bourbier.

L'image n'était guère flatteuse pour elle, mais elle ne releva pas.

— Kleinmann est à cheval sur les principes mais, malheureusement, il n'est pas en ville en ce moment. Woods est quelqu'un de bien, mais il rêve d'occuper un jour le siège de Kleinmann. S'il parvient à faire condamner le fils d'un caïd du milieu…

— Il sera favori, conclut Sawyer.

Elle n'aurait pas imaginé Sawyer Boone comme quelqu'un d'altruiste ou comme un allié. Découvrir qu'il possédait ces qualités l'obligeait à remettre en question ses propres capacités de discernement et lui procurait un réconfort inattendu.

— Donc, vous êtes prêt à unir votre sort au mien ?

— On dirait bien, dit-il en haussant les épaules comme s'il s'agissait d'un engagement sans conséquence.

Ce manque de logique était surprenant de sa part, songea Janelle.

— Et comment comptez-vous vous y prendre ? Maintenant que je n'ai plus besoin de garde du corps, on vous assignera une autre mission. Il se peut, d'ailleurs, que l'on vous demande d'assurer la sécurité du nouvel assistant que Woods aura désigné à ma place.

Surveiller le remplaçant de Janelle lui permettrait d'être dans la place, se dit Sawyer, mais irait à l'encontre de son projet, qui consistait à mener sa petite enquête de son côté. Il devrait pour cela tirer quelques ficelles et passer un ou deux coups de fil.

Il agissait avant tout dans l'intérêt de la justice. Néanmoins, pour être tout à fait honnête, il devait admettre que s'il s'en mêlait c'était aussi un peu à cause d'une paire d'yeux de la couleur du trèfle au printemps...

— J'ai un mois et demi de congés à récupérer, dit-il d'un ton anodin.

— Un mois et demi ? répéta Janelle, incrédule.

Elle-même aurait de la chance si elle parvenait à grappiller quatre jours à Noël.

Il hocha la tête.

— C'est ce que j'ai accumulé ces deux dernières années.

Elle se livra à un rapide calcul mental et parvint à la conclusion qu'il n'avait pas du tout pris de congés.

— Vous ne prenez jamais de vacances ?

Prendre des vacances, faire ses bagages pour se rendre

dans un endroit inconnu, simplement pour se vanter ensuite d'y être allé, n'avait jamais tenté Sawyer.

— Pour quoi faire ?

— Je ne sais pas... Ce que vous aimez.

De nouveau, il haussa les épaules avec indifférence.

— J'aime mon métier de flic.

Etant donné les circonstances, Janelle ne pouvait que s'en réjouir. Elle ne pouvait toutefois rester insensible à ce qu'il y avait de triste dans cet aveu.

— Mais il y a autre chose dans la vie, non ? insista-t-elle.

Il y avait eu autre chose dans la vie de Sawyer, en effet, et cela lui avait été enlevé. Il n'avait nulle envie de revivre ce genre d'épreuve.

— Je n'ai pas remarqué, non.

Ne voulant pas de sa pitié, il enchaîna :

— Alors, vous voulez de mon aide, oui ou non ?

— Mais oui, bien sûr, répondit-elle avec chaleur. C'est juste que je me sens un peu coupable d'abuser de votre temps...

— Ne vous inquiétez pas. Je ne fais que ce que j'ai envie de faire.

— Sauf quand vous êtes obligé de jouer les baby-sitters, lui rappela-t-elle.

Il ne fit aucun commentaire, mais une lueur de contrariété passa dans ses yeux. Il désigna le véhicule d'un signe de tête.

— Restez ici jusqu'à ce que j'arrive avec ma voiture.

— Bien, monsieur, dit-elle en faisant le salut militaire.

Il esquissa un léger sourire juste avant de s'éloigner.

Janelle monta dans sa voiture et attendit. La vie prenait de drôles de détours, parfois, songea-t-elle. Elle n'aurait jamais cru, lorsqu'on lui avait affecté un garde du corps, que les choses tourneraient ainsi. Qu'elle aurait un jour besoin de lui.

Et si elle acceptait l'aide qu'il lui offrait, c'est que, tout en ayant l'intime conviction qu'il était de son devoir de s'assurer que les preuves contre Tony Wayne étaient solides, elle refusait de faire appel aux membres de sa famille — ou plus exactement de son *ancienne* famille —, de leur demander de mettre en danger leur carrière ou même leur vie, à cause d'elle.

En ce qui concernait Sawyer, c'était différent. Non seulement il s'était porté volontaire, insistant même pour lui prêter son concours, mais il semblait aimer le danger. En outre, elle ne parviendrait jamais à mener de front son travail et une enquête en sous-main.

Comme il commençait à faire chaud dans la voiture, elle baissa la vitre. Enfin, elle vit le coupé bleu de Sawyer émerger du parking souterrain. D'un mouvement du bras, il lui fit signe de passer devant lui. L'image d'un mouton qu'on rabat vers un autre pâturage s'imposa désagréablement à l'esprit de Janelle. Peut-être était-ce l'impression qu'il cherchait à lui donner...

Si seulement elle avait pu se tourner vers quelqu'un d'autre ! Hélas ! c'était impossible. De plus, elle sentait qu'elle devait s'acquitter de cette tâche, sans pour autant réussir à comprendre pourquoi — en dehors du fait qu'elle ne voulait pas faire condamner un innocent sur de fausses preuves. En tout cas, le fait qu'il soit son demi-frère n'entrait pas en ligne de compte dans sa décision.

Son *demi-frère*, songea-t-elle, amère. Tout ce qu'elle souhaitait, c'était retrouver les trois frères qu'elle connaissait et aimait depuis sa naissance. Ainsi que son ancienne vie et sa confiance en elle.

Fidèle à sa parole, Boone l'escorta jusque chez elle. Tous les emplacements destinés aux visiteurs étant occupés, il passa devant l'abri auto où elle venait de se garer, en quête d'une place libre. Il escomptait qu'elle l'attendrait, elle le savait, mais elle était en proie à l'impatience et ne parvenait plus à tenir en place.

Elle descendit de voiture et se hâta de gagner son appartement. Alors qu'elle venait de déverrouiller et s'apprêtait à entrer, elle baissa les yeux et aperçut un billet glissé sous sa porte.

Ce genre de pratique paraissait un peu désuet à une époque où l'on ne communiquait que par courrier électronique, texto ou messagerie vocale. A l'instant où elle se fit cette réflexion, elle sut qui était l'auteur de la note.

Elle la ramassa, alluma la lumière, déplia le feuillet et sourit en constatant qu'elle avait deviné juste.

« Nelle,
» Je sais que découvrir si tard la vérité à propos de Marco Wayne a été un énorme choc pour toi. Je me rends compte à présent que j'ai eu tort de ne rien te dire. Si j'ai agi ainsi, c'était par peur de te perdre. Tu es et resteras toujours très précieuse à mes yeux. Tu es ma fille, de toutes les façons possibles.

» Je comprends ton désir de prendre du recul pour le moment, mais sache que je suis là et que tu peux venir me trouver si tu as envie de discuter.

» Tendrement,

Papa »

Debout sur le seuil, Janelle soupira, la lettre pressée contre sa poitrine. Elle se sentait déchirée, désorientée, et aurait tout donné pour n'avoir jamais appris la vérité, n'avoir jamais connu un tel bouleversement.

Pourtant, refuser de regarder la réalité en face n'était pas dans ses habitudes.

Soudain, elle fut propulsée dans l'appartement d'une brutale poussée dans le dos et entendit la porte d'entrée claquer bruyamment derrière elle. Boone mit le verrou, puis darda sur elle un regard accusateur.

— Qu'est-ce qui ne va pas, chez vous ?

Cette fois, c'en était trop pour Janelle.

— Je commence à en avoir plus qu'assez de votre attitude ! explosa-t-elle, nullement décidée à se laisser intimider. C'était une mauvaise idée, après tout. Vous feriez peut-être mieux de rentrer chez vous !

— Vous étiez dehors, avec la porte ouverte, la lumière allumée... A la portée de n'importe quel maniaque pensant qu'il y a un contrat sur vous ! Il ne vous manquait plus qu'une cible dans le dos !

Comme elle ouvrait la bouche pour protester, il l'interrompit.

— Ce n'est pas parce que vous ne vous occupez plus du dossier que vous êtes hors de danger, Cavanaugh ! Si Marco Wayne a raison et que le but de toute cette histoire est de faire pression sur lui, il se peut que l'homme qui tire les ficelles sache qu'il vous a demandé d'aider son fils. Si vous êtes éliminée, ce sera un souci de moins pour l'ennemi de Wayne.

A court d'arguments, Janelle rendit les armes.

— Je devrais peut-être appeler les autres, dit-elle.

— Les autres ?

— Ma famille.

Malgré son agacement, le choix du terme n'échappa pas à Sawyer. Elle considérait toujours le clan Cavanaugh comme le sien et elle avait raison.

Bien que la peine et le désarroi soient toujours présents

au fond de son regard, elle revenait de toute évidence peu à peu à de meilleurs sentiments.

Il se demanda si c'était à cause de ce qu'il lui avait dit plus tôt, ou du billet qu'elle tenait à la main.

Quoi qu'il en soit, elle avait oublié un détail.

— Je croyais que vous ne vouliez pas les mettre en danger, lui rappela-t-il.

C'était pour cela qu'elle avait accepté son aide, il le savait.

— Alors que votre vie à vous peut être sacrifiée ?
— A vos yeux, oui.
— Ce n'est pas vrai ! protesta-t-elle.

Elle ne voulait en aucun cas qu'il pense une chose pareille ! Elle n'était pas comme ça, elle ne se servait pas des gens — même de gens aussi exaspérants que lui.

Il sourit, et elle découvrit qu'il avait un beau sourire.

— D'accord, concéda-t-il. Disons que je suis moins irremplaçable.

Un coup fut frappé à la porte. Instantanément, elle le vit redevenir l'homme qu'il était d'habitude : impitoyable, dangereux, sur le qui-vive.

— Vous attendez quelqu'un ? s'enquit-il.

Elle secoua la tête.

Il la fit reculer puis, vif comme l'éclair, dégaina son arme et en ôta la sécurité. Serrant le revolver à deux mains, il inclina légèrement la tête sur le côté et lui fit signe de s'éloigner davantage de l'entrée, tout en lui enjoignant silencieusement de parler. Janelle prit une profonde inspiration.

— Qui est là ?
— Ouvre, Janelle, c'est Andrew ! fit la voix puissante de son oncle.

Avec un soupir de soulagement, elle s'avança vers la

porte. Alors qu'elle tendait la main pour tirer le verrou, Boone la retint par le poignet et lui barra le passage. Il regarda à travers le judas pour s'assurer que le visiteur était bien l'ancien chef de la police, puis s'effaça.

— Je connais sa voix, dit-elle sèchement.

Il pensait sans doute bien faire, mais elle n'avait pas envie qu'on la traite comme une gamine sans défense, songea-t-elle en ouvrant la porte.

La vue de son oncle provoqua en elle un véritable déferlement d'émotion. Elle dut retenir ses larmes et eut le plus grand mal à ne pas se jeter dans ses bras.

Andrew entra et examina de la tête aux pieds l'homme de haute taille qui se tenait là, l'arme à la main.

Il trouvait naturel d'être tenu informé de tout ce qui se passait dans la vie de ses proches. En retour, il était considéré comme un patriarche aimant et bienveillant par le clan Cavanaugh dans son ensemble. Aîné d'une fratrie de trois garçons qui avaient tous embrassé la carrière de policier, il avait endossé ce rôle avec grâce et naturel à la mort de leur père. Et il aimait sa famille par-dessus tout.

Dans les moments difficiles, Andrew était toujours là ; il avait pris Patience et Patrick sous son aile lorsque leur père, Michael, incapable de se débarrasser de l'idée qu'il valait moins que ses frères, Andrew et Brian, avait sombré dans l'alcoolisme. C'était également lui qui avait aidé Michael à se débarrasser de sa dépendance et lui, encore, qui avait soutenu l'épouse de celui-ci lorsque les choses avaient mal tourné.

Il arborait à présent la même expression tragique que le soir où Mike avait été tué dans l'exercice de ses fonctions.

Janelle sentit une main glacée lui étreindre le cœur. Etait-il arrivé malheur à l'un d'entre eux ? L'un de ses frères ou de ses cousins, son père avait-il été abattu ? Elle n'osa formuler la question.

— Oncle Andrew, que se passe-t-il ?

Au lieu de répondre, il braqua ses yeux bleu sombre sur Boone.

— Pouvez-vous nous accorder une minute, s'il vous plaît ?

La requête était polie, mais il était clair qu'il s'attendait à être obéi sans discussion.

Sawyer inclina la tête.

— Je serai à côté, si vous avez besoin de moi, dit-il à Janelle.

Dès qu'il eut disparu, Andrew reporta son attention sur sa nièce. Lorsqu'il prit la parole, sa voix avait une intonation sévère qu'elle ne lui avait jamais connue.

— Maintenant, écoute-moi bien, petite sotte ! Je ne sais pas ce qui se passe dans ta tête, mais ce que tu viens d'apprendre ne fait pas de toi quelqu'un d'autre !

Prisonnière de son regard d'acier, Janelle demeura coite.

— Tu es Janelle Cavanaugh, enchaîna-t-il. Tu as reçu ce nom et une place dans nos cœurs le jour de ta naissance. Et rien de ce qui a pu être dit ou fait n'y changera quoi que ce soit.

Envahi par l'émotion, il marqua une pause, puis passa son bras autour de ses épaules.

— J'ai vu le visage de Brian quand tu es née et, crois-moi, on ne peut pas feindre un amour pareil... Nous t'avons élevée pendant vingt-huit ans, tu entends, et il n'est pas question que nous te perdions à cause d'un simple détail biologique. Est-ce clair ?

Il s'inquiétait pour elle, pour ce qu'elle pouvait ressentir, elle le savait.

Son oncle était un homme déterminé et, de toute

évidence, il n'était pas disposé à la laisser prendre ses distances — ce qui, elle devait l'avouer, lui convenait tout à fait.

— Parfaitement clair, répondit-elle.

— Bien, dit-il en la serrant avec force contre lui. Dans ce cas, je peux dire à Brian que le problème est résolu ?

Elle inspira profondément, puis exhala un long soupir avant de hocher la tête.

— Tant mieux ! reprit son oncle. Sinon, j'aurais été obligé de t'enlever, ce qui n'aurait pas été une mince affaire, reconnais-le !

Il lui caressa les cheveux, comme lorsqu'elle était enfant, et ajouta :

— Ta présence à la table du petit déjeuner nous a manqué.

— Vous aussi, vous m'avez manqué. Mais j'ai eu énormément de travail, ces derniers temps.

Elle comprit, au regard qu'il lui lança, que ce n'était pas une excuse valable à ses yeux.

— Les autres aussi.

Janelle songea aux petits déjeuners animés et bruyants, aux événements heureux qu'ils avaient célébrés tous ensemble. Et elle comprit soudain à quel point elle avait eu de la chance que son père ait été assez généreux pour pardonner à sa mère son infidélité. C'était ce qui lui avait permis de grandir heureuse dans un climat de sécurité.

— J'essaierai de trouver le temps, promit-elle.

— J'espère bien !

Sa mission accomplie, Andrew prit congé. Devant la porte, il s'arrêta.

— Au fait, amène ton garde du corps. Un bon repas ne fera pas de mal à ce garçon !

Sans qu'elle sache pourquoi, cela la fit sourire.

— D'accord, oncle Andrew.

— Tu m'en vois ravi, ma chérie ! s'exclama-t-il en riant.

Lorsqu'elle referma la porte derrière son oncle, Janelle souriait jusqu'aux oreilles.

12

A peine eut-elle refermé la porte que Boone surgit dans son dos, se matérialisant comme par enchantement. Si Janelle ne s'était pas tournée à ce moment-là, elle n'aurait pas deviné sa présence. Cet homme se déplaçait aussi silencieusement qu'un chat. Elle se demanda où il avait acquis ce talent, et dans quelles circonstances.

— Je sais maintenant d'où vous tenez votre combativité, déclara-t-il.

Il avait donc écouté leur conversation ! songea-t-elle, ulcérée. Et, étant donné qu'elle n'avait justement pas de lien de parenté réel avec l'homme qui venait de sortir, sa remarque était vraiment de mauvais goût. Quel besoin avait-il de remuer le couteau dans la plaie ?

Elle le foudroya du regard.

Semblant lire ses pensées, il ajouta d'un ton léger :

— Les gènes ne font pas tout, vous savez. C'est principalement au contact des gens que l'on fréquente qu'on devient ce que l'on est.

Elle fut tentée de le contredire parce qu'elle était en colère contre lui mais, au fond, elle souhaitait qu'il ait raison. Car, en réalité, elle *était* une Cavanaugh, et non la fille d'un caïd. Wayne n'était rien de plus que son géniteur. Elle venait de passer la journée à se renseigner sur son compte et était parvenue à la conclusion qu'ils n'avaient strictement rien en commun. La seule touche d'humanité qu'elle voyait en lui était son amour pour son fils. Et encore… Ce n'était peut-être qu'un numéro, dont le motif lui échappait pour l'instant.

Elle considéra Sawyer en se demandant ce qui, chez lui, provoquait en elle le besoin systématique de lui tenir tête, de le contredire, alors même qu'elle était d'accord avec lui. Ça ne lui ressemblait pas de se montrer déraisonnable. Elle était quelqu'un de réfléchi, qui n'agissait jamais sans raison. Or, elle n'avait aucune raison de se conduire comme elle le faisait.

Comme elle n'avait pas de réponse à cette question, elle la mit de côté pour l'instant.

— Oui, peut-être, répondit-elle enfin en haussant les épaules.

Puis elle sourit, se rappelant ce qu'Andrew avait dit en partant.

— Oncle Andrew veut que je vous emmène chez lui demain pour le petit déjeuner. Ou un autre jour, précisa-t-elle, au cas où son emploi du temps ne lui permettrait pas de s'y rendre avant un certain temps.

— Le petit déjeuner ?

— Oui, vous savez, le repas qu'on prend le matin, composé d'œufs, de céréales, de pancakes… Le plus important selon les nutritionnistes.

— Je sais ce qu'est un petit déjeuner, rétorqua-t-il sèchement.

Il se rendit dans la cuisine et ouvrit le réfrigérateur.

Il se comportait comme chez lui, songea Janelle avec agacement.

— Pourquoi m'invite-t-il ?

Il sortit la boîte à café, la posa sur le comptoir, puis ouvrit le placard au-dessus de la cafetière et y prit un filtre.

Avec un soupir, Janelle le lui prit des mains, le disposa dans le porte-filtre et y versa une dose généreuse de café moulu.

— Il prépare chaque matin le petit déjeuner pour toute la famille. Il aime cuisiner et il aime nous avoir à la maison.

Sawyer remplit d'eau froide le réservoir. La cafetière se mit aussitôt à gargouiller.

— Je ne fais pas partie de la famille.

Remarquant qu'un dépôt brunâtre tachait le fond de la tasse de Sawyer, Janelle prit l'éponge à vaisselle et se mit à frotter avec énergie.

— Techniquement, moi non plus…

— Ne recommencez pas, la coupa-t-il, de crainte qu'elle ne se mette à pleurer.

Il ignorait quel comportement adopter en pareil cas — à part la fuite. Mais il ne pourrait pas fuir Janelle… pour un certain nombre de raisons qu'il préférait ne pas examiner pour l'instant.

Janelle haussa les épaules. Il avait peut-être raison. Baissant les yeux, elle eut un sourire de satisfaction : la tasse était de nouveau impeccable. D'un geste théâtral, elle la posa sur le comptoir, devant lui.

— Il aime aussi recevoir nos amis.

Sawyer la considéra avec un soupçon d'amusement.

— Alors, vous me voyez comme un ami, à présent ?

Pourquoi pas ? se dit-elle. Ce qualificatif lui convenait autant qu'un autre. Cela dit, « casse-pieds » aurait tout aussi bien pu faire l'affaire.

— Oui, répondit-elle après un long moment. Rien ne vous oblige à rester ici. Vous pourriez être chez vous, en train de vous consacrer à votre propre vie — en admettant, bien sûr, que vous en ayez une.

Le café était prêt. Sawyer en remplit sa tasse et but une longue gorgée. Sur le fond, Janelle avait raison : en dehors de ses deux parties de pêche annuelles en solitaire, il n'avait en effet ni passions ni activités qui puissent lui donner l'envie de prendre quelques jours de vacances. Il était flic dans l'âme ; rien ne comptait plus à ses yeux que son métier. Sa vraie vie commençait au travail ; le reste était du temps perdu.

Toutefois, ce qu'il n'appréciait pas, c'était la critique contenue dans ses propos. D'autant qu'elle était mal placée pour donner des leçons.

— Ma vie, c'est d'être flic, répliqua-t-il sèchement. J'aime résoudre des énigmes. Ça me plaît d'être flic, de faire des choses de flic.

— Oui, vous serez parfaitement à votre place demain, affirma-t-elle en souriant. Ils sont tous amoureux de leur profession.

Janelle avait choisi le terme « profession » à dessein, devinant que « emploi » pourrait être jugé insultant. Un emploi vous permettait de gagner un salaire, tandis qu'une profession était une chose dans laquelle vous mettiez votre cœur.

— La différence avec vous, c'est qu'ils font ce métier non seulement pour eux-mêmes, mais aussi pour leur famille, poursuivit-elle. Et par dévouement envers leur patrie.

Tout en parlant, Janelle avait ôté les épingles qui emprisonnaient ses cheveux, et ils flottaient à présent librement sur ses épaules. Sawyer l'avait vue faire ce geste assez souvent pour ne plus se laisser hypnotiser par ce spectacle. Pourtant, cette fois encore, il fut incapable d'en détacher les yeux, de se rappeler ce qu'il était en train de dire — ou même s'il était en train de parler.

C'était peut-être à cause de la façon dont la lumière les faisait briller. Quoi qu'il en soit, il avait perdu le fil de ses pensées.

— Oui, dit-il au hasard.

Avec cette réponse, au moins, il ne prenait pas beaucoup de risques.

— Dans ce cas, pourquoi lisez-vous Shakespeare ? insista-t-elle. Pour mettre un peu de beauté dans un monde que vous jugez laid ?

— En quelque sorte. Et puis la lecture occupe et stimule l'esprit.

Il devrait d'ailleurs s'y mettre tout de suite, se dit-il. Il avait vraiment besoin, en cet instant, de se distraire, d'empêcher ses pensées — et ses désirs — de s'égarer. Pour une raison inconnue, ce soir, la présence de Janelle le rendait nerveux. L'atmosphère semblait électrique.

Janelle se rendit compte qu'elle n'avait pas écouté les dernières paroles de Boone. Les yeux rivés sur sa bouche, elle se demandait ce qu'elle ressentirait s'il posait ses lèvres sur les siennes.

Prise de vertige, elle eut soudain l'illusion que les murs de la pièce se rapprochaient, se resserraient autour d'eux.

Ça n'allait pas, mais pas du tout ! songea-t-elle dans un sursaut. Elle devait se ressaisir tout de suite, se retirer dans sa chambre et y rester enfermée jusqu'à ce que le trouble étrange qui s'était emparé d'elle soit passé.

D'un autre côté, si elle faisait cela, elle aurait l'air de battre en retraite, et ce n'était pas dans son caractère.

« Battre en retraite ? » fit la voix de sa conscience. Il ne s'agissait pas d'une guerre !

Que lui arrivait-il ? Pourquoi, subitement, se sentait-elle attirée par Boone ?

Pour être tout à fait honnête, ce n'était pas si nouveau.

Il y avait déjà plusieurs jours qu'elle avait des papillons dans l'estomac dès qu'il l'approchait.

Même au tribunal, elle n'avait pas fait preuve de son mordant habituel et avait eu du mal à fixer son attention, parce qu'elle le savait présent dans la salle et qu'elle voulait l'impressionner. Comme une pom-pom girl réalisant des figures compliquées dans l'espoir d'éblouir le capitaine de l'équipe de football !

Non… Sawyer Boone n'aurait jamais fait partie d'une équipe sportive. Il était trop indépendant.

Ce qui ne l'empêchait pas de lui faire tourner la tête, de la faire littéralement chavirer…

« Dis-lui de partir, avant de le supplier de rester. »

— Oh ! marmonna-t-elle. Cela vous dirait-il de faire le point sur ce que nous savons ? Je parle de l'affaire… Je pourrais commander une pizza.

Sawyer secoua la tête. Il avait eu largement son content de pizza, depuis qu'il la côtoyait.

— Ce soir, c'est chinois !

— Entendu. Nous verrons bien où cela nous mènera.

C'était bien ce qui inquiétait Sawyer. Il resserra ses mains autour de sa tasse de café déjà tiédissant pour les réchauffer.

— Probablement pas très loin, répondit-il en espérant ne pas se tromper.

Pour la énième fois, Janelle relut le dossier de l'accusation contre le fils de Marco Wayne mais, cette fois, pour l'édification de Sawyer. Ils avaient le témoignage de Sammy Martinez, une crapule qui avait accepté de dénoncer Anthony Wayne en échange d'une remise de peine. C'était loin d'être le témoin idéal, mais ses déclarations s'étaient révélées exactes.

Dans son appartement d'étudiant en médecine, jusque-là sans histoire, la police, munie d'un mandat de perquisition en bonne et due forme, avait découvert assez de cocaïne pour exclure la possibilité d'une consommation personnelle, même importante.

— Ce qui nous a conduits à l'inculper pour possession de substances illégales avec intention de les vendre, conclut-elle.

Pourquoi avait-elle maintenant l'impression que cette histoire ne tenait pas la route ? Si Wayne ne l'avait pas contactée, si elle avait continué d'ignorer leur lien de parenté, aurait-elle eu l'idée de réexaminer le dossier ?

Probablement pas. L'affaire était parfaitement claire.

Un peu trop claire, justement, songea-t-elle, se faisant l'avocat du diable.

Sawyer et elle se trouvaient dans le séjour ; des cartons de nourriture chinoise étaient ouverts et disposés un peu partout autour d'eux. Assise dos à la table basse, à même la moquette, elle faisait face à son compagnon, installé sur le canapé.

Elle commençait à avoir le cou raide à force de devoir lever la tête vers lui.

— Et tout ça est censé être un moyen de faire pression sur le père, dit-il.

— Exact.

Elle remua doucement la tête d'un côté et de l'autre. Son cou produisit un léger craquement, et la tension disparut.

— Sauf que quelque chose m'échappe, reprit-elle. Le chantage consisterait à piéger et envoyer le fils de Wayne derrière les barreaux s'il ne coopère pas. Mais, puisque c'est déjà fait, de quoi peut-on encore le menacer ?

— Il reste la possibilité de le faire condamner, répondit Sawyer, après un instant de réflexion. Réfléchissez, ajouta-t-il d'un ton plus ferme. Si le gamin est quelqu'un de bien, comme le prétend son père, il ne tiendra pas longtemps en prison. Vous avez une idée du traitement qu'on réserve aux nouveaux venus, là-bas ?

Janelle frissonna. Elle préférait ne pas y penser. C'était trop affreux.

— Je sais.

— Une fois que Wayne a cédé, la situation change. L'informateur peut commodément « disparaître »...

Il prit une des boîtes et regarda à l'intérieur en essayant de se rappeler si c'était ce qu'il avait commandé.

— Il devient alors hasardeux d'engager des poursuites contre Tony.

Pour que ce scénario se réalise, encore fallait-il que Wayne accepte de rester en retrait, de se soumettre à l'autorité de quelqu'un d'autre. Ce qui, au vu du personnage, paraissait peu probable.

— Je ne sais pas. Marco ne m'a pas paru particulièrement nerveux...

Sawyer prit une boulette de riz à l'aide de ses baguettes et la porta à sa bouche. Au dernier moment, elle lui échappa. Marmonnant un juron, il jeta un coup d'œil à Janelle.

— Ces gens-là ne se laissent pas impressionner si facilement, déclara-t-il. Marco attendra le dernier moment, en misant sur le fait que vous l'aiderez. Si vous n'obtenez pas de résultat, il prendra les choses en main.

— En éliminant le témoin.

— En éliminant le témoin, oui.

— Il faut que je dise à Woods d'embaucher un autre garde du corps, dit-elle, pensant tout haut.

Elle s'efforça de ne pas rire en voyant les tentatives maladroites de Sawyer pour attraper sa nourriture. Il ne lui déplaisait pas de constater qu'il n'était pas parfait.

— Peut-être même deux, reprit-elle.

— Même une armée n'arrêterait pas Wayne, objecta-t-il. Il a le bras long.

Ecœuré par son manque d'habileté, il reposa les baguettes récalcitrantes.

— A-t-on procédé à un relevé d'empreintes sur les sachets de cocaïne trouvés chez Tony ? demanda-t-il.

En général, on ne recourait pas à cette pratique pour les emballages contenant de la drogue, la substance qu'ils contenaient rendant difficile l'obtention d'empreintes nettes. Janelle feuilleta néanmoins le dossier ; elle n'y trouva aucune mention d'une telle procédure.

— A première vue, non. Pourquoi ?

— Il va de soi que, si c'est bien la drogue de Tony, il a dû laisser des traces de doigt dessus. S'il n'y en a pas, c'est qu'elles ont été effacées. Pourquoi ? A moins qu'elle n'ait été transférée là pour l'incriminer…

Janelle sourit. Comment quelque chose d'aussi simple avait-il pu lui échapper ? Elle se promit d'appeler le laboratoire à la première heure le lendemain.

— Bien vu, lança-t-elle avec enthousiasme. Je n'y avais pas pensé.

Elle le vit tendre la main vers ses baguettes. Quelle tête de mule il faisait !

— Pourquoi n'utilisez-vous pas une fourchette ? suggéra-t-elle. Vous vous êtes débattu avec ces baguettes toute la soirée, et le seul résultat que vous ayez obtenu, c'est d'être de mauvaise humeur. Sans compter que vous devez avoir faim.

— Je ne suis pas de mauvaise humeur, ronchonna-t-il.

— Ah, mais bien sûr, j'oubliais ! Vous êtes quelqu'un de très enjoué !

Ne renonçant pas, elle se leva et alla s'asseoir près de lui sur le canapé.

— Regardez, ordonna-t-elle. Il faut faire comme ça.

Elle leva la main droite et lui montra comment manier les longues tiges de bois.

— Et maintenant, à vous !

Maladroit, il fit voler des grains de riz dans les airs. Janelle dut se mordre la lèvre pour ne pas rire.

— Ce n'est pas encore ça !

Voyant qu'il faisait grise mine, elle décida de faire preuve de générosité. Les gens s'en sortaient toujours mieux avec quelques encouragements.

— Mais vous y êtes presque, dit-elle, pour le consoler. Il faut les tenir de cette façon.

Elle lui fit une nouvelle démonstration avec ses propres couverts.

— La première reste fixe. Il n'y en a qu'une qui est censée bouger.

Elle lui prit la main et disposa une baguette, puis l'autre, entre ses doigts.

Elle était beaucoup trop près, pensa Sawyer. Elle était littéralement collée à lui. Son parfum l'enveloppait, telle une bulle invisible. Doux, grisant. Electrisant.

Il secoua la tête pour s'éclaircir les idées. Il avait le plus grand mal à se concentrer sur ce qu'il était en train de faire. La faim qui le tenaillait un peu plus tôt avait disparu, remplacée par une autre, beaucoup plus impérieuse.

Il n'y avait qu'un seul moyen de l'apaiser.

Etouffant un juron, il lâcha ses agaçantes baguettes pour se tourner vers cette femme plus agaçante encore. Une femme qui s'était insinuée dans son esprit aux moments les plus insolites, les plus gênants. Jusqu'à le rendre fou.

Janelle sentit son regard posé sur elle. Retenant son souffle, elle attendit, pleine d'espoir.

Se décidant soudain, Sawyer enfouit ses mains dans ses cheveux, attira son visage vers le sien et l'embrassa.

Mais, au lieu de prendre rapidement fin, leur baiser se prolongea, attisant le feu qui couvait en lui depuis un bon bout de temps déjà.

Dire qu'il avait espéré tempérer ses ardeurs en cédant à la tentation ! Espoir chimérique...

A en juger par la fougue avec laquelle elle répondait à son baiser, il s'agissait d'un désir réciproque. D'une certaine façon, ça le soulageait d'un poids mais, d'un autre côté, il lui était plus difficile de rompre le contact.

Elle ne manifestait aucune résistance, prenant même les devants avec une passion qui lui fit perdre la tête. Ses dernières résistances s'effondrèrent, et il la serra plus étroitement contre lui, s'imprégnant de sa chaleur, de son parfum.

Il était en train de transgresser toutes les règles qu'il s'était fixées, sans avoir la moindre idée de ce qui lui arrivait, ni de la raison pour laquelle ça lui arrivait. Il ne pouvait même pas mettre sa conduite sur le compte d'un moment de faiblesse ou de tristesse ; tout allait parfaitement bien. C'était elle, uniquement elle.

Elle lui donnait la sensation d'être de nouveau vivant. De recouvrer une sensibilité perdue. Dès l'instant où il avait posé les yeux sur elle, une force mystérieuse l'avait poussé dans sa direction. Voilà pourquoi, sans doute, il avait éprouvé un tel sentiment d'hostilité à son égard. Il avait obéi à un réflexe de défense. De survie.

Mais de quoi cherchait-il à se protéger ?

De ce plaisir dévorant qui gagnait tout son être ? Non. Plutôt de ce qui allait suivre. Car il y aurait une suite.

Des conséquences qu'il faudrait assumer. Il était déjà passé par là. Une fois.

Tant pis, songea-t-il. Tout ce qu'il souhaitait, là, maintenant, c'était vivre ce moment. Se sentir vivant, pour une fois, au lieu d'être en pilotage automatique, comme il l'était toujours quand il n'était pas en danger immédiat.

A cette seconde, il était pleinement conscient, tous les sens en éveil, galvanisé par l'adrénaline qui courait dans ses veines.

Sa respiration s'accélérait au fur et à mesure que grandissait l'urgence de son désir.

Approfondissant son baiser, il laissa courir ses mains sur son corps et la pressa contre lui, afin de s'assurer qu'il ne rêvait pas.

Depuis quand n'avait-elle plus fait l'amour ? se demanda Janelle. Cela remontait à si loin qu'elle ne s'en souvenait même pas. Aucune importance. Ça n'avait pas compté. Tandis que maintenant... Elle haletait et avait l'impression que ses sensations étaient décuplées.

Elle ne sut comment, tout à coup, elle se retrouva nue ; elle se rappelait juste vaguement avoir arraché ses vêtements à Sawyer.

C'était comme s'ils se trouvaient en plein cœur d'un orage, environnés d'éclairs.

Ce policier, d'habitude aussi silencieux qu'un chat, savait, quand il le voulait, faire connaître sa présence. Il la marqua comme au fer rouge, laissant sur sa chair l'empreinte de ses lèvres, de ses mains, l'amenant plusieurs fois, de sa langue, de ses doigts habiles, au sommet du plaisir. Découvrant des endroits secrets de son corps, des zones érogènes dont elle n'aurait même pas soupçonné l'existence.

Elle se surprit à lui enfoncer les ongles dans le dos, à

s'arquer contre lui, et se mordit la lèvre pour ne pas crier lorsque, une fois de plus, elle connut l'extase.

Puis, du regard, elle lui adressa une supplique muette. Elle voulait s'unir à lui, connaître l'intimité la plus bouleversante qu'un homme et une femme puissent goûter, avant d'être arrivée à épuisement.

Elle le sentit sourire contre sa bouche.

Ils firent l'amour hâtivement, avec fureur, comme pour abolir les barrières qui les séparaient. Seul comptait le but final, l'instant sublime, magique, où toute laideur, toute tristesse seraient balayées de leur existence.

Un instant trop court, hélas !

En reprenant progressivement pied dans la réalité, Janelle se rendit compte qu'elle était encore blottie contre Sawyer.

Il la tenait enlacée. C'était le geste d'un amant et non celui d'un étranger. Cela lui mit du baume au cœur, prolongeant l'état de bien-être où elle baignait.

— Si j'avais su que tu me remercierais de cette façon, je t'aurais parlé des empreintes plus tôt, dit-il en repliant son bras sous sa tête.

Il affectait un ton détaché, désinvolte, fixant le plafond pour ne pas voir l'expression désapprobatrice que ne manquerait pas d'avoir Janelle.

Elle se tourna vers lui, le cœur battant encore à un rythme effréné. C'était étrange... Elle se sentait radieuse, débordante d'une joie difficile à contenir.

Elle s'efforça de la conserver précieusement au fond d'elle et de la savourer pleinement. Quelque chose d'aussi beau ne pourrait pas durer.

— Vous avez une vision singulière de la protection rapprochée, agent Boone.

— J'expérimente de nouvelles méthodes, répliqua-t-il,

pince-sans-rire. Mais je n'ai pas vraiment eu le temps de me rendre compte du résultat, ajouta-t-il en consultant sa montre. C'était beaucoup trop court.

Janelle écarquilla les yeux. Déjà, une chaleur insidieuse se répandait de nouveau dans son corps.

— Il existe une version plus longue, plus lente ?

Sawyer rit.

— Oui.

Il passa ses doigts dans les longs cheveux blonds de Janelle, lui dégageant le front. Ce geste l'étonna lui-même. Tout comme le surprit son envie de l'embrasser de nouveau.

— Montre-moi, fit-elle d'une voix basse, rauque, fiévreuse.

Elle était en proie à une foule d'émotions inconnues. Ne sachant comment les gérer, elle ne pouvait que les laisser s'exprimer librement.

Tout cela n'avait pas de signification particulière, se dit-elle en s'efforçant de ne pas penser à la déception qui allait suivre. C'était juste un moyen de relâcher un peu la pression de ces derniers jours. Rien de plus.

« Mais si, lui souffla une petite voix intérieure, c'est bien plus que ça. »

Sawyer la contempla longuement.

— Tu en es sûre ?

Elle sentit une nouvelle décharge d'adrénaline affluer dans ses veines.

— J'en suis sûre.

Le sourire qui illumina les traits de Sawyer lui alla droit au cœur. Elle lui ouvrit ses bras et, bientôt, entra dans un monde où il n'y avait plus ni temps ni jugements, mais seulement des sentiments et des besoins. Elle aurait pleuré de joie, si elle n'avait pas été si affairée.

13

Il n'arrivait pas souvent à Sawyer de se sentir embarrassé. Les rares fois où il avait pu se laisser déstabiliser, il s'était arrangé pour n'en rien laisser paraître et avoir l'air aussi sûr de lui qu'à l'accoutumée.

Les autres, le jugeant sur sa mine, voyaient généralement en lui un pilier, un meneur ; ils étaient incapables d'imaginer qu'il puisse être sujet à une quelconque faiblesse. Les hommes tels que Sawyer Boone n'étaient pas censés avoir de défaillances. C'était réservé aux simples mortels, à ceux dont la confiance en soi fluctuait au gré des événements extérieurs.

Sawyer, lui, était son propre maître, et ce depuis toujours.

Il n'en était pas moins en train de passer par un de ces inconfortables moments de gêne et d'embarras.

Ce qu'il venait de vivre avec Janelle était totalement différent de ce qu'il avait pu connaître avec ses partenaires passées — qui avaient pourtant été nombreuses. Avec elles, il ne s'agissait que de sexe, pas de sentiments.

Allison avait été l'exception.

Aucune de ses nombreuses aventures n'avait débouché sur une véritable relation, ce qui, d'ailleurs, lui convenait parfaitement. Il évitait délibérément les femmes comme Janelle, parce qu'il ne voulait pas s'attacher. Cela lui était arrivé une fois, et il avait tellement souffert qu'il ne voulait plus s'exposer à un tel risque.

C'est pourquoi il se demandait ce qui lui avait pris la veille au soir.

En ouvrant les yeux, ce matin-là, il s'aperçut que le lit était vide. Seuls les draps froissés et de légères courbatures attestaient que les folles heures qu'il venait de vivre n'étaient pas le fruit de son imagination.

Il était sûr que s'il humait sa peau l'odeur de Janelle, le parfum de ses cheveux y seraient encore.

Il devait absolument se ressaisir avant de se retrouver face à elle. Que lui dirait-il ? « C'était une nuit magique, mais ça restera sans suite » ?

Etouffant un juron, il s'assit et se passa les mains sur le visage. Qu'avait-il fait ? Où était passé son bon sens ?

Il avait mal agi. Et l'un des Cavanaugh se chargerait certainement de le lui faire regretter…

Un coup léger fut frappé à la porte.

— Sawyer ? fit la voix de Janelle à travers le battant.

Impossible de deviner, d'après ce seul mot, dans quel état d'esprit elle se trouvait. Il se prépara mentalement au pire. D'instinct, il savait qu'elle n'était pas le genre de femme à se contenter de brèves aventures, ce qui le plaçait dans une position encore plus délicate.

— Sawyer, tu es habillé ?

Il aurait juré qu'elle souriait, sans pour autant savoir si c'était bon ou mauvais signe.

— Je mets mon pantalon ! hurla-t-il, imitant le loup de la comptine.

Le rire de Janelle lui fit le même effet qu'une gorgée de brandy par une nuit froide : il pénétra en lui, lui réchauffa le cœur, puis le ventre, y allumant une flambée de désir.

La poignée tourna. Il ramena le drap autour de sa taille.

Ils avaient fait l'amour, certes, mais il était bien décidé à tirer un trait sur cet écart, ce qui signifiait que l'un comme l'autre devaient faire montre d'une certaine pudeur.

Janelle passa la tête dans l'entrebâillement et parut étonnée de le trouver encore au lit. Pour tout dire, il en était le premier surpris. Lui qui, d'habitude, avait le sommeil si léger, il aurait dû se réveiller à la seconde où elle s'était glissée hors de la chambre.

— Il faut y aller, dit-elle.

Il faillit se lever et se rappela juste à temps qu'il n'avait qu'un drap pour tout vêtement.

— Il me semblait t'avoir entendue dire que tu ne voulais plus de garde du corps.

— J'avais tort, admit-elle.

Si, comme l'avait souligné Sawyer, il était vrai que quelqu'un cherchait à atteindre Wayne à travers son fils, elle courait le risque d'être éliminée. Elle était en effet la personne la mieux placée pour réfuter les éléments de preuve.

— Mais il n'est pas question de ça pour l'instant, reprit-elle. Je viens te chercher parce que nous partons.

Le visage de Sawyer exprima son incompréhension.

C'était étrange. Jusqu'à maintenant, elle ne s'était jamais rendu compte à quel point il était sexy lorsqu'il fronçait ainsi les sourcils.

— Le petit déjeuner chez oncle Andrew, tu te rappelles ?

Sawyer resta un instant sans réaction. Depuis qu'ils avaient fait l'amour, les événements des dernières vingt-quatre heures avaient disparu derrière une sorte de brouillard.

Puis, la visite de l'ancien chef de la police lui revint à la mémoire.

Il la dévisagea, stupéfait.

— Tu es sérieuse ?

Se demandant comment elle était censée prendre sa question, Janelle fit le choix de ne pas se sentir offensée. Ce serait une erreur de considérer la nuit passée autrement que comme une belle expérience, la plus fabuleuse qu'elle ait vécue jusque-là. Même si, au fond d'elle-même, elle souhaitait que cela représente plus qu'une simple aventure aux yeux de Sawyer, elle ne voulait pas se laisser aller à espérer. Elle savait depuis le début à qui elle avait affaire, et il n'était pas le genre d'homme qui avait envie de s'établir.

Pourtant, il avait été fiancé une fois, songea-t-elle. Il avait été assez amoureux pour ne pas tourner les talons et s'éloigner dans le soleil couchant comme un cow-boy solitaire.

— Moi, peut-être pas. Mais lui, si. J'ai appris à mes dépens qu'il valait mieux ne pas décliner les invitations d'oncle Andrew. Ce n'est pas sans risque, ajouta-t-elle en souriant.

Sawyer soupira. Il se sentait piégé. Non par le caractère prétendument obligatoire de cette visite, mais par ses propres réactions.

— Ecoute, si c'est à cause d'hier soir…
— *C'est* à cause d'hier soir, le coupa-t-elle.

Avant qu'il ait le temps de protester, elle précisa avec vivacité :

— Il est venu hier soir, tu te souviens ? Il m'a proposé de t'amener.

Elle était consciente que ce n'était pas à cela que Sawyer faisait allusion, mais elle ne voulait surtout pas l'entendre prononcer de mots blessants.

— Il me semble bien qu'il a dit : « demain matin ». Et voilà, nous y sommes ! conclut-elle en écartant les bras.

Il poussa un grognement. Andrew Cavanaugh n'était

plus chef de la police, mais il connaissait beaucoup de monde dans le milieu. Ignorer son invitation à déjeuner ne serait pas la meilleure chose à faire s'il voulait conserver une chance d'évoluer dans cette ville.

— Accorde-moi quelques minutes.

Elle hocha la tête, puis tira le battant. Au dernier moment, elle suspendit son geste et jeta un coup d'œil par-dessus son épaule. Il n'avait pas bougé.

— Dépêche-toi ! lui dit-elle.

Puis, à contrecœur, elle referma la porte et s'éloigna.

A l'instant où la porte de derrière s'ouvrit, un souffle d'air chaud accueillit Sawyer, telle une accolade de bienvenue. C'était un mélange de chaleur générée par un grand nombre de personnes rassemblées dans un espace limité et de chaleur humaine, de convivialité.

Des exclamations, des remarques taquines fusèrent en direction de Janelle, qui l'avait précédé dans la cuisine de style rustique. Certaines, à la surprise de Sawyer, s'adressaient à lui aussi.

Il parcourut rapidement l'assistance du regard. Quelques visages lui étaient vaguement familiers — il avait dû les croiser au commissariat.

Pour la plupart, les hommes du clan Cavanaugh avaient les cheveux bruns et des prunelles bleu azur. Quant aux femmes, elles étaient blondes aux yeux verts, sauf une, qui était rousse. Tous paraissaient dynamiques ; les enfants présents ne manquaient manifestement pas d'énergie non plus.

Intérieurement, Sawyer se recroquevilla.

Au cours des trois dernières années, il avait presque exclusivement travaillé comme agent infiltré, en solitaire.

Il arrivait parfois qu'on le convoque au commissariat mais, la plupart du temps, on le laissait tranquille dans son coin.

En dehors de la brève période où il avait été fiancé à Allison, il s'était, tout au long de sa vie, tenu à l'écart du monde. C'était ce qui lui permettait d'être si bon dans son métier. Il savait se fondre dans le décor, se rendre invisible. Observer était chez lui une seconde nature, peut-être parce que aucune autre activité ne mobilisait son temps libre.

— Nous vous avons gardé une place, lui dit Andrew, comme s'il n'avait jamais douté de sa venue.

Il désigna la table faite sur mesure, conçue pour accueillir le plus de monde possible. A l'époque où il avait pris sa retraite, peu après la disparition de sa première épouse, il s'était mis à cuisiner pour ses proches. Puis, comme la famille ne cessait de s'agrandir, il s'était meublé en conséquence. Il avait également fait abattre les cloisons, de sorte que la table s'étendait maintenant depuis la cuisine jusque dans le salon, en passant par la salle à manger.

Janelle balaya la pièce du regard. Son travail lui prenant tout son temps libre, cela faisait plusieurs semaines qu'elle n'était pas venue. A présent, elle se rendait compte à quel point les siens lui avaient manqué ; ils lui étaient plus chers que tout. Et dire que, dans son chagrin et sa colère, elle avait failli renoncer à eux !

Elle s'était conduite comme une idiote, se dit-elle en souriant.

Ce matin, la moitié de la famille manquait à l'appel. Il y avait son frère Dax, sa femme, Brenda, et leur petite fille. Les autres places étaient occupées par quatre des cinq enfants d'Andrew, avec leurs conjoints et enfants respectifs. Patience aussi était là, avec Brady, son mari.

Le bruit était assourdissant, mais Janelle cessa de

l'entendre lorsqu'elle croisa le regard de la personne qu'elle espérait voir.

Déjà, Brian s'était levé et venait à sa rencontre à grandes enjambées, le visage éclairé d'un sourire qui donna à Janelle envie de rire et de pleurer tout à la fois.

— Tu es venue, dit-il à mi-voix.

— Oui...

L'instant d'après, elle était blottie dans ses bras. Des bras forts, dans lesquels elle avait souvent trouvé refuge au cours de son enfance.

Relevant la tête, elle aperçut Andrew qui essuyait une larme. Son oncle n'avait jamais eu peur de montrer ses émotions.

— Et maintenant, lança-t-il d'une voix forte après s'être éclairci la gorge, qu'est-ce qui accompagne parfaitement les sentiments ?

— Le sirop ! répondit en souriant Callie, sa fille aînée. Elle tendit l'un des plats à leur invité.

— Un pancake, Sawyer ?

— Laisse-le d'abord boire une tasse de café bien fort, l'interrompit Clay, son frère cadet. Affronter une tribu pareille dès le matin ne doit pas être facile.

— S'il parvient à tenir tête à Janelle, dit Dax à son cousin, il peut tout affronter.

— Asseyez-vous, mon gaillard, ordonna Andrew en faisant asseoir Sawyer d'une pression douce mais ferme sur l'épaule. Vous devez avoir faim.

Une femme blonde et élancée, qui paraissait un peu plus âgée que les autres, posa une assiette devant lui en souriant. Sawyer en déduisit qu'il devait s'agir de la femme de son hôte.

— Sers-le, Andrew, dit Rose Cavanaugh à son mari.

Janelle prit place à côté de son compagnon. Sa famille

était ainsi, songea-t-elle non sans orgueil. Ils avaient si souvent reçu des inconnus à leur table qu'elle ne savait plus combien de fois elle avait assisté à ce genre de scène. La plupart d'entre eux avaient d'ailleurs fini par devenir des figures permanentes de leur clan.

C'était différent dans le cas de Sawyer, se rappela-t-elle. Il était là à titre provisoire. Peut-être même serait-ce la seule fois où il partagerait leur repas.

A cette pensée, une soudaine tristesse s'abattit sur elle.

Elle avait faim, tout simplement, se dit-elle en prenant un toast et des œufs brouillés. Elle coula un regard vers son voisin de table. Il semblait quelque peu déboussolé.

— Laisse-moi faire les présentations, proposa-t-elle. Tu connais déjà mon oncle Andrew et mon père.

Les deux hommes adressèrent un signe de tête à Sawyer. Elle se tourna ensuite vers la femme qui venait de leur distribuer des couverts.

— Cette jolie dame, c'est tante Rose. Voici mon frère Dax et sa femme, Brenda, poursuivit-elle en désignant le couple au centre de la table. Et eux, ce sont mes cousins.

Elle énuméra rapidement les noms de toutes les personnes présentes. Bien avant qu'elle ait fait le tour de la tablée, Sawyer nageait complètement.

La dénommée Brenda lui sourit, comme si elle se rendait parfaitement compte de ce qu'il traversait.

— Ne vous inquiétez pas, dit-elle en clignant de l'œil. Il n'y aura pas d'examen à la fin. En tout cas, pas cette fois !

— Hé ! Personne ne flirte avec le garde du corps de Janelle ! s'exclama Dax avec une feinte indignation. Vous allez lui faire perdre ses moyens.

— Alors que Janelle, non ? répliqua Teri.

— Tu as raison, reconnut-il. Passe-moi le sucre en

poudre, s'il te plaît, ma chérie, ajouta-t-il à l'intention de sa femme.

Rose, qui était allée se resservir du café, s'arrêta derrière la chaise de Sawyer et se pencha vers lui.

— Oui, ils sont toujours comme ça, lâcha-t-elle, affectant de parler sur le ton de la confidence. Lorsqu'ils sont ici, du moins. Sur le terrain, c'est une autre histoire.

Elle se redressa, le sourire aux lèvres. Il était impossible de ne pas voir la fierté qui brillait dans son regard.

L'intervention de Rose surprit Sawyer. Avait-elle simplement deviné sa pensée ou son visage n'était-il pas aussi impassible, aussi indéchiffrable qu'il se plaisait à le croire ?

Ayant accepté par pure obligation l'invitation de l'ancien chef de la police, Sawyer avait décidé de se contenter de manger et de se tenir sur son quant-à-soi. Pourtant, bien que tout le monde, autour de la table, soit déjà occupé à discuter, on se mit à lui poser des questions. Des questions qui restaient suspendues en l'air jusqu'à ce qu'il y réponde.

Malgré lui, il participa à un ou deux échanges en aparté, puis fut progressivement entraîné dans la conversation générale. Finalement, sans même s'en apercevoir, il se retrouva plongé dans l'ambiance chaleureuse qui caractérisait ces repas en famille. Et il en arriva à la conclusion que ce n'était pas si désagréable, après tout.

— Eh bien, tu as survécu ! lui dit Janelle une heure plus tard, alors qu'ils regagnaient leurs voitures.

Tout en sortant ses clés de sa poche, il lui jeta un regard en coin.

— Tu pensais que ce ne serait pas le cas ?

Elle s'abstint de lui révéler qu'elle avait retenu son souffle pendant une bonne partie du temps qu'avait duré le repas. Jamais elle n'avait observé quiconque à cette table avec autant d'attention. Cela avait même été plus éprouvant que sa première plaidoirie dans un tribunal. Elle n'avait pu s'empêcher de se sentir mal pour lui, bien qu'il ait arboré un visage serein du début jusqu'à la fin.

— Non, je savais que tu t'en tirerais très bien.

En fait, elle était certaine que Sawyer saurait comment se comporter quelles que soient les circonstances.

— Mais tu t'es peut-être demandé sur quelle planète tu étais tombé, dit-elle alors que, parvenus de l'autre côté de la maison, ils atteignaient l'allée du garage.

Il haussa les épaules.

— Il y avait beaucoup de bruit. Et beaucoup de questions…, précisa-t-il d'un air entendu.

— Ce sont des flics, lui rappela-t-elle. Ils posent des questions. En l'occurrence, ils étaient animés de bonnes intentions. Nous, les Cavanaugh, nous nous intéressons aux autres.

A la seconde où ces mots quittaient ses lèvres, elle se rendit compte de ce qu'elle venait de dire. Elle sourit.

Sawyer s'arrêta et la considéra avec attention.

— Tu n'es plus en colère ?

— En colère ? Pourquoi ?

Derrière eux, le rideau de l'une des fenêtres se souleva. Il distingua une petite silhouette qui les observait. L'un des enfants, sans doute.

— Pour avoir été tenue dans l'ignorance.

Tout en ouvrant sa portière, Janelle rit. Une expression affectueuse adoucit ses traits.

— J'imagine que je le suis encore, mais il est difficile de rester longtemps fâchée contre eux.

Sur le point de monter dans la voiture, elle hésita, puis se tourna vers lui. Le sujet était délicat à aborder, mais il fallait que les choses soient dites.

— Ecoute, je ne veux pas que tu croies que je t'ai amené ici pour une raison autre que parce que oncle Andrew me l'a demandé. Personne ne cherche à t'embrigader ou à t'endoctriner. Simplement, ce sont des gens sympathiques, et ce n'est pas une mauvaise chose que tu les rencontres. C'est un grand commissariat ; on ne sait jamais, tu pourrais avoir besoin d'eux un jour.

Mon Dieu ! songea-t-elle. Etait-ce bien elle qui s'emmêlait les pinceaux ainsi ? D'ordinaire, elle savait formuler ses pensées avec clarté et concision. Et voilà que, d'un coup, elle n'arrivait plus à aligner deux mots.

— Ce que j'essaie de dire, reprit-elle laborieusement, c'est que ce qui s'est passé la nuit dernière ne t'engage à rien.

— C'est bon à savoir, dit Sawyer.

Pourtant, pour une raison impossible à définir, il ne se sentit pas soulagé pour autant. Les paroles rassurantes de Janelle ne firent qu'aggraver son trouble.

— Et si... A supposer que...

Il ne put continuer. Il était incapable d'émettre une simple hypothèse sans ressentir le besoin immédiat de reculer.

Or, le simple fait de renoncer lui donna envie de revenir sur le sujet.

Etait-il en train de devenir fou ?

Janelle comprit sans qu'il ait besoin d'en dire davantage. Un frisson d'appréhension et de joie mêlées la parcourut.

— Quoi qu'il en soit, la porte n'est pas fermée, lâcha-t-elle avec désinvolture, un grand sourire aux lèvres. A bientôt, agent Boone, conclut-elle en s'installant au volant.

La voiture de Sawyer demeura visible dans le rétroviseur de Janelle durant tout le trajet jusqu'à la cité administrative. Il la suivait d'assez près pour qu'aucun véhicule ne puisse s'intercaler entre eux. Bien qu'il ne soit plus officiellement chargé de veiller à sa sécurité, il continuait de toute évidence à prendre son rôle au sérieux. Cela aurait dû contrarier Janelle ; il n'en était rien. Elle se rendait compte qu'elle appréciait de ne pas rester seule dans les circonstances présentes.

Toutefois, alors qu'elle bifurquait dans le parking du bâtiment où était situé son bureau, elle perdit de vue le petit coupé bleu. Sawyer avait vraisemblablement décidé de l'escorter jusque-là avant de repartir.

Elle se souvint alors qu'il avait parlé de prendre des congés. Sur le moment, elle avait cru qu'il s'agissait de paroles en l'air. Il semblait bien qu'elle se soit trompée, songea-t-elle en balayant du regard l'aire de stationnement.

C'était vraiment un homme surprenant, se dit-elle rêveusement tout en verrouillant sa voiture. La plus grande surprise étant bien entendu la nuit dernière. L'événement était double. Non seulement Sawyer l'avait étonnée, mais elle s'était étonnée elle-même.

Après avoir réfléchi à la question, elle conclut que l'ampleur de ses réactions n'était pas due à une abstinence prolongée. C'était bel et bien son partenaire qui avait produit sur elle cet effet extraordinaire.

La seule pensée de Sawyer fit courir de délicieux petits frissons sur sa peau.

Quelle idiote ! se morigéna-t-elle. S'il existait un homme allergique à toute notion d'engagement, c'était bien Sawyer Boone. Il était encore plus solitaire que Hawk, le mari de Teri, à l'époque où les Cavanaugh avaient fait sa connaissance. Et ce n'était pas peu dire.

Comme elle se dirigeait à grands pas vers l'escalier du bâtiment, elle dérapa en posant la pointe du pied sur quelque chose. Elle vacilla et se rattrapa in extremis au capot d'une Honda noire.

Toujours en appui sur la voiture, elle s'assura que son talon n'était pas cassé, puis se pencha en avant pour remettre sa chaussure.

L'été avait été chaud, et le revêtement du parking en avait souffert. Quelques nids-de-poule qui n'avaient pas encore été rebouchés le jalonnaient. Sans doute avait-elle marché sur un caillou ou l'un des débris d'asphalte qui traînaient çà et là.

Mais ce qu'elle vit alors — et qu'elle avait failli faire disparaître d'un coup de pied malencontreux sous la voiture — n'était ni l'un ni l'autre. C'était un téléphone portable.

14

Janelle se baissa pour ramasser le portable. Il était sale, mais ne semblait pas endommagé. Il avait dû tomber du sac ou de la poche de quelqu'un au moment où cette personne était descendue de voiture.

Son propriétaire allait être très contrarié en découvrant sa disparition. Nombreux étaient ceux qui avaient l'impression que leur vie entière était stockée sur la puce de leur téléphone. Janelle n'avait pas encore atteint ce stade, heureusement, mais elle devait reconnaître qu'elle serait un peu perdue si elle égarait le sien.

Elle ouvrit l'appareil pour vérifier qu'il était encore en état de marche. L'écran s'alluma. Elle ne l'avait donc pas cassé en le heurtant du pied. Rassurée, elle le glissa dans son grand sac à main en cuir noir, qui lui servait à l'occasion de porte-documents, et se remit en marche. La question de savoir à qui le téléphone appartenait allait devoir attendre. Elle était en retard, et un peu gênée de n'arriver au bureau qu'à 9 heures passées. La ponctualité était un principe auquel elle n'aimait pas déroger.

En sortant de l'ascenseur, elle eut la bonne surprise de constater que personne ne s'apercevrait de son retard. Woods était, au dire de sa secrétaire, en réunion depuis 8 heures, et Kleinmann était toujours sur la côte Est. Quant aux autres assistants du substitut, qui circulaient les bras chargés de classeurs, ils étaient trop affairés pour lui prêter attention.

Janelle se mit rapidement au travail et consacra la première heure à ses dossiers. Puis, au fur et à mesure que la matinée avançait, son attention se reporta peu à peu sur celui dont elle avait été dessaisie. Elle commença par vérifier les antécédents d'Anthony Wayne, parcourant d'indigestes transcriptions ainsi que tous les rapports officiels — ou moins officiels — sur lesquels elle avait pu mettre la main.

Elle était tout à fait consciente que la personne sur laquelle elle enquêtait était son demi-frère, et que cela créait un conflit d'intérêts nuisant à l'objectivité de sa démarche.

Une demi-journée à peine venait de s'écouler, et elle avait déjà l'impression très nette que l'accusation, pressée de boucler l'affaire, avait ignoré des détails et pris un certain nombre de raccourcis. Elle se balança en arrière sur son siège, fixant le dernier rapport qu'elle venait de consulter sur l'écran de son ordinateur. Quelque chose ne collait pas. Elle commençait à croire que Marco Wayne avait dit la vérité.

Comme l'avait souligné ce dernier, le casier de Tony était vierge avant que ne soit opérée la saisie de drogue qui avait mené à son arrestation. Etudiant brillant, médecin en devenir, le jeune homme n'aurait pu choisir de voie plus éloignée de celle de son père.

Tout en se balançant, elle réfléchit, les doigts croisés. Si le jeune Wayne était réellement blanc comme neige, comment la drogue était-elle arrivée dans son appartement ? Le kilo de cocaïne fractionné en sachets individuels avait été retrouvé sous le matelas dans la chambre d'amis. Avait-il été placé là à l'insu de Tony, comme le soutenait

Marco ? Ou l'étudiant et sa vie exemplaire servaient-ils de devanture idéale à un trafic ? Enfin, pourquoi cette descente de police juste au moment où un stock aussi important de drogue se trouvait dans l'appartement ? A croire qu'on voulait qu'il soit découvert...

Janelle secoua la tête. La coïncidence était pour le moins curieuse. Tout cela évoquait fortement un complot.

Elle jeta un coup d'œil au nom de l'officier de police qui avait arrêté Tony et décida qu'il était temps d'avoir une petite conversation avec l'agent Conway.

Avant de prendre son sac, elle laissa un petit mot sur son bureau pour prévenir Woods, au cas où il la chercherait, qu'elle s'absentait deux heures pour raisons personnelles.

Dans le couloir, elle faillit être bousculée par Mariel. L'assistante, d'ordinaire très souriante, semblait bouleversée et quelque peu désorientée. Elle marmonna un vague mot d'excuse et commença à s'éloigner.

Janelle lui posa une main sur l'épaule.

— Quelque chose ne va pas, Mariel ?

Celle-ci secoua la tête et afficha un sourire contraint.

— Trop de travail, c'est tout, répondit-elle. Et puis je crois que je couve quelque chose, ajouta-t-elle en reniflant.

En débutant comme assistante, Janelle avait vite compris que, pour faire face aux dures exigences de sa fonction, il était utile d'avoir sous la main un assortiment de remèdes divers et variés.

— Regardez dans mon bureau, proposa-t-elle. Vous trouverez tout ce dont vous avez besoin dans le tiroir du haut. Servez-vous.

Un bref sourire passa sur les lèvres de Mariel.

— Merci, dit-elle avant de tourner les talons.

Elle se dirigeait dans la direction opposée à celle de son bureau, nota Janelle. Elle ouvrit la bouche pour le lui signaler, puis se ravisa. Sa collègue semblait avoir envie qu'on la laisse en paix, et elle-même avait une visite importante à faire.

Vingt minutes plus tard, elle sortit de l'ascenseur au troisième étage du commissariat. Comme elle avait une vague idée de l'endroit où se trouvait le service des stupéfiants, elle mit le cap dans cette direction.

A l'entrée du service, elle s'arrêta, bouche bée, en découvrant que Sawyer l'avait devancée. Il était en pleine conversation avec l'homme qu'elle était venue voir.

Lorsque, regardant par-dessus son épaule, il s'aperçut de sa présence, il ne parut pas le moins du monde surpris et se contenta de lui adresser un signe de tête.

Selon toute évidence, il était en train de mettre un terme à l'entretien.

— Merci pour l'info, Conway, dit-il en se levant.

L'autre homme poussa un grognement en guise de réponse, puis se détourna pour taper quelque chose sur son ordinateur. S'il avait remarqué que Janelle était là, il n'en laissa rien paraître.

Elle s'apprêtait à se manifester lorsque Sawyer la saisit par le bras et l'entraîna à quelque distance du box de James Conway.

— Tu permets ? fit-elle, outrée, en se dégageant.

Ce n'était pas parce qu'ils avaient passé la nuit ensemble que cela lui donnait des droits sur elle !

— Je dois lui parler, affirma-t-elle.

S'emparant de nouveau de son bras, il la retint.

— Ce n'est pas nécessaire. Je viens de le faire.

Janelle écarquilla les yeux. Est-ce que, par hasard, il s'imaginait qu'il devait avoir le dernier mot sur tout ?

— Je veux peut-être lui demander une chose à laquelle tu n'as pas pensé !

Il la considéra d'un air entendu.

— Pourquoi la police a fait une descente dans l'appartement de Tony à cette date précise, par exemple ?

L'ardeur de Janelle fut quelque peu douchée. Au moins avait-il le bon goût de ne pas triompher, se dit-elle pour se consoler.

— D'accord, il se peut que ce soit la question que je comptais lui poser.

— Les grands esprits...

— Même une horloge cassée est à l'heure deux fois par jour ! le coupa-t-elle.

Sawyer soutint son regard un long moment. Bien qu'il ait du mal à l'admettre, il se rendait compte qu'elle avait réussi à percer sa carapace et à l'atteindre. Ses tentatives pour oublier l'effet qu'elle produisait sur lui demeuraient vaines. Or, il ne voulait pas se sentir atteint.

« Alors, pourquoi traînes-tu autour d'elle ? »

Il n'avait pas de réponse à cela, hélas ! Il préféra donc ignorer le problème pour l'instant.

— Qui de nous deux est l'horloge cassée ? s'enquit-il.

— Oublie ça et dis-moi pourquoi Conway a décidé de fouiller le domicile de Tony Wayne tel jour plutôt qu'un autre ?

— Pour la raison à laquelle je m'attendais, répondit Sawyer, faisant délibérément durer le suspense.

Il savait que ça la ferait sortir de ses gonds et, pour une raison mystérieuse, il aimait voir ses yeux verts s'embraser sous l'effet de la colère.

— Il a été informé par une dénonciation anonyme confirmant la déclaration de Sam Martinez, dit-il enfin.

— Et tu le crois ?

Conway était un bon flic et n'avait, à première vue, jamais été impliqué dans quoi que ce soit de louche. Sawyer avait pris soin de s'en assurer.

— Il n'y a pas de raison de ne pas lui faire confiance.
— Ont-ils pu tracer l'appel ?

Il secoua la tête.

— La femme est restée trop peu de temps en ligne.

Janelle haussa les sourcils. Elle n'avait jamais entendu parler d'un cas où l'auteur d'un coup de fil anonyme était une femme ; son premier réflexe avait donc été de penser à un homme.

— Une femme ? répéta-t-elle.
— Eh oui !

Qu'elle était jolie, les yeux ainsi écarquillés de surprise ! songea Sawyer. Elle était jolie, quelle que soit son expression. Il avait conscience qu'il s'aventurait en terrain glissant, qu'il fallait qu'il fasse attention où il mettait les pieds. Pour son propre bien.

— L'informatrice a dit que son petit frère avait fait une overdose, et que Tony Wayne était le dealer qui l'approvisionnait. Elle a expliqué que sa démarche avait pour but d'empêcher d'autres jeunes de mourir aussi bêtement. Puis elle a raccroché. Conway a trouvé qu'elle avait l'air sincère, et comme ils attendaient depuis longtemps d'avoir quelque chose de solide pour coincer Wayne...

— Mais là, il s'agit du fils de Wayne, déclara Janelle.

D'un hochement de tête, il lui signifia qu'il était d'accord avec son raisonnement.

— Ils se sont dit que c'était un début...

Il s'interrompit et attendit que deux agents qui passaient dans le hall aient disparu, avant de reprendre :

— Que fais-tu là, de toute façon ? Je croyais que c'était moi qui étais chargé de mener l'enquête ?

C'était ainsi que les tâches avaient été réparties au départ, en effet, reconnut-elle intérieurement. Mais, en ce qui la concernait, cette règle n'était pas gravée dans le marbre.

— Je n'arrivais pas à tenir en place.

A sa grande surprise, un petit rire désabusé échappa à Sawyer.

— Oui, je vois ce que tu veux dire ! répondit-il en se passant la main sur la nuque.

Leurs regards se croisèrent, et Janelle comprit qu'ils pensaient à la même chose. Ce n'était pas l'enquête qui les mettait dans cet état ; c'était quelque chose de bien plus élémentaire, de plus primaire...

Sawyer retint son souffle, comme s'il s'apprêtait à prendre une décision.

— Mon appartement n'est pas loin d'ici, tu sais.

Elle le considéra, le regard étréci, pas certaine d'avoir bien compris.

— Tu es en train de m'inviter chez toi ?

Il jeta un coup d'œil à sa montre.

— C'est l'heure du déjeuner.

Janelle lui saisit le poignet et le lui mit sous les yeux, de façon à ce qu'il voie mieux les aiguilles de sa montre.

— Il n'est que 11 heures, déclara-t-elle.

Il haussa les épaules.

— Alors, disons que c'est un déjeuner précoce.

Elle secoua la tête, complètement déroutée.

— Ne me dis pas que tu arriverais à avaler quoi que ce soit après tout ce que tu as mangé chez mon oncle ?

Il soutint son regard pendant ce qui lui parut être une éternité.

— Qui a parlé de manger ?

Le moment était venu, songea Janelle, de prendre ses

jambes à son cou et de s'enfuir aussi loin que possible. Ce n'était pas le genre d'homme avec qui une femme pouvait espérer bâtir une relation durable. Jamais il ne s'engagerait. Plus tôt elle s'en persuaderait, mieux cela vaudrait.

Tout en sachant cela, en étant *convaincue* de cela, elle lança, à sa plus grande surprise :

— Tu n'as qu'à me montrer le chemin, je te suis.

Il ne dit ni « d'accord » ni « très bien », ne prononça pas le moindre mot. Mais le sourire qui se dessina sur ses lèvres resta imprimé dans l'esprit de Janelle tout le temps que dura le trajet jusqu'à l'immeuble de Sawyer.

Elle était si occupée à ne pas perdre de vue le coupé bleu qu'elle ne prêta aucune attention à la route. Si elle avait voulu rebrousser chemin, elle en aurait été incapable sans l'aide d'une carte.

Mais, bien que ses mains soient légèrement moites, il n'était pas dans ses intentions de faire demi-tour. Au contraire, son impatience grandissait à chaque kilomètre.

A cette heure, les places libres étaient nombreuses sur le parking. Elle put donc se garer sans difficulté, non loin de Sawyer.

A peine avait-elle serré le frein à main que sa portière s'ouvrait et qu'il l'attrapait par le bras. Il la tira sans façon hors de la voiture et l'enlaça fougueusement.

Electrisée par l'onde de chaleur qui la traversa instantanément, elle ne songea pas une seconde à protester ou à feindre la surprise. Lorsque la bouche de Sawyer recouvrit la sienne, elle noua ses bras autour de son cou et lui rendit son baiser. C'était ce qu'elle rêvait de faire depuis le matin…

Elle sentait son corps se tendre comme la corde d'un

violon, vibrer comme un instrument que l'on accorde en prévision du concert à venir.

Elle n'eut même pas conscience de marcher jusqu'à l'appartement. Ni, d'ailleurs, d'ôter ses vêtements. Un instant, elle était sur le parking en train d'échanger un baiser avec Sawyer et, l'instant d'après, chez lui, ivre de désir et complètement nue.

Ils firent l'amour avec une hâte et une fièvre qu'elle n'aurait pas cru possibles. En quelques minutes, le feu dévorant qui les consumait enfla jusqu'à l'explosion finale.

Quand ce fut fini, ils recommencèrent. Encore et encore, jusqu'à ce que ni l'un ni l'autre n'en puissent plus et que, allongés côte à côte sur le sol de l'entrée, ils peinent à reprendre leur souffle.

Au lieu de l'embarras, du regret qu'elle s'attendait à éprouver, ce fut une nouvelle vague de désir et un flot de tendresse qui la submergèrent. Elle ne savait que faire de ces émotions inconnues.

Quand les battements de son cœur se furent un peu calmés, elle se couvrit les yeux d'une main et s'efforça de se ressaisir.

— Je crois que je n'ai jamais fait ça aussi vite de ma vie…, murmura-t-elle.

Elle tourna légèrement la tête pour regarder Sawyer.

— … Ni aussi souvent !

Il lui rendit son regard avec une expression indéchiffrable.

— J'aime rentabiliser mon temps, dit-il d'une voix douce.

Cette plaisanterie, prononcée d'un ton sérieux, amusa beaucoup Janelle. Prise de fou rire, elle ne parvenait plus à se calmer. Si bien qu'à force elle en attrapa le hoquet.

— C'est malin ! Regarde ce que tu as… hic… fait ! Je te signale que… hic… j'ai rendez-vous au tribunal cet après-midi ! déclara-t-elle, tentant en vain de réprimer les spasmes. Comment… hic… veux-tu que j'adresse mes… hic… requêtes au juge dans… hic… cet état ?

Sawyer ne put dissimuler son amusement. Il fit néanmoins de son mieux pour paraître compatissant.

— Tu as raison. C'est embêtant…

Il roula sur le ventre, la recouvrant de son torse.

— Je pourrais essayer de te faire peur.

— Ah ! Parce… hic… que tu trouves que ça n'est… hic… pas assez effrayant ? s'exclama-t-elle, faisant référence à l'intensité de leur corps-à-corps.

Il s'approcha encore. Leurs souffles se mêlèrent.

— Par « ça », tu veux dire faire l'amour avec moi ?

Malgré le hoquet qui la secouait, Janelle sentit le désir renaître au creux de son ventre.

— Oui…

— O.K. Dans ce cas, nous allons recommencer…

Avant qu'elle ait pu protester, il s'empara de sa bouche, lui coupant momentanément la respiration. Et elle s'aperçut bientôt, tandis qu'il approfondissait son baiser et laissait courir ses mains sur sa peau, que le hoquet avait cessé.

— L'académie des Sciences a-t-elle eu vent de cette méthode miracle ? murmura-t-elle lorsque les lèvres de Sawyer quittèrent les siennes pour cheminer le long de sa gorge.

Elle vibrait des pieds à la tête, comme un diapason qu'on vient de frapper pour donner le *la*.

— Je n'ai pas encore eu le temps de les informer de ma découverte, chuchota-t-il au creux de son cou.

Elle frémit sous la brise sensuelle et légère de son haleine.

— Tu peux t'en attribuer le mérite, si tu veux, ajouta-t-il.

En cet instant, Janelle ne voulait qu'une chose, et cela n'avait rien à voir avec le mérite.

Elle ne s'expliquait pas pourquoi Sawyer produisait un tel effet sur elle, n'avait aucune idée de ce qui se passait. Tout ce qu'elle savait, c'était qu'elle voulait qu'il continue aussi longtemps que possible. En l'espace de vingt-quatre heures à peine, elle était devenue follement, dangereusement dépendante de cet homme.

Dangereusement, parce que — c'était une certitude — cela finirait mal. Pour elle, du moins. Mais cela ne l'empêchait pas d'avoir besoin de sa présence et envie de faire l'amour avec lui jusqu'à ce que mort s'ensuive.

Comme à travers un brouillard, elle entendit sa voix près de son oreille. La chaude caresse de son souffle la fit frissonner.

— Nous n'avons plus qu'un quart d'heure…

Quinze minutes. Un clin d'œil ou une éternité. Tout dépendait de la façon dont on les employait.

— Alors, autant rentabiliser ce temps, proposa-t-elle.

Sans lui laisser le temps d'assimiler ses paroles, elle le repoussa sur le dos et, à califourchon sur lui, déploya toute son habileté pour le rendre fou de plaisir. Alors qu'il était sur le point de sombrer dans l'extase, elle s'interrompit et s'écarta de lui.

En l'entendant pousser un grognement de frustration, elle laissa échapper un éclat de rire ravi. Ce n'était pas désagréable d'être maîtresse du jeu, pour une fois. Avec lui, elle n'avait pas souvent l'occasion d'être aux commandes.

Elle répéta ce manège à trois reprises. A la quatrième, il la retint par les poignets et l'attira vers lui.

— Pas cette fois, gronda-t-il.

Un feu sombre brillait au fond de ses prunelles. Janelle sentit une onde électrique la traverser. La saisissant à bras-le-corps, il la fit basculer de façon à se retrouver au-dessus d'elle et entreprit de lui faire subir une exquise torture avec sa langue jusqu'à ce qu'elle crie grâce.

Incliné sur elle, les doigts entremêlés aux siens, il la contempla en souriant.

— Les rôles sont inversés, Cavanaugh. Dis-moi, quel effet cela fait-il ?

— Je ne vais pas te le dire... Je vais te le montrer !

S'étirant au maximum, elle captura ses lèvres. C'était tout l'encouragement dont il avait besoin.

Incapable de résister plus longtemps, il se livra sans retenue à ce baiser torride et glissa un genou entre ses jambes pour l'inciter à s'ouvrir à lui.

L'instant d'après, ils se fondaient l'un en l'autre et s'élançaient ensemble vers le but qu'ils étaient si impatients d'atteindre. Lorsqu'ils y parvinrent, l'escalade vertigineuse du plaisir se prolongea aussi longtemps qu'il était humainement possible.

Ni l'un ni l'autre ne voulaient que cela se termine, ni que la réalité reprenne ses droits avant que ce ne soit absolument nécessaire.

15

Très lentement, mais plus vite que Janelle ne l'aurait souhaité, le nuage sur lequel elle flottait se dissipa, l'obligeant, bien malgré elle, à redescendre sur terre. Au même instant, la mélodie d'*Autant en emporte le vent* rompit le silence.

L'esprit encore embrumé, elle tourna la tête vers Sawyer.

— Tu as un système pour lancer de la musique automatiquement ?

Ce n'était pourtant pas son genre, songea-t-elle. Sawyer était tout le contraire d'un romantique.

— Si c'était le cas, je n'aurais pas mis ça !

Il se redressa et tendit l'oreille. Dans un premier temps, il crut que la musique venait d'un appartement voisin. Puis il se rendit compte que le bruit était plus proche ; dans la pièce où ils se trouvaient, en fait.

— Ça vient de ton sac à main, annonça-t-il.

Il fronça les sourcils. Ne reconnaissait-elle pas la sonnerie de son propre téléphone ?

— Drôle de choix, pour une sonnerie !

Par pudeur autant que par esprit pratique, Janelle avait remis ses sous-vêtements pendant que Sawyer tentait de déterminer l'origine du son. Elle se leva, attrapa son chemisier et le passa vivement, puis tendit la main vers son sac, qui avait échoué à côté de sa jupe. Le téléphone sonnait toujours, mais sans doute plus pour longtemps.

— Ce n'est pas mon téléphone.

— Tu te promènes avec l'appareil de quelqu'un d'autre ?

Tout en ouvrant le portable, qui paraissait avoir été quelque peu maltraité, nota Sawyer, Janelle lui fit signe de se taire.

— Allô ?
— Mariel ?

La voix masculine, à l'autre bout de la ligne, semblait incertaine.

— Non, je…

Avant qu'elle puisse ajouter ou demander quoi que ce soit, la communication fut coupée. Surprise, elle referma l'appareil.

— Voilà qui répond à ma question, murmura-t-elle, plus pour elle-même que pour Sawyer.

— Tu peux peut-être me dire ce qui se passe ?

Se retournant, elle vit qu'il se tenait juste derrière elle et qu'il avait remis son jean. Estimant qu'il méritait une explication, elle lui fit part de ce qu'elle savait.

— J'ai trouvé ce portable sur le parking ce matin. J'avais l'intention d'essayer de découvrir à qui il appartient, mais j'ai été si absorbée par mon travail que je l'ai complètement oublié.

Elle considéra l'objet dans sa main et ajouta :

— Apparemment, c'est celui de Mariel Collins.

Comme ce nom n'évoquait manifestement rien pour lui, elle éclaira sa lanterne.

— Mariel est une des assistantes du substitut du procureur.

C'est alors que la scène du matin lui revint à la mémoire.

— Pas étonnant qu'elle ait paru si bouleversée quand je l'ai croisée tout à l'heure !

Elle ramassa sa jupe et l'enfila. Quelque chose ne collait pas.

— Dans ce cas, pourquoi a-t-elle gardé le silence ? reprit-elle, réfléchissant à voix haute.

Sawyer la contemplait, attendant visiblement qu'elle tienne enfin un discours cohérent.

— Quand je lui ai demandé si quelque chose n'allait pas, elle m'a répondu que non. Pourquoi ne pas m'avoir tout simplement dit qu'elle cherchait son téléphone ou demandé si je l'avais vu quelque part ?

— Peut-être parce qu'elle a quelque chose à cacher, suggéra Sawyer en remettant sa chemise foncée. En général, lorsque les gens s'abstiennent de demander de l'aide, c'est parce qu'ils préfèrent ne pas attirer l'attention.

— Ou alors parce qu'ils sont machos et ont un problème d'ego.

— Mmm…, fit-il, l'air absent.

Il réfléchissait, tentant d'assembler les pièces éparses du puzzle. Soudain, il cessa de boutonner sa chemise, prit le portable des mains de Janelle et sélectionna une icône au centre de l'écran pour accéder à un menu déroulant.

— Que fais-tu ? s'enquit-elle. A part fouiller dans la vie privée de quelqu'un, je veux dire.

L'appareil était minuscule, les doigts de Sawyer l'étaient moins, et il peinait à obtenir l'option souhaitée.

— Je cherche à savoir avec qui cette Marion…

— Mariel, dit Janelle.

— … avec qui cette Mariel a été en relation récemment.

Se plaçant derrière lui, elle essaya de voir ce qu'il faisait, mais il était trop grand et trop large d'épaules. Elle renonça donc et se résolut à regarder l'écran à l'envers.

— Pourquoi ?

— Pour essayer de découvrir ce qu'elle a à cacher, dit-il en consultant les appels entrants et sortants.

— Et s'il n'y a rien ?

Du point de vue de Janelle, Mariel était aussi incolore et transparente qu'un verre d'eau.

Il haussa les épaules.

— Ça ne coûte rien de vérifier.

Il était difficile de débattre sur le sujet du respect de la vie privée avec un homme dont le torse était à moitié dénudé. Quoi qu'il en soit, elle désapprouvait le procédé. Aussi préféra-t-elle se détourner et finir de s'habiller.

— Intéressant…

— Quoi ? demanda-t-elle malgré elle.

Elle pivota, constatant que la chemise de Sawyer était toujours à demi ouverte. Ainsi vêtu, il ressemblait à l'un de ces ténébreux personnages qui ornent les couvertures des romans d'amour historiques. Elle préféra ne pas s'attarder là-dessus.

— Il y a un numéro que Mariel compose très souvent, déclara-t-il en le lui montrant du doigt.

Tordant le cou, elle examina l'historique récent des communications et constata que, en effet, un numéro apparaissait de façon récurrente.

— Il s'agit peut-être de son petit ami.

Sawyer referma le téléphone et le glissa dans sa poche.

— Seulement si elle sort avec quelqu'un qui demeure chez Charlie Wentworth.

Janelle fut ébahie d'entendre ce nom dans la bouche de Sawyer. Elle l'enveloppa d'un regard méfiant. Comment se faisait-il qu'il mentionne Wentworth — l'homme qui, au dire de Wayne, avait piégé Tony ?

— Tu connais son numéro ?

— Ma vie n'a pas commencé le jour où on s'est rencontrés, lui rappela-t-il, bien que, depuis la veille, il ait été tenté plusieurs fois de penser le contraire. J'ai travaillé comme agent infiltré pendant trois ans et j'ai eu l'occasion de m'aventurer dans l'univers du crime organisé.

— Et tu te souviens du numéro personnel de Wentworth, fit-elle, sceptique.

L'expression de Sawyer balaya ses doutes.

— J'ai une mémoire prodigieuse, affirma-t-il.

Ce don s'appliquait-il seulement aux données écrites ou à tous les événements en général ? se demanda-t-elle, un peu inquiète.

— Tu aurais dû me le dire plus tôt.

— A quoi bon ? répliqua-t-il en esquissant un sourire.

Comme il la regardait intensément, elle sentit son corps réagir et s'efforça tant bien que mal de tempérer ses ardeurs.

— Pourquoi une assistante du substitut appellerait-elle quelqu'un comme Wentworth ? demanda-t-elle.

— Toute la question est là. En tout cas, tu sais maintenant d'où provient votre fuite.

— Vous avez trouvé mon téléphone ! s'exclama Mariel lorsque Janelle entra dans son bureau, tenant l'objet en évidence devant elle.

Janelle était arrivée dans l'immeuble moins de cinq minutes plus tôt et avait quitté Sawyer dans le hall d'entrée, en lui demandant de faire un saut au laboratoire de police scientifique pour savoir où en était la recherche d'empreintes sur les sachets de cocaïne, tandis qu'elle-même montait à l'étage affronter Mariel.

Cette distribution des rôles n'avait pas paru le ravir, mais ménager sa susceptibilité n'entrait pas dans les priorités de Janelle dans l'immédiat. Elle n'avait qu'une idée en tête : éclaircir la situation.

— En effet, répondit-elle. Vous l'aviez fait tomber dans le parking.

Tout en parlant, elle observait sa collègue. Elle paraissait tellement inoffensive ! Avaient-ils eu tort de la soupçonner ?

Mariel posa une main sur son cœur et exhala un profond soupir.

— Vous me sauvez la vie ! s'exclama-t-elle avec emphase en faisant un geste pour prendre le téléphone.

Janelle leva la main, le plaçant hors de sa portée.

— J'en doute. Que fait Charlie Wentworth dans vos contacts ?

Elle aurait juré que l'autre pâlissait légèrement.

— Qui ?

— Oh ! Je vous en prie, cessez de jouer les idiotes ! Vous savez parfaitement qui est Wentworth, a fortiori maintenant que vous avez hérité du dossier.

Elle avait éprouvé un pincement au cœur en apprenant que Woods l'avait donné à Mariel.

— C'est vous qui avez décidé de ne plus vous en occuper, dit cette dernière pour sa défense.

— Et vous devriez faire de même.

— Pourquoi ? s'enquit-elle nerveusement.

Elle jouait la comédie, songea Janelle. L'air timide, l'attitude soumise, tout cela n'était qu'un rôle.

— Parce que vous avez tenu Wentworth informé de tout ce qui se passait ici concernant l'affaire Anthony Wayne.

Jusque-là, Mariel avait eu l'air effrayé d'un lapin pris dans les phares. Soudain, son expression changea. Avec un rire forcé, elle se mit à rassembler des papiers sur son bureau.

— Pourquoi ferais-je une chose pareille ?

Janelle appuya les doigts sur les chemises que sa collègue était en train de ranger, obligeant celle-ci à la regarder.

— A vous de me le dire.

— Je me contenterai d'informer Woods que vous avez perdu la tête, répliqua Mariel d'une voix qui ne tremblait plus.

Elle se leva pour partir, mais Janelle lui posa une main sur l'épaule pour l'obliger à s'arrêter. L'autre se dégagea d'un mouvement brusque.

— Vous devriez demander un congé et prendre le temps de revenir à votre meilleur niveau, Janelle.

— Pendant que vous falsifiez des preuves et faites condamner un innocent, pour une raison qui m'échappe encore ? Je ne crois pas, non !

Les yeux marron de l'assistante lancèrent des éclairs.

— Vous commettez une grave erreur !

— C'est vous qui commettez une erreur, déclara Janelle. Je vais de ce pas trouver Woods. Avec ceci, ajouta-t-elle en agitant le portable. La prochaine fois que vous voudrez jouer les mouchards, pensez à acheter un téléphone jetable.

Sur ces mots, elle tourna les talons et se dirigea vers la porte. Elle n'eut pas le temps de l'atteindre. Sa collègue lui barra le chemin en pointant une arme sur elle.

— Où avez-vous eu ça ?

— Je ne manque pas de ressources, répliqua Mariel avec suffisance. Pour le téléphone, je ne sais pas encore si je vais m'en débarrasser. Mais ce qui est sûr, c'est que je vais devoir me débarrasser de *vous*. Dommage que vous vous en soyez mêlée, Janelle. Je vous aimais bien, conclut-elle, une note de regret sincère dans la voix.

Il fallait la faire parler jusqu'à ce que quelqu'un arrive, songea Janelle.

— Inutile d'employer le passé. Je suis encore là.
— Plus pour longtemps !

Sans la quitter des yeux, Mariel lui fit signe de s'écarter de la porte qui était restée entrouverte et recula pour chercher en tâtonnant son sac à main sur le dossier de son siège.

— Nous allons descendre déjeuner ensemble. Mais seule l'une de nous deux reviendra.
— J'ai déjà pris ma pause déjeuner.
— Eh bien, vous allez en prendre une deuxième, ordonna-t-elle d'un ton tranchant. Avancez. Tout de suite !

Janelle ne put que s'exécuter et sortit du bureau, suivie de près par Mariel. L'instant d'après, il y eut une détonation sèche. Derrière elle, Mariel poussa un cri de douleur. Son arme lui échappa et tomba aux pieds de Janelle tandis que Mariel s'effondrait à genoux, serrant sa main blessée contre sa poitrine avant de se mettre à se balancer d'avant en arrière.

Cela se déroula en l'espace d'une seconde. Avant que Janelle n'ait eu le temps de comprendre vraiment ce qui s'était passé, Sawyer était près d'elle, l'arme au poing. Il la saisit par l'épaule.

— Ça va ?

Etait-ce de la tendresse qui perçait dans sa voix ? De l'inquiétude ? Non... Elle rêvait, probablement.

En état de choc, elle hocha la tête.

— Oui.

Alertées par le coup de feu, plusieurs personnes commençaient à approcher prudemment. Mariel, toujours à genoux, sanglotait.

Lâchant l'épaule de Janelle, Sawyer secoua la tête. De toute évidence, il avait recouvré son sang-froid coutumier.

— Décidément, je ne peux pas te quitter des yeux une

seconde ! grommela-t-il en se penchant pour ramasser le pistolet de Mariel. Tu ne sais donc pas que les lâches sont dangereux lorsqu'on les accule ?

Consciente d'avoir pris des risques inconsidérés, elle baissa le nez. S'il apprenait ce qui s'était passé, son père aurait sa tête.

— Je pensais pouvoir maîtriser la situation.

— Eh bien, tu as eu tort !

— J'ignorais qu'elle avait une arme…

Elle pinça les lèvres. Inutile d'argumenter. Sawyer avait raison. Sans compter qu'il venait probablement de lui sauver la vie.

— Merci, dit-elle.

Feignant l'indifférence alors que son cœur battait encore à grands coups, Sawyer haussa les épaules. En voyant l'assistante brune braquer son arme sur Janelle, il avait eu l'impression que le temps se figeait. Et terriblement peur d'arriver trop tard.

— Ce n'est rien.

— C'est Wentworth qui m'a obligée à faire ça ! s'écria soudain Mariel en s'appuyant au mur pour se relever.

Une fois debout, chancelante, elle reprit :

— Il m'a menacée de tuer toute ma famille si je n'exécutais pas ses ordres.

Sawyer la dévisagea froidement. Une rapide recherche sur l'assistante lui avait permis de savoir à qui ils avaient réellement affaire.

— Vous a-t-il également forcée à accepter l'argent qui a financé vos études de droit ?

Mariel le fixa, bouche bée. Manifestement, elle n'en revenait pas qu'il soit au courant de cela. Elle avait dû s'imaginer que personne ne découvrirait jamais le pot aux roses. L'arrogance des criminels ne laissait pas de le surprendre.

— Hé ! Attends une minute ! s'exclama Janelle.

Elle l'attrapa par le bras, tandis qu'une foule de gens se bousculait autour d'eux, chacun y allant de son commentaire.

— Comment es-tu au courant de ça ?

Sawyer n'eut pas le loisir de lui répondre. Woods arrivait, se frayant un passage à travers la cohue. Son regard passa de l'assistante blessée au revolver de Sawyer, avant de se poser sur Janelle.

— Que se passe-t-il, ici ?

— Nous avons trouvé notre taupe, dit-elle simplement.

Mariel commença à protester, mais Sawyer la fit taire.

— Vous donnerez votre version après.

Woods, interdit, semblait avoir du mal à digérer l'information.

— Mariel ?

Janelle hocha la tête et lui montra le téléphone.

— Elle appelait régulièrement Charlie Wentworth.

— Wentworth ? Mais… quel rapport avec le procès d'Anthony Wayne ?

— Nous sommes mêlés à une guerre opposant Wayne et Wentworth, les deux prétendants à la succession de Salvatore Perelli, expliqua Janelle. Wentworth a mis Wayne en demeure de rester en retrait et, comme ses tentatives d'intimidation ne fonctionnaient pas, il s'est attaqué à son point faible, c'est-à-dire son fils. La drogue trouvée chez Tony était une preuve fabriquée de toutes pièces, destinée à le faire condamner.

Un murmure de surprise parcourut l'assistance.

Woods dévisagea Janelle d'un air sceptique.

— Et vous tenez cela de…

— Il n'y avait pas d'empreintes sur les sachets de drogue, intervint Sawyer. Sauf celle, partielle, d'un pouce.

Il se tourna vers Mariel.

— Tous les fonctionnaires doivent se soumettre à un relevé d'empreintes digitales. Il s'agissait de la vôtre.

Janelle ne parvenait toujours pas à comprendre les motivations de la jeune femme.

— Pourquoi avoir fait une chose pareille ? demanda-t-elle en se tournant vers elle. Que vous a-t-il donc offert en échange ?

N'étant pas disposé à laisser Mariel s'inventer des excuses, Sawyer répondit à sa place.

— Wentworth la connaît depuis sa naissance. C'est la fille de son cousin. Il s'est intéressé à elle, a payé ses études de droit et a fait en sorte qu'elle devienne ses yeux et ses oreilles au sein du bureau du procureur. Ce qui, si vous voulez mon avis, était rudement malin. Heureusement pour nous, il s'est montré trop impatient.

— Vous n'avez pas la moindre preuve ! rétorqua Mariel avec mépris. Tout ça n'est que pure conjecture !

— Nous avons de nombreuses preuves, riposta Janelle. Elle désigna le portable en souriant.

— Au cas où vous auriez oublié la procédure, nous pouvons obtenir un mandat pour éplucher vos relevés téléphoniques. Sur plusieurs années en arrière, ajouta-t-elle, retournant le couteau dans la plaie.

— Qu'on l'emmène hors de ma vue, ordonna Woods comme Mariel se répandait en invectives et les injuriait copieusement. Que quelqu'un appelle la prison et contacte un juge. Je veux que le fils Wayne soit dehors avant ce soir.

Il se passa la main dans les cheveux et secoua la tête.

— Tout ça est affreusement embarrassant, gémit-il.

Ils vont sans doute intenter un procès à la ville pour arrestation abusive.

Sawyer plongea son regard dans celui de Janelle.

— Je crois que Mlle Cavanaugh a les moyens de vous éviter ce désagrément, annonça-t-il.

Entrevoyant une lueur d'espoir, Woods se tourna vers elle.

— C'est vrai que Wayne vous écoute, vous !

— En l'occurrence, c'est plutôt l'inverse, répliqua-t-elle, faisant allusion au coup de téléphone initial.

Comme le visage de Woods s'assombrissait, elle enchaîna :

— Mais je vais voir ce que je peux faire.

Deux policiers, convoqués par la secrétaire du substitut, arrivèrent et encadrèrent Mariel.

— Vous n'avez pas le droit de me mettre en prison ! cria celle-ci, tandis que les officiers lui passaient les menottes et lui récitaient ses droits.

Elle ressemblait à un animal acculé et, cette fois, sa peur n'était pas feinte. Se précipitant au-devant de Sawyer, elle supplia :

— Je demande l'immunité ! Je veux que ma famille soit placée sous protection policière !

— Qu'aurons-nous en échange ? demanda Janelle.

Mariel prit une profonde inspiration. De toute évidence, elle avait conscience d'être sur le point de faire un pas décisif. Une fois qu'elle l'aurait franchi, il n'y aurait plus de retour en arrière possible.

— Des informations privilégiées, répondit-elle.

— Je crois que, cette fois, vous vous êtes trouvé un informateur légitime, dit Sawyer à Woods.

Janelle avait rarement vu le substitut du procureur aussi enchanté.

16

Le reste de la journée passa à une vitesse vertigineuse. Il y eut des tonnes de paperasse à remplir, un juge auquel il fallut un peu forcer la main, et des montagnes à soulever. Si, d'ordinaire, les roues de la justice tournaient lentement, cette fois, tout fut rondement mené.

Après avoir trouvé quelqu'un pour la remplacer au tribunal, Janelle passa la majeure partie de l'après-midi à prendre la déposition de Mariel. Il fallait faire vite, avant que cette dernière ne change d'avis ou qu'on n'essaie d'entrer en contact avec elle depuis l'extérieur. Quand Woods envoya un de ses assistants prendre le relais, Janelle était loin d'avoir terminé. Elle resta interdite en apprenant la raison de cette interruption.

Dès l'instant où il avait reçu le feu vert, le substitut avait décidé que ce serait elle qui informerait Anthony Wayne de sa libération. C'était aux yeux de Woods une belle façon de la remercier d'avoir découvert l'origine de la fuite et sauvé ainsi du ridicule le bureau du procureur.

Partant du principe que tout le monde fonctionnait comme lui, il avait dû se dire qu'elle serait ravie d'apporter la bonne nouvelle et de se retrouver, par la même occasion, sous les feux des projecteurs.

Mais Janelle n'avait jamais particulièrement recherché la lumière. En outre, tandis qu'elle effectuait au volant de sa voiture le court trajet jusqu'au centre de détention provisoire où Tony Wayne était incarcéré depuis deux mois, elle se demandait si elle allait être capable, maintenant qu'elle connaissait leur lien de parenté, de faire face au fils du lieutenant du crime.

Quoi qu'il en soit, elle n'aurait pu refuser sans raison valable l'honneur que lui faisait Woods.

Marco Wayne n'était son père que d'un point de vue technique, se rappela-t-elle. Ce n'était pas parce que Tony et elle avaient des gènes en commun que cela faisait de lui son frère pour autant. Seuls l'amour, le temps, la vie créaient des liens familiaux.

Elle avait déjà trois frères et n'en souhaitait pas d'autre.

Dommage que son estomac ne le comprenne pas, songea-t-elle.

En arrivant devant le commissariat, elle se sentit vraiment nerveuse pour la première fois de sa vie. Marco n'avait probablement pas parlé à son fils de sa liaison avec Susan, ce qui donnait un avantage à Janelle.

Elle prit une profonde inspiration et regarda ses mains. Dieu merci, elles ne tremblaient pas.

« Et voilà, nous y sommes ! » se dit-elle. Elle entra d'un pas résolu dans le bâtiment et prit la direction de la salle réservée aux avocats de la défense et à leurs clients, en priant pour ne croiser personne de sa connaissance.

Elle n'eut pas cette chance.

Sawyer, qui l'avait quittée peu de temps après l'avoir secourue, se matérialisa soudain à son côté et lui emboîta le pas.

— Que fais-tu là ? s'enquit-elle, sentant son pouls s'accélérer encore.

Comme si elle avait besoin de ça ! Elle pourrait s'estimer heureuse si elle parvenait entière à la fin de cette journée.

— Au cas où tu ne l'aurais pas remarqué, déclara-t-il en lui ouvrant une porte, nous sommes au commissariat.

Obliquant à droite, elle prit le couloir menant aux cellules de détention, à l'arrière du bâtiment.

— Je sais, répliqua-t-elle. Mais que fais-tu *ici*, précisément ?

Son cœur battit plus vite encore lorsqu'elle vit naître sur les lèvres de Sawyer un sourire plein de douceur.

— Tu ne croyais tout de même pas que j'allais te laisser aller seule là-dedans ?

Avait-il compris à quel point elle appréhendait cette entrevue ? se demanda-t-elle. Comment devinait-il si facilement ce qui se passait en elle ?

— Il n'est pas dangereux, fit-elle.

— Je n'ai pas dit le contraire, répondit-il en glissant son bras sous le sien.

En toute logique, son farouche besoin d'indépendance aurait dû pousser Janelle à se libérer de cette emprise, mais ses réflexes cédèrent le pas à un instinct plus profond, et elle lui abandonna son bras, se laissant guider jusqu'à une petite salle de conférences.

Accompagné d'Edward Parnell, son avocat, Anthony Wayne les y rejoignit moins de deux minutes plus tard. Mince, doté d'une ossature frêle, il ne présentait aucun point commun avec son père. Probablement tenait-il davantage de sa mère.

Tout comme elle-même ressemblait à la sienne, se dit Janelle.

Ignorant délibérément l'officier de police qui l'accompagnait, Parnell s'adressa à elle.

— Y a-t-il du nouveau ?

Elle se tourna vers son demi-frère en se demandant s'il finirait un jour par apprendre qu'ils étaient parents.

Elle espérait que non. La vie était déjà suffisamment compliquée comme cela.

Anthony était encore très jeune et, manifestement, il avait peur. Elle se sentit brusquement heureuse de lui annoncer la bonne nouvelle.

— De nouveaux éléments ont été portés à la connaissance du procureur, et il apparaît que vous avez été victime d'un coup monté, monsieur Wayne. Les charges ont donc été abandonnées. Vous êtes libre.

Il la fixa avec de grands yeux, comme s'il avait du mal à croire ce qu'il entendait.

— Libre ? répéta-t-il.

Janelle hocha la tête.

— Le substitut du procureur, M. Woods, s'est chargé personnellement d'écourter les démarches administratives. La décision a été validée par le juge Winterset.

Se sentant gagnée malgré elle par l'émotion, elle lui sourit.

— Tout est en ordre. La ville d'Aurora vous adresse ses plus sincères excuses.

— C'est insuffisant, intervint Parnell.

Janelle n'en attendait pas moins de lui. Elle savait qu'il se préparait à la bataille.

— Il faudra voir cela avec le bureau du procureur, dit-elle. Je ne suis que la messagère.

Elle se leva, imitée par Sawyer, passa la bandoulière de son sac à son épaule et repoussa sa chaise.

Visiblement secoué, Tony se leva à son tour.

— Mademoiselle…

— Cavanaugh, indiqua-t-elle sur un ton plus chaleureux. Janelle Cavanaugh.

— Mademoiselle Cavanaugh…

Il hésita un instant avant de poursuivre :

— Je vous connais ?

— Nous nous sommes rencontrés le jour de votre mise en accusation.

Tony secoua la tête.

— Non, ailleurs qu'au tribunal…

« Je suis ta sœur. Ta demi-sœur, mais tu n'as aucun moyen de le deviner. »

— Non, répondit-elle.

Il capitula avec une réticence visible.

— C'est drôle, j'avais cette impression que…

Elle s'avança, lui serra la main.

— Ce doit être l'ivresse de la liberté, conclut-elle en souriant. Faites en sorte de la conserver.

Sur ce conseil, elle tourna les talons et se dirigea vers la porte.

Ce n'est qu'une fois dehors, quand Sawyer et elle eurent quitté le bâtiment et qu'elle eut pris une profonde inspiration, qu'elle regarda enfin son compagnon. Bien qu'il soit resté muet comme une carpe durant tout l'entretien, elle devait reconnaître qu'elle avait été soulagée de ne pas être seule dans cette pièce.

— Tu n'as pas prononcé un seul mot, fit-elle.

Certes, il ne s'était jamais montré particulièrement bavard, mais pas à ce point.

— Ce n'était pas nécessaire, dit-il. Tu as été parfaite. Moi, j'étais juste l'ombre sur le mur, ajouta-t-il avec un petit sourire en coin.

Parvenue devant sa voiture, Janelle se tourna vers lui.

— Tu n'as vraiment rien d'une ombre, répliqua-t-elle. Tu as bien trop de présence.

Une expression amusée se peignit sur les traits de Sawyer.

— S'agit-il d'un compliment ?

Janelle avait fait cette observation sans y penser et n'avait pas envie qu'il y accorde une importance exagérée.

— C'est par manque d'habitude que tu ne sais pas reconnaître un compliment quand tu en reçois un ?

Elle soupira puis ajouta à contrecœur :

— Oui, c'en est un…

Sawyer continuait de sourire et l'observait avec une attention si soutenue qu'elle finit par se sentir gênée.

— Je ne pensais pas que tu en étais capable.

— Capable de quoi ?

Il appuya sa hanche contre la voiture.

— De reconnaître les qualités d'un homme.

Janelle n'était pas contre le fait de féliciter un homme. Simplement, elle était d'avis qu'il ne fallait pas trop en faire, l'ego masculin ayant, selon elle, tendance à enfler facilement.

— Il y a neuf hommes dans ma famille. Je choisis mes moments.

Elle jeta un coup d'œil à sa montre ; il était un peu plus de 17 heures.

— J'ai fini ma journée.

— Moi, je n'ai pas travaillé. Je suis en vacances, lui rappela-t-il.

A présent qu'elle était libérée du fardeau du procès Wayne, elle éprouvait soudain le besoin d'obtenir des réponses à ses interrogations.

— Et maintenant ? demanda-t-elle.

— Nous pourrions aller dîner, suggéra-t-il en affectant une insouciance qu'il était loin d'éprouver. Il y a un petit restaurant aux abords de la ville où l'on sert des steaks délicieux…

Elle secoua la tête.

— Non, je veux dire : *et maintenant* ? Je n'ai plus besoin de protection.

Sawyer croisa les bras, ouvrit la bouche, puis s'interrompit et attendit qu'un policier qui passait près d'eux se soit éloigné pour répondre.

— Sommes-nous en train d'avoir *la* discussion ?

Regrettant déjà sa question, Janelle se raidit.

— La discussion ?

Sawyer gardait un visage impénétrable, ce qui accrut sa gêne.

— Oui, dit-il enfin. Tu sais, celle où la femme demande à l'homme où va leur relation.

S'il y avait une chose que Janelle détestait, c'était d'être réduite à des stéréotypes ou enfermée dans des cases. Elle ne voulait plus qu'une chose, tout à coup, à savoir rentrer chez elle, et seule.

— Oublie ce que j'ai dit. Le restaurant me tentait, mais…

— Parce que, la coupa-t-il, si c'est bien de notre relation que nous parlons, je tiens à ce que tu saches qu'elle ira là où tu le désires.

Elle le dévisagea, incrédule.

— Comment ?

— Tu n'es pas sourde, tout de même ? lâcha-t-il, affectant un air détaché pour masquer son appréhension.

— J'ai entendu, répliqua-t-elle, irritée. Mais je ne saisis pas ce que tu veux dire par là.

Elle se demandait ce qu'il attendait d'elle, au juste. Cherchait-il à lui soutirer un aveu pour se moquer d'elle ensuite ?

Depuis qu'elle avait appris la vérité sur ses origines, elle avait perdu toute confiance en sa capacité à faire les bons choix. Sa confiance en elle, tout court.

— Qu'est-ce que tu n'as pas saisi, exactement ?

Ah, il voulait jouer au plus fin ! se dit-elle. Eh bien, il n'allait pas tarder à découvrir qu'il avait affaire à plus fort que lui.

— Pour commencer, je ne m'étais pas rendu compte que nous avions une relation.

— Donc, pour toi, faire l'amour et avoir une relation avec quelqu'un sont deux choses différentes ?

Ignorant l'interruption, elle poursuivit :

— Ensuite, tu ne peux pas me mettre toute la faute sur le dos et te conduire, toi, en spectateur.

Il haussa les sourcils.

— La faute ?

— Bon, d'accord, grommela-t-elle, le terme est mal choisi. Celui de « responsabilité » te convient mieux ?

La brise faisait voler les mèches folles qui s'étaient échappées de son chignon. Sawyer éprouva l'envie d'ôter les épingles qui les emprisonnaient et de glisser les doigts dans sa chevelure.

— Ce qui me conviendrait, ce serait que tu arrêtes de monter sur tes grands chevaux, déclara-t-il.

Janelle fut coupée net dans son élan. Il avait raison ; elle montait sur ses grands chevaux. Mais cette colère était l'expression de sa peur. Peur d'être en présence d'une chose rare et précieuse, et de la gâcher, de la perdre avant même d'avoir eu une chance de la cultiver.

— D'accord, acquiesça-t-elle calmement.

— ... Et que tu enlèves tes vêtements, ajouta-t-il sur le même ton.

Un léger vertige la saisit, et elle éclata de rire.

— Ici ?

Avec lenteur, il s'approcha d'elle et promena ses doigts

sur son visage, repoussant une mèche qui tombait devant ses yeux.

— Il vaudrait mieux que tu attendes qu'on soit chez toi ou chez moi, mais tu peux toujours le faire ici si tu es trop impatiente.

Janelle sentit son pouls s'accélérer, mais elle parvint à conserver une expression nonchalante.

— Je crois que j'arriverai à me contenir.

— Tu en es sûre ? s'enquit-il en plongeant son regard dans le sien.

Il était en train de prendre le dessus sur elle, et elle n'aimait pas ça.

— Certaine, répéta-t-elle plus fermement.

— Parce qu'il se trouve, poursuivit-il, que j'ai moi-même du mal à me contenir. Ça ne m'était jamais arrivé.

Sawyer n'était pas du style à tenir de beaux discours ni à conter fleurette, pensa-t-elle. Instinctivement, elle savait que ce n'était pas un menteur. Donc, il lui disait la vérité.

De nouveau, son pouls s'emballa.

— Vraiment ?

En ouvrant son cœur ainsi, il se rendait vulnérable, songea Sawyer. Et il prenait le risque de souffrir. Pourtant, il ne pouvait lui tourner le dos et partir. Il était trop tard pour cela ; il l'avait compris en voyant Mariel pointer son arme sur elle.

— Jamais, assura-t-il.

Elle inclina la tête.

— Je suis flattée.

— Tu es vraiment une femme très particulière...

A cet instant, le téléphone de Janelle sonna.

— Tu ferais peut-être mieux de répondre, suggéra-t-il.

Réprimant un soupir d'impatience, elle tira le portable de son sac et lança sèchement :

— Allô ?

— Merci, dit une voix grave.

Elle sut immédiatement qui était à l'autre bout du fil, bien qu'elle ne lui ait jamais donné son numéro.

Comment avait-il pu être au courant si vite ? se demanda-t-elle, ébahie. Mais il était vrai que, lorsqu'on évoluait dans un tel milieu, mieux valait être rapide. Question de survie.

Janelle choisit ses mots avec soin.

— Vous vous êtes tenu hors de l'existence de ma mère. Considérez que nous sommes quittes.

— Vous préférez cela ?

De façon implicite, Wayne lui demandait si elle aussi souhaitait qu'il reste en dehors de sa vie.

— Je pense que cela vaudrait mieux.

Il y eut un long silence au bout de la ligne. Pendant un moment, elle crut qu'il allait discuter, tenter de la convaincre qu'il fallait qu'ils restent en contact.

— Oui, moi aussi, dit-il enfin. Prenez soin de vous, mon petit. Et dites à Brian qu'il a fait du beau travail.

— Je lui transmettrai le message, promit-elle.

L'instant d'après, la tonalité résonna doucement à son oreille. Secouant la tête, elle remit le téléphone dans son sac.

Sawyer étudia son visage.

— Wayne ?

— Décidément, rien ne t'échappe ! s'exclama-t-elle avec un petit rire.

Mais, pour une fois, le compliment était dénué d'ironie.

— Wayne, dit-elle.

De nouveau, elle fut gagnée par la nervosité et s'aperçut qu'elle préférait considérer Sawyer comme une source d'ennuis plutôt que comme quelqu'un qui avait pris une grande place dans sa vie. C'était plus facile ainsi.

— Où en étions-nous ?

D'un doigt léger, il traça un motif sur sa tempe.

— Tu étais sur le point de te mettre nue...

Cette remarque fit naître dans l'esprit de Janelle l'image de leurs corps enlacés.

— Pas du tout, lâcha-t-elle d'un ton qu'elle espérait désinvolte.

— Même si je t'invite à dîner ?

— Tu auras peut-être plus de chance de cette façon.

Recouvrant sa gravité, elle ajouta :

— Sawyer...

Il fut aussitôt inquiet.

— Oui ? fit-il, refusant d'imaginer le pire.

Elle décida d'attaquer le sujet avec franchise, malgré son embarras.

— Je ne fais pas ce genre de chose, d'habitude.

— Dîner ? dit-il d'un ton innocent.

— Tu m'as très bien comprise, répliqua-t-elle avec impatience. Faire l'amour avec quelqu'un sans y mettre les formes.

Un éclair de malice passa dans les yeux de Sawyer.

— Je ne pensais pas qu'être nu était considéré comme quelque chose de formel.

Mal à l'aise, en colère, Janelle regretta aussitôt d'avoir abordé la question.

— S'il ne s'agit que d'une plaisanterie pour toi...

D'un geste brusque, elle voulut ouvrir la portière, mais il l'en empêcha.

— C'est à cause de ce torrent qui me submerge... J'essaie de ne pas perdre pied.

Il posa ses mains sur ses épaules, l'obligeant à le regarder.

— J'ai aimé une femme, une fois. Quand elle est morte, ça a failli me tuer. Je ne veux plus être amoureux.

— Personne ne te le demande, répondit-elle, sur la défensive.

Il secoua la tête.

— Tu ne comprends pas, n'est-ce pas ? Ça ne se commande pas. On l'est ou on ne l'est pas.

— D'accord, fit-elle lentement en tâchant d'assimiler ce qu'il essayait de dire.

Il prit son visage entre ses mains.

— Et je le suis.

— De moi ? murmura-t-elle.

— Non, de Stephen Woods, répliqua-t-il avec un sursaut d'impatience. Evidemment, de toi ! J'ignore où cela va nous mener…

— Sawyer…, l'interrompit-elle.

— Et je vais probablement tout faire rater, poursuivit-il comme si elle n'était pas intervenue.

— Sawyer…

— … Mais peut-être que…

— Sawyer !

Il se tut brusquement. Pourquoi ne le laissait-elle pas terminer ?

— Quoi ?

Elle noua ses bras autour de son cou et se lova sensuellement contre lui.

— Je t'aime aussi. Alors maintenant, tais-toi et emmène-moi chez toi pour que je puisse me déshabiller sans attirer l'attention générale.

Il sourit.

— L'attention générale, hein ? Tu as une assez haute idée de toi-même, non ?

Janelle le regarda d'un air grave.

— Et toi ?

— Oui, admit-il en la serrant contre lui. J'ai une haute opinion de toi. C'est avec toi que je veux être.

Il l'embrassa. Lentement, tendrement. Puis il leva la tête et répéta :

— Oui, je le veux.

Une lueur espiègle s'alluma dans les yeux de Janelle.

— Fais bien attention aux mots que tu emploies, dit-elle.

— Je m'entraîne pour plus tard.

Elle le dévisagea, frappée d'étonnement.

Avant qu'elle ait eu le temps de lui demander s'il faisait bien allusion à ce qu'elle croyait, Sawyer l'embrassa de nouveau. A lui faire perdre haleine.

CASSIE MILES

Une mère prise au piège

Traduction française de
ISABEL ROVAREY

BLACK ROSE
HARLEQUIN

Titre original :
BODYGUARD UNDER THE MISTLETOE

Ce roman a déjà été publié en 2014.

© 2009, Kay Bergstrom.
© 2014, 2021, HarperCollins France pour la traduction française.

1

Il n'était pas encore mort.

L'obscurité se faisait moins dense derrière ses paupières closes. Il sentit les poils de ses bras se hérisser. Dans sa tête, les battements de son cœur cognaient aussi fort que le tambour de la *Danse du Fantôme*… Ce fut ce rythme sacré, immémorial, qui le ramena à la vie.

Ses oreilles captèrent d'autres bruits : le bip régulier d'un moniteur, le son d'un pas feutré, le grincement d'un siège, un toussotement — il y avait quelqu'un d'autre que lui dans la pièce.

Le tambourinement s'accéléra à l'intérieur de son crâne. Ses paupières s'entrouvrirent. Le soleil qui filtrait entre les lattes des persiennes se réfléchit sur le drap blanc qui lui couvrait le corps. Son lit était entouré de matériel médical — oxygène, poche à perfusion sur son support métallique. Un moniteur cardiaque qui bipait. Plus vite, de plus en plus vite.

— Jesse ? le héla une voix profonde, près de lui. Tu es réveillé ?

Jesse Longbridge essaya de bouger, de répondre. Une douleur irradia de son épaule gauche dans son torse. Il se souvint qu'une balle l'avait touché, qu'il était tombé de cheval et qu'il était resté étendu sur le sol froid, impuissant. Il se rappela aussi le sang qui coulait. Il se rappela…

— Jesse ? Allez, Jesse, ouvre les yeux.

Il identifia la voix — celle de Bill Wentworth. Un ami. Un collègue. *Ce bon vieux Wentworth*. Il avait été secouriste en Irak, mais ce n'était pas la raison principale pour laquelle Jesse l'avait engagé. Cet ancien *marine* — comme Jesse — avait pour règle de ne jamais rien laisser au hasard et de toujours mener à bien le travail qu'il avait commencé.

Ils avaient une mission, Wentworth et lui. Et pas de temps à perdre. Ils devaient se rendre sur le terrain, protéger… Jesse se redressa d'un coup dans son lit et agrippa le bras de Wentworth.

— Est-ce qu'elle va bien ?

— Ah. Tu es réveillé, conclut Wentworth, ses lèvres s'étirant en un sourire qui ne découvrit pas ses dents. Ce n'est pas trop tôt.

L'un des fils du moniteur se détacha et le bip se mua en un gémissement aigu, continu.

— Nicole… Est-ce qu'elle va bien ? répéta Jesse.

— Ça va… On a procédé à des arrestations.

Wentworth était l'un des meilleurs éléments de Longbridge Security, la société qu'avait fondée Jesse — un garde du corps hors pair. Mais il n'était pas bon menteur.

La douleur fusa de nouveau dans l'épaule de Jesse, menaçant de le renvoyer dans les limbes d'une bienheureuse inconscience. Il se passa la langue sur les lèvres. Il avait la bouche asséchée. Il avait soif. Et, plus que tout, il voulait entendre la vérité. Nicole avait été kidnappée, il le savait — il en avait été témoin. C'est en voulant la protéger qu'il avait été blessé.

L'étau de ses doigts se resserra autour du bras de Wentworth.

— Nicole a-t-elle été rendue à son mari, oui ou non ?

— Non.

Dylan Carlisle avait engagé Longbridge Security pour protéger sa famille et sécuriser le ranch et son élevage de bovins. Si sa femme avait disparu, ils avaient donc échoué dans leur mission. *Il* avait échoué.

Il relâcha Wentworth. De sa main droite, il détacha la canule nasale qui avait apporté de l'oxygène à ses poumons. Se massant l'arête du nez, il sentit la petite bosse que lui avait value une fracture, lors d'une bagarre dans la cour de l'école, il y a bien longtemps. Il n'avait pas renoncé alors. Il ne renoncerait pas davantage maintenant.

— Je m'en vais d'ici.

Deux infirmières entrèrent en courant. Pendant que l'une débranchait rapidement le moniteur qui sonnait toujours, l'autre écarta Wentworth pour s'approcher du lit.

— Vous êtes réveillé… C'est merveilleux.

— Oui. Et prêt à partir, répondit Jesse.

— Oh ! je ne crois pas, non. Vous êtes resté inconscient pendant trois jours et…

— Quoi ? Quel jour sommes-nous ?

— Mardi matin. Le 9 décembre.

Nicole avait été enlevée le vendredi précédent, à l'approche du crépuscule.

— J'étais dans le coma ?

— Après l'intervention, votre activité cérébrale s'est stabilisée. Vous vous êtes remis à répondre aux stimuli extérieurs.

— Ça, on peut le dire, grommela Wentworth. Quand le technicien du laboratoire a voulu te faire une prise de sang, tu as repris conscience suffisamment longtemps pour l'attraper à la gorge et le repousser assez fort pour le faire tomber à la renverse.

— J'espère qu'il ne s'est pas fait mal ?

— Non, ça va, le rassura l'infirmière. Mais vous n'êtes pas exactement son patient favori.

Sa place n'était pas à l'hôpital. Il avait eu trois jours de convalescence... C'était largement suffisant.

— Je veux mes vêtements.

L'infirmière fit la grimace.

— Vous souffrez, je le sais, protesta-t-elle.

— Ecoutez, si vous ne m'enlevez pas ces aiguilles du bras, je vous préviens, c'est moi qui m'en charge, menaça-t-il.

Elle jeta un coup d'œil à Wentworth.

— Il se montre toujours aussi difficile ?

— Oui, toujours.

Fiona Grant posa une boîte rectangulaire en chêne ciré sur la table de la cuisine et en souleva le couvercle. A l'intérieur, dans un écrin de velours rouge, était rangé un antique colt 45 à la crosse ornée de perles.

Dans son testament, son mari avait légué l'objet à Jesse Longbridge, ce à quoi Fiona ne trouvait strictement rien à redire. Elle avait essayé d'organiser une rencontre avec Jesse afin de lui présenter le don dont il était l'héritier, mais leurs emplois du temps n'étaient pas conciliables. Après la mort de son mari, dépassée par les événements, elle n'avait pas su gérer efficacement les milliers de détails qui demandaient à être réglés et elle espérait que Jesse comprendrait. Elle vouait une reconnaissance éternelle au garde du corps qui avait sauvé la vie de son mari. Grâce à la réactivité exemplaire de Jesse, elle avait profité de son cher Wyatt pendant quelques précieuses années supplémentaires avant qu'un infarctus ne l'emporte, à l'âge de quarante-huit ans.

On lui répétait à l'envi qu'elle était trop jeune pour

être veuve. Pas encore trente ans lorsque Wyatt était décédé. Trente-deux aujourd'hui. Trop jeune ? Comme s'il y avait un âge acceptable pour le veuvage ! Comme si sa fille — désormais âgée de quatre ans — se serait mieux portée de perdre son père à six ans… Ou dix… Ou quinze ?

L'âge ne changeait rien à l'affaire. La différence d'âge entre Wyatt et elle n'avait pas dérangé Fiona lorsqu'ils s'étaient mariés. Tout ce qu'elle savait, c'était qu'elle aimait son mari de tout son cœur. Et elle éprouvait donc une immense gratitude à l'égard de Jesse Longbridge et avait bien l'intention de lui remettre le colt sitôt qu'il sortirait de l'hôpital. En attendant, il ne lui en voudrait sûrement pas si elle l'utilisait…

Du bout des doigts, elle effleura le métal froid du canon et eut un mouvement de recul. Elle n'aimait pas les armes à feu, mais il était néanmoins prudent — voire indispensable — d'en détenir une lorsqu'on était propriétaire d'un ranch dans l'ouest du Colorado. Non que Fiona se considérât véritablement comme une propriétaire de ranch. Ses terres d'une centaine d'acres n'étaient rien en comparaison de l'immense domaine Carlisle voisin qui comptait plus de deux mille têtes de black angus. Elle ne possédait pas d'animaux, même si sa fille Abby ne cessait de lui répéter qu'elle aimerait *vraiment, vraiment,* avoir un poney.

Fiona contempla le revolver, les sourcils froncés. « Quelle blague ! se morigéna-t-elle. Tu es incapable d'utiliser ce colt 45 ». Elle se détourna, esquissa un pas puis s'arrêta. Elle regarda par la fenêtre, au-dessus de l'évier. Le panorama de cimes encapuchonnées de neige, de forêts de conifères et de pâturages jaunis par l'hiver ne parvint pas à l'apaiser.

Depuis trois jours, c'était le branle-bas de combat après le tragique enlèvement qui s'était produit au ranch Carlisle. Leur tranquille vallée pastorale se retrouvait envahie par la police, les agents du F.B.I., les hélicoptères de recherche et les chiens policiers qui, nez au sol, flairaient des pistes qui les conduisaient droit à sa porte d'entrée.

La veille, il y avait eu des arrestations. Le danger aurait dû être levé. Mais, peu après 2 heures du matin, Fiona avait entendu des bruits de voix au-dehors. Elle n'avait pas vu les intrus ni pu déterminer à quelle distance de la maison ils se trouvaient. Mais ils parlaient fort, d'un ton colérique, puis s'étaient tus soudainement.

Le calme qui avait suivi la querelle lui avait presque fait plus peur que les cris. Et s'ils venaient chez elle ? s'était-elle demandé avec angoisse. Parviendrait-elle à les empêcher d'entrer s'ils tentaient de le faire ? Le bureau du shérif se trouvait à trente kilomètres. Si elle appelait le ranch Carlisle, quelqu'un accourrait... Mais arriveraient-ils à temps ?

La vérité lui était apparue dans toute son horrible clarté : Abby et elle n'avaient personne pour les protéger. Leur sécurité dépendait d'elle, et uniquement d'elle.

D'où le revolver.

Jamais elle n'aurait pu imaginer qu'elle se retrouverait un jour seule, à vivre dans ce rustique chalet de montagne à l'année. C'était une résidence secondaire — où Wyatt, Abby et elle venaient passer l'été pour que son mari puisse décompresser de son stressant travail de procureur, à Denver.

Mais l'eau avait coulé sous les ponts. Elle était bel et bien ici, désormais. C'était son domicile et elle devait être en mesure de le défendre.

Elle sortit le colt de la boîte et s'étonna de son poids

dans sa main. Cette arme détonnait tellement dans sa cuisine colorée, avec ses murs mandarine et les dessins d'Abby placardés sur le réfrigérateur.

C'était une bonne chose que sa fille soit chez sa baby-sitter, en ville. Elle ne voulait pas l'effrayer. Encore que… Abby aurait probablement éclaté de rire en voyant son artiste de mère tenter de jouer les dures, une arme au poing.

Fermant un œil, Fiona éleva le canon et visa le grille-pain, sur le comptoir. Prenant une voix menaçante, elle proféra :

— Si tu bouges, je te descends !

Le grille-pain ne réagit pas.

Par la fenêtre de la cuisine, elle vit une silhouette à cheval qui approchait de l'arrière de la maison. Carolyn Carlisle.

Promptement, elle rangea le vieux revolver dans sa boîte et reposa celle-ci à sa place sur le réfrigérateur. Attrapant une veste en velours vert accrochée à la patère près de la porte de derrière, elle l'enfila, sortit sa longue tresse châtaine du col et descendit les marches du porche.

Carolyn mit adroitement pied à terre et s'avança pour lui donner l'accolade. Grande, ses cheveux noirs tirés en une queue-de-cheval sous son chapeau de cow-boy, elle portait un jean, une veste en peau retournée noire et des bottes.

Bien que Fiona fût originaire des environs de San Francisco, elle adorait la façon de s'habiller de l'Ouest — à l'exception des bottes qui lui comprimaient les orteils et auxquelles elle préférait des sandales. Ou les tennis qu'elle avait chaussées aujourd'hui.

— Bonne nouvelle, annonça Carolyn. Jesse Longbridge est sorti du coma. Sa blessure ne lui laissera pas de séquelles.

— Tant mieux… C'est un soulagement.

— Je ne sais pas si mon frère t'a remerciée de lui avoir recommandé Longbridge Security. Jesse et ses hommes ont fait du très bon travail.

Fiona n'en fut nullement surprise. Son mari avait toujours dit qu'ils étaient « les meilleurs », chez Longbridge Security.

— Et… pour ce qui est de Nicole ?

— On a eu de ses nouvelles. Elle aurait dit, paraît-il, qu'elle allait bien et que nous ne devions pas nous faire de souci.

— Mais elle n'est pas revenue ?

— Les choses ne se sont pas passées comme elles l'auraient dû.

Le cœur de Fiona se serra pour sa voisine.

— Je suis désolée.

— Je n'ai pas l'intention de rester les bras croisés. Mon frère boude dans son coin comme un chiot qu'on aurait grondé. Nous avons perdu une rançon d'un million de dollars. Et, en ce qui me concerne, je ne croirai que Nicole va bien que quand je l'aurai entendu de sa propre bouche.

Ses poings se refermèrent.

— Je n'en ai pas terminé avec cette affaire… Loin de là.

Fiona aurait bien voulu avoir un dixième de la force de caractère de Carolyn. Lorsqu'elle n'était pas au ranch, celle-ci était une femme d'affaires avisée, directrice générale de Carlisle Certified Organic Beef, société d'envergure internationale de vente de viande de bœuf biologique élevé au ranch.

— Tu veux entrer un moment ? Prendre un café ? proposa Fiona.

— Ce n'est pas la peine.

Fiona s'approcha du cheval de Carolyn. Elvis était un grand et bel étalon acajou avec une crinière noire et une tache blanche sur le front. Elle passa la main sur son pelage soyeux. Subtilement, elle encouragea son amie à se confier.

— J'ai entendu dire que les kidnappeurs avaient été arrêtés.

— Le F.B.I. a fait une descente au ranch Circle M où s'était installé ce groupe de « survivalistes ». Mais Nicole n'y était pas.

— Tu as dit que vous aviez eu de ses nouvelles hier soir.

— C'est tellement fou… Je ne sais même pas par où commencer.

Fiona attendit que Carolyn organise ses pensées en continuant à caresser l'animal. Elvis plongea la tête en avant et découvrit ses dents en un sourire chevalin.

— Tu crois qu'il me fait du gringue ?

— Ça ne m'étonnerait pas d'Elvis, rétorqua en riant Carolyn. Mais, surtout, ne lui donne rien à manger. Que ferais-je d'un Elvis plein de graisse ?

Fiona partit d'un éclat de rire, mais Carolyn était si tendue qu'elle ne sourit même pas. Changeant de sujet, elle poursuivit :

— Je ne t'ai même pas demandé comment vous alliez, toi et Abby.

— Abby va bien. Elle est chez sa baby-sitter à Riverton pour le moment.

— Normalement, tu n'es pas au chalet en décembre.

Ne voulant pas se lancer dans une grande dissertation sur ses problèmes personnels, Fiona regarda le ciel sans nuages.

— Il a fait un temps exceptionnel. Presque aussi doux qu'à Denver. Tu crois que nous aurons un Noël blanc ?

— Noël… C'est la période de l'année favorite de Nicole.

La voix de Carolyn se brisa.

— Elle adore décorer la maison. Elle s'y entend merveilleusement bien. Moi, je ne sais même pas par où commencer.

— Je t'aiderai, proposa Fiona. Viens, allons marcher un peu pendant que nous bavardons.

Elvis sur leurs talons, elles traversèrent l'étendue d'herbe sèche, puis longèrent la lisière de pins ponderosa qui formaient une barrière naturelle autour de la maison de Fiona. Sa propriété, toute de roches et de forêt, n'avait jamais été destinée à l'agriculture ni à l'élevage.

— Avant l'enlèvement, mon frère et Nicole s'étaient disputés, déclara Carolyn. Hier soir, quand ils se sont vus, elle lui a dit que le fait d'avoir été kidnappée lui avait donné le temps de réfléchir et qu'elle avait décidé de ne pas revenir à la maison. Elle ne veut plus jamais revoir Dylan.

— Elle veut divorcer ?

— Il semblerait, répondit Carolyn en chassant d'un coup de pied une pomme de pin de son chemin. Dylan refuse d'évoquer la question. Apparemment, Nicole l'a totalement convaincu. Il a fait interrompre les recherches.

— Mais… il en a le droit ? Le F.B.I. est sur le coup, non ?

Quoi que dise la victime, un enlèvement était un crime.

— Les profileurs du F.B.I. et les équipes de recherche étaient d'accord pour se retirer. Ils ont mis le comportement de Nicole sur le compte du syndrome de Stockholm.

— Ils pensent qu'elle est tombée amoureuse de son ravisseur ?

— Moi, en tout cas, je n'y crois pas. Un lien très fort unit Nicole et mon frère ; ce sont des âmes sœurs. Bon sang, jamais elle ne le quitterait. Et moins encore dans ces conditions !

Redoublant de détermination, Carolyn poursuivit :

— Il est hors de question que je laisse les choses en l'état. J'ai réussi à convaincre un agent du F.B.I. de rester... N'en déplaise à mon frère.

Elle cessa de marcher. Elles se trouvaient sur un promontoire surmontant la clôture de fil de fer barbelé qui séparait leurs deux propriétés. Dans un pâturage, près des arbres, un grand troupeau de bétail paissait paisiblement. Un champ de blé d'hiver, planté à la fin septembre, s'étendait jusqu'à la route.

Fiona adorait ce paysage — un patchwork de subtiles couleurs hivernales ponctué par le vert tendre du blé et les massives silhouettes noires des bovins.

Elvis s'approcha d'elle et vint pousser son épaule du museau, comme un énorme chien quémandant une caresse. Elle flatta son encolure du plat de la main.

— Si Nicole est avec son ravisseur, cela signifie qu'il court toujours. Je me trompe ?

— Ils étaient deux. L'un d'eux a un casier judiciaire long comme le bras. L'autre est Butch Thurgood — celui dont Nicole est censée s'être entichée. Il a remporté l'épreuve de monte de chevaux sauvages dans nombre de rodéos et il est réputé savoir « murmurer à l'oreille des chevaux ».

— Hier soir, j'ai entendu deux hommes se quereller, reprit Fiona. Je ne les ai pas vus, mais ils étaient près du chalet. Tu crois que ce pouvait être eux ? Les ravisseurs ?

— Ça vaut la peine d'essayer de le savoir. Je vais en parler à Burke.

— Burke ?

— L'agent du F.B.I. qui a bien voulu m'écouter.

Ses traits se détendirent comme elle prononçait son nom.

— Puis-je te demander quelque chose ? De femme à femme.

— Oui... Bien sûr.

— Comment as-tu su ? Je veux dire, quand tu as rencontré Wyatt... Comment as-tu su que c'était avec lui que tu voulais passer ta vie ?

— Je n'ai rien planifié. C'est mon cœur qui m'a guidée.

— Tu en as, de la chance, proféra Carolyn en faisant la grimace. Mon cœur à moi n'est pas aussi direct. Je saurais quoi faire, s'agissant de Burke, si seulement je pouvais me référer à un bilan ou à un rapport.

Fiona respectait le sens des affaires extrêmement aiguisé de sa voisine, mais elle ne crut pas un mot de ces assertions.

— Il est évident qu'il compte pour toi. Même si ça te paraît irrationnel, il se peut même que tu sois amoureuse de lui.

— J'ai déjà été amoureuse et ça n'a pas marché.

— Tu ne sauras jamais comment ça se passerait avec Burke si tu n'essaies pas.

— Oh ! bonté divine ! Je n'aurais pas pu choisir un plus mauvais moment.

Calant le talon de sa botte dans l'étrier, elle remonta sur Elvis.

— Je reviendrai avec Burke pour tenter d'élucider cette mystérieuse histoire de voix dans la nuit.

— Je suis impatiente de faire sa connaissance.

Fiona regarda Carolyn redescendre de l'arête rocheuse pour rejoindre la route où son chemin ne serait pas bloqué par des fils de fer barbelés. Bien qu'elles aient approximativement le même âge, Fiona se faisait l'effet d'être beaucoup plus mûre que Carolyn. Elle avait déjà connu le cycle complet d'une vie — le mariage, l'enfantement et le décès de son conjoint.

Et, maintenant, de nouveau seule, elle repartait de

zéro. Elle enviait la lueur qui brillait dans le regard de Carolyn à l'évocation de ce qui était sans doute son premier véritable amour. Elle espérait éprouver tout cela de nouveau un jour... L'afflux soudain d'émotions qui allaient de pair avec l'amour. Les frissons. La chaleur. Le froid et le chaud, en même temps.

Au lieu d'orienter ses pas vers la maison, elle grimpa jusqu'en haut de l'arête rocheuse. De là, dissimulée derrière un gros rocher, elle contempla ses terres en contrebas.

Un petit vent frais de décembre agitait les branches des arbres. Malgré le beau soleil qui brillait, elle tressaillit. Les voix qu'elle avait entendues avaient pu venir de la grange. Ou de la remise. Ou encore de l'atelier de poterie en cours d'aménagement que Wyatt n'avait pas eu le temps de terminer.

Un mouvement sur l'arrière de la maison attira son regard. Une ombre furtive qui ressemblait à la silhouette d'un homme. Elle se figea et plissa les yeux pour mieux voir. Quelqu'un cherchait-il à pénétrer chez elle par effraction ?

La porte de derrière claqua subitement et elle sursauta. Elle n'avait pas pris la peine de fermer à clé lorsqu'elle était sortie pour accueillir Carolyn. Cette silhouette indistincte pouvait fort bien s'être introduite chez elle.

2

Assis sur le siège passager d'un 4x4 noir arborant le logo de Longbridge Security sur la portière, Jesse contempla par le pare-brise le ciel bleu du Colorado. Il se rendait au ranch Carlisle pour rétablir la situation.

Wentworth conduisait, silencieux, une expression réprobatrice inscrite sur le visage. Il n'avait pas ouvert la bouche de tout le trajet depuis Delta jusqu'à la petite bourgade de Riverton.

Les vitrines des magasins étaient parées de rouge et de vert à l'approche de Noël. Un bonhomme de neige gonflable avait été placé à l'extérieur du drugstore. Aucune chance d'en voir un vrai : le temps avait été très doux pour un mois de décembre.

Wentworth s'arrêta à un stop. A leur gauche se trouvait l'unique station-service de la ville. Devant la porte ouverte du garage, Jesse vit un cow-boy claquer violemment la portière de sa camionnette en lâchant un chapelet de jurons.

— Pour ta gouverne, sache que je pense que tu as eu tort de quitter l'hôpital, grommela finalement Wentworth.

— C'est noté, répondit Jesse sans quitter des yeux la station-service où le cow-boy s'énervait de plus en plus.

— Tu as vu ? Qu'est-ce qui se passe là-bas ?

— Je ne sais pas. On dirait qu'il a l'air mécontent de la réparation effectuée sur son véhicule. En tout cas, on ne peut pas dire que son attitude soit très en phase avec l'esprit de Noël.

Observant toujours la scène, Jesse vit l'homme attraper un démonte-pneu et se diriger vers le bureau.

— Arrête-toi.

— Oh ! nom d'un chien... Je n'ai pas envie de me mêler de leurs histoires.

Mais Wentworth obliqua pour entrer dans la station et rangea le véhicule à côté des pompes à essence. Longbridge Security n'était pas en lien avec les forces de police, mais Jesse se sentait une obligation personnelle de veiller au maintien de l'ordre public.

Un homme à la tête couronnée de cheveux blancs, en combinaison de travail, sortit du bureau en traînant les pieds, tenant le cow-boy en joue avec un fusil de chasse à double canon.

— Allez, oust ! Du balai ! gronda-t-il. Ta camionnette ne vaut pas le caoutchouc que tu laisses sur le bitume !

— Je n'ai rien contre toi, Silas, reprit le cow-boy, baissant d'un ton. Je veux juste savoir où est ton petit-fils.

— Je ne suis pas son ange gardien. Ni son agent de libération conditionnelle. Va-t'en.

— O.K., O.K., je vais partir.

Comme le cow-boy battait prudemment en retraite, le vieil homme abaissa le canon de son arme et foudroya Wentworth du regard.

— Vous avez un problème, les gars ?

— Non, monsieur.

Wentworth rebroussa précipitamment chemin et rejoignit la voiture.

— Pittoresque petite ville, nota Jesse, pince-sans-rire.

— Silas O'Toole est un drôle d'oiseau. Il ouvre la station quand ça lui chante et, pour le prix du carburant, c'est à la tête du client. L'autre jour, j'ai eu un plein pour moins de vingt dollars !

— Sacré personnage.

— J'ai remarqué que tu n'avais pas exactement bondi hors de la voiture pour intervenir... Tu as mal ?

— Ça va.

Ce n'était pas tout à fait vrai, Jesse devait le reconnaître. Il avait reçu trois balles et tout son flanc gauche l'élançait. Un projectile avait traversé le haut de sa cuisse. Le bras gauche avait été touché, lui aussi, mais la blessure la plus grave était due à l'impact qu'il avait reçu au torse, près de l'épaule ; la balle s'était enfoncée profondément dans la chair et les muscles, si bien qu'il avait fallu la retirer par voie chirurgicale. Une attelle immobilisait son bras et son épaule gauches.

Il avait signé une bonne demi-douzaine de décharges exonérant l'hôpital Delta et les médecins de toute responsabilité pour le cas où il passerait l'arme à gauche en raison de sa sortie prématurée de l'hôpital.

— Tu as perdu beaucoup de sang, nota Wentworth.

— Ce ne sont que des blessures superficielles. Pas de fracture. Pas de lésions internes.

— Cause toujours... Pendant l'intervention, le chirurgien a bien cru qu'il t'avait perdu à un moment donné. Tu es en quelque sorte mort pendant quatre minutes.

— Je sais... Je m'en souviens.

Jesse n'avait pas connu l'expérience de la lumière blanche au fond du tunnel, mais il s'était revu jeune, anxieux à l'idée de rendre visite à ses grands-parents. Sa mère — femme aux yeux bleus de lignée irlandaise — l'avait toujours incité à rester en contact avec la famille navajo de son père décédé.

Dans son « rêve », il se voyait grimpant sur une échelle

de bois à partir de la « kiva », pièce de cérémonie réservée aux hommes. Sa poitrine se gonflait tandis qu'il inspirait à pleins poumons les riches senteurs de la terre et les effluves odorants de la sauge qu'on brûlait. Ses cheveux noirs, lisses, tombaient sur ses épaules, bien plus longs qu'il ne les portait aujourd'hui.

Au-dessous de lui, dans la plaine, il voyait son grand-père, chaman aux cheveux blancs portant une ceinture de turquoises et tenant à la main une plume d'aigle.

Celui-ci lui faisait signe. Mais les pieds de Jesse demeuraient fermement ancrés dans le sol. Il ne pouvait pas bouger, pas avancer vers lui… Pas encore. Il lui restait quelque chose à faire sur cette terre.

— Tu te rappelles le moment où tu étais entre la vie et la mort ?

Jesse ajusta le positionnement de son attelle autour des pansements et bandages qui lui enveloppaient le bras. Si son grand-père avait été encore de ce monde, le vieil homme lui aurait administré des herbes pour le guérir.

— Dis-moi ce qui est arrivé à Nicole.
— De quoi te souviens-tu, exactement ?

Jesse repensa au matin qui avait précédé l'enlèvement. Le mari de Nicole, Dylan, avait engagé Longbridge Security pour une classique mission de surveillance et de protection. Il y avait eu plusieurs sabotages dans son ranch, dont un incendie qui avait complètement détruit l'une des écuries.

Jesse et trois de ses hommes, dont Wentworth, n'étaient sur place que depuis quelques heures lorsque Nicole était sortie en trombe de la maison. Bien que prévenue des risques qu'elle encourait et sachant qu'elle ne devait pas sortir seule, elle avait sellé son cheval et était partie au galop à travers champs, en direction des bois. Jesse l'avait suivie, à cheval lui aussi.

Il avait réussi à se rapprocher suffisamment d'elle pour voir les deux hommes qui l'avaient interceptée. Il les avait entendus dire : « Dylan sera prêt à payer le prix fort pour la récupérer. » Et ensuite… La catastrophe.

S'il avait été plus rapide, si son cheval n'avait pas marché sur une branche morte, si son axe de tir avait été dégagé, il aurait pu protéger efficacement Nicole. Au lieu de quoi, c'est lui qui s'était fait tirer dessus.

— Je me rappelle être remonté à cheval. Mais je ne suis pas allé loin… Je suis tombé… J'ai parlé à une femme…

— Carolyn Carlisle, dit Wentworth. La sœur de Dylan.

— Et puis je me suis évanoui. Dis-moi ce qui est arrivé après.

— Première chose, je t'ai sauvé la vie.

— O.K. Je t'en remercie.

— Ça n'a pas été facile, déclara Wentworth. J'ai réussi à ralentir le saignement, je t'ai chargé à l'arrière d'une camionnette. L'un des employés du ranch — un jeune nommé McKenzie — t'a emmené à l'hôpital à tombeau ouvert. C'est sûrement le meilleur tri médical que j'aie jamais réalisé de ma carrière de secouriste.

— Est-ce une façon déguisée de signaler que tu mérites une augmentation ?

Wentworth se dérida enfin. La tension retomba subitement entre eux.

— Je n'ai pas à me plaindre de ce côté-là, je trouve.

— Tant mieux, parce que je me demande qui voudra engager Longbridge Security lorsqu'il sera de notoriété publique que j'ai laissé une cliente se faire kidnapper sous mes yeux. Bon… Et qu'est-il arrivé ensuite ?

— Une rançon d'un million de dollars a été réclamée.

Le F.B.I. a été appelé à la rescousse. Il a remonté la piste jusqu'aux ravisseurs — une bande d'illuminés survivalistes qui se livrent aussi à de la contrebande. L'affaire est close.

— Oh ? Vraiment ?

— Tu parles ! Non, bien sûr.

Jesse remua inconfortablement sur son siège. De sa main droite, il chercha dans la poche de sa veste son tube d'antalgiques.

— Continue.

— Ils n'ont pas retrouvé Nicole. Hier soir, elle a appelé son mari, a demandé à le rencontrer. Et, quand ils se sont vus, elle lui a déclaré qu'elle ne rentrerait pas à la maison. Qu'elle voulait divorcer.

Jesse n'était pas sûr de bien comprendre.

— Mais… je croyais que tu avais dit que les ravisseurs avaient été arrêtés ?

— Deux d'entre eux courent toujours.

— Et la rançon ?

— Disparue. Envolée.

Le ranch Carlisle apparut au loin, délimité par sa clôture de piquets blancs. Une allée incurvée conduisait à une grande demeure blanche à un étage pourvue d'une large véranda qui courait sur toute sa longueur. Nichée comme elle l'était dans l'écrin de verdure que formaient les collines environnantes, couvertes de pins, elle avait vraiment fière allure. Difficile à croire que tant de tourments se soient abattus sur un endroit aussi idyllique.

Le martèlement recommença à l'intérieur de la tête de Jesse. Une pulsation sourde, lancinante.

— Qu'est-ce que tu as appris d'autre ?

— C'est à peu près tout, répondit Wentworth. Je ne suis pas allé au ranch. Le client m'a demandé de rester à l'hôpital, auprès de toi… Pour te protéger. Tu es le seul témoin et les ravisseurs ne seraient sûrement pas mécontents de te voir... hors jeu.

Malgré les chapeaux de cow-boy qui cachaient en partie les traits des hommes, Jesse avait pu voir très rapidement leur visage. Mais lorsqu'il ferma les yeux pour visualiser la scène, la douleur s'intensifia. Il ouvrit le tube d'antalgiques, fit tomber un comprimé dans sa main et l'avala.

Il ne savait que dire à Dylan. Le mot « désolé » lui vint à l'esprit. « Désolé d'avoir foiré et permis que Nicole soit enlevée. Désolé que vous ayez perdu une rançon d'un million de dollars. Désolé que votre femme vous ait quitté. »

Il grimaça. Tout à coup, avoir quitté l'hôpital contre l'avis des médecins lui parut être une très mauvaise idée. Il ne se sentait pas prêt à la confrontation avec les Carlisle.

— Ne passe pas par l'entrée principale. Prends à gauche.

Wentworth suivit ses instructions.

— Est-ce qu'on va à un endroit particulier ?

— J'ai besoin de quelques minutes de réflexion avant d'affronter Dylan.

Il allait sans dire que Jesse ne considérerait pas sa mission terminée tant qu'il ne serait pas parvenu à une conclusion satisfaisante tant pour lui que pour son client. Même si Dylan était disposé à croire sa femme sur parole, Jesse voulait obtenir confirmation de Nicole.

Il tourna la tête et regarda par la fenêtre. De l'autre côté d'une clôture de fil de fer barbelé s'étendait un champ de blé d'hiver. Encore vert. Alors qu'on était en décembre.

— Ralentis.

— Qu'est-ce que tu cherches ?

— Je ne sais pas trop.

Il espérait une illumination subite — une inspiration soudaine qui l'orienterait dans la bonne direction. Dans le ciel, au-dessus du champ, un faucon tournait en rond. Son grand-père l'aurait considéré comme un présage — un signe indiquant à Jesse qu'il devait se comporter comme ce rapace. Lui aussi était un chasseur. Il devait retrouver Nicole. *Retrouver l'argent.*

Wentworth appuya à fond sur la pédale de frein.

Une femme accourait vers le 4x4. Sa veste était du même vert que les épis de blé qui poussaient dans le champ. Sa longue tresse châtaine oscillait en cadence derrière elle, au rythme de ses foulées.

Les joues colorées par la course, elle ouvrit la portière côté passager. Elle était fine et délicate, avec des yeux gris qui brillaient d'une étincelle fiévreuse. Jesse eut tout à coup envie de la regarder de façon plus approfondie.

— Votre logo, dit-elle, haletante. Je vois que vous êtes de Longbridge Security.

— Oui, madame, en effet. Je suis Jesse Longbridge.

— J'ai votre colt.

Son *colt* ? Tandis qu'elle se penchait en avant pour reprendre son souffle, il descendit de voiture. Les muscles raidis d'être resté alité pendant trois jours, il déplia prudemment sa jambe gauche bandée qui se mit à trembler lorsqu'il prit appui sur elle pour supporter son poids.

— Et vous êtes… ?

— Fiona… Fiona Grant.

La veuve de Wyatt Grant. Jamais il n'aurait reconnu cette créature aux allures d'elfe d'après la photographie qu'il avait vue d'elle sur le bureau de son défunt mari. Wyatt était très fier de sa jeune épouse. Sur ce cliché, Fiona apparaissait souriante, ses longs cheveux cascadant en boucles scintillantes sur ses épaules, aussi sereine que Mona Lisa. Un collier de diamants étincelait sur la peau olive de son cou. Il avait été engagé pour protéger Wyatt

Grant un peu plus de quatre ans plus tôt. S'il avait bonne mémoire, Fiona était enceinte à l'époque et obligée de garder le lit.

— J'ai appris pour votre mari, déclara-t-il. Toutes mes condoléances. Wyatt était quelqu'un de bien.

— Il faut que vous veniez tout de suite avec moi, dit-elle, une note pressante dans la voix. Je pense que les kidnappeurs sont chez moi.

— Vous les avez vus ?

— Hier soir, j'ai entendu des voix. Et, il y a un petit moment, je suis sortie de la maison sans verrouiller la porte... Au moment où je revenais, j'ai aperçu quelqu'un... Un homme. Puis j'ai entendu claquer la porte de derrière.

— Vous pouvez me le décrire ?

— Je n'ai fait qu'entrevoir une silhouette... Une ombre.

Elle frissonna. Quoi qu'elle ait vu, cela l'avait effrayée.

— Peut-être que j'ai rêvé... Et que c'est le vent qui a fait claquer cette porte, mais...

Il la rassura.

— Vous avez eu raison de ne pas courir de risque.

— Vous me croyez ?

Elle s'était exprimée de façon plutôt confuse, surtout concernant cette histoire de revolver, mais elle était visiblement inquiète et elle lui donnait par ailleurs l'impression d'avoir la tête sur les épaules.

— Nous allons aller jeter un coup d'œil chez vous.

Nicole avait déjà été enlevée, il était hors de question de laisser quoi que ce soit au hasard désormais. Fiona avait besoin de sa protection.

3

Du mode « réflexion », Jesse passa en mode « action ». Si un intrus s'était vraiment introduit chez Fiona, ils devaient agir vite s'ils voulaient avoir une chance de le coincer.

— Wentworth, appelle le ranch Carlisle pour demander des renforts. Dis-leur que nous nous rendons à la maison Grant, ordonna-t-il en ouvrant à Fiona la porte arrière du 4x4. Montez.

Durant les quelques minutes qu'il leur fallut pour parvenir à l'embranchement qui conduisait à son ranch, Jesse conçut un plan simple. Wentworth et lui couvriraient l'avant et l'arrière du chalet, piégeant l'intrus à l'intérieur, le temps que les secours arrivent. Lorsqu'ils seraient plus nombreux, ils pourraient fouiller l'habitation, puis se déployer pour explorer la totalité de la propriété.

Wentworth raccrocha.

— L'agent Burke et quelques hommes du ranch sont en route. Ils seront là dans cinq à dix minutes.

Ils remontèrent le chemin de terre qui menait au chalet. Contrairement aux autres ranchs du secteur, aucune clôture ne ceignait la propriété de Fiona. La bâtisse en rondins de plain-pied, toute en longueur, était nichée dans une petite clairière au milieu d'une forêt de trembles. L'endroit devait être magnifique à l'automne quand le feuillage virait à l'or et au rouge. Derrière le chalet, il avisa une grange et des dépendances.

— Fiona, combien d'issues y a-t-il dans votre maison ?

— Seulement une à l'avant et une à l'arrière. Mais il y a les fenêtres, bien sûr…

Elle parlait d'une voix douce, mais claire. Sa musicalité rappela à Jesse les sonorités délicates d'une flûte.

— Restez dans la voiture, Fiona, lança Jesse en se tournant vers son collègue. Je vais prendre l'avant. Tu contournes la maison pour surveiller la façade arrière. Tu n'entres pas tant que les renforts ne sont pas là.

Sitôt que Wentworth se fut garé devant le garage non attenant, Jesse mit pied à terre. L'afflux d'adrénaline masquait la douleur. Il avait son arme bien en main, comme à son habitude… O.K. Il pouvait y arriver. Pas de problème.

Se déplaçant aussi rapidement que le lui permettait sa jambe blessée, il prit position au coin de la maison, à côté d'un long porche couvert surélevé d'une marche. De son poste d'observation, il voyait l'intégralité de la maison ainsi que l'un des côtés, pour le cas où l'intrus déciderait de prendre la fuite par une fenêtre.

Adossé aux rondins du chalet, il sentit son cœur se mettre à cogner plus fort. Il transpirait à grosses gouttes. L'obscurité commençait à envahir son champ de vision périphérique. Mauvais signe. Il se secoua. « Reste éveillé. Reste vigilant. »

Si l'homme qu'avait vu Fiona était bien l'un des ravisseurs, il était armé et dangereux. Ils n'avaient pas hésité à ouvrir le feu sur lui lorsqu'il avait essayé de porter secours à Nicole.

Ses genoux commençaient à mollir, eux aussi. Wentworth avait raison : il n'avait pas eu assez de temps pour récupérer.

Trop tard pour reculer, maintenant. Le tout était de ne pas perdre conscience. Il ne pouvait pas se le permettre. Son travail, aussi bien que sa vie, étaient en jeu.

Jetant un coup d'œil à la voiture, il eut la surprise de voir Fiona foncer à travers la cour dans sa direction. Que diable faisait-elle ? Ne se rendait-elle pas compte du danger ? Elle s'aplatit près de lui contre la paroi de bois.

— Que puis-je faire pour vous aider ? questionna-t-elle.

— Vous auriez pu rester dans la voiture, répliqua-t-il sèchement.

— Mais c'est *ma* maison. Je dois être capable de la défendre.

En d'autres circonstances, il lui aurait passé un savon et expliqué sans mâcher ses mots pourquoi il convenait de laisser ce genre de mission aux professionnels. Mais il n'était pas en situation de s'ériger en exemple, étant donné le manque de rationalité de son propre comportement. Une heure plus tôt, il était encore allongé sur un lit d'hôpital. Et il ne tenait que grâce à ce puissant antalgique qu'on délivrait uniquement sur ordonnance… Bref, il n'était pas en état de travailler.

Mais il s'abreuverait de reproches plus tard. Pour l'instant, il s'agissait de veiller à ce que ni Fiona ni lui ne soient blessés.

— Restez près de moi, dit-il.

— Ça va ? s'enquit-elle à voix basse en le regardant.

— Ça va.

En pleine forme, ajouta-t-il intérieurement.

— J'ai souvent pensé à vous, Jesse. Je n'ai jamais eu l'occasion de vous remercier en personne d'avoir sauvé la vie de mon mari.

— Si. Vous m'avez fait livrer un bouquet de fleurs

dans un vase artisanal fait main, assorti d'un petit mot charmant.

Etrange cadeau à offrir à un homme qui était rarement chez lui, s'était-il d'ailleurs dit à l'époque.

— Vous méritiez bien mieux. Mais c'était un tel chaos, à l'époque… J'étais enceinte et venais d'apprendre par mon médecin que je devrais rester au repos jusqu'à la fin de ma grossesse. Ensuite, j'ai eu le bébé…

— Garçon ou fille ?

— Ma fille s'appelle Abigail — Abby.

Sa voix retrouva sa sonorité mélodieuse lorsqu'elle prononça le nom de sa fille.

— Elle est chez sa baby-sitter.

Comme il se concentrait sur les traits délicats de Fiona, il sentit le voile noir de l'inconscience refluer, se désagréger. Peut-être soutenir une conversation aidait-il son cerveau à rester vigilant.

— Vous avez dit que ce chalet était votre maison… Je croyais que vous viviez à Denver ?

— Plus maintenant.

Elle se pencha en avant pour jeter un coup d'œil à la porte d'entrée, derrière lui.

— Est-ce qu'on ne devrait pas se ruer à l'intérieur pour le prendre par surprise ?

— Nous attendons les renforts.

Il ne précisa pas que l'idée qu'il puisse *se ruer* où que ce soit était aussi irréaliste que se le représenter volant dans les airs grâce à des ailes qui lui auraient subitement poussé.

— Pourquoi avez-vous emménagé ici ?

— Pas par choix, répondit-elle sans détour. J'ai perdu la maison de Denver. Ainsi que la Mercedes. Et le bateau. En fait, j'ai à peu près tout perdu.

Ses problèmes détournèrent son attention de la douleur qui le tenaillait. Il n'aurait jamais imaginé que Wyatt Grant, homme de loi avisé, ait laissé sa veuve dans une situation aussi épineuse.

— Tout ?

— Oh ! n'en parlons plus, éluda-t-elle, baissant les yeux. Personne n'est au courant.

— Vous pouvez m'en parler, à moi. Ça restera entre nous.

— Les gardes du corps sont-ils assujettis au secret professionnel, comme les avocats ou les médecins ?

— Pas légalement, non. Mais je n'aurais pas beaucoup de clients si je me mettais à ébruiter leurs secrets.

— A ceci près que je ne suis pas votre cliente, objecta-t-elle.

— A partir de cette minute, si. Je travaille pour vous. Gratuitement.

— Oh. Marché conclu, dit-elle en tendant la main avant de s'apercevoir qu'il tenait une arme dans sa main droite et que la gauche était en écharpe.

Elle lui assena une tape sur l'épaule.

— Maintenant, vous pouvez tout me dire, déclara-t-il.

— Il n'y a pas grand-chose à raconter, en réalité. Wyatt avait une ex-épouse et deux enfants de ce premier mariage — adultes, aujourd'hui. Les termes de son testament ne leur convenaient pas. Leurs avocats ont gelé tous les biens que nous possédions en commun, y compris les comptes courants et les comptes d'épargne. Lorsque je me suis trouvée dans l'impossibilité de payer les factures, ils se sont manifestés. Si j'ai réussi à conserver ce chalet, c'est uniquement parce que Wyatt l'avait mis à mon nom à notre premier anniversaire de mariage.

— Mais vous avez bien dû contester leur démarche en justice ?

— Pas aussi activement que je l'aurais dû, de toute évidence.

Sa voix véhiculait une once d'amertume.

— Je n'avais pas le cœur à me battre... Rien ne m'importait, à l'exception de ma fille. Me lever le matin et m'occuper d'elle me prenait toute mon énergie.

— Vous les avez laissés vous dépouiller.

Y compris, sans doute, de ce collier de diamants qu'elle portait sur la photo.

— Je n'avais pas le courage de me démener pour m'accrocher aux biens matériels... d'autant que j'avais déjà perdu ce qui comptait vraiment dans ma vie.

Une file de véhicules en provenance du ranch Carlisle tourna dans le chemin de terre et s'avança vers eux. Jesse aurait bien voulu diriger les opérations ; être aux commandes était dans sa nature. Mais il n'était vraiment pas en état de mener la danse.

Il contempla la jeune femme, si fine, si gracieuse, qui se tenait à côté de lui.

— Je suis navré, Fiona.

— Ne le soyez pas.

Le mystérieux sourire de Mona Lisa incurva les coins de ses lèvres.

— Repartir de zéro, ce n'est pas si terrible, finalement, vous savez.

Deux camionnettes et une Jeep se garèrent à côté du 4x4 de Wentworth. Neuf ou dix hommes armés en sortirent. Dans une sorte de brouillard, Jesse regarda le type qui semblait en charge de l'opération déployer les autres hommes autour de la maison. Puis venir vers lui en courant.

— Agent spécial J. Burke, se présenta-t-il. Vous devez être Jesse Longbridge.

— Il faut croire…

Jesse examina le nouveau venu, un grand gaillard aussi large d'épaules qu'un défenseur de deuxième ligne qui, à côté de Fiona, avait l'air d'un géant — un géant intelligent et compétent.

— Vous avez fait vite, observa-t-il.

— On s'apprêtait à venir ici quand Wentworth a appelé. Carolyn a signalé que Fiona avait entendu des voix au-dehors hier soir.

— Mais je n'ai *vu* personne, intervint-elle. Agent Burke, rassurez-moi, vous n'allez pas défoncer ma porte, n'est-ce pas ? Celle de derrière n'est pas fermée à clé.

Il inclina brièvement la tête.

— Alors nous passerons par-derrière. Vous deux, restez ici et gardez l'œil sur la porte d'entrée. Ça vous va, Jesse ?

— Oui.

Il apprécia que Burke ait pris soin de le consulter avant d'agir. Jesse voulait se sentir au cœur de l'action malgré tout. Comme tous les *marines*, il était bon tireur. Même mal en point comme il l'était, il était certain de pouvoir viser.

— Restez derrière moi, Fiona. Si je dois faire feu, courez vous mettre à l'abri.

— Je ne me suis jamais trouvée dans une telle situation, souffla-t-elle.

— Normal. Vous êtes une maman.

— Justement ! C'est bien pour ça que je dois apprendre à nous protéger efficacement, ma fille et moi.

Depuis l'autre côté de la maison, il entendit Burke pénétrer dans le chalet. Ses muscles se tendirent. Il éleva la main, prêt à tirer.

Au bout d'un long moment, il entendit Wentworth lancer :

— R.A.S, Jesse ! Tout va bien. Il n'y a personne à l'intérieur.

L'effort l'avait épuisé. Il laissa retomber sa main et s'appuya contre le mur. Ses yeux se fermèrent et il sentit l'obscurité se rapprocher, l'engloutir... Une bienheureuse obscurité. Pendant trois jours, il était resté lové dans les bras de cette même obscurité, paisible et silencieuse comme une tombe.

Une main se posa sur sa joue. Clignant les yeux, il réussit à centrer son regard sur les grands yeux gris de Fiona.

— Jesse ? Ça va ?

— Ça va, marmonna-t-il tant bien que mal.

Elle l'étudia, l'air préoccupé. Ses lèvres ne bougeaient pas, mais il entendit l'écho de sa voix douce dans sa tête. « Repartir de zéro, ce n'est pas si terrible, finalement, vous savez. »

Après l'échec qu'il avait essuyé avec Nicole, un nouveau départ ne lui aurait pas déplu, à lui non plus. Une nouvelle orientation à donner à sa vie.

Il avait cherché un signe, une raison pour laquelle il était revenu d'entre les morts. Et son instinct lui soufflait que Fiona détenait peut-être la réponse à ses questions les plus profondes, les plus intimes. Peut-être même lui fournirait-elle une raison de continuer à vivre...

4

Debout dans son salon, Fiona ne savait pas trop si elle devait avoir peur ou être gênée d'avoir signalé l'intrusion d'un visiteur qui n'avait apparemment jamais existé.

Et elle ne pouvait pas solliciter l'avis de Jesse, car il avait disparu dans la cuisine depuis un moment. Elle avait bien cru qu'il allait tourner de l'œil, dehors, alors qu'il surveillait la porte d'entrée, ce qui n'aurait pas été surprenant compte tenu de ses blessures. Carolyn lui avait rapporté qu'il avait passé trois jours dans le coma et aurait encore dû être à l'hôpital. Typique des hommes ! Quand ils étaient malades, soit ils adoptaient une attitude macho, soit ils se roulaient en boule et geignaient comme des bébés.

L'agent Burke lançait ses ordres.

— Tout le monde dehors, dit-il. On va poursuivre les recherches à l'extérieur.

Tous ces gens qui allaient et venaient chez elle... et elle ne leur avait même pas offert l'hospitalité. Ses réflexes de maîtresse de maison accomplie reprirent le dessus.

— Je vais faire du café, suggéra-t-elle.

— Plus tard, dit Burke.

Se détournant d'elle, il s'adressa à l'homme qui était dans la voiture avec Jesse. Wentworth ? Burke égrena ses instructions concernant la fouille des dépendances et appela tout le monde à la prudence.

Fiona n'eut pas de mal à comprendre pourquoi Carolyn s'était éprise de ce grand et robuste agent du F.B.I. Non seulement Burke était bel homme, mais il semblait d'un tempérament suffisamment volontaire pour faire le poids face à la personnalité dynamique de Carolyn. La réunion de ces deux-là allait faire des étincelles, c'était sûr et certain.

Tandis que les hommes participant aux recherches se dispersaient, elle demanda :

— Y a-t-il quelque chose que je puisse faire, agent Burke ?

— Je vais demander au shérif de s'occuper de la recherche d'empreintes, mais je doute que nous trouvions quoi que ce soit. C'est tellement propre chez vous, Fiona. Tout reluit !

— Sauf dans le porche attenant à la cuisine. Il me sert d'atelier de poterie.

— Jetons un coup d'œil dans les pièces pour voir s'il ne manque rien.

Consciencieusement, elle passa en revue le mobilier du séjour et les étagères, près de la porte, où elle rangeait une partie de ses œuvres. Le téléviseur était toujours en place. Et l'ordinateur. Rien ne semblait avoir été dérangé.

Burke la suivit dans le couloir jusqu'à sa chambre, où elle vérifia le contenu de sa boîte à bijoux, sur la commode en pin.

— Rien ne manque, apparemment, mais la porte de mon dressing est ouverte. Je suis sûre que je l'avais fermée.

— Peut-être a-t-elle été ouverte pendant les recherches, observa Burke. Regardez à l'intérieur.

Contre le mur du fond se trouvait une rangée de vêtements habillés, toujours dans leur housse de plastique du pressing. Des chaussures assorties étaient empilées, dans leurs boîtes d'origine. Elle ne portait plus ces vêtements, songea Fiona. Ils appartenaient à son ancienne vie.

Jesse les rejoignit. Quoique encore pâle, il semblait avoir repris un peu de forces.

— Je vais m'occuper de l'intérieur de la maison, dit-il à Burke. Ça vous permettra de superviser les recherches en extérieur.

— Merci. A l'exception de votre homme, Wentworth, ces gars ne sont pas formés en identification judiciaire. Ils ne sauraient pas reconnaître un indice s'il leur sautait à la figure.

Il agita la main en direction de Fiona.

— A tout à l'heure.

Jesse s'avança vers elle. En dépit de son boitillement et de l'attelle qui lui maintenait le bras, il se déplaçait avec assurance.

— Vous allez mieux, on dirait, nota-t-elle.

— J'ai des antalgiques puissants. Ils me rendent simplement un peu vaseux.

Il jeta un coup d'œil dans le dressing.

— C'est rangé au cordeau, dites-moi.

— Je n'ai pas touché ces vêtements depuis que je me suis installée ici.

Elle leva la tête et le regarda en face. Les médicaments lui dilataient tellement les pupilles qu'elle voyait à peine le brun cognac de ses iris.

— Vous devriez peut-être vous reposer un peu.

— Quand j'aurai besoin de dormir, je vous le ferai savoir.

Il lui décocha son sourire ravageur.

— En attendant, je me charge de votre protection.

Il parlait d'un ton léger, mais elle le prit au sérieux. D'instinct, elle sentait qu'elle pouvait faire confiance à cet homme. En un sens, elle l'avait déjà fait puisqu'elle lui avait confié le secret qui avait présidé à son installation, ici, dans la montagne, alors que personne, ni à Denver ni ici, ne savait le fin mot de l'histoire — pas même ses amis. Elle avait raconté à tout le monde qu'Abby et elle allaient s'installer au chalet pour y vivre une vie plus tranquille, plus paisible. Paisible ? Pas aujourd'hui en tout cas !

Elle s'éclaircit la voix et déclara :

— Burke m'a dit d'essayer de déterminer si quelqu'un était entré dans la maison.

— D'accord. Continuez.

Elle referma la porte du dressing et le conduisit dans la chambre d'Abby, qui était plus encombrée que le reste de la maison mais ne semblait pas non plus avoir été visitée.

— Je n'arrive pas à concevoir qu'on puisse vouloir me cambrioler, dit-elle en secouant la tête. Je n'ai pas d'objets de valeur ici.

— D'après ce que vous m'avez dit, vous n'avez pas d'objets de valeur *du tout*.

— Ce qui est matériel n'a pas véritablement d'importance à mes yeux. Ce sont les gens qui comptent.

Lui, il comptait. Elle venait seulement de faire sa connaissance, mais oui… Jesse était important pour elle. Pourquoi était-elle tellement attirée par cet homme ? Vraisemblablement, et très simplement, parce qu'il était incroyablement séduisant. Ses cheveux lisses, d'un noir de jais, étaient coiffés en arrière. Il avait les pommettes hautes, des yeux enfoncés et une mâchoire forte. Mais ses traits n'étaient pas parfaits. Son nez semblait avoir été cassé à plusieurs reprises. Et il avait une cicatrice au menton. Un visage intéressant.

— Passons à la pièce suivante, dit-il.

La chambre d'amis, avec son jeté de lit multicolore fait main, était parfaitement en ordre. Là aussi, la porte du placard était entrouverte.

Les seules pièces qu'il leur restait à inspecter étaient la cuisine et son atelier. Elle revint sur ses pas dans le séjour, longea la table où Abby et elle avaient commencé leurs décorations de Noël par un centre de table qu'elles avaient modelé en terre cuite et qui représentait des lutins et un renne.

Dans la cuisine, le regard de Fiona s'arrêta sur le réfrigérateur, surmonté de la boîte qui contenait le colt 45. Elle s'apprêtait à vérifier si l'arme se trouvait toujours à l'intérieur lorsqu'autre chose attira son attention.

— Les pommes, dit-elle en montrant la coupe de fruits sur la table. Il n'y en a plus que trois ; je suis sûre qu'il y en avait quatre. Je m'en souviens parce que j'ai failli venir en chercher une pour Elvis, le cheval de Carolyn.

Cela semblait fou. Qui se serait introduit chez elle pour croquer une pomme ?

— Mais peut-être que je me trompe... Rien d'autre ne manque.

— Allons voir dans votre atelier, suggéra Jesse.

Elle le précéda dans la buanderie et s'arrêta devant une porte fermée.

— Je veille à ce que cette porte soit toujours verrouillée pour qu'Abby ne puisse pas y entrer seule. Il y a trop d'instruments coupants. Et un four.

Elle leva le bras pour prendre la clé accrochée à un clou près de la porte, mais elle n'était plus là.

Jesse la dépassa et actionna la poignée.

— C'est ouvert, observa-t-il.

Elle entra. Son tour de potier occupait un angle de la pièce. Le four, un autre. La longue table de travail, entre les deux, était encombrée de carnets d'esquisses et d'œuvres en cours. De l'autre côté de la pièce, de hautes armoires de rangement, contre le mur, étaient grandes ouvertes. Les plus gros des cartons qui y étaient rangés avaient été traînés au milieu de l'atelier et ouverts.

— Quelqu'un est venu ici.

— Ne touchez à rien, la prévint-il. Il se peut qu'il y ait des empreintes.

A l'aide d'un pinceau, il souleva le couvercle d'une des boîtes et vit un assortiment d'ustensiles de cuisine.

— Il manque quelque chose ? demanda-t-il.

— Difficile à dire, répondit-elle avec un haussement d'épaules. C'est juste du bazar que j'ai remisé là parce que je ne l'utilise plus.

— L'homme qui s'est introduit chez vous ne voulait pas vous cambrioler. Il n'a pris ni le téléviseur ni l'ordinateur. A mon avis, il cherchait quelque chose de précis.

Mais la maison n'avait pas été mise à sac. Les tiroirs et les rangements de la cuisine n'avaient pas été touchés.

— Il était à la recherche d'un objet assez volumineux pour que vous ayez dû le ranger dans l'un de ces gros cartons.

Ecartant les doigts de sa main droite, il repoussa en arrière ses cheveux aile-de-corbeau.

— Quelque chose de la taille approximative d'une petite valise.

Fiona se rendit compte qu'elle aurait dû être effrayée. Mais non ; c'était la colère qui l'emportait à l'idée qu'un intrus ait pénétré chez elle et fouillé dans ses affaires.

— Je ne suis pas d'humeur à jouer aux devinettes. Il cherchait quoi, selon vous ? demanda-t-elle.

— La rançon, pardi. Un million de dollars en liquide. Une telle somme d'argent remplirait une petite valise.

— Pourquoi quelqu'un irait-il s'imaginer que cet argent est chez moi ?

— Ah ! C'est une question à un million de dollars.

— Oui... Et la réponse ?

— Votre propriété jouxte celle des Carlisle. Si les ravisseurs étaient en cavale et devaient se débarrasser de l'argent, il se peut qu'ils se soient arrêtés ici.

— Dans ce cas, ils n'auraient pas eu besoin de chercher, argua-t-elle.

— Ils sont deux, répliqua-t-il, calant sa hanche sur un tabouret haut, près de sa table de travail. L'un d'eux a peut-être décidé de ne pas partager la rançon et de cacher l'argent chez vous. Et, maintenant, l'autre essaie de mettre la main dessus.

Elle se souvint des voix dans la nuit. Il était tard — plus de 2 heures du matin. Elle n'avait pas saisi ce que les hommes se disaient, mais ils étaient en colère.

La peur qu'elle avait tenue à distance jusque-là prit soudain une dimension plus tangible.

Elle regarda par la fenêtre de l'atelier et vit l'équipe de recherche qui approchait de la grange. Si quelque chose était caché là-bas, ils le trouveraient. Mais si ce n'était pas le cas, que ferait-elle ?

— Fiona, dit Jesse d'une voix douce. Tout va bien. Rien ne vous arrivera.

— Vous en avez de bonnes ! Qu'en savez-vous ? Ces hommes auraient pu entrer chez moi hier soir. Comment aurais-je pu protéger Abby ?

— Je suis là maintenant et j'entends bien veiller sur vous et votre fille.

La panique lui donna la chair de poule. Elle avait tout à coup envie de partir, de fuir le plus loin possible d'ici. Mais pour aller où ? Elle n'avait plus de maison à Denver et pas assez d'argent pour loger à l'hôtel.

— Je n'ai pas les moyens de vous engager, Jesse.

— Vous l'avez déjà fait. Vous vous souvenez ? Bénévolement.

Son offre était généreuse, mais accepter la charité lui posait problème, tout spécialement lorsqu'il s'agissait de la sécurité de sa fille.

— Pourquoi faites-vous ça ? demanda-t-elle néanmoins.

— J'ai une dette envers vous, dit-il simplement. Votre mari a pris un risque en faisant appel à Longbridge Security, que je venais juste de créer. Comme j'ai fait mes preuves en protégeant Wyatt Grant — le procureur de Denver — cela a eu pour effet immédiat d'asseoir ma réputation. La société croule sous les demandes depuis lors.

Son phrasé calme et son regard direct lui redonnèrent confiance. La peur commença à perdre du terrain.

— Vous resteriez avec Abby et moi jusqu'à ce que tout ceci soit terminé ?

— Ma foi… Votre chambre d'amis a l'air confortable.

La gratitude la poussa vers lui. Evitant l'attelle, elle le serra contre elle.

— Merci.

Le bras droit de Jesse se referma autour d'elle. Pendant un long moment, ils demeurèrent maladroitement enlacés. D'un naturel expansif, Fiona était quelqu'un de très tactile ; elle posait facilement la main sur le bras de son interlocuteur, n'hésitait pas à prendre les gens dans ses bras. Elle avait donc touché nombre d'hommes depuis la mort de son mari. Mais cette proximité avec Jesse… C'était différent. Elle réveillait en elle des émotions depuis longtemps refoulées, le souvenir de ce que c'était qu'être une femme.

Elle s'écarta.

— J'ai quelque chose à vous donner.

Elle vit un changement subtil dans la façon dont il la regardait. Avait-il éprouvé la même chose qu'elle ? Ces petites étincelles de passion qui pouvaient se muer en brasier ardent ?

— C'est inutile. Vous n'avez pas besoin de me donner…

— C'est un legs de Wyatt, coupa-t-elle en tournant les talons pour retourner dans la cuisine.

Elle prit la boîte sur le réfrigérateur et décida qu'un petit cérémonial s'imposait pour lui remettre ce don.

— Vous sentez-vous assez bien pour faire quelques pas ?

— Je ne me lancerais pas dans un trek… Mais je peux me déplacer.

— J'aimerais vous emmener à l'endroit où j'ai dispersé les cendres de Wyatt. De cette façon, j'aurai l'impression qu'il est avec nous.

Jesse hocha la tête.

— Je vous suis.

Ils sortirent par la porte principale et elle le précéda le long d'un sentier qui serpentait au milieu des trembles qui bordaient la façade sud du chalet. Par-dessus son épaule, elle expliqua :

— Cette propriété appartient à la famille de Wyatt depuis des générations. C'est son arrière-grand-père qui a construit le chalet.

— Mais ils n'étaient pas éleveurs, n'est-ce pas ?

— Non, les Grant ont toujours exercé des professions libérales. Avocats, médecins… Le chalet leur servait de résidence secondaire ; ils venaient s'y détendre pendant les vacances.

Wyatt aimait beaucoup venir ici. Chaque fois qu'ils faisaient le voyage depuis Denver, il lui disait qu'il avait l'impression d'avoir rangé tous ses soucis dans le dernier tiroir de son bureau et qu'il avait fermé celui-ci à double tour. Au chalet, il se sentait libre.

A sa mort, elle n'avait pas eu un instant d'hésitation. C'était là, elle le savait, qu'il aurait voulu reposer — ne faire qu'un pour l'éternité avec cette montagne qu'il affectionnait tant et qui avait nourri son âme.

Elle se retourna pour regarder Jesse. Il traînait un peu la jambe, mais ce n'était pas un vrai boitement. Il se rétablissait petit à petit, mais elle devait veiller à ce qu'il ne force pas trop.

Parvenue à la lisière du bois de trembles, elle grimpa sur une sorte de tertre et se tint devant une clôture haute de cinquante centimètres qui encerclait une petite parcelle de terrain. Quatre croix de bois signalaient les tombes des générations passées. La croix sculptée qu'elle avait fabriquée pour Wyatt avait encore l'air neuve.

— L'été, je viens planter des fleurs… On a une belle vue d'ici, vous ne trouvez pas ?

— Très belle.

— Wyatt n'a jamais oublié ce que vous avez fait pour lui, Jesse. Dans son testament, il a demandé que ce revolver vous revienne.

Elle ouvrit la boîte. Le soleil de l'après-midi se refléta sur le canon argenté de l'antique colt 45 à crosse de perles.

Jesse prit le revolver, le soupesa dans sa main droite.

— Je prendrai le plus grand soin de ce présent qui me vient d'un homme que je tenais en grande estime.

Le vent se leva en une bourrasque soudaine et elle

s'imagina l'esprit de Wyatt les observant, approuvant ce moment d'émotion qu'elle partageait avec Jesse Longbridge.

Il approcha du petit cimetière, contournant un gros rocher qui en bouchait l'accès. Subitement, il s'arrêta net. Ses muscles se tendirent.

— Qu'y a-t-il ? questionna-t-elle.

Il revint vers elle et reposa l'arme dans la boîte.

— Rentrez au chalet et dites à Burke de me rejoindre ici.

Elle avait beau avoir confiance en Jesse, elle n'avait pas l'intention de se laisser manœuvrer comme une gamine.

— Vous avez vu quelque chose... Quoi ?

Il se plaça entre elle et le gros rocher pour lui bloquer la vue et la retint par le bras lorsqu'elle fit mine d'avancer.

— Il y a le cadavre d'un homme derrière ce rocher. J'essaie simplement de vous épargner ce spectacle. Il a été tué et les coyotes sont déjà passés par là.

Le sang de Fiona se figea dans ses veines. Un corps sans vie et mutilé. Ici... A quelques pas de sa porte d'entrée.

5

Jesse se rappelait clairement la configuration du ranch Carlisle. De vastes pièces. Rustiques, mais pas vieillottes. Il se laissa tomber sur une chaise au bout de la table de la salle à manger pour éviter qu'on ne heurte malencontreusement son épaule blessée. Sentant une humidité sous les bandages qui protégeaient sa blessure, il espéra que ce n'était que de la sueur et non du sang qui suintait de la plaie. La douleur était toujours présente, mais moins aiguë, plus sourde. Il résista à la tentation de prendre un autre antalgique. Il avait besoin de garder l'esprit affûté.

Son travail de garde du corps reposait principalement sur sa réactivité. Il voyait une menace, entrait immédiatement en action pour l'éliminer. Quant au travail préparatoire, il consistait essentiellement à rechercher des informations sur de possibles ennemis et à mémoriser des douzaines de photographies de manière à être en mesure d'identifier parmi une foule de gens les individus qui pouvaient poser problème. Ses facultés d'observation étaient excellentes ; il était capable en un clin d'œil de faire la différence entre un homme dégainant une arme et le geste ordinaire de quelqu'un sortant quelque chose de sa poche.

S'agissant de son travail, il était sûr de lui. Quelles que soient les circonstances — réception diplomatique en tenue de soirée ou sports d'hiver à Aspen — il savait évaluer les possibles angles d'attaque et prendre les mesures qui s'imposaient pour parer au danger. Ses collaborateurs et lui étaient tous des tireurs chevronnés, aussi à l'aise avec des armes de poing qu'avec des fusils à lunette. Ils étaient aussi excellents conducteurs, maîtrisaient les différentes formes de combat rapproché et connaissaient les techniques d'action anti-émeute et de contrôle des foules.

Mais Jesse n'était pas un investigateur. Il avait toujours laissé l'élucidation des enquêtes à ceux dont c'était le métier… jusqu'à maintenant. Cette affaire allait solliciter l'activation d'autres zones de son cerveau.

Burke l'avait emmené au ranch Carlisle pour regarder les fiches signalétiques de la police dans l'espoir que Jesse pourrait identifier les hommes qui lui avaient tiré dessus et qui avaient enlevé Nicole. Quant au cadavre retrouvé sur les terres de Fiona, il était impossible de déterminer s'il l'avait déjà vu ou non, les charognards — coyotes ou pumas — s'étant déjà largement attaqués à sa dépouille.

Fiona allait et venait derrière une chaise, au bout de la table, trop agitée pour s'asseoir. Elle avait préféré accompagner Jesse plutôt que de rester chez elle tandis que le bureau du shérif de Delta Country faisait son travail. D'une voix basse, préoccupée, elle observa :

— Vous vous rendez compte… Si c'était Abby qui l'avait découvert ? Elle s'amuse souvent à descendre la colline en courant en s'imaginant qu'elle chevauche un poney… Elle aurait très bien pu tomber sur le corps.

— Mais, heureusement, ce n'est pas arrivé.

— C'est vrai. Inutile de chercher des problèmes là où il n'y en a pas. J'ai bien assez de soucis comme ça.

S'avançant dans sa direction, elle posa les mains à plat sur la table et se pencha vers lui.

— Qu'est-ce que vous faites ? questionna-t-il tandis qu'elle l'examinait intensément.

— Je m'assure que vos pupilles ne sont pas dilatées.

— Eh bien, cessez de vous inquiéter... Ça va.

Il n'était pas son patient, songea-t-il en laissant glisser sa main sur la surface polie de la table. Celle-ci avait été récemment nettoyée, nota-t-il. Mais, derrière le parfum citronné de l'encaustique, il sentait une autre odeur. *Du café !* Bien qu'il n'eût consommé aucune nourriture solide depuis trois jours, il n'avait pas faim. En revanche, il mourait d'envie de boire un café bien serré.

Une femme brune, grande et mince, entra d'une démarche décidée dans la pièce. Elle s'avança vers lui, la main tendue.

— Bonjour, je suis Carolyn Carlisle.

— Je sais, répondit-il en lui serrant la main, se souvenant qu'elle avait été la première à lui porter secours. Vous avez essayé de stopper l'hémorragie quand j'ai été blessé. Merci.

— C'est plutôt à moi de vous remercier. Vous avez risqué votre vie pour aider ma famille. Vous êtes un héros, Jesse. S'il y a quoi que ce soit que je puisse faire, dites-le-moi.

— Dans ce cas... Une tasse de café... Noir et bien serré.

— Je vais en préparer, déclara Fiona en se précipitant vers la cuisine.

Burke entra dans la salle à manger et posa un ordinateur portable sur la table. Il n'avait fait qu'adresser un bref regard à Carolyn, mais cela avait suffi à Jesse pour voir l'expression amoureuse qui transparaissait dans ses yeux.

— Il y a quelques heures à peine, cette pièce était le poste de commande central pour l'enlèvement. Il y avait des ordinateurs et des agents du F.B.I. partout.

— Pourquoi n'est-ce plus le cas ? s'enquit Jesse.

— Nous avions atteint notre deuxième objectif, expliqua Burke. Le groupe de survivalistes connu sous le nom des Enfants de la Liberté louait le ranch Circle M. L'unité d'informatique de la police scientifique a pu prouver qu'ils trempaient dans un trafic d'armes et de drogue. De plus, leur chef est soupçonné de meurtre. Nous avons arrêté les coupables et placé les témoins sous protection policière.

— Et qu'en est-il du premier objectif — le kidnapping ?

— Mon frère a demandé au F.B.I. de laisser tomber, intervint Carolyn. Nicole a convaincu Dylan qu'elle allait bien et ne souhaitait pas rentrer à la maison.

Pas de victime, pas de crime. Jesse saisissait cette partie de l'équation, mais un million de dollars avait disparu.

— Et la rançon ? Cet argent est autant le vôtre que celui de Dylan.

— Exact, reconnut-elle, les dents serrées. Et je compte bien le récupérer. Mais Dylan a mis un terme à l'enquête. Il dit que ce million de dollars équivaut au règlement du divorce.

— En supposant que cette somme soit effectivement entre les mains de Nicole, contra Jesse. Et qu'elle se soit enfuie avec l'un de ses ravisseurs.

— La découverte de ce corps sur la propriété de Fiona modifie quelque peu la donne, déclara Burke. Il va nous falloir attendre le résultat des analyses d'A.D.N. pour connaître avec certitude l'identité de la victime mais, à en juger par sa taille, la couleur de ses cheveux et le ceinturon à boucle personnalisée, je suis à peu près certain qu'il s'agit de Butch Thurgood.

Jesse n'avait jamais entendu ce nom auparavant.

— Il s'agit de l'un des ravisseurs ?

— A vous de me le dire, rétorqua Burke en tournant

l'écran de l'ordinateur vers lui. Faites défiler les portraits et dites-moi si vous reconnaissez les hommes qui vont ont pris pour cible.

Jesse se concentra. Il n'avait pas eu le temps de bien les observer, mais il était assez près d'eux lorsque l'enlèvement s'était produit et il avait une très bonne mémoire des visages. De la ligne d'une mâchoire, de la courbe d'un nez.

Les trois premiers clichés ne lui évoquèrent rien. Au quatrième, il pointa l'index vers l'écran.

— Celui-là. C'est l'homme qui m'a tiré dessus.

— Vous êtes sûr ?

Jesse étudia la mâchoire molle, le menton effacé, le visage étroit. Les yeux de l'homme étaient bien visibles sur l'image ; des yeux qui trahissaient la cruauté du personnage.

— Il a plus de barbe sur cette photo, mais c'est bien lui.

— Pete Richter, dit Carolyn.

Jesse continua à examiner les autres photographies jusqu'à ce qu'il s'arrête sur l'image d'un homme qui ressemblait à un cow-boy du vieil Ouest, avec sa grosse moustache et sa mâchoire carrée.

— Ça pourrait être la victime qu'on a retrouvée sur les terres de Fiona.

— Vous reconnaissez l'autre kidnappeur ?

Jesse secoua la tête.

— Non. L'homme qui s'est emparé de Nicole était blond. Sans moustache.

Il passa à l'image suivante, puis appuya de nouveau sur le bouton de défilement. Il s'arrêta sur un nouveau portrait.

— Voilà le second ravisseur. Celui qui a dit que Dylan serait prêt à débourser beaucoup d'argent pour récupérer sa femme.

Carolyn laissa échapper une exclamation.

— C'est Sam Logan. Bon sang... J'aurais dû m'en douter.

— Logan était le chef des Enfants de la Liberté, expliqua Burke. Nous le soupçonnions d'être derrière cette affaire d'enlèvement, mais nous ne pensions pas qu'il serait allé jusqu'à s'impliquer personnellement.

— Il a été arrêté ?

— Oui.

Jesse avait encore beaucoup de questions concernant la remise de la rançon et les preuves qu'avait permis de mettre au jour l'enquête du F.B.I.

— J'aimerais consulter votre dossier sur l'affaire.

— Tout est sur l'ordinateur.

— Si vous me l'imprimez, je pourrai en emporter une copie. Je vais séjourner chez Fiona jusqu'à ce que nous soyons certains que ni elle ni sa fille ne courent plus aucun danger.

— Très bien, souligna Carolyn en hochant la tête d'un air approbateur. J'allais suggérer à Fiona d'emménager à la maison avec Abby, mais la petite préférera sûrement être chez elle.

Fiona reparut, un plateau dans les mains, qu'elle vint déposer devant Jesse.

— Voilà, annonça-t-elle. Du lait et des céréales.

— Mais... le café ?

— Pas de café tant que vous n'aurez pas quelque chose dans le ventre. Vous n'avez probablement rien avalé de solide depuis des jours.

Il braqua un regard noir sur le bol de céréales.

— Mais c'est de café dont j'ai envie.

— Quand vous aurez terminé ça, décréta-t-elle.

Etre traité comme un invalide, ce n'était pas sa tasse

de thé. Même s'il était blessé. Même si son cœur avait cessé de battre pendant quelques minutes sur la table d'opération, trois jours plus tôt.

Mais Fiona ne se laisserait pas fléchir, il le voyait bien. Elle était tellement décidée à le dorloter qu'elle allait peut-être bien empoigner la cuillère et lui donner elle-même la becquée, comme à un bébé.

A contrecœur, il fourra une cuillerée de céréales dans sa bouche. Avec du sucre, il dut reconnaître que ce n'était pas mauvais. Mais c'était lourd. Il avait l'impression de sentir chaque bouchée descendre laborieusement dans son tube digestif.

Il regarda Burke.

— Alors ? Qu'en pensez-vous ? Serait-ce possible ?

— Techniquement, ce sont des documents officiels du F.B.I. et je n'ai donc pas le droit de les transmettre à qui que ce soit.

Il jeta un coup d'œil à Carolyn.

— Mais j'ai déjà enfreint tellement de règles que je ne suis plus à une près. En outre, j'aimerais avoir votre opinion.

— Merci de votre confiance.

Jesse avala une nouvelle bouchée de céréales.

Fiona se tourna vers Burke et demanda :

— Quand pensez-vous que le shérif en aura terminé, chez moi ? Il faut que j'aille chercher ma fille chez la baby-sitter.

— Dans quelques heures, dit Burke. Ils cherchent des empreintes et des preuves matérielles. Et il leur faut aussi s'occuper du corps.

— Viens dîner ici, avec nous, suggéra Carolyn. Abby pourra aller voir les chevaux. Elle les adore, je le sais.

— Fantastique, accepta Fiona en souriant largement.

Et peut-être pourrions-nous aussi commencer ces décorations de Noël.

Pendant que les deux femmes parlaient sapin et ornements traditionnels, Jesse acheva son bol de céréales. Son estomac se rebella quelque peu, mais Fiona avait raison : il avait besoin de manger pour recouvrer ses forces.

Lorsqu'il releva la tête, Dylan Carlisle était debout dans l'entrée du séjour. Quelques jours plus tôt, quand il avait fait sa connaissance, Jesse avait eu l'impression d'avoir affaire à un homme solide, fiable, capable de diriger l'empire qu'était le ranch Carlisle. Mais le cow-boy de haute taille, mince qui se tenait devant lui, silencieux, n'était qu'un pâle reflet du personnage qu'il avait été.

Ses épaules s'étaient affaissées. Ses vêtements étaient fripés. Ses yeux verts étaient tellement cernés qu'on aurait cru, à le voir, qu'il avait un cocard. Il avait les joues creusées. La perte de sa femme, visiblement, l'avait anéanti.

— Je suis heureux de constater que vous vous êtes remis de vos blessures, Jesse, énonça Dylan d'une voix aussi glacée qu'un blizzard de janvier. A partir de maintenant, je n'ai plus besoin de vos services.

Apparemment, il ne voyait pas en lui le héros dont Carolyn avait loué les mérites. Se levant pour faire face à l'homme dévasté par la peine, Jesse ressentit au plus profond de lui l'amère morsure de la défaite. Il y avait du vrai dans l'accusation voilée de Dylan. Il avait été engagé pour protéger la famille Carlisle et il avait échoué.

— J'ai bien l'intention de rester jusqu'au dénouement de l'affaire, dit Jesse.

— Il n'y a plus rien à faire.

— Ne sois pas ridicule, intervint Carolyn d'un ton sec. Nous avons toujours besoin de protection. D'autant plus qu'on vient de découvrir un cadavre sur la propriété de Fiona.

Dylan tourna la tête vers l'intéressée comme s'il venait de se rendre compte qu'elle était là.

— Mon Dieu. Abby... Ça va ?

— Elle n'était pas à la maison, Dieu merci.

— C'est l'un des ravisseurs, reprit Carolyn. Butch Thurgood.

Dylan plissa les yeux.

— Thurgood ? Le type qui murmure à l'oreille des chevaux ?

— Il faut absolument que l'enquête se poursuive, Dylan, insista Carolyn. C'est pour ça que Burke est ici. Et je tiens à ce que Longbridge Security continue à travailler pour nous.

— Bon sang, Carolyn. C'est fini, tu ne comprends pas ? Nicole ne reviendra pas. Elle ne veut plus vivre avec moi.

— Je tiens à continuer, souligna Jesse. Sans supplément d'honoraires, évidemment.

— Vous trouvez que vous n'en avez pas fait assez ? répliqua Dylan, les mains appuyées sur la table. Vous étiez censé assurer notre sécurité.

— Ce n'est pas juste, protesta Carolyn. Nicole n'a pas respecté le protocole. Elle est sortie à cheval sans en informer Jesse.

— Elle ne me reviendra jamais, répéta Dylan en se redressant. Elle est partie.

— Dylan, écoutez-moi...

La voix douce de Fiona tranchait étrangement avec la tension ambiante.

— Vous vous êtes forgé une opinion, mais peut-être que vous renoncez un peu tôt à Nicole.

Lorsqu'il se tourna pour la regarder, la douleur crispait ses traits.

— C'est *elle* qui m'a tourné le dos. Délibérément. Elle a dit que c'était fini et elle est partie.

— J'ai perdu quelqu'un que j'aimais, déclara Fiona. Je comprends votre chagrin. Mais je vais vous dire une chose : si on me donnait la possibilité de passer encore ne fût-ce qu'une seule minute avec mon mari, je ferais n'importe quoi pour ne pas laisser passer cette occasion. Je serais prête à aller en enfer pour ça.

— Mais s'il ne voulait plus de vous ?

Avec sa longue tresse et ses manières douces et calmes, Fiona semblait fragile, vulnérable au point qu'une bourrasque pouvait l'emporter. Mais elle possédait une indéboulonnable force intérieure.

— Je me battrais quand même pour le récupérer.

Ses paroles résonnèrent dans le silence qui suivit. La relation qu'elle avait eue avec son mari était profonde et authentique. Particulière. Jesse se prit à espérer qu'un jour il rencontrerait quelqu'un avec qui il partagerait un lien aussi puissant — un amour capable de perdurer par-delà la mort.

Dylan se détourna.

— Faites comme bon vous semble, mais ne comptez pas sur moi pour vous soutenir.

Il sortit rapidement.

Quelques instants plus tard, Jesse entendit une porte claquer au fond du couloir. Il se tourna vers Carolyn.

— Je vais laisser deux hommes ici, chez vous. Wentworth et Neville. Moi, je serai chez Fiona.

— Restez dîner avec nous, suggéra-t-elle.

— Merci, mais il vaut mieux que je m'en aille.

Il ne voulait pas se retrouver face à Dylan. Pas tant qu'il n'aurait rien de nouveau à lui apprendre.

Pete Richter aimait bien se poster en hauteur, au-dessus de tout et tous. Dans le perchoir qu'il s'était fabriqué dans un pin, à cinq mètres au-dessus du sol, il était quasiment invisible. Peu de gens songeaient à lever le nez lorsqu'ils cherchaient. Ils gardaient bêtement les yeux rivés par terre.

Utilisant de petites jumelles pour mieux voir, il contempla la maison du ranch Carlisle, en contrebas. Il était suffisamment proche pour les entendre parler, mais pas pour saisir ce qui se disait.

Tous les agents fédéraux — mis à part celui qui couchait avec l'arrogante et hautaine Carolyn Carlisle — étaient partis tôt ce matin, avec tout leur barda et leurs chiens policiers. Ils avaient arrêté Logan et tous les membres de la communauté des Enfants de la Liberté. Ce qui lui convenait très bien. En ce qui le concernait, ils pouvaient tous aller au diable.

Il s'adossa contre la dure écorce du pin. Des années plus tôt, alors qu'il travaillait comme bûcheron dans l'Oregon, il avait passé des journées entières à la cime des arbres. Exception faite du froid, il se sentait bien, perché là-haut. Il avait pris soin de supprimer, à l'aide de la hache qu'il portait en permanence à sa ceinture, toutes les petites branches qui lui faisaient mal au dos. C'était un poste idéal pour un observateur — et plus encore pour un tireur embusqué. S'il l'avait voulu, d'ici, il aurait pu abattre dix hommes avant que quiconque se rende compte de quoi que ce soit.

Mais tel n'était pas son plan.

Sitôt qu'il aurait mis la main sur sa part de la rançon — qui se montait à cinq cent mille dollars — il laisserait l'Ouest mythique aux cow-boys et à leurs bovins puants. Il irait à Baja. Vivre sur la plage. Grimper en haut des cocotiers pour cueillir leurs fruits savoureux et s'en nourrir. Plus jamais il ne travaillerait.

Si ce fichu Butch Thurgood ne l'avait pas doublé, il serait déjà au Mexique. Il n'aurait jamais dû faire confiance à cet abruti de cow-boy. Il s'était servi de la réputation qu'il s'était taillée dans le circuit de rodéo depuis des années, mais, en réalité, c'était un faible.

Richter n'avait pas eu l'intention de le tuer. Il l'avait frappé pour le punir, pour le faire parler. Mais la situation lui avait échappé. Butch l'avait vraiment rendu fou.

Il avait d'abord tapé de son poing ganté, encore et encore, puis il avait pris une pierre. Butch était mort, les yeux grands ouverts, l'air surpris.

Entendant des voix, Richter regarda du côté du ranch. Il vit le garde du corps sur qui il avait tiré sortir de la maison avec l'agent du F.B.I. Ils montèrent en voiture et prirent la direction du sud, vers la propriété de la veuve Grant où le shérif et ses adjoints s'activaient à creuser et à tout retourner.

Le pire qui puisse arriver était que l'un de ces idiots d'adjoints tombe par hasard sur la rançon. Mais ils n'étaient pas assez malins pour ça. Il avait déjà exploré toutes les dépendances de la propriété sans rien trouver.

Pourtant, l'argent était forcément là, quelque part. Butch n'avait pas eu le temps de le déplacer. Mais où ? La veuve devait le savoir. Peut-être était-elle de mèche avec Butch… Ou peut-être avait-elle trouvé l'argent et décidé de le garder ?

Dans un cas comme dans l'autre, Pete devait s'occuper de Fiona Grant. Et la faire parler.

6

Le soleil embrasait le ciel de décembre de rose et d'or au-dessus des cimes enneigées, au loin. Pendant un moment, Jesse contempla le paysage, émerveillé. Il avait failli mourir. C'était donc en quelque sorte le premier coucher de soleil du reste de sa vie. Une sagesse innée lui soufflait de prendre le temps d'apprécier ce petit miracle de lumière que la nature offrait à ses yeux.

Il s'assit sur la marche du porche couvert, devant la porte de Fiona. A côté de lui se trouvait le shérif Trainer, de Delta. Ses adjoints avaient enlevé le corps et cherché des empreintes. Ils continuaient à passer toute la zone au peigne fin, mais n'avaient jusqu'alors rien trouvé de significatif.

Le shérif tira sur sa cigarette.

— Depuis le temps que je suis shérif, j'ai rarement eu une affaire aussi compliquée, mais j'ai eu mon lot de délinquants. Et, si vous voulez mon avis, quand les gens ont des problèmes, c'est généralement qu'ils l'ont bien cherché.

— Ce n'est pas ce que je constate dans mon métier, répondit Jesse. La plupart des gens qui font appel à moi sont victimes de circonstances. Comme les Carlisle. Comme Nicole.

— Mlle Nicole était au mauvais endroit au mauvais

moment, concéda le shérif. Ces types des Enfants de la Liberté n'avaient pas prévu d'enlever qui que ce soit. Mais admettez qu'ils ne l'auraient pas gardée si elle n'avait pas été la femme de Dylan. Ils savaient qu'il paierait n'importe quel prix pour qu'elle lui soit rendue.

— Vous voulez dire que Nicole a été kidnappée par sa faute ?

— Non… bien sûr, je ne la blâme pas, elle, s'empressa-t-il de protester, son visage long et étroit s'allongeant encore comme il fronçait les sourcils. Je suis peut-être un shérif de campagne, mais je ne suis pas stupide.

— Je n'ai rien dit de tel.

Mais il l'avait pensé. Avant le kidnapping et le meurtre, le shérif Trainer avait peut-être été un bon vivant facile à vivre mais, maintenant, il était aussi nerveux qu'un écureuil surveillant sa cache de pommes de pin pour l'hiver.

— Tout ce que je veux dire, c'est que, si ces ravisseurs sont venus fouiner par ici, ce n'est pas sans raison.

Jesse voyait sans peine où le shérif voulait en venir. Tous se posaient la même question : pourquoi ici ? Selon toute logique, on pensait en premier lieu à Fiona. Et on se disait qu'elle avait dû faire quelque chose pour s'attirer des ennuis.

Seulement cette hypothèse était fausse, il le savait. D'instinct, il sentait qu'elle était complètement, totalement innocente.

Le shérif contempla la cendre de sa cigarette et demanda :

— Vous connaissez bien Fiona Grant ?

— Je l'ai vue pour la première fois aujourd'hui. Mais je connaissais son mari. Un homme bien qui est parti trop tôt.

Le shérif jeta un coup d'œil à Jesse.

— Pensez-vous qu'elle ait quelque chose à cacher ?

— Bon sang, non, bien sûr que non.

Pas Fiona. Pas cette femme si douce aux grands yeux gris. Lorsqu'ils avaient trouvé les cartons ouverts dans son atelier, sa surprise n'avait pas été feinte. Elle n'avait pas songé une seule fois à la rançon avant qu'il ne la mentionne. Lorsqu'ils avaient découvert le corps de Butch Thurgood, il avait vu la terreur dans ses yeux.

— Shérif, ça n'a pas de sens. Si elle savait où se trouve la rançon, elle s'en emparerait et prendrait la fuite.

— Il se pourrait que Butch l'ait cachée avant qu'elle ait mis la main dessus.

— Réfléchissez, reprit Jesse. Elle n'aurait pas appelé le bureau du shérif pour que vous meniez des recherches sur sa propriété.

— Mais elle peut très bien avoir pris peur. Pete Richter est toujours dans la nature, lui rappela le shérif. Elle a pu se dire qu'il valait mieux rendre l'argent plutôt que de s'attirer les foudres de Richter.

Le shérif avait beau contrer tous les arguments que Jesse avançait, sa théorie n'était que pure spéculation.

— Vous semblez échafauder beaucoup d'hypothèses alors que nous n'avons aucun indice, aucune preuve.

Le shérif écrasa sa cigarette.

— Si la rançon a été cachée ici, il est peu probable que Fiona n'ait pas été au courant.

— Vous perdez votre temps à la soupçonner, assena Jesse. Dans mon travail, il faut savoir sentir les gens. Et je m'y entends, croyez-moi. Rien qu'en balayant une foule du regard, je peux déterminer, aux expressions faciales et au langage corporel des gens, qui représente un danger potentiel. Et je peux vous dire une chose : Fiona Grant n'est ni une menteuse ni une criminelle.

— C'est bien normal que vous teniez ce discours, dit

le shérif en se levant lentement et en s'étirant. Elle vous a engagé comme garde du corps. Vous êtes son employé, et grassement payé avec ça, je présume. Elle a dû hériter d'une vraie fortune à la mort de son mari.

— Si c'est vrai…

Ce qui ne l'était pas, mais Jesse n'avait pas à informer le shérif de la précarité de la situation financière de Fiona.

— Pourquoi voudrait-elle s'approprier cette rançon ?

— Je ne sais pas, mais je vous fiche mon billet que je vais le découvrir.

Jesse se leva comme Wentworth sortait sous le porche pour annoncer :

— J'ai fait de mon mieux pour sécuriser la maison pour la nuit. Toutes les fenêtres sont closes et j'ai posé des renforts intérieurs sur les portes avant et arrière.

— Joli travail, dit Jesse.

— Mais je me sentirais plus tranquille si nous appelions le bureau, à Denver, et demandions à Max de venir installer un vrai système de sécurité.

Max Milton était l'un des plus précieux employés de Jesse. Il ne savait pas tirer, ne se maintenait pas en condition physique optimale et portait des lunettes aux verres épais d'un centimètre, mais il n'avait pas son pareil en matière d'informatique et d'électronique.

Jesse avait déjà appelé sa responsable administrative qui lui avait confirmé que les cinq autres gardes du corps qui travaillaient pour lui étaient tous en mission, de même que Max qui équipait un entrepôt de stockage de pièces automobiles à Cheyenne, dans le Wyoming, d'un système complet de sécurité.

— C'est déjà fait. Max viendra ici dès qu'il aura terminé le projet en cours.

— Comment ça va, au bureau ?

Jesse savait ce que Wentworth entendait par là : en réalité, il demandait des nouvelles de la responsable administrative qui se trouvait être la sœur de Jesse.

— Elena va bien. Elle adore être seule aux commandes. Et elle est meilleure organisatrice que je ne le suis.

Avec un sourire penaud, Wentworth déclara :

— Un jour, nous allons tous travailler pour elle.

— Ne lui dis surtout pas ça. Elle se prend déjà pour le patron !

Le shérif puisa une autre cigarette dans son paquet.

— Eh bien, je crois que nous en avons terminé ici. Mes hommes sont prêts à plier bagage.

Bon débarras, songea Jesse. Les soupçons du shérif à l'encontre de Fiona ne reposaient sur rien. Pourquoi diable était-il tellement désireux de l'incriminer ? Avait-il lui-même des secrets qu'il ne tenait pas à voir éventés ?

Sa consommation tabagique effrénée et sa nervosité pouvaient être le signe d'une conscience coupable. Oui… Peut-être Trainer avait-il *vraiment* quelque chose à cacher.

Pendant le dîner au ranch Carlisle, Fiona essaya de trouver une façon d'expliquer à Abby que des événements graves s'étaient produits. Mais comment annoncer à une enfant de quatre ans qu'un cadavre atrocement mutilé avait été découvert pratiquement sur le pas de leur porte ? Comment lui dire que Nicole avait été enlevée ? Dans un monde idéal, les enfants n'avaient pas à entendre des choses pareilles.

Tandis qu'elle rentrait, Abby attachée sur son siège à l'arrière de sa fourgonnette, Fiona fit une nouvelle tentative.

— Tu te souviens quand l'officier Crowley est venu parler à votre classe, l'an dernier ?

— Oui, répondit Abby. Il a dit qu'il ne fallait pas

parler aux gens qu'on ne connaissait pas. Ni prendre des bonbons. Il faut s'en aller en courant le plus vite possible.

— Je suis contente que tu te rappelles ses conseils. Il ne faut jamais les oublier. Même à la maison, tu sais.

— O.K.

— Quelqu'un va venir nous aider. Un homme qui va habiter chez nous pendant quelques jours. Il s'appelle Jesse Longbridge.

— Il a un cheval ?

— Je ne pense pas.

Mais il avait une arme, ça oui ! Devait-elle en informer Abby ?

— C'était un ami de ton papa.

— Alors, c'est mon ami aussi.

Comme la vie était simple, vue des yeux d'un enfant ! Merveilleusement simple.

Mais leur court trajet était terminé. Fiona se gara devant le garage, préférant ne pas entrer dans celui-ci, où il faisait sombre. Elle avait toujours eu un peu peur de l'obscurité, mais, maintenant, elle avait une raison bien réelle d'éviter les coins sombres.

Lorsqu'elle eut détaché Abby, elle prit la main de sa fille et se dirigea rapidement vers la porte d'entrée. Le shérif Trainer avait eu la décence de ne pas enrubanner la maison des bandes jaune et noir caractéristiques des scènes de crime. Les massifs de fleurs avaient bien été un peu piétinés, mais son chalet de rondins avait la même apparence que d'habitude. Les rideaux étaient tirés, mais la lampe du porche était allumée, accueillante.

Jesse ouvrit la porte avant même qu'elles n'aient gravi les marches. Ses cheveux noirs luisaient sous la lumière. Debout dans l'embrasure de la porte, il lui parut plus grand encore que son mètre quatre-vingts. Mince, mais avec les épaules larges, il dégageait une impression de puissance et de détermination, même avec le bras en écharpe. Elle se félicita de la chance incroyable qu'elle avait de l'avoir chez elle.

D'un geste, il les invita à entrer et referma promptement la porte derrière elles. Lorsqu'elle le présenta à Abby, il s'accroupit pour placer son visage à hauteur de la petite fille et tendit sa main valide.

— Content de faire ta connaissance, dit-il.

Les yeux bleus d'Abby s'éclairèrent tandis qu'elle glissait sa menotte dans sa main tout en l'étudiant. Avec ses boucles blondes et ses fossettes, elle avait l'air d'un petit lutin.

— Jesse, tu es indien ?
— Navajo, précisa-t-il. A moitié navajo.
— Navajo, répéta-t-elle. Alors, merci d'avoir donné du maïs et de la dinde aux pèlerins.

Fiona ne fut pas surprise de constater qu'Abby se souvenait des histoires de Thanksgiving qu'elle avait apprises à l'école. Cette année, alors qu'elles célébraient toutes deux la fête, Abby avait absolument tenu à raconter *sa* version de l'histoire de Thanksgiving.

— Ce n'était pas ma tribu, expliqua Jesse. Mais merci quand même.
— Pourquoi tu n'as pas de plumes sur la tête ?

Fiona sourcilla en entendant sa fille formuler ce stéréotype, mais Jesse sourit largement.

— Les tribus ne portent pas toutes les mêmes vêtements... mais nous avons tous en commun les valeurs d'hospitalité et de partage. J'ai un cadeau pour toi.
— C'est vrai ?

Jesse se leva et se dirigea vers la veste en jean arborant

le logo Longbridge Security accrochée à la patère, près de la porte.

— Mon grand-père était un sage. Il m'a donné beaucoup de totems.

— C'est quoi, un totem ?

— Quelque chose qui peut te protéger. Ou te rappeler ton héritage — ou tes rêves. Ça peut être n'importe quoi : un collier, une pièce, une photo, une figurine, une sculpture…

— Moi, j'ai un coffret avec un mot de mon papa dedans. C'est écrit : « Je t'aime, Abigail. »

Le cœur de Fiona se serra. Elle avait eu beau faire de son mieux pour préserver sa fille, la vie s'était chargée de la confronter à la réalité. Son père était mort et Abby comprenait l'importance qu'il y avait à chérir précieusement le passé tout en regardant résolument vers l'avenir. Peut-être même avait-elle mieux retenu la leçon que sa mère…

Jesse, malgré sa main gauche invalide, fit tomber d'un sachet une petite pierre bleue. Dans sa paume ouverte, il la tendit à Abby.

— C'est une turquoise. Une pierre porte-bonheur.

— Merci.

Solennellement, l'enfant la prit.

— Quand j'aurai mon poney, je l'appellerai Turquoise.

— C'est une excellente idée, dit Fiona. Nous en parlerons demain.

— Et mon poney aura une queue bleue.

— Sûrement, acquiesça Fiona en souriant. Mais il est tard, maintenant. Il faut que tu te prépares à aller au lit. N'oublie pas de…

— Me brosser les dents ! enchaîna Abby à sa place en

pirouettant sur elle-même avant de s'éloigner en courant vers sa chambre.

Jesse se redressa laborieusement et remua les épaules.

— Elle est très éveillée.

Fiona ne put que confirmer d'un hochement de tête.

— Oui, elle est vive, jolie, en bonne santé… Bref, ce que tout parent espère voir en son enfant.

— Vous êtes une bonne mère.

Elle n'était pas si sûre de cette partie-là de l'équation. Après la mort de Wyatt, elle avait sombré dans la déprime et ne s'était pas montrée autant à l'écoute d'Abby qu'elle l'aurait dû. Et elle s'était laissé spolier de l'héritage de son mari. Dieu merci, elle n'avait rien lâché, s'agissant de l'argent que Wyatt avait placé sur un compte pour sa fille. Lorsque Abby atteindrait l'âge de dix-huit ans, cette somme lui permettrait de financer ses études et de prendre un bon départ dans la vie.

Mais c'était dans si longtemps… Fiona avait d'autres chats à fouetter d'ici là. Elle se tourna vers Jesse.

— Le shérif a-t-il trouvé qui était venu fouiner chez moi ?

— Pas de preuve formelle, mais il a relevé des tas d'empreintes, déclara-t-il. Venez, je vais vous montrer le système de sécurité que nous avons installé.

Sur la porte d'entrée, il lui montra le fonctionnement du renfort qu'avait posé Wentworth et qui maintenait la porte fermée même si la serrure était déverrouillée. Il avait par ailleurs ajouté des verrous sur la porte d'entrée et la porte de derrière. Elle était familiarisée avec ce genre de dispositif.

— A Denver, nous avions un système d'alarme électronique avec un clavier.

— Wyatt savait se protéger. Je suis un peu surpris

qu'il n'ait pas sécurisé davantage ce chalet. D'après ce que vous m'avez dit, cette maison était inhabitée une bonne partie de l'année.

— Oui. Nous n'y venions jamais en hiver. Wyatt payait un homme d'entretien. Après sa mort, j'ai pris quelqu'un pour habiter à plein temps dans la maison.

— Quelqu'un d'ici ?

— La jeune femme qui garde Abby, répondit-elle. Elle a un petit garçon qui a le même âge que ma fille et il m'arrive de le garder, moi aussi. Lorsqu'elle s'est séparée de son mari, j'ai pensé que c'était une bonne solution pour elle comme pour moi... Elle y gagnait un domicile où s'installer et, moi, quelqu'un qui entretenait la propriété. Elle s'appelle Belinda Miller.

— Ça me dit quelque chose...

— C'est l'ex-femme de Nate Miller, expliqua-t-elle en fronçant les sourcils.

Belinda avait beau jurer ses grands dieux que Nate n'avait jamais levé la main sur elle, c'était bien le genre de Nate — hargneux, perpétuellement en colère contre la terre entière.

— C'est à lui qu'appartient le ranch Circle M. Mais il ne faisait pas partie de la communauté survivaliste. Il leur louait simplement la propriété.

— Nate Miller, répéta Jesse, songeur.

Elle eut le sentiment qu'il enregistrait l'information dans un coin de sa mémoire. Il avait lu les dossiers de Burke pendant qu'Abby et elle terminaient leur dîner. Jesse en savait probablement long sur tous les gens du cru.

Il demanda :

— Belinda vivait-elle dans le chalet lorsque vous avez décidé de venir vous installer ici ?

— Elle a emménagé voilà quelques mois avec son

ami à Riverton. C'est quelqu'un de bien. Il travaille dans l'usine d'emballage de viande à Delta.

— Belinda a-t-elle continué à s'occuper de la maison ?

— Oui, absolument. Elle venait deux ou trois fois par semaine.

— Avait-elle des connaissances parmi les survivalistes ?

Fiona le contempla, stupéfaite. S'il sous-entendait que Belinda pouvait être mêlée à cette histoire, il faisait totalement fausse route.

— Belinda est mon amie. Une bonne amie. Abby et Mickey sont quasiment inséparables.

— Tant mieux, je suis content de savoir que la petite a un compagnon de jeu.

Vivre dans ce chalet isolé, sans voisins proches, n'était pas idéal pour une enfant aussi sociable que sa fille. Abby avait besoin du contact d'autres enfants.

— Après le nouvel an, Belinda et moi espérons ouvrir une crèche associative. Peut-être aussi un jardin d'enfants. Il n'y en a pas par ici ; il faut aller jusqu'à Delta pour trouver une école maternelle et c'est à quarante minutes en bus.

— Comme je disais, Fiona, vous êtes une excellente mère — très investie.

Son regard s'arrêta sur elle et elle se sentit intimidée, tout à coup. Des mèches folles s'échappaient de sa longue tresse, elle n'avait pas pris la peine de se maquiller ce matin et ses vêtements lui collaient désagréablement à la peau... Elle aurait bien voulu se présenter sous un jour plus favorable à Jesse car... Oui, autant se l'avouer, elle avait envie qu'il l'apprécie, voire qu'il la trouve attirante.

Elle n'était pas sortie avec un homme depuis la mort de Wyatt et s'était moquée éperdument de ce que les gens pouvaient bien penser de son apparence. « Mais, maintenant, ça ne m'est plus indifférent. Plus du tout. »

Une bouffée de chaleur rosit ses joues. Elle se redressa insensiblement, consciente que la ceinture de son jean bâillait à la taille. Elle avait perdu trop de poids. Elle flottait dans tous ses vêtements. « J'ai envie d'être jolie de nouveau. »

Lui tournant le dos, elle retira sa veste en velours vert et l'accrocha à la patère, à côté de la porte.

— Vous avez mangé ?

— Ah, non, merci ! Plus de céréales... Dites-moi, vous êtes douée pour débrouiller des puzzles ?

— J'arrive en général à en venir à bout, acquiesça-t-elle.

Levant les mains, elle agita les doigts.

— Travailler la glaise confère un bon sens de l'espace et de l'équilibre.

— Je ne parle pas de vous situer dans l'espace. Je parle de logique.

Elle fit la moue.

— Ce n'est pas mon point fort.

— J'ai quand même besoin de votre aide. J'ai compulsé tout le dossier sur l'ordinateur que Burke m'a confié. Il y a une cohérence dans la séquence d'événements, mais quelque chose m'échappe.

Lançant un coup d'œil en direction du couloir où Abby avait disparu, elle suggéra :

— Si vous voulez, quand Abby dormira, on les examinera ensemble.

Les sens subitement en alerte, il pivota sur ses talons et se dirigea vers la fenêtre.

— Quelqu'un vient.

— Quoi ?

— Vous n'entendez pas un bruit de moteur ?

Elle tendit l'oreille et finit par discerner un vague ronflement.

— Je n'attends personne.

Jesse se posta sur le côté de la fenêtre et scruta l'extérieur.

— C'est un 4x4 argent. Une Cadillac.

Elle ne prêtait guère attention aux voitures, mais elle connaissait bel et bien une famille dont les membres ne conduisaient *que* des Cadillac. Non... Ce ne pouvait pas être eux ! Le destin ne pouvait pas se montrer si cruel. Elle avait suffisamment de soucis.

Une portière claqua. Elle s'approcha de Jesse et regarda par la fenêtre. Lorsqu'elle vit émerger le conducteur, elle eut un haut-le-corps. Il ressemblait à son défunt mari — en plus jeune. Il avait sa démarche. Ses cheveux blonds étaient bouclés, comme ceux de Wyatt. Pendant un moment, cette vision la ramena à un souvenir profondément ancré dans sa mémoire — la vue de Wyatt rentrant du travail, revenant à la maison où elle l'attendait, bras grands ouverts.

Mais l'homme qui s'avançait vers le porche la méprisait.

— C'est le fils que Wyatt a eu de son premier mariage. Clinton Grant.

7

Des années auparavant, Fiona avait rencontré pour la première fois son beau-fils lors d'une réunion de famille qui s'était tenue quelques semaines avant son mariage.

Clinton avait été un adolescent maussade qui lui en voulait et la rendait responsable de l'échec du mariage de ses parents alors même que Wyatt et sa femme étaient déjà divorcés depuis plus d'un an quand Fiona avait fait la connaissance de son futur mari.

— Vous êtes trop jeune pour mon père. Et vous n'êtes même pas jolie, lui avait-il reproché.

Sa remarque déplacée avait fait rire sa mère. Quant à la jeune sœur de Clinton, elle s'était bornée à la foudroyer du regard.

La fierté de Fiona avait pris le dessus, ce jour-là. Elle avait refusé de lui donner prise en lui répondant. Au lieu de s'abaisser à rétorquer par une insulte de son cru, elle avait levé le menton bien haut et s'était éloignée.

Cette brève confrontation avait donné le ton de leurs relations futures. Encore maintenant, alors que Clinton était désormais adulte et diplômé de la faculté de droit et avait commencé à travailler au sein du cabinet familial, son attitude envers elle ne s'était en rien adoucie.

Il tambourina sur la porte. A chaque coup frappé, Fiona sentit sa colère monter en puissance, mais elle ne voulait pas montrer à Clinton à quel point son comportement l'affectait. Au fil des années, elle lui avait toujours opposé la glace, et non le feu.

Rejetant les épaules en arrière, elle se cuirassa intérieurement et ouvrit.

— Clinton, quelle surprise… Malheureusement, tu tombes mal.

Le regard de son beau-fils glissa sur elle pour s'arrêter sur Jesse.

— C'est ce que je vois, persifla-t-il, sarcastique.

— Je te présente Jesse Longbridge, poursuivit Fiona comme si de rien n'était. C'est mon garde du corps.

— Peu importe, rétorqua-t-il en faisant mine d'entrer.

Mais elle ne bougea pas d'un pouce.

— Je te conseille de me laisser entrer. Sinon, je reviendrai avec le shérif et un mandat. Tu as des choses qui m'appartiennent.

Clinton et sa mère lui avaient déjà presque tout pris. Après la mort de Wyatt, ils s'étaient comportés comme des vautours. Et, maintenant, il revenait ronger les os.

— Je ne vois pas à quoi tu fais allusion.

— A des biens du patrimoine familial. Des objets de valeur qui sont dans ma famille depuis des générations.

Avant qu'elle n'ait pu lui claquer la porte au nez, Abby arriva en courant dans la pièce et s'insinua entre sa mère et Clinton. Dans son pyjama rose, elle adressa un large sourire à Clinton et éleva la paume de la main, doigts grands ouverts.

Clinton tapa dans sa main.

Elle tira sur la jambe de son pantalon.

— Tu sais, je vais avoir un poney ! annonça-t-elle. Il s'appellera Turquoise. Et il aura une longue queue bleue.

Serrant les dents pour ne pas hurler, Fiona s'écarta.

Abby était à l'âge où tout l'intéressait : les petits insectes, les serpents… et même les demi-frères odieux.

Sa fille entraîna Clinton dans le séjour et lui ordonna de s'asseoir. Lorsqu'il se fut exécuté, elle pencha la tête d'un côté puis de l'autre. Clinton joua le jeu et imita ses mouvements. La ressemblance physique entre eux sautait aux yeux. Ce que Fiona trouvait plutôt déprimant.

Jouant les maîtresses de maison, Abby déclara :

— Maman et moi nous allons t'apporter quelque chose à grignoter.

— Pas de grignotage à cette heure, répliqua fermement Fiona. Tu devrais déjà être au lit.

— Mais, maman, c'est la *po-li-tesse*, rétorqua-t-elle en détachant les syllabes.

Sa fille choisissait bien mal son moment pour lui rappeler les règles du savoir-vivre. La seule perspective de s'asseoir face à Clinton lui donnait des boutons.

Jesse s'avança.

— Viens, Abby. Je voudrais bien que tu me montres ta chambre. Nous allons laisser ta maman et Clinton un moment. Ils ont des choses importantes à se dire.

— Plus importantes qu'un poney ?

Il rit tout en l'entraînant dans le couloir.

— Il n'y a pas grand-chose qui soit plus important qu'un poney à la queue bleue.

Sitôt qu'ils furent partis, Fiona fit face à Clinton. Le vernis glacé commençait à fondre sous l'effet de la colère.

— Ne t'avise plus jamais de te servir de ma fille pour m'atteindre. Laisse Abby en dehors de tout ça.

— Mais ma petite demi-sœur m'adore.

— Va droit au but et dis-moi ce que tu veux.

Il plongea la main dans la poche intérieure de sa veste

en tweed et en sortit un inventaire imprimé qu'il poussa vers elle sur la table.

— Voilà… Tout est là.

Une vingtaine d'objets était listée, allant d'une lampe Tiffany à une tiare en cristal rose. Fiona repoussa la liste d'un doigt.

— Je n'ai rien de ce qui est mentionné sur ce document. D'ailleurs, je n'en voudrais même pas. Que veux-tu que je fasse d'une tiare au fin fond d'une région rurale dédiée à l'élevage bovin ?

— Dans ce cas, tu ne verras pas d'inconvénient à ce que je jette un coup d'œil ?

Une moue franchement déplaisante tordit sa bouche bien dessinée.

— Abby peut m'aider. Ce sera comme une chasse au trésor.

Le fait qu'il ait dans l'idée de recruter sa fille pour l'aider dans sa sale besogne faillit occulter l'évidence.

— Est-ce que j'ai bien compris ? Tu veux fouiller chez moi ?

— Si tu te montrais plus coopérative…

— Es-tu déjà venu fouiner ici ? Est-ce que tu es entré chez moi sans ma permission ?

— Bien sûr que non.

Elle ne le crut pas. Il n'était pas besoin de produire un gros effort d'imagination pour se représenter Clinton s'introduisant à son insu chez elle pour chercher ce qu'il voulait. Il aurait très bien pu sortir le gros carton, dans son atelier, pensant y trouver la lampe Tiffany qu'elle n'avait jamais possédée. Ce scénario était nettement plus vraisemblable que celui de ravisseurs en quête d'une rançon.

— C'était toi, proféra-t-elle d'un ton accusateur. Tu m'as vue sortir avec Carolyn et tu en as profité pour te faufiler en douce chez moi.

— Je ne sais pas de quoi tu parles.

S'efforçant de garder ce qui lui restait de sang-froid, elle lança d'un ton cinglant :

— Je te demande de partir immédiatement.

— Tu es folle, Fiona.

Il était dangereusement proche de la vérité. Elle était folle, oui, mais de rage.

— S'il te plaît, va-t'en. Laisse-nous tranquilles.

— Sinon, quoi ? Tu lâches ton cerbère contre moi ?

Comme s'il avait deviné ce qui se passait, Jesse apparut derrière lui.

— Vous avez entendu ce qu'elle vous a dit. Il est temps de vous en aller.

Clinton se dressa devant lui. Avec sa veste en tweed et son pull en cachemire, il avait l'air d'un gentleman à l'ancienne — le châtelain en son domaine offensé par la bassesse de ses sujets.

Fiona n'aurait pas été surprise s'il avait pris une posture de combat, les genoux pliés, les poings fermés devant lui.

Mais il n'osa pas.

Même avec le bras blessé, il émanait de Jesse une authentique assurance virile. S'ils en venaient aux mains, il réglerait son compte à Clinton avant même qu'une goutte de sueur ne perle à son front. Il ne plaisantait pas.

Et Clinton ne s'y trompa pas. Son beau-fils avait beau être un rapace et ne pas être physiquement à la hauteur, il n'était pas stupide, songea Fiona.

Il se dirigea à grandes enjambées vers la porte, l'ouvrit brutalement et se retourna vers elle :

— Il faut que tu te reprennes, Fiona. Cet endroit n'est

pas l'environnement qui convient pour élever une enfant. Si tu ne fais pas attention, tu pourrais aussi perdre Abby.

Sa menace était sans fondement. Il ne pouvait en aucun cas lui disputer la garde d'Abby. L'idée était non seulement absurde mais aussi rageante. Comment osait-il ne serait-ce que suggérer qu'elle n'était pas une bonne mère ? Son sang ne fit qu'un tour, cette fois. Elle était au-delà de la colère.

Impassible, elle tendit la main ouverte vers Jesse.

— Donnez-moi votre arme.

Clinton la contempla, bouche bée.

— Qu'est-ce que tu fais ?

— Quelque chose que j'aurais dû faire voilà bien longtemps : t'inculquer les bonnes manières.

— Tu ne peux pas...

— Je suis dans mon droit. Ici, tout le monde tire sur les intrus.

Il claqua la porte derrière lui.

La rage tourbillonnait autour d'elle comme une tornade, mais elle était calme au milieu, dans l'œil du cyclone. « Voilà ce qu'on ressent quand on défend son territoire. »

On se sentait... sacrément bien.

Jesse attendait dans le séjour que Fiona ait fini de lire à Abby son histoire du soir. Son attaque contre Clinton l'avait surpris. Qui aurait pu imaginer qu'elle était capable de s'échauffer à ce point ?

Il en avait entendu assez pour savoir qu'elle le soupçonnait d'être celui qui avait fouillé chez elle. Dans un certain sens, il espérait qu'elle avait raison. Clinton était un fumier qui prenait plaisir à harceler la veuve de son père, mais il ne représentait pas une menace comme Pete Richter.

Malheureusement, Jesse, lui, ne croyait pas que Clinton soit le coupable. Bien sûr, il avait un motif de venir fouiner chez Fiona — retrouver ses prétendus objets de valeur —, mais il n'avait aucune raison de tuer Thurgood. Et Jesse n'imaginait pas le jeune avocat, avec ses airs précieux, en train de crapahuter dans la forêt en attendant l'occasion de se glisser incognito dans la maison.

Le beau-fils de Fiona constituait un nouvel élément dans un puzzle où aucune pièce ne semblait trouver sa place. Trop de choses ne cadraient pas à propos de cet enlèvement et des ravisseurs, à commencer par le manque de méthode avec lequel Nicole avait été enlevée et son refus de rentrer chez elle.

La seule chose qui faisait sens était la façon dont Burke et le F.B.I. avaient conclu l'opération contre les survivalistes et mis fin à leur trafic. L'affaire avait été rondement menée ; ils avaient placé les hommes en détention et mis les femmes et les enfants sous protection. Ils avaient même porté secours à une femme enceinte en train d'accoucher ; elle se trouvait toujours à l'hôpital de Delta avec, à son chevet, l'un des profileurs du F.B.I., Mike Silverman, qui semblait s'être attaché à la jeune mère et à son nourrisson. A en croire les notes de Burke, Silverman avait l'intention de prendre un congé pour pouvoir emmener la mère et son enfant chez ses parents.

Fiona s'approcha de la table et se laissa tomber sur une chaise, à sa droite. Croisant les bras sur le plateau, elle se pencha en avant et posa la tête sur ses avant-bras. Elle avait dénoué ses cheveux tandis qu'elle mettait Abby au lit. Ses longs cheveux châtains se répandirent en vagues scintillantes sur ses épaules.

Il tendit la main et caressa sa chevelure — dans l'intention de la réconforter... Mais une autre émotion se faisait jour en lui. Il avait envie de la caresser, de la prendre dans ses bras, de sentir son corps mince pressé contre lui. Dès le premier instant où il l'avait vue, sa tranquille beauté l'avait attiré. Il aimait son esprit, sa chaleur, jusqu'à l'accès de colère dont il avait été témoin et qui laissait transparaître un caractère passionné.

Une chose, cependant, le retenait. Il ne pouvait s'empêcher de penser à elle comme à la femme d'un autre. Elle n'avait jamais cessé d'aimer son mari.

Relevant la tête, elle le regarda avec de grands yeux las.

— Ça a été une longue journée.

A contrecœur, il retira sa main de son épaule.

— Très longue.

— Vous devez être épuisé.

— Pas du tout. J'ai dormi pendant trois jours à l'hôpital. Ça va.

Ce qui n'était pas l'exacte vérité. Il avait pris ses antalgiques pour calmer la douleur et il se demandait bien comment il allait rester éveillé pour monter la garde cette nuit.

— Dites-moi une chose. Si je vous avais donné mon arme, vous auriez tiré ?

Elle sourit et repoussa le rideau luisant de ses cheveux pour dégager son visage.

— Ce n'est pas l'envie qui m'en manquait. Mais je ne crois pas que j'aurais appuyé sur la gâchette. Ce serait probablement extrêmement perturbant pour Abby d'apprendre que j'ai tué son demi-frère.

— Probablement.

— Au fait, merci de lui avoir donné cette turquoise. Elle l'adore. Elle vous a ajouté à la liste de personnes à qui elle veut faire un cadeau pour Noël.

— Non, non... Je n'ai pas besoin de cadeau.

— Oh ! mais elle aime autant fabriquer les cadeaux que les offrir. Elle est en train de sculpter de petites figurines en terre que nous cuisons dans le four de mon atelier. Il y a beaucoup de poneys, allez savoir pourquoi !

Le fait qu'elle mentionne Noël lui fit penser à une solution plus efficace encore que sa présence ici pour assurer sa sécurité : aller voir sa famille pour les fêtes.

— Vous avez de la famille dans la région ?

— Mes parents sont archéologues. Il y a deux mois, ils ont mis leur maison de Californie en location et sont partis travailler sur un champ de fouilles au Pérou.

— Vous n'avez personne chez qui séjourner en attendant que le danger se soit éloigné ?

— Il y a la famille de Wyatt. Ils adorent Abby et… tous ne sont pas aussi odieux que Clinton. Mais, moi, je ne serais pas la bienvenue.

Elle secoua la tête.

— Non. Mieux vaut que je reste ici. Nous ne risquons rien, maintenant… n'est-ce pas ?

Il aurait bien voulu la rassurer, mais il avait encore en tête l'image du cadavre défiguré retrouvé dans sa cour.

— Je ne peux pas vous le garantir… Pas tant que Richter sera en liberté.

Une palette d'émotions diverses apparut sur ses traits. Une moue préoccupée. Un froncement de sourcils inquiet. Un coup d'œil dans sa direction, comme pour chercher une réponse. C'était l'une des personnes les plus ouvertes, les plus faciles à deviner qu'il eût jamais rencontrées — totalement dépourvue d'artifice.

Redressant le menton, elle serra les mâchoires, l'air déterminé.

— Il faut absolument démêler cet imbroglio et faire arrêter Richter.

Il tourna l'écran de l'ordinateur vers elle.

— Vous pouvez lire le dossier de Burke.

Agitant la main en un geste qui réussit à traduire tout à la fois la lassitude et le dégoût, elle rejeta l'idée.

— Je suis trop fatiguée pour le parcourir maintenant. Vous pouvez m'indiquer les points les plus importants.

Il hocha la tête.

— D'accord. Tout d'abord, Nicole a été enlevée par Richter et Logan et conduite au ranch Circle M. En interrogeant Logan, le meneur des survivalistes, Burke a appris que celui-ci avait ensuite confié la garde de Nicole à Richter et Thurgood.

— C'est lui qui l'a dit à Burke ?

— Oh ! il est très causant maintenant qu'il est en garde à vue… Il espère, en contrepartie de sa coopération, obtenir une réduction de peine. D'après lui, il n'a pas revu Nicole après que Richter et Thurgood l'ont emmenée.

— Et Burke le croit ?

— Il n'existe aucune preuve que Richter et Thurgood soient revenus au Circle M après leur départ. Mais c'est Nicole elle-même qui leur a fait savoir qu'elle y avait séjourné.

— Comment ?

— En cas de kidnapping et de demande de rançon, la procédure prévoit d'exiger une preuve que la personne enlevée est vivante…

Il orienta l'écran de l'ordinateur vers elle, montrant Nicole tenant un journal avec la date du jour.

— C'est la première photo de Nicole. Regardez la façon dont elle tient le journal… Ses doigts forment un cercle et un M.

— Elle n'a pas l'air d'avoir peur, nota Fiona en se

penchant en avant. Je n'aurais pas été aussi courageuse à sa place.

— Bien sûr que si. J'ai vu comment vous avez tenu tête à Clinton.

— Affronter un imbécile doublé d'un salaud n'est pas comparable avec le fait d'être retenu captif.

— Mais n'oubliez pas que Nicole s'est peut-être éprise de l'un de ses ravisseurs, probablement Butch Thurgood, rappela Jesse. C'était une ancienne star de rodéo et un cavalier accompli.

— Et elle est vétérinaire, spécialisée dans les gros animaux. Je suppose qu'ils avaient beaucoup en commun.

Fiona ayant une intuition qu'il devinait très sûre, il eut envie de savoir comment elle interprétait les actes de Nicole.

— Vous qui la connaissez, pensez-vous qu'elle ait pu s'enfuir avec un ravisseur ?

— C'est… disons, plutôt romantique. Certaines femmes sont attirées par les mauvais garçons. Cela dit, je croyais Dylan et Nicole véritablement, sincèrement amoureux.

Elle secoua la tête.

— Mais je peux me tromper. Il est difficile de savoir ce qui se passe au sein d'un couple.

Jesse pianota rapidement sur le clavier et une vidéo s'afficha. Nicole regardait la caméra et disait que tout irait bien s'ils payaient la rançon.

— Là encore, dit Jesse, tendant le doigt vers l'écran. Regardez ses mains. Elle fait un cercle avec ses doigts en coinçant ses cheveux derrière son oreille. Et, lorsqu'elle porte la main à ses lèvres, les doigts forment un M, un peu tordu certes, mais un M quand même.

— Il y a quelque chose qui cloche dans la façon dont elle est habillée, déclara Fiona. Elle porte habituellement des vêtements pratiques, confortables, adaptés à la vie dans un ranch et à son métier. Pas un chemisier à fleurs comme sur cette photo.

Selon les notes de Burke, d'autres avaient fait la même réflexion.

— Voilà la troisième preuve de vie... Une autre vidéo.

Ils regardèrent en silence Nicole exprimer ses regrets d'avoir causé tant de problèmes et dire que tout aurait pu s'arranger au mieux.

— Pas d'indice, cette fois, observa Fiona. Et son attitude est différente. Plus... résignée, semble-t-il. Sur les autres, elle a... plus d'allant.

— Alors que sur celle-ci... ?

Fiona contempla l'écran.

— Elle a le regard vide.

Elle détourna les yeux et ajouta :

— Cette expression, je la voyais chaque fois que je me regardais dans un miroir, après la mort de Wyatt.

— Et ça signifie, selon vous... ?

— Qu'on n'a plus d'espoir.

Lentement, elle se leva. Sa voix s'abaissa jusqu'à n'être plus qu'un murmure.

— C'est ce qui arrive quand on sait qu'on a perdu quelque chose de précieux, quelque chose qu'on ne trouvera peut-être plus jamais.

Il s'avança derrière elle et la fit doucement pivoter sur elle-même.

— Vous n'avez pas à retenir vos larmes devant moi, vous savez. Je comprends. Je sais à quel point vous aimiez votre mari.

Mais, lorsqu'elle releva la tête, ses yeux étaient secs.

— Le poète Tennyson dit qu'il vaut mieux avoir aimé et perdu l'objet de son amour que de ne jamais avoir aimé.

Elle se tenait si près de lui qu'il sentait la chaleur de son corps, le battement de son pouls, le rythme de son cœur.

— C'est ce que dit Tennyson. Mais, vous, qu'en pensez-vous ?

— Moi, je ne suis pas poète.

— Mais vous êtes une artiste.

— Qui fait de la poterie, ce qui prouve que je ne manie pas bien les mots. Mais je pourrais vous dessiner ce que je ressens.

Il n'avait pas besoin qu'elle sorte son carnet à croquis ; il voyait bien qu'elle aussi se rendait compte de l'alchimie qui se produisait entre eux. Ses lèvres s'entrouvrirent. Sa respiration se fit plus rapide.

Le feu couvait bien, là, sous la surface. La question était de savoir si elle allait attiser les flammes.

— Je suis sûr que vous avez une opinion toute personnelle concernant l'amour et la passion.

Le regard gris de Fiona l'invitait à s'approcher plus près. Lentement, un sourire étira ses lèvres.

— Disons que… je n'ai pas renoncé à l'amour.

8

Tant que Fiona avait été assise à son côté, la table du séjour avait constitué une barrière naturelle. Mais, maintenant, il n'y avait plus rien d'autre que l'air entre Jesse et elle. Un air chargé de tension et de promesses.

— Vous ne portez plus l'attelle, dit-elle.
— Je me sens beaucoup mieux.

C'était vrai, elle s'en rendait compte. Il n'était plus le même homme que celui qui avait failli s'évanouir.

— Les céréales vous ont été bénéfiques, vous voyez.
— Sans aucun doute.

Tendant la main, elle effleura son épaule couverte de bandages sous la chemise de flanelle bleue.

— Avez-vous besoin d'aide pour changer vos pansements ?

Elle s'imaginait déjà écartant les pans de sa chemise et laissant glisser ses doigts sur la poitrine nue de Jesse. Une soudaine bouffée de chaleur fit monter sa température. Sa peau se mit à fourmiller d'anticipation, puis la sensation s'étendit à tout son corps, faisant battre son sang plus fort dans ses veines. Il y avait bien longtemps qu'elle n'avait pas connu d'excitation de cette nature et elle ne savait trop que faire.

— Vous rougissez, souligna-t-il.
— Oh ?

Elle retira vivement sa main. Elle ne pouvait pas s'autoriser à fantasmer ainsi sur lui. C'était tout à fait déplacé. S'il s'était proposé pour assurer sa protection et séjourner chez elle, c'était uniquement parce qu'il estimait avoir une dette imaginaire vis-à-vis de son mari disparu. Elle devait faire plus attention... Veiller à ne pas prendre sa gentillesse pour autre chose.

Jesse frôla sa joue du dos de la main.

— Ça vous va bien.

« Oh. Tant mieux... » Super. Parce qu'elle avait l'impression d'être en train de virer à l'écarlate de la racine des cheveux à la pointe des orteils. Avec plaisir, elle se rendit compte que ce n'était pas de la gentillesse qui émanait de lui.

— Vos yeux..., commença-t-elle.

— Qu'est-ce qu'ils ont ?

— Ils ont la même teinte que la glaise que j'utilise pour modeler. Riche, profonde, couleur moka.

— J'aimerais bien voir votre travail.

Elle aurait dû sauter sur l'occasion pour l'emmener dans son atelier, mettre une certaine distance entre eux. Mais elle n'y arriva pas. Au contraire, les pointes de ses seins n'étaient plus qu'à quelques centimètres de son torse. Elle renversa la tête en arrière.

Lorsque leurs lèvres se touchèrent, la chaleur se changea en une rivière de feu. Elle eut véritablement l'impression d'être transportée, emportée par un unique baiser. Jamais elle n'avait connu cela auparavant. L'excitation la submergea.

Le souffle court, elle recula d'un pas pour se dégager. Elle regarda Jesse et vit se refléter dans ses yeux son propre désir. Avec certitude, elle sut que cette attirance entre eux ne pouvait avoir qu'une seule issue. Avant longtemps, ils seraient dans les bras l'un de l'autre. Avant longtemps, ils feraient l'amour. « Es-tu prête ? Le moment est-il venu ? »

Le désir qui l'étreignait était tempéré par la panique. Jamais elle n'aurait cru ressentir cela. Elle qui était veuve, avec un jeune enfant à charge, résignée à mener une vie de responsabilité, exempte de passion. Comment ceci pouvait-il lui arriver ?

— Jesse, je…

Il posa un doigt sur ses lèvres.

— Inutile de parler.

Il avait raison. Ces émotions profondes ne nécessitaient pas d'explication. Elle comprenait ce qui se passait en elle et elle savait qu'il éprouvait la même chose. Pour l'instant, c'était suffisant.

— Fiona, dit-il d'une voix caressante. J'apprécie votre proposition. Mais Wentworth sera bientôt ici. Il est secouriste. Il aime bien s'occuper de tout ce qui est soins infirmiers.

Cela ne lui aurait pas déplu, à elle non plus. « Dis-le-lui. » Elle avait envie d'un nouveau baiser. Si elle laissait ce moment passer sans rien faire, peut-être ne se représenterait-il plus. Ce qui était exactement la raison pour laquelle il valait mieux ne rien dire. « C'est trop tôt. Et cela me fait peur. »

Elle s'éclaircit la gorge et fit un autre pas en arrière.

— J'ai une préparation sous forme de crème qui pourrait vous apaiser. Avec la sculpture, j'ai toujours une coupure ou une brûlure ici ou là.

— Médecine parallèle, c'est ça ?

— Phytothérapie. Tous les ingrédients qui la composent sont naturels.

— Mon grand-père avait un remède pour aider à la cicatrisation à base de créosote, de figuier de Barbarie et de plusieurs plantes mystérieuses portant des noms navajos que je suis incapable de prononcer.

Il eut un sourire nostalgique.

— Il était convaincu que le meilleur médicament vient de l'intérieur. Que c'est le corps lui-même qui vous aide à guérir.

— Vous avez déjà évoqué votre grand-père, souligna Fiona, qui avait envie d'en savoir plus sur Jesse. Parlez-moi de lui.

— Il vivait dans la réserve.

Elle s'assit de nouveau à la table et il fit de même. D'un côté, elle regrettait la distance qu'elle avait instaurée entre eux, mais, d'un autre, elle était soulagée. Avec le réveil en fanfare de ses sensations demeurées si longtemps en sommeil, elle n'était pas en état de réfléchir de façon sensée.

— Vous aussi ?

— Je suis un enfant de la ville. Nous habitions à Denver. Ma mère n'est pas navajo, mais, comme elle tenait à ce que ma sœur et moi connaissions et soyons en mesure d'apprécier notre héritage, elle nous envoyait chaque été chez nos grands-parents.

— Et a-t-elle eu raison ? Avez-vous appris à apprécier cette vie ?

— Sans doute plus que les enfants qui sont nés dans la réserve. C'étaient des moments privilégiés que nous passions là-bas. Nous étions avides de tout découvrir, fascinés par les anciennes croyances et les rituels, mais nous savions qu'ensuite nous retournerions à notre vie citadine. Ma sœur se plaît à dire que nous avons eu le meilleur des deux mondes.

— Vous êtes proches, elle et vous ?

— Elena est la directrice administrative de Longbridge Security.

Il semblait très attaché à sa famille. Ce qui constituait un point à ranger dans la colonne « Eléments positifs ».

— Vous n'avez pas parlé de votre père…

— Il était dans les *marine*. Il est mort quand j'avais sept ans. Je n'ai que peu de souvenirs de lui.

— Oh. Je suis désolée.

— Ma mère s'est remariée deux ans après son décès. Mon beau-père est un homme bien qui fait tout ce qu'il faut pour ses proches.

Ainsi, sa mère — veuve, comme elle — avait réussi à retrouver l'amour. Et cette situation n'avait rien d'inhabituel. Bien des gens avaient une seconde chance dans la vie. Il n'existait aucune règle stipulant que Fiona devrait vivre le restant de ses jours seule, drapée dans les voiles noirs du veuvage. Simplement, elle n'avait pas l'habitude de penser en ces termes.

— Mon grand-père est parti il y a quelques années, dit calmement Jesse. Mais, parfois, j'ai l'impression qu'il est encore à mon côté.

— Je comprends. Son souvenir vit à travers vous.

— C'est plus que cela. Quand j'étais à l'hôpital, on m'a dit que j'avais été en état de mort clinique pendant quelques minutes. Eh bien... Je l'ai vu. Mon grand-père.

Beaucoup de gens rapportaient avoir vu une lumière blanche et retrouvé leurs proches disparus, songea Fiona.

— Il vous a dit quelque chose ?

— Il était là pour m'accueillir, répondit Jesse. Mais je n'étais pas prêt à le suivre. Pas encore. J'ai eu le sentiment que j'avais encore quelque chose à accomplir dans ma vie.

Etait-il revenu de chez les morts pour être avec elle ? Allaient-ils tous les deux l'avoir, cette seconde chance ?

— Quoi ? Que vous reste-t-il à faire, Jesse ?

— Je verrai... Il faut laisser faire le temps. Je pense que je saurai reconnaître le chemin quand il se présentera à moi.

Elle eut tout à coup envie de l'accompagner, de marcher à son côté dans la même direction. Où qu'elle conduise.

Leur bref baiser avait été le début de quelque chose. Mais quoi ? Elle était impatiente de le découvrir.

Pete Richter regarda les lumières de la maison de la veuve Grant s'éteindre les unes après les autres. Les rideaux étaient tirés, certes, mais les lueurs qui filtraient sur les côtés des fenêtres disparurent jusqu'à ce qu'il ne reste plus qu'une lampe allumée dans le séjour.

Le garde du corps avait dû s'installer là, songea Richter, près de l'âtre. Même si aucune volute de fumée ne s'élevait de la cheminée, l'idée d'un bon feu crépitant accentua encore la sensation de froid. La température était négative, ce soir. Il allait devoir bouger s'il ne voulait pas se changer en glaçon. La chambre de la veuve était à l'extrémité du chalet, loin de la pièce principale, sur l'avant. Il pouvait fracturer la fenêtre... Mais sa fichue sentinelle serait là avant qu'il n'ait eu le temps de s'emparer d'elle. Peut-être serait-il judicieux de le tuer au préalable...

Mais les rideaux occultaient ce qui se passait à l'intérieur. Richter ne pouvait être sûr de toucher ce fumier qui aurait déjà dû être mort. Avançant prudemment pour ne pas faire de bruit, il essaya de concevoir un plan. Il devait bien y avoir un moyen d'entrer dans cette maison...

Il allait le trouver. Et, alors, il ferait dire à Fiona Grant où elle avait caché son argent.

Lorsque Fiona fut couchée, Jesse s'assit sur un vieux fauteuil à bascule, près de la cheminée, son arme posée sur la table à côté de lui. Il aurait été bien plus à l'aise sur le canapé, mais il ne pouvait pas se permettre d'ôter ses chaussures et de se détendre. Il s'endormirait aussitôt.

Se penchant en avant, les coudes appuyés sur les

cuisses, il écouta. Les portes des deux chambres étaient entrebâillées et il entendait Abby et Fiona remuer dans leurs lits. Il se représenta mentalement les longs cheveux de Fiona étalés sur l'oreiller et son corps gracieux étendu entre les draps. Son visage serein dans le sommeil… Ses lèvres.

Il n'avait pas prévu de l'embrasser, mais il ne regrettait pas de l'avoir fait. Ç'avait été si… naturel. Comme si cela allait de soi. Et le choc sensuel que ce baiser lui avait causé avait été d'une telle force que son cœur s'était mis à cogner et le sang à circuler plus vite dans ses veines. Il se sentait mieux en ce moment que ce n'avait été le cas depuis sa sortie de l'hôpital. S'il lui faisait l'amour, sans doute serait-il complètement guéri.

Un bruit, au-dehors, devant la fenêtre, le tira de sa rêverie. Le vent faisant crisser les branches dénudées des trembles, près de la porte d'entrée ? Pas question de se contenter de conjectures. L'arme au poing, il se dirigea vers la fenêtre et écarta imperceptiblement les rideaux pour jeter un coup d'œil à l'extérieur. Il ne vit rien de suspect, mais son angle de vue était limité.

Il était difficile d'effectuer un travail de surveillance tout seul. Si Wentworth avait été là, l'un d'eux aurait pu s'aventurer dehors tandis que l'autre demeurait à l'intérieur. Seul, il ne pouvait pas courir le risque de sortir de la maison.

Il consulta sa montre. Wentworth était censé arriver d'une minute à l'autre.

Il se laissa retomber dans son fauteuil et attendit, aux aguets.

Un autre bruit. Semblant venir d'au-dessus de sa tête, cette fois. Un écureuil courant sur le toit ?

Silence.

Puis il entendit les roues du véhicule de Wentworth

s'engageant dans l'allée de graviers. Il s'avança jusqu'à la porte d'entrée et regarda son collègue sortir de la voiture.

Une fois la porte refermée et verrouillée, Jesse annonça :

— J'ai entendu quelque chose sur le toit... Un grattement.

Wentworth poussa un soupir. Pour lui aussi, la journée avait été longue.

— Qu'est-ce qu'on fait ?

— Toi, tu restes là. Je vais jeter un coup d'œil.

Il s'arma de son revolver et ressortit. Il avait soigneusement étudié la configuration des lieux dans la journée, mais il n'avait pas prêté une attention particulière au toit.

L'air froid de la nuit lui fouetta le visage. Après avoir attendu quelques instants que ses yeux se soient accoutumés à l'obscurité, il fit le tour de la maison. Un unique grand pin se dressait à l'arrière. Il leva la tête, scrutant les branches. Rien de ce côté-là.

Le toit du chalet de plain-pied de Fiona formait un léger angle — juste assez marqué pour que la neige glisse. Il ne remarqua rien d'inhabituel, mais il sentait une menace.

Lorsqu'il rentra, Wentworth l'escorta jusque dans la cuisine.

— Ecoute, Jesse. Je vais changer tes pansements et, ensuite, tu iras te coucher. Je te réveillerai dans trois heures pour prendre la relève.

— Tu devrais retourner au ranch Carlisle.

— Ils n'ont pas besoin de moi. Notre homme, Neville, est là-bas. Avec Burke. Et il y a toute une flopée de cow-boys équipés de fusils.

Cela lui coûtait de l'admettre, mais Jesse était assez réaliste pour savoir qu'il avait besoin d'aide.

— C'est vrai qu'un peu de repos ne serait pas du luxe.

Quelque chose lui disait que les jours à venir n'allaient pas être faciles.

9

Le lendemain matin, à l'aube, Jesse s'éveilla en meilleure forme. La douleur était moins forte et son mal de tête avait disparu. Il avait recouvré une plus grande amplitude de mouvement de l'épaule et du bras, mais il garda quand même l'attelle, par prudence.

Mieux encore, il avait retrouvé l'appétit. Il s'attabla dans la lumineuse cuisine mandarine de Fiona et engloutit avec gourmandise plusieurs crêpes. En face de lui, Wentworth avait déjà terminé son assiette. Il lorgnait avec envie la saucisse dans l'assiette de Jesse.

— N'y pense même pas, gronda Jesse.

— En tant que professionnel paramédical, permets-moi de te donner un judicieux conseil : laisse-moi me charger de ta viande ; ce n'est pas ce qu'il te faut pour l'instant.

— Ah ? Et quel diagnostic te conduit à cette conclusion ?

— Simple question d'anatomie comparée. Il reste un espace à combler dans *mon* estomac.

— Parfait, répliqua Jesse, pince-sans-rire. C'est raccord avec le trou que tu as à la place du cerveau.

Abby était assise entre eux, à genoux sur sa chaise car elle les avait informés qu'elle était trop grande pour utiliser un rehausseur. Le repas de la petite fille était assez compliqué : à chacune de ses bouchées, elle nourrissait son poney palomino en plastique.

— Qu'est-ce qu'on va faire aujourd'hui ? demanda-t-elle.

— Mickey va venir, répondit Fiona en faisant glisser une nouvelle crêpe de la poêle dans l'assiette de Wentworth.

— Mickey ? répéta Jesse, l'air interrogateur.

— L'ami d'Abby.

— Mon *meilleur* ami, précisa la petite fille.

Jesse n'en crut pas ses oreilles. Fiona avait invité un petit camarade de sa fille à venir jouer avec elle ?

— Il va falloir annuler.

— Ou pas.

Il ne put s'empêcher de noter à quel point elle était jolie, le matin, avec ses longs cheveux châtains tirés en queue-de-cheval et ses joues colorées par la chaleur que dégageait le poêle.

— Sa maman va le déposer d'une minute à l'autre.

— Si tôt ? C'est à peine s'il fait jour.

— Youpi ! s'écria Abby. Je vais m'habiller, maman.

Fiona jeta un coup d'œil à son assiette et hocha la tête, satisfaite.

— Tu peux sortir de table… Vas-y.

Abby sauta de sa chaise et quitta la pièce en courant, son poney sous le bras.

Jesse eut la très nette impression que la situation était en train de lui échapper.

— Fiona, Wentworth et moi sommes gardes du corps, pas baby-sitters.

— Mickey vient tous les mercredis pendant le service de Belinda au café-restaurant. Je ne peux pas lui demander de modifier ses horaires avec un préavis aussi court.

— Richter court toujours, lui rappela-t-il.

— Il ne passera pas à l'attaque alors que vous êtes ici. De plus, ce sera plus simple pour tout le monde si Abby est occupée avec son ami. Elle ne sera pas dans nos jambes.

Fiona déposa la dernière crêpe dans l'assiette de Jesse, puis elle s'excusa pour aller voir où en était sa fille.

Jesse coupa sa saucisse en deux, regarda Wentworth et secoua la tête.

— Un gamin de plus qui vient jouer à la maison.

— Je suis sorti avec une mère célibataire pendant un certain temps, déclara Wentworth. Rien ne passe avant les horaires de baby-sitting. C'est sacré.

— Même quand un cadavre vient d'être découvert à deux pas de la porte d'entrée ? Fiona devrait se montrer raisonnable. Etre plus prudente.

— C'est ce qu'elle fait, non, puisque tu es ici ?

— Oui. Et toi aussi.

Jesse engloutit une bouchée de saucisse.

— J'ai besoin de toi ici, aujourd'hui, reprit-il.

— Tu as un plan ? demanda Wentworth en se levant pour aller déposer son assiette dans l'évier.

— On va faire des recherches, répondit-il. On commencera par la maison.

— Mais elle a déjà été fouillée de fond en comble.

— Je veux vérifier par moi-même. Et je veux que Fiona soit avec moi. Elle peut remarquer quelque chose qui a échappé aux autres. Ensuite, je voudrais aller faire un tour au ranch Circle M où Nicole a été retenue. Et, enfin, j'aimerais aller jeter un coup d'œil à l'endroit où la rançon a été remise. Qui sait, on y trouvera peut-être un indice ?

— Au bout de deux jours ? souligna Wentworth, sceptique. Tu es le meilleur pisteur que je connaisse, Jesse, mais c'est quasiment impossible.

— Les chances sont minces, je le reconnais. Mais nous n'avons pas le choix.

Il entendit Abby courir dans la maison en criant :

— Mickey est là ! Mickey est là !

Jesse se dirigea vers la porte d'entrée où il trouva la petite fille en train d'actionner en vain la poignée. Elle le regarda.

— La porte est cassée, dit-elle de sa voix flûtée.

— Non. Elle a juste une sécurité supplémentaire.

Une sécurité *enfant*. Même si la fonction première du renfort était d'empêcher toute tentative d'intrusion, il éviterait également qu'Abby ne quitte la maison à l'insu de sa mère. Avantage collatéral auquel il n'avait pas pensé mais qui présentait aussi son intérêt.

— Quand tu veux l'ouvrir, il faut que tu demandes à moi, à ta maman ou à Wentworth.

— Ouvre, dit-elle d'un air déterminé.

Fiona se planta entre eux.

— As-tu entendu ce que vient de dire Jesse ? Tu ne dois pas sortir de la maison sans permission pour le moment, O.K. ?

Les boucles blondes de la petite fille s'agitèrent comme elle hochait vigoureusement la tête.

— O.K. Ouvre.

Fiona tira le battant et accueillit ses invités. Mickey, une petite boule d'énergie de trois ans et demi aux cheveux dressés en épis sur la tête et aux joues parsemées de taches de rousseur, se débarrassa de sa parka et disparut en courant dans le couloir, à la suite d'Abby.

Sa mère avait une silhouette aux formes joliment arrondies. Ses hanches généreuses étaient enserrées dans un pantalon noir ; la frange de son blouson de cuir se balançait à chacun de ses mouvements.

— Belinda Miller, dit Fiona. Voici Jesse Longbridge et Tom Wentworth.

Un sourire amical creusa des fossettes sur ses joues

tandis qu'elle leur serrait la main, mais elle était sur ses gardes, Jesse le voyait au fond de ses yeux bruns. Belinda n'avait pas plus de vingt-cinq ans, mais elle avait apparemment déjà appris à se méfier des hommes. D'après ce que Jesse avait lu dans le dossier de Burke, son ex-mari avait un caractère exécrable.

— Dis-moi la vérité, y a-t-il vraiment du danger ?
— Pas vraiment, non, répondit Fiona.

Belinda planta les poings sur ses hanches.

— Bon, il faudrait savoir... C'est oui ou c'est non.
— C'est non, reprit Fiona. Ces deux messieurs ici présents sont des gardes du corps professionnels.

Le regard de Belinda s'appesantit tour à tour sur chacun d'eux, puis elle hocha la tête.

— Personne ne viendra vous chercher des noises, je pense.

Fiona lui donna affectueusement l'accolade.

— A cet après-midi.
— Merci, chérie. J'ai vraiment besoin de ce service du matin. C'est bientôt Noël et je n'ai plus un sou.

Jesse regarda Belinda repartir au volant de sa voiture. Le ciel matinal s'éclaircissait. Une nouvelle journée commençait. Il rentra dans le chalet et referma la porte derrière lui ; il régnait une douce chaleur à l'intérieur. L'atmosphère était confortable... Et il avait le ventre bien rempli d'une nourriture saine et délicieuse.

Il entendit les enfants jouer au fond du couloir. Fiona lui sourit et il lutta contre l'envie de déposer un petit baiser sur son front. « Ce doit être ça, le bonheur domestique. »

Il songeait rarement à fonder sa propre famille. Un garde du corps devait toujours envisager le pire, être capable d'identifier une menace potentielle avant qu'elle ne devienne létale. Or, avoir une famille avait un corollaire : il pouvait la perdre.

Mais, immergé dans l'ambiance douillette et chaleureuse de ce chalet, il se sentait bien... Pleinement satisfait. Il se serait bien vu allumer un feu dans l'âtre et passer la journée à jouer avec les enfants et à se perdre dans les grands yeux gris de Fiona. Peut-être à lire un livre. Il se souvint d'un mois de décembre, il y avait bien longtemps, où il avait confectionné des poupées kachina comme cadeaux de Noël. Tailler le bois lui plaisait... Il devrait peut-être s'y remettre.

Mais oui, c'est ça. Et, ensuite, il aurait peut-être droit à un chocolat chaud et des bonbons ! Etre revenu du royaume des morts l'avait peut-être changé... *adouci*, mais de là à se transformer en un gros matou domestique et paresseux ! Se reprenant, il s'éclaircit la gorge et donna ses ordres :

— Bien... Il est temps de nous y mettre. Wentworth, tu restes ici avec les enfants. Fiona, vous venez avec moi.

Un jour, peut-être, il aurait le temps de s'adonner à la fabrication de poupées fétiches devant un feu de cheminée. Mais certainement pas aujourd'hui.

Fiona ferma la glissière de sa parka d'hiver jusqu'au menton tandis qu'elle conduisait Jesse à la structure la plus proche de la maison.

— Ce devait être mon atelier d'art. Wyatt n'a pas eu le temps de le terminer.

Ils gravirent les deux marches et franchirent la double porte. L'unique pièce, dotée de larges fenêtres qui laissaient entrer à flots la lumière naturelle, jouissait d'un plafond cathédrale sur l'avant. Sur l'arrière, il allait s'inclinant jusqu'à réduire la hauteur à un seul étage.

Les pas de Jesse résonnèrent tandis qu'il s'avançait sur le parquet. A l'arrière, une portion du sol était en béton.

— C'est là que vous aviez prévu de placer le four.

— Oui. En fait, tout le bâtiment repose sur une dalle. Vous n'imaginez pas le plaisir qu'a pris Wyatt à concevoir cette construction. Il a loué une bétonnière et une petite tractopelle.

— Des équipements lourds, souligna Jesse en hochant la tête d'un air connaisseur. Oui, s'il aimait bricoler, ça a dû être un vrai bonheur pour lui.

— Les Grant sont en majorité des professions libérales. Ce qui signifie que Wyatt était assis toute la journée derrière un bureau. Alors, lorsqu'il venait ici — censément pour se reposer — il aimait entreprendre toutes sortes de grands travaux.

— C'est satisfaisant de créer quelque chose par soi-même, observa Jesse en posant la main sur un pilier de soutènement apparent. Il ne reste pas grand-chose à faire pour terminer les travaux... L'isolation et l'étanchéité.

— Et l'électricité, lui rappela-t-elle. Et un peu de plomberie. Je n'ai pas besoin de toilettes ici, mais il me faut un évier. Et un sol carrelé pour faciliter le nettoyage... J'avais demandé à l'ex-mari de Belinda de m'établir un devis. Nate est artisan et il a la réputation de faire du bon travail.

— J'ai vu, dans les notes de Burke, qu'il était considéré comme suspect dans l'enlèvement de Nicole.

La nouvelle ne surprit pas Fiona. Nate était un bon artisan, mais elle n'avait pas une très haute opinion de l'homme.

— Il déteste les Carlisle ; de son point de vue, ils sont responsables de la perte de son ranch.

— Ah ? Et il y a un fond de vrai là-dedans ?

— C'est une vieille querelle. Il y a des années, quand le père de Carolyn est passé à l'élevage biologique, avec suppression des antibiotiques et alimentation des bêtes exclusivement à l'herbe, tout le monde l'a pris pour un fou. Le cahier des charges étant très strict, la production de bœuf bio est plus chère et requiert plus d'efforts. Mais le vieux Sterling Carlisle savait ce qu'il faisait. Le bœuf certifié biologique Carlisle est devenu un label internationalement reconnu et dégage des bénéfices qui se chiffrent aujourd'hui en centaines de millions de dollars.

— Alors que Nate, lui, a presque tout perdu.

— Je crois que son père a envoyé Sterling Carlisle sur les roses quand celui-ci lui a proposé d'acheter le bétail du ranch Circle M s'il modifiait ses principes d'élevage afin qu'ils soient en conformité avec le label bio. Le ranch Circle M est devenu de moins en moins rentable. Nate a fini par cesser l'activité du ranch et vendre une partie des terres. Il a eu de la chance que les Enfants de la Liberté lui louent la propriété.

Jesse fit la grimace.

— Etant donné qu'il n'a pas l'air d'être un individu particulièrement charmant, pourquoi avez-vous songé à lui pour les travaux ?

— C'était une façon d'aider Belinda indirectement. Si son ex-mari a de l'argent, il paiera la pension alimentaire de Mickey.

— Une autre raison… ?

— Eh bien, d'une certaine façon, je plains Nate. Il a été odieux vis-à-vis de Belinda. Au début, quand ils se sont séparés, il l'a tellement harcelée qu'elle a fini par se tourner vers la justice pour faire prendre des mesures restrictives contre lui. Mais il adore Mickey. Quand il est avec son fils, il n'est plus le même. Il s'illumine littéralement de l'intérieur.

— Vous aimez voir le meilleur en chaque être humain, n'est-ce pas ? Même quand il faut beaucoup creuser.

— Je plaide coupable.

Attitude positive qui l'avait assurément déjà desservie. Au lieu de voir clair dans le jeu de la première femme de Wyatt et de ses enfants alors qu'ils mettaient tout en œuvre pour détourner l'ensemble de ses biens à leur profit, elle avait préféré croire que — comme elle — ils pleuraient sa mort et étaient de tout cœur avec l'épouse qu'il laissait derrière lui. Avait-elle commis la même erreur avec Nate Miller ?

Tendant l'oreille, Jesse tapa du pied sur le sol et écouta l'écho.

— Y a-t-il un sous-sol ?

— Seulement un vide sanitaire. Il ne fait probablement pas plus de quatre-vingts centimètres de haut.

— C'est suffisant pour y cacher une rançon, souligna-t-il. Il va nous falloir une lampe torche.

— Il y en a une dans la grange. Je vais la chercher.

— Fiona... Attendez. Vous ne devriez pas y aller seule.

— Ne vous inquiétez pas. Je sais exactement où elle se trouve. J'en ai pour une minute.

Elle sortit rapidement et traversa en courant la cour en direction de l'ancienne grange pourvue d'une écurie sur l'arrière. Elle n'y était pas allée depuis un certain temps, étant donné qu'il n'y avait pas de bétail dans le ranch.

Elle ouvrit la petite porte latérale et se glissa à l'intérieur. Une odeur de renfermé la prit à la gorge. La vieille bâtisse déserte lui rappela une fois de plus tout ce qu'elle avait perdu. Ce serait un miracle si elle parvenait jamais à offrir à Abby le poney dont elle rêvait.

Elle actionna l'interrupteur. Rien ne se produisit. Zut. Les ampoules avaient dû griller.

Peu importait. La lumière qui filtrait par la porte ouverte et les deux hautes fenêtres lui suffisait à se repérer. Elle se fraya prudemment un chemin parmi le bric-à-brac qui était entreposé dans la partie centrale, au-dessous du grenier : un vieux chauffage hors d'usage, du matériel de camping, un ancien tracteur, une Jeep munie d'un chasse-neige sur l'avant.

Près de l'établi se trouvaient plusieurs boîtes en métal où Wyatt rangeait ses outils. Certains des couvercles n'étaient pas en place. Burke et ses hommes avaient dû les laisser ouverts quand ils avaient fouillé l'endroit, la veille. Heureusement qu'ils étaient venus avant elle, songea-t-elle. Au moins, ils avaient dû enlever le plus gros des toiles d'araignées.

Elle atteignit l'étagère où elle savait qu'elle trouverait la grosse lampe torche de chantier. Elle l'avait achetée elle-même parce qu'elle était équipée d'un système spécial de réflexion de la lumière et d'une batterie réputée inusable. Fidèle à sa promesse, la lampe perça l'atmosphère confinée de la grange d'un rayon puissant lorsqu'elle appuya sur le bouton. Elle balaya le sol avec la lampe et vit des empreintes de pas boueuses. Le vieux bois craquait sous ses tennis.

Elle eut tout à coup la sensation qu'elle n'était pas seule.

Les ombres parurent prendre forme. Du grenier, en haut, lui parvint un bruit étouffé, une sorte de frottement. Elle braqua sa lampe vers le vieil escalier de bois brut qui permettait d'y accéder. Et si Richter dévalait subitement les marches et fonçait sur elle ?

Il aurait été stupide de rester plantée là, à attendre. Sans demander son reste, elle pivota sur ses talons, s'élança et franchit la porte en courant pour se retrouver à l'air libre, sous le soleil.

Jesse venait à sa rencontre. Il comprit instantanément que quelque chose n'allait pas.

— Fiona ? Vous avez vu quelque chose ?

Elle secoua la tête, confuse, mortifiée de s'être laissé impressionner par un simple grattement.

— J'ai pris peur, avoua-t-elle, penaude, en haussant les épaules. C'est un peu angoissant, là-dedans, avec tous ces vieux objets abandonnés là. Je devrais m'en débarrasser.

— Vous pourriez les vendre.

Elle n'y avait pas pensé, mais c'était une bonne idée.

— C'est vrai, vous avez raison.

— Bon, ce sera pour un autre jour. Allons voir ce qu'il y a sous cet atelier.

Il avait trouvé un point d'accès à l'intérieur — une petite trappe qu'il avait déjà ouverte. Jesse ôta son chapeau de cow-boy et glissa son bras hors de l'attelle.

Elle le regarda s'insinuer dans l'ouverture et disparaître. La tête penchée en avant, elle vit le rayon de la lampe transpercer l'obscurité.

— Vous voyez quelque chose ?

— Les fondations… C'est une construction solide.

Sans le vouloir, elle effleura le bord de son chapeau. Le feutre marron foncé était patiné par les ans, mais pas élimé. Il s'ornait d'un lacet de cuir noué sur le côté, avec deux perles de turquoise suspendues aux extrémités. Un autre fétiche ? Elle se rappela la petite bourse d'où il avait sorti la pierre qu'il avait donnée à Abby et sourit. Même un garde du corps comme lui avait besoin de se rassurer en portant un talisman porte-bonheur.

Il émergea du trou.

— Il n'y a rien ici. Pas même un nid de raton laveur.

— Dommage. Je nourrissais l'espoir d'une conclusion rapide...

Mais non. Ils pouvaient barrer l'atelier de leur liste. Jesse se passa une main dans les cheveux et replaça son chapeau.

— Occupons-nous maintenant de la grange.

Ils étaient au milieu de la cour lorsqu'il s'arrêta, le regard tourné vers l'allée, au-delà du chalet. Fiona tourna la tête et vit un camion approcher.

— C'est Nate Miller.
— Il a une raison de venir ici ?
— Non, aucune.

10

Jesse hâta le pas et contourna l'angle de la maison au moment où Nate Miller descendait de son camion.

— Puis-je vous aider ?

Nate plissa les yeux sous son chapeau défraîchi à large bord plat. La peau de son menton était rougie, comme s'il s'était rasé avec un rasoir à lames usées. Ses vêtements étaient propres et son jean, repassé avec un pli sur l'avant... Comme s'il voulait faire bonne impression. Mais à qui ? A Fiona ? L'artisan avait-il le béguin pour elle ?

Sans sourire, il tendit la main.

— Je ne crois pas que nous nous soyons rencontrés. Je m'appelle Nate Miller.

Jesse lui serra la main.

— Jesse Longbridge.

— Oh ! vous êtes le type qui s'est fait tirer dessus. Le vigile... Content de voir que vous êtes de nouveau sur pied.

Mais, si les paroles étaient de circonstance, l'intonation était détachée et manquait de sincérité. Il avait autre chose derrière la tête.

Fiona les rejoignit.

— Salut, Nate. Jesse séjourne à la maison le temps que tous ces problèmes soient réglés.

— C'est préférable, je suppose. Une jeune femme

comme toi seule dans ce chalet alors que de dangereux individus se promènent dans la nature … Ce n'est pas bon.

Ce commentaire aurait pu donner à penser qu'il s'intéressait effectivement à Fiona, mais Jesse n'eut pas ce sentiment. Nate ne cessait de regarder partout, nerveusement. C'était à peine s'il prêtait attention à la jeune femme.

— Merci de t'inquiéter pour moi, dit-elle. Avions-nous rendez-vous ?

— Non… Je me suis simplement dit que je pouvais peut-être te libérer de Mickey pendant une heure ou deux.

« Nous y voilà », songea Jesse. Nate s'était fait beau afin d'apparaître sous son meilleur jour pour persuader Fiona qu'il était digne de confiance et capable de s'occuper de son fils.

— Etant donné que Logan et sa bande ont été arrêtés, j'ai récupéré le Circle M, avec les huit chevaux qui appartiennent à Logan. Je suppose qu'ils seront bientôt à moi. En attendant, je me suis dit que Mickey aimerait voir ces poneys. Et Abby aussi.

— C'est gentil à toi, dit Fiona. Belinda est-elle d'accord ?

— Oh… Elle n'y verra pas d'inconvénient, j'en suis sûr, éluda-t-il, une arête coupante dans la voix.

— Bien. Je vais l'appeler au café pour m'en assurer, j'en ai pour une minute…

Le bras de Nate se détendit comme elle faisait mine de prendre le téléphone. Jesse réagit au quart de tour. Interceptant le poignet de Nate à mi-course, il le tordit en arrière, l'obligeant à pivoter sur lui-même.

Nate recouvra l'équilibre. Un sourire railleur déforma ses lèvres. Sous le vernis de la civilité, il était hors de lui, Jesse le sentait.

— Je ne lui voulais pas de mal.

— Je sais, repartit Jesse, impassible.

Il s'était posté devant Fiona pour la protéger de l'hostilité de Nate pendant qu'elle téléphonait à son ex-femme.

— Si j'avais pensé que c'était le cas, vous ne seriez pas debout devant moi.

— Vous semblez sacrément sûr de vous.

— A juste titre, croyez-moi.

Ce n'était pas de la vantardise, simplement un état de fait. Il était un garde du corps expérimenté. Même avec une épaule en compote, il pouvait s'occuper de Nate Miller.

— Vous avez la garde partagée avec votre ex-épouse ?

— Oui. En général, j'ai Mickey le week-end. Mais je ne l'ai pas vu le week-end dernier parce que Belinda l'a emmené à Grand Junction chez ses parents.

Il glissa les pouces dans les passants de son jean.

— Donc, de mon point de vue, j'ai ce week-end à rattraper et je me suis dit que c'était l'occasion.

— Ce doit être difficile d'être séparé de votre fils.

— Ça, oui. Mickey a besoin de son père. Un garçon a besoin de l'influence paternelle, vous voyez ce que je veux dire ? Il faut que je lui apprenne à bricoler, à chasser, à pêcher.

— A chasser ? Mais il n'a pas encore quatre ans.

— Et alors ? Il n'est jamais trop tôt pour commencer. A six ans, j'aidais déjà mon papa à marquer le bétail. C'est mon fils. C'est à moi de lui montrer toutes ces choses ! C'est mon droit ! Personne ne peut m'en empêcher, nom d'un chien.

Il était amer, nerveux et un tantinet obsessionnel.

Même si Fiona le considérait comme un bon père, Jesse percevait chez Nate un côté sombre. Il se demanda jusqu'où il serait capable d'aller pour être avec son fils.

Il rattacha mentalement cette interrogation à l'énigme qui entourait l'enlèvement de Nicole.

— Vous avez entendu parler de cette rançon qui s'est volatilisée, je suppose ?

— Pardi ! Bien sûr. C'est l'une des raisons pour lesquelles je suis revenu m'installer au Circle M dès que le shérif m'a donné le feu vert.

— Ah oui ? Vous avez fait des recherches ?

Il inclina la tête.

— Un million de dollars changerait ma vie, vous pensez bien.

— Il vous faudrait rendre l'argent, indiqua Jesse.

— Un trésor, ça appartient à celui qui le trouve, décréta Nate d'un ton péremptoire, sans considération aucune pour l'aspect légal de la chose. Les Carlisle roulent sur l'or. Ce n'est pas un malheureux million qui fera défaut à Dylan. C'est de l'argent de poche pour lui.

Ce n'était pas du tout ce que prévoyait la loi en pareil cas, mais Jesse n'insista pas. Il voulait que Nate coopère.

— J'aimerais jeter un coup d'œil au Circle M.

La mâchoire de Nate se contracta ; ses sourcils se rapprochèrent. L'hospitalité ne lui était pas naturelle, manifestement.

— Ça peut se faire, je suppose, finit-il par grommeler. Mais n'amenez pas un de ces satanés Carlisle avec vous.

Fiona revint.

— Belinda te remercie, mais elle préfère que Mickey reste ici. Elle craint qu'il ne couve une otite et juge plus prudent qu'il ne sorte pas.

— Elle le dorlote trop. Elle va en faire une femmelette.

— Attends, Nate, dit Fiona en posant la main sur son bras.

Le mouvement de recul qu'il esquissa n'échappa pas à Jesse.

— Belinda propose de passer avec Mickey au Circle M quand elle aura terminé son service.

— Ah. O.K. Alors, je les attendrai.

Sans un mot de plus, il tourna les talons et retourna à son camion. Jesse le regarda s'éloigner.

— Voilà un homme qui a la colère chevillée au corps.

— Mais vous comprenez ce que je voulais dire ? Il est fou de son fils.

Oui, songea Jesse. *Fou* était sans doute le terme adéquat.

Après la visite surprise de Nate, Fiona voulut s'assurer que tout allait bien avec Wentworth et les enfants, dans la maison. Si Mickey avait vu le camion de son père, il avait peut-être des questions…

Au téléphone, Belinda avait été catégorique. Elle s'était disputée avec son ex-mari à propos du week-end précédent, qui était pour elle l'occasion de présenter son nouveau compagnon à ses parents. Belinda et lui vivaient ensemble depuis six mois et pensaient à se marier. Une autre pomme de discorde avec Nate.

Wentworth ouvrit la porte, la tête ornée d'une couronne en papier aluminium.

— Très seyant, le couvre-chef, lança Jesse en entrant.

— Je suis le roi, expliqua Wentworth. Le roi de la Grande Prairie. Et voici mes deux poneys.

Abby et Mickey trottèrent vers eux en remuant la tête d'avant en arrière et en produisant des hennissements plus ou moins crédibles.

Fiona se mit à rire.

— Quelles magnifiques montures vous avez !

Mickey découvrit ses dents et fit mine de lui mordre les doigts.

Apparemment, il appartenait à une race d'équidé carnivore.

— Et vous n'avez pas vu le plus incroyable, renchérit Wentworth. Je leur donne une tape sur le dessus de la tête et, abracadabra… Ils se transforment en enfants !

Jouant le jeu, Abby cessa immédiatement de faire le cheval et serra les jambes de Fiona.

— Tu étais où, maman ?

— Jesse et moi étions dehors. On jetait un coup d'œil du côté de l'atelier en construction.

— A quoi ? s'enquit Abby.

Fiona s'accroupit. Il n'était pas question d'effrayer sa fille avec des histoires d'enlèvement, de meurtres et de rançon, mais il n'était pas davantage question de lui mentir. Choisissant soigneusement ses mots, elle déclara :

— Il se peut que quelque chose soit caché sur notre propriété. Quelque chose de la taille de cette table basse.

Un froncement de sourcils plissa le front d'Abby tandis qu'elle considérait le guéridon.

— Est-ce que c'est dans une cachette secrète ?

Fiona s'avisa qu'elle risquait d'inciter sa fille à partir à la chasse au trésor. Ce qui était l'inverse de l'effet recherché.

— C'est un problème d'adultes, Abby. Jesse et moi allons nous en occuper.

Le regard d'Abby se porta brièvement sur Jesse avant de revenir sur Fiona. Elle n'avait pas l'air très convaincue.

— Et si vous n'y arrivez pas ? Et si vous avez besoin qu'on vous aide, Mickey et moi, pour trouver la cachette ?

Etait-elle au courant, pour la rançon ? Un frisson courut le long de l'échine de Fiona. La seule idée que sa fille puisse d'une quelconque façon être mêlée à cette sordide histoire la terrifiait.

— Abby... Est-ce que tu as quelque chose à me dire ?

Mickey poussa un nouveau hennissement et battit l'air avec ses mains devant lui.

— On est des poneys, traduisit Abby. On doit courir ! Courir vite comme le vent !

Tandis qu'Abby s'éloignait en galopant dans le couloir avec Mickey, Fiona se leva lentement.

— Elle sait quelque chose.

— Oui, j'ai l'impression, acquiesça Jesse. Et Mickey aussi.

Abby avait immédiatement mentionné une cachette secrète. Habituellement, Mickey et elle passaient leur temps à jouer dehors. Il était tout à fait possible qu'ils aient découvert des choses dont Fiona n'avait aucune idée... Comme une cavité rocheuse à l'abri des regards ou tout autre endroit pouvant servir de cache.

Persuader sa fille de se confier n'allait pas être facile. Elle pouvait se montrer extrêmement obstinée, parfois.

— Je vais lui parler, proposa Jesse.

Elle arqua un sourcil sceptique.

— Vous pensez qu'elle vous le dira, à vous et pas à moi ?

— Vous êtes sa mère. Vous révéler son secret peut lui attirer des ennuis et, tout naturellement, elle préfère s'épargner ça. Alors que moi, je suis juste le type qui lui a offert une turquoise. Je ne constitue pas une menace.

Fiona n'était pas du tout de cet avis. La rapidité, l'efficacité et la facilité avec lesquelles il avait manipulé Nate étaient réellement déconcertantes. Voire un peu effrayantes.

Et il représentait une autre menace, plus grande encore. Jesse avait le pouvoir d'ébranler le rempart protecteur qu'elle avait érigé autour de son cœur. Il suffisait que son regard profond se pose sur elle pour qu'elle soit tentée de s'ouvrir à lui, de lui livrer toutes les pensées, toutes les émotions qu'elle gardait habituellement pour elle. D'ailleurs, ne lui avait-elle pas confié des détails confidentiels concernant sa situation financière, une heure à peine après l'avoir rencontré ? La veille, ils en étaient venus à plus d'intimité encore. Elle avait embrassé un homme qu'elle connaissait depuis moins d'une journée ! Alors, oui, il était dangereux... dans le sens où il mettait en péril sa maîtrise de soi.

Mais elle était certaine qu'il ne nourrissait que de bonnes intentions à l'égard de sa fille ou d'elle-même.

— O.K., allez-y.

Elle se tourna vers Wentworth.

— Quant à vous, Votre Altesse Royale, voulez-vous une tasse de café ?

— C'est si gentiment proposé que je ne peux qu'accepter.

Il la suivit dans la cuisine, retira sa couronne et s'assit, accoudé sur la table. Elle remplit deux tasses, se souvint qu'il ne le buvait pas noir et posa le sucre et le lait à portée de sa main.

— J'espère que les enfants ne vous ont pas trop fait tourner en bourrique ?

— C'est beaucoup plus amusant d'incarner le roi des poneys que d'attendre le réveil de Jesse à l'hôpital, comme je l'ai fait pendant trois jours.

— Il semble se remettre rapidement.

Wentworth remua son café au lait.

— Il faut plus qu'un état transitoire de mort clinique pour abattre Jesse Longbridge.

C'était une plaisanterie, mais elle n'aimait pas penser à

Jesse en ces termes-là : rappelé au Ciel par son grand-père. Elle but son café d'un trait, reposa la tasse et annonça :

— Pardonnez-moi, mais il faut que je fasse la vaisselle. Il va être l'heure de préparer le déjeuner.

Ils n'avaient jamais installé de lave-vaisselle au chalet. Certes, ils disposaient d'un puits, mais l'eau n'en était pas moins une denrée précieuse dans les montagnes du Colorado. Elle s'efforçait donc de l'économiser et d'inculquer à Abby la règle des trois R : réduction de la consommation. Réutilisation. Recyclage.

— Depuis combien de temps travaillez-vous pour Jesse ? s'enquit-elle en plongeant les mains dans l'eau mousseuse.

— Presque cinq ans. Et je le connais depuis le lycée, à Denver. Il était de deux ans mon aîné et ne prêtait guère attention à moi. J'étais surtout ami avec sa jeune sœur, Elena.

— Oh. La coordinatrice de Longbridge Security, dit-elle, se souvenant des explications de Jesse. Elle lui ressemble ?

— Oh ! oui. Elle est aussi coriace et aussi intelligente que lui. Elle a étudié le droit et réussi l'examen du barreau du premier coup.

— Vraiment ? Je connais beaucoup d'avocats à Denver.

— Elle est plus qu'une avocate. Elle est aussi une excellente pisteuse. Sans compter qu'elle est capable de m'envoyer au tapis au combat à mains nues.

— La tête et les jambes, nota Fiona, songeuse, intriguée par l'idée d'une version féminine de Jesse. En quoi d'autre ressemble-t-elle à son frère ?

— Ils aiment tous les deux commander. Ce qui rend les choses intéressantes quand ils sont ensemble.

Le large sourire qu'il arborait lui donna à penser qu'il avait un faible pour Elena.

— C'est votre petite amie ?

Le sourire s'atténua.

— Non. Nous sommes amis, simplement.

— Ne renoncez pas trop vite, déclara Fiona en se retournant vers l'évier. Certaines femmes ont besoin de plus de temps que d'autres. Une relation peut s'amorcer dans les circonstances les plus surprenantes, vous savez.

Comme les sentiments qu'elle sentait naître en elle pour Jesse. Le courant électrique qui la traversait lorsqu'ils se touchaient. La fascination que lui inspiraient ses traits ciselés. Si quelqu'un lui avait dit qu'elle emménagerait dans ce chalet isolé, en pleine montagne, et qu'elle y ferait la connaissance d'un homme qui l'attirait irrésistiblement, elle ne l'aurait jamais cru.

Elle jeta un coup d'œil à la porte de la cuisine.

— Pourquoi est-ce si long ?

— L'interrogatoire d'un témoin, c'est toujours long. Et ça l'est davantage encore avec un enfant. Mais ne vous en faites pas pour Abby : elle a du caractère. La preuve, elle a réussi à me faire porter une couronne.

Sur ces entrefaites, Jesse fit son entrée dans la cuisine et s'avança vers elle.

— Il faut que vous promettiez de ne pas gronder Abby.

Sa fille était-elle en danger ? Un tressaillement la parcourut. Elle déposa la dernière assiette dans l'égouttoir.

— Qu'est-ce qu'elle a fait ?

— Elle a enfreint l'une de vos règles et elle redoute votre réaction.

Elle se retourna pour lui faire face.

— Laquelle ?

— Vous devez promettre, d'abord.

— D'accord. C'est promis, dit-elle, passant mentalement en revue toutes les situations dangereuses dans lesquelles Abby avait pu se mettre.

— Quand vous vous êtes installées ici, Abby et Mickey ont joué dehors et exploré les lieux... Notamment la grange.

— Je lui ai dit et répété cent fois de ne jamais entrer dans les dépendances. Ce n'est pas sûr. Il y a...

— Vous avez donné votre parole, rappela-t-il.

— Très bien, dit-elle, les lèvres pincées. Qu'ont découvert les enfants ?

— Une salle de jeu secrète pour eux tout seuls, sous les lattes du plancher. Ils n'y sont allés que deux fois. Ils ont par inadvertance laissé les lumières allumées et les ampoules ont dû griller.

— Une salle de jeu ? répéta-t-elle, la main sur la poitrine comme pour calmer les battements affolés de son cœur.

— Vous n'en aviez jamais entendu parler ?

— Non, jamais. Mais il est très possible que l'un des Grant ait décidé d'occuper ses week-ends en construisant une cave enterrée, par exemple.

Mais pourquoi sous la grange ? Il fallait qu'elle voie cette pièce secrète.

Après avoir serré Abby contre son cœur et l'avoir assurée qu'elle était toujours sa petite fille adorée mais qu'elle ne devait plus jamais, sous aucun prétexte, partir en exploration sans en avoir parlé à sa maman, Fiona suivit Jesse jusqu'à la grange.

Bien qu'ils eussent la lampe torche, Jesse ouvrit en grand les deux larges portes. Le soleil pénétra à flots à l'intérieur, chassant l'oppressante obscurité. Il se fraya un chemin au milieu des objets divers et variés qui encombraient l'espace.

Fiona regarda non sans un accès d'angoisse rétroactif

le tracteur, la Jeep, les boîtes métalliques abîmées... Autant de dangers potentiels pour deux enfants aussi jeunes. Abby et Mickey auraient pu se blesser gravement en venant jouer ici.

— Comment se fait-il que ni Burke ni le shérif n'aient trouvé cette cachette ? demanda-t-elle. Ils ont fouillé la grange de fond en comble.

— Je ne sais pas. D'après les indications d'Abby, elle doit se trouver par là, annonça-t-il en l'entraînant vers le coin opposé à celui où était situé l'établi.

Un tas de bûches était remisé là, couvert d'une bâche. Jesse orienta le faisceau de la lampe vers le sol.

— Regardez... Des empreintes. Ils ont effectivement effectué des recherches dans cette partie du bâtiment.

— Je ne vois pas de trappe, nota-t-elle en scrutant le sol.

— Elle se trouve sous le tas de bois. Abby m'a dit que, quand Mickey et elle l'ont trouvée, elle était ouverte.

— Alors, quelqu'un a pris soin de dissimuler l'entrée.

Il entreprit de déplacer les bûches et révéla un emplacement carré sur le sol qui était moins poussiéreux que le reste du plancher. Au bout de quelques essais infructueux, Jesse souleva la trappe, à peine visible.

Il balaya l'espace sombre avec la lampe torche.

— Il vaut peut-être mieux que vous m'attendiez ici.

— Quoi ? Pas question. C'est chez moi, après tout.

Elle descendit à sa suite le long de la petite échelle.

Après quelques tâtonnements, il actionna un interrupteur. Le sol de terre battue était recouvert de deux vieux tapis. La hauteur sous plafond n'excédait pas un mètre quatre-vingts — trop bas pour que Jesse puisse se tenir tout à fait droit. Le plafond était isolé de même que les murs, si bien qu'il ne faisait pas froid.

Il y avait un lit d'une place, une table et une lampe.

— Je crois que nous avons trouvé l'endroit où Nicole a été retenue prisonnière.

11

Richter, allongé sur le foin dans le grenier de la grange, épiait ce qui se passait en dessous par un interstice entre les planches. Il vit la veuve et le garde du corps soulever la trappe camouflée sous le tas de bois.

Son arme était chargée ; il était prêt. S'ils ressortaient de cette pièce secrète avec la rançon, il les tuerait.

Comment diable cette trappe avait-elle pu lui échapper ? Il avait passé au crible cette satanée grange ! Il avait même vérifié que l'argent n'était pas caché sous les bûches !

Elle savait. Fiona devait être au courant.

Plus Richter y réfléchissait, plus il était convaincu que Butch et elle avaient été de mèche. Il avait dû lui montrer cette cachette.

Il se passa la langue sur les lèvres, anticipant le moment où elle allait émerger en tirant derrière elle ce monceau d'argent. Il attendrait qu'ils soient sortis tous les deux et qu'ils en soient à se taper dans le dos en se félicitant mutuellement d'avoir mis la main sur l'argent.

Il abattrait d'abord le garde du corps. Il aurait dû s'assurer qu'il était bien mort, la première fois. Trois balles n'avaient pas suffi à lui régler son compte. Cette fois, il viserait la tête. A cette distance, il ne pouvait pas le manquer.

Fiona sortit la première. Ses longs cheveux n'étaient

pas tressés aujourd'hui et sa queue-de-cheval se balançait sur ses épaules. Debout, juste au-dessous de lui, elle frotta ses manches couvertes de poussière.

Le garde du corps la rejoignit un instant plus tard.

Le doigt de Richter frémit sur la gâchette. Mais ils avaient les mains vides tous les deux.

— Dire que je n'ai jamais eu vent de l'existence de cette pièce ! s'exclama Fiona. C'est incroyable. Je me demande si elle était destinée à devenir une salle de jeu ou une cave.

Le garde du corps remit son chapeau sur sa tête.

— Je pense que quelqu'un a vécu ici. Un adulte.

— Qu'est-ce qui vous fait dire ça ?

— C'est bien aménagé, confortable. Il y a une lampe de chevet à côté du lit. Les meubles sont là depuis assez longtemps pour avoir laissé des marques sur le sol. Il y a même l'électricité.

Il haussa les épaules.

— Il faut prévenir le shérif. Il y a peut-être des empreintes.

Comme ils se dirigeaient vers la porte, Fiona secoua la tête.

— Quel dommage que la rançon n'ait pas été cachée là.

Richter relâcha la gâchette. C'était dommage pour *lui*, mais une chance pour *eux*. La dernière heure de la veuve et du garde du corps n'était pas encore arrivée.

Fiona resta avec les enfants dans le chalet pendant que Jesse et une cohorte de policiers inspectaient la petite pièce dissimulée sous la grange. Bien que n'étant pas accoutumée à recevoir autant de visiteurs dans son nid d'aigle du Colorado, elle avait été l'épouse d'un procureur pendant suffisamment longtemps pour observer les règles de la bienséance. « Offre-leur quelque chose à manger et prépare du café. » Rapidement, elle sortit un sachet de préparation pour gâteau au chocolat.

Alléchés par l'odeur de la pâtisserie en train de cuire, Abby et Mickey apparurent à la porte de la cuisine. Le petit minois d'Abby était tout chiffonné.

— Maman, tu es fâchée parce que j'ai désobéi ?

— Fâchée, non, mais ennuyée.

Elle attira sa fille dans ses bras.

— Tu sais bien que je t'aimerai toujours.

— Moi aussi.

— Tu as très bien fait de parler à Jesse de la cachette. Mais tu peux tout dire à ta maman… tu le sais, n'est-ce pas ?

Abby hocha la tête.

— Est-ce qu'on peut aller à la grange ? Pour dire bonjour à tout le monde ?

— Non, dit fermement Fiona d'un ton sans appel.

D'une part, le shérif et ses adjoints ne seraient pas ravis d'avoir des enfants dans les jambes et, d'autre part, elle tenait à préserver Abby et Mickey de tous ces événements effrayants qui étaient liés à l'enlèvement de Nicole.

Abby pencha la tête sur le côté.

— Est-ce qu'on peut avoir du gâteau pour le déjeuner ?

— Si vous mangez votre repas et votre fruit, vous aurez du gâteau au chocolat en dessert, tout à l'heure.

— Mais j'ai faim maintenant ! protesta Mickey d'un ton plaintif.

— Déjeuner dans un quart d'heure, répliqua gaiement Fiona.

Elle avait prévu de les installer dans la salle de séjour où elle avait déjà préparé des crayons et des feuilles.

— D'abord, je voudrais que vous me fassiez tous les deux un très beau dessin de Noël.

Ils s'élancèrent. Elle avait à peine eu le temps de napper le gâteau de son glaçage qu'on frappa à la porte de derrière. Etant donné qu'on lui avait demandé de tout verrouiller systématiquement, elle dut tirer les deux verrous avant de pouvoir ouvrir.

Carolyn s'engouffra à l'intérieur sans attendre d'y avoir été invitée.

— Elle était là, sous ta grange, tu te rends compte ? Dire que nous avions des hélicoptères, des chiens policiers et que...

— Je veux tout savoir, intervint Fiona. Mais, s'il te plaît, parle plus bas. Je ne veux pas effrayer les enfants.

— Oh ! bien sûr.

Carolyn reprit, murmurant cette fois :

— Ils ont trouvé plusieurs cheveux blonds qui appartenaient sûrement à Nicole. Et elle a gravé ses initiales dans le bois, près de la porte. Seigneur... Dire qu'elle était si près...

Jesse arriva et referma la porte derrière lui.

— Fiona, ils vous réclament à la grange. Ils veulent que vous regardiez d'un peu plus près pour voir si vous pouvez identifier les meubles, le linge de lit, ce genre de choses...

— Bien sûr, j'y vais.

Elle se tourna vers Carolyn.

— Je me sens terriblement mal à l'idée que Nicole ait été retenue ici. Si j'étais allée à la grange, peut-être l'aurais-je entendue ? J'aurais peut-être pu lui venir en aide...

— Tu n'es pas la seule à te dire que tu aurais pu faire plus.

Le poing de Carolyn se serra.

— Pour commencer, j'aurais pu l'empêcher de partir en promenade toute seule.

Chacun pouvait bien s'abreuver de reproches, cela ne changerait rien.

— Ce n'est pas ta faute, rétorqua fermement Fiona.

— Je le sais. Mais pourquoi est-ce que je me sens aussi coupable ?

Fiona pensait avoir la réponse.

Quand son mari était mort d'un infarctus, elle avait cherché à comprendre ce qui s'était passé. Elle avait besoin d'une raison, d'une explication à la tragédie qui la frappait. Ce devait être la faute de quelqu'un. Elle en avait voulu aux médecins de Wyatt qui n'avaient pas décelé les signes avant-coureurs de l'accident cardiaque, à ses confrères qui n'avaient pas été assez réactifs, mais, surtout, elle s'en était voulu à *elle* de n'avoir pas pris suffisamment soin de lui.

— Ce qui arrive, bien souvent, est hors de notre contrôle, déclara-t-elle. On peut regretter ce qui est arrivé à Nicole. On peut éprouver de la colère. N'empêche que nous ne sommes pour rien dans le kidnapping.

— Hors de notre contrôle ? répéta Carolyn en fronçant les sourcils. Voilà une idée qui ne me plaît pas beaucoup.

Evidemment ! Elle était directrice d'une grande entreprise et prenait ses responsabilités très au sérieux.

— Tu te sens responsable du mauvais temps quand il neige ?

— Non.

— Et de l'échec des Broncos quand ils perdent comme le week-end dernier ?

— Certainement pas, répondit Carolyn. A une époque,

je pensais les faire gagner en portant des sous-vêtements orange ! Mais, évidemment, ça ne marchait pas.

— Donc, tu peux regretter ce qui est arrivé... Mais il faut te libérer de la culpabilité.

Abby et Mickey arrivèrent, tout excités, dans la cuisine, brandissant à bout de bras des dessins de rennes et de Père Noël. A l'unisson, ils s'écrièrent :

— A manger ! A manger !

— Je vais m'occuper de ces deux garnements, proposa Carolyn. Qu'est-ce que je leur donne ?

— Des sandwichs. Tout est dans le réfrigérateur.

— Des olives ? Du brie ?

— Ce sont des enfants, Carolyn. De la mayonnaise et du jambon feront l'affaire.

Fiona attrapa sa veste accrochée à la patère et suivit Jesse.

— J'ai aimé ce que vous avez dit, à propos de la culpabilité. Des paroles pleines de sagesse.

Personne, jusqu'alors, ne l'avait taxée de « sage ». Elle se sentit un peu mal à l'aise.

— La vie est trop courte pour perdre du temps avec la culpabilité — surtout quand il n'y a pas de raison d'en éprouver. Alors je m'efforce de prendre les choses comme elles viennent, de me laisser porter par la vague...

— Oh... Vraiment ?

— Comme la Californienne que je suis, ajouta-t-elle en mimant l'équilibre précaire d'un surfeur sur sa planche. Là où elle va, je vais.

Et le courant de ses émotions, présentement, l'entraînait droit vers lui. Devant eux, dans la grange, plusieurs officiers de police s'affairaient, cherchant activement des indices. Derrière eux — dans la maison — sa fille réclamait son attention et son réconfort. Mais lorsqu'elle était avec Jesse, tout le reste semblait refluer au second plan. Et elle aimait cette sensation, elle aimait ce qu'elle éprouvait lorsqu'elle était près de lui.

— A un certain moment, je me suis trouvé dans une situation qui a, disons, mal tourné. Je m'en suis énormément voulu. La culpabilité a bien failli me démolir.

— Ça aide, vous savez, de parler...

— Plus tard, peut-être, dit-il avec un sourire forcé. Le shérif attend.

Elle tourna la tête du côté de la grange et vit le shérif Trainer, l'air revêche, les bras croisés sur la poitrine, une cigarette non allumée au coin de la bouche.

— Je ne suis pas adepte du tabac, mais j'ai l'impression qu'il a vraiment besoin de fumer, nota Fiona.

— Il est furieux et vexé. Imaginez... Ce sont deux gamins de quatre ans qui ont trouvé ce que ses techniciens n'ont pas été fichus de voir.

Fiona s'avança, le sourire aux lèvres, espérant qu'une part de gâteau et un café viendraient à bout de l'humeur chagrine du shérif.

— Bonjour, shérif. Si vous voulez grignoter quelque chose...

— Pas maintenant, coupa-t-il en ôtant sa cigarette. Pourquoi ne m'avez-vous pas parlé de cette pièce secrète ?

Stupéfaite, elle répondit :

— Parce que je ne connaissais pas son existence.

— C'est votre propriété, non ? Votre grange. Comment est-il possible que vous n'ayez pas été au courant ?

Plusieurs explications parfaitement valables lui vinrent à l'esprit, comme le fait qu'elle n'avait aucune raison de se rendre dans la grange, qu'elle n'était pas là lorsque celle-ci avait été construite, qu'elle ne pouvait pas soupçonner qu'une cache se dissimulait au-dessous.

Les lèvres du shérif se pincèrent.

— C'est dans *votre* grange que Nicole Carlisle a été retenue captive. C'est également chez *vous* que le cadavre mutilé de Thurgood a été retrouvé. Vous ne trouvez pas que ça fait un peu beaucoup ?

Pas de gâteau pour vous, shérif.

— On dirait que vous êtes en train de m'accuser.

— Je ne crois pas aux coïncidences, Fiona. Vous êtes au cœur de cet imbroglio et je veux savoir pourquoi.

Autrefois, elle aurait poliment atermoyé en espérant que quelqu'un d'autre — en l'occurrence, Jesse — monterait au créneau à sa place. Mais ce temps-là était révolu. Elle entendait désormais livrer ses propres batailles.

— Je n'en ai aucune idée. Mais vous n'avez pas à rejeter la faute sur moi.

— Non ?

— Vos hommes ont fouillé la grange. Ils n'ont pas vu la trappe.

— Où voulez-vous en venir ?

Bien que n'étant pas d'un naturel belliqueux, elle contre-attaqua par une accusation à peine voilée.

— Qui sait ? Peut-être que vos hommes ont fait exprès de ne pas voir cette entrée secrète ? Peut-être que c'est eux qui ont quelque chose à cacher…

L'agent Burke émergea de la grange et lui fit signe.

— Fiona, par ici !

Reconnaissante à Burke de la tirer de ce mauvais pas au moment opportun, elle dépassa le shérif sans un mot.

Jesse s'inclina vers elle et murmura :

— Bien joué, la surfeuse.

— Je me suis montrée agressive et impolie.

— Il l'a bien cherché.

Pour la deuxième fois de la journée, elle descendit

dans la pièce secrète, suivie de Burke et de Jesse. Les deux hommes durent courber la tête sous le plafond bas recouvert de plaques de contreplaqué — tout particulièrement l'imposant agent Burke.

— Regardez attentivement autour de vous, Fiona, dit-il. Quelque chose vous est-il familier dans l'aménagement de la pièce ?

Fiona examina les lieux pendant quelques instants puis toucha le plafond du bout des doigts.

— On dirait le contreplaqué utilisé pour construire mon atelier. Je ne peux pas affirmer qu'il vient de là, mais nous avions une quantité de bois et de matériaux d'isolation. J'ai encore les factures quelque part.

— Quand la construction de cet atelier a-t-elle commencé ?

— Il y a trois ans.

Seulement trois ans ? Elle déglutit avec peine, troublée à l'idée que quelqu'un ait créé cette pièce secrète à son insu. Bien sûr, ce n'étaient pas les occasions qui avaient manqué : avant qu'elle n'ait emménagé, la propriété était restée vide, exception faite de la période où Belinda y avait vécu.

— Et le mobilier ?

Le petit lit en métal peint ne ressemblait en rien aux meubles de la maison. Pas plus que la table de chevet de bois aggloméré. Elle secoua la tête.

— La famille Grant n'a jamais possédé ce genre de meubles bon marché, j'en suis sûre.

Elle se pencha pour examiner une large éraflure sur la peinture, au pied du lit.

— Nous pensons qu'une chaîne a été fixée ici, expliqua Burke.

Fiona réprima un frisson.

— Nicole était... enchaînée au lit ?

— Une chaîne assez longue pour lui laisser pas mal de mobilité, précisa Burke en se déplaçant jusqu'à l'échelle. Regardez, elle a pu venir jusque-là pour graver ses initiales dans le mur. Je pense que son geôlier s'efforçait de rendre sa captivité la plus confortable possible.

Fiona tressaillit.

— En la maintenant prisonnière ?

— En matière de prison, cet endroit équivaut à un Hilton.

Jesse pointa du doigt la lampe sur la table.

— Elle avait de la lumière. Le lit n'est pas mauvais. Et toute la pièce a été isolée pour qu'il n'y fasse pas froid.

— Il lui a donné des vêtements propres, ajouta Burke.

— Et, dans les vidéos, Nicole ne semblait pas avoir été maltraitée, souligna Jesse.

Mais il ne fallait pas se fier aux apparences, Fiona le savait bien. Nicole avait joué la comédie pour que ses proches ne s'inquiètent pas. Pour quelqu'un comme elle qui aimait être au grand air, ne pas pouvoir voir le soleil et sentir le vent sur sa peau devait être une vraie torture. Fiona n'était ici que depuis quelques minutes et, déjà, elle avait l'impression que les murs se refermaient sur elle.

— Pour ce qui est des meubles, je ne peux pas vous aider, reprit-elle.

— Il y a quelque chose que je ne comprends pas, dit Jesse. Dans les vidéos, Nicole fait son possible pour désigner le ranch Circle M. Pensait-elle qu'elle était là-bas ?

Burke haussa les épaules. Dans la pièce exiguë, sa silhouette massive semblait occuper tout l'espace.

— D'après ce qu'on sait, voilà comment se sont déroulés les événements : elle a été kidnappée près du ruisseau et conduite au Circle M. Ensuite, Butch et Richter l'ont emmenée dans une grotte située sur le Sentier Indien. Après quoi, ils l'ont amenée ici.

— Mais alors, pourquoi nous avoir orientés vers le Circle M ?

— Peut-être qu'elle a été droguée entre-temps. Si elle n'a vu que le Circle M, elle aura pensé qu'elle était toujours là-bas.

Le regard rivé à l'échelle de bois brut, Fiona entendait résonner dans sa tête l'écho des souffrances endurées par sa voisine. Il faisait chaud ici ; elle sentait la sueur perler à son front.

— Il faut d'abord que nous découvrions qui a construit ce réduit enterré, décréta Jesse. Si ce n'est ni Butch, ni Richter, peut-être qu'une tierce personne est mêlée à l'enlèvement.

— Sam Logan ? suggéra Burke, l'air dubitatif. Mais une pièce secrète, ce n'est pas son style. Il aime attirer l'attention sur lui.

— Qui d'autre, alors ?

— Moi, proféra Fiona d'une voix morne en se dirigeant vers l'échelle, incapable de rester une minute de plus ici. C'est ce qu'a l'air de penser le shérif Trainer.

Elle gravit rapidement les échelons et se retrouva dans la grange. Elle allait devoir laver les soupçons qui pesaient sur elle et ce n'était pas en « se laissant porter » qu'elle y parviendrait. Le « laissez-faire » si cher à son cœur n'était plus de mise.

S'approchant par-derrière, Jesse posa la main sur son épaule.

— Je ne vous suspecte pas, vous savez.

— Mais les autres, si.

Elle inspira à fond l'air confiné de la grange, qui lui

parut semblable à une bouffée d'air pur après les instants passés dans la pièce aveugle, sous leurs pieds.

— Comment leur prouver qu'ils se trompent ? Je ne suis pas enquêteur de police. Ni pisteur…

— Mais moi, si, assena-t-il, son regard sombre, plein d'assurance, plongé dans le sien. Faites-moi confiance.

Elle n'avait pas le choix.

12

Assis sur un banc, sous le porche du ranch Circle M, Jesse salua de la main Fiona, Belinda et les enfants qui s'éloignaient, escortés par un Nate Miller plus possessif que jamais. Toujours vêtu de son jean bien repassé, celui-ci leur avait dûment fait la leçon, les informant que le Circle M avait autrefois été le plus beau ranch d'élevage de la vallée — appréciation qui, de l'avis de Jesse, était plus que sujette à caution. D'après ce qu'il savait, les Carlisle avaient toujours eu plus de terres, plus de bétail et plus d'influence.

Nate n'avait pas traîné pour reprendre possession des lieux : le ruban jaune et noir de scène de crime avait été arraché et fourré dans une poubelle près du porche.

A en croire Burke, il s'était présenté au Circle M peu après que les Enfants de la Liberté avaient été arrêtés pour faire valoir ses droits. Il était parfaitement autorisé à réinvestir les lieux du moment qu'ils étaient inoccupés. La seule question concernait la propriété des chevaux des survivalistes, mais le F.B.I. avait opté pour laisser aux autorités locales le soin de régler ce problème.

Nate jeta un coup d'œil par-dessus son épaule comme pour vérifier que Jesse était toujours assis. Comme il voulait fouiller les lieux sans avoir Nate pendu à ses basques, il avait prétexté qu'il était fatigué, encore mal remis de ses blessures.

A sa grande surprise, Fiona avait apporté de l'eau à son moulin en se lançant dans une description détaillée de ses lésions alors même qu'elle n'avait pas vu la moindre cicatrice. Elle parla de « plaie purulente et de points de suture si nombreux qu'elle avait renoncé à les compter ». Son empressement à mentir l'avait quelque peu gêné. Même s'il n'ajoutait pas foi aux soupçons du shérif Trainer, le seul élément allant à leur encontre était le fait qu'il croyait fermement en l'honnêteté de Fiona. Il était certain de ne pas commettre d'erreur en lui faisant confiance. Cependant...

Sitôt le petit groupe disparu en direction de l'écurie, Jesse se leva. Certes, c'était loin d'être gagné, mais il espérait trouver un indice démontrant que Nicole avait transité par le ranch, et peut-être aussi une indication de l'endroit où elle pouvait se trouver en ce moment.

Jesse contourna par l'arrière la maison d'habitation. De l'autre côté de la cour se trouvaient des dépendances et un fumoir pour traiter la viande de bœuf et le gibier. Il inspecta rapidement ces petites structures avant de se diriger vers le bâtiment principal d'habitation — une longue bâtisse basse avec plusieurs fenêtres couvertes d'un plastique épais pour stopper le froid. La porte n'était pas verrouillée.

Il franchit le seuil, alluma la lumière et entra dans une grande pièce commune meublée de deux longues tables. Près de l'entrée se trouvaient un poêle à bois et une estrade. Sans doute l'endroit où Sam Logan prêchait à sa congrégation survivaliste. Douze hommes, onze femmes et quatre enfants. Il n'y avait rien de spirituel dans cette organisation. Les femmes avaient été sélectionnées dans la rue, on leur avait promis un logement et elles avaient été droguées afin d'obéir docilement à toutes les injonctions du gourou. Les hommes, eux, s'étaient enrichis en s'adonnant à des trafics illégaux.

Le F.B.I. avait dû investir les lieux juste avant l'heure du dîner. Il y avait encore des assiettes sur les tables, des verres d'eau et des tasses à demi remplies de café figé par le froid. Un sapin de Noël efflanqué couvert de deux guirlandes miteuses se dressait dans un coin, une partie des décorations encore éparpillées sur le sol, à côté.

Un petit camion de pompiers en plastique gisait par terre, renversé sur le côté. Deux tabliers avaient été jetés sur des dossiers de chaises.

Le cours ordinaire de la vie, subitement interrompu.

Jesse passa par une porte, au fond de la pièce, et se retrouva dans un couloir avec quatre portes fermées de chaque côté. Il ouvrit la première et vit une petite chambre équipée d'un lit et d'une commode. Deux robes toutes simples étaient suspendues à des cintres sur une tringle. Sur la commode, il vit une montre bon marché, une brosse à cheveux et un flacon de lait hydratant d'un format économique à côté d'une pile de magazines de mode. L'occupante de cette pièce avait peut-être vécu la vie sans artifice prônée par Logan, mais elle rêvait de dentelles et de sequins raffinés.

Immédiatement, Jesse nota que le lit de fer était identique à celui de la cellule secrète, sous la grange de Fiona. Si c'étaient Butch et Richter qui l'avaient construite, alors ils avaient apparemment utilisé les meubles du Circle M.

Ce lien appelait une investigation plus approfondie. Il examina rapidement les autres pièces, cherchant des indices. Où pouvait bien se trouver Nicole, maintenant ? Elle ne s'était sûrement pas enfuie avec Richter, un criminel patenté doté d'un casier judiciaire long comme le bras. Avait-elle simplement fait main basse sur la rançon avant de disparaître ?

Son instinct lui soufflait que la solution était ailleurs... même si Dylan était convaincu que sa femme l'avait quitté de son plein gré.

Lorsqu'il ressortit, Nate avançait vers lui, les poings serrés, l'air furieux. Il l'apostropha sans amabilité :

— Hé ! Vous cherchez quelque chose ?

N'éprouvant nul besoin de se justifier ni de s'excuser, Jesse ne répondit pas.

— Si vous tombez sur cette rançon, je vous conseille de vous souvenir qu'elle était cachée sur *ma* propriété.

— Mais je suppose que vous avez déjà regardé partout ?

— Evidemment ! Mais si vous avez envie de fouiner, allez-y.

— Quand les Enfants de la Liberté ont loué votre ranch, était-il meublé ?

— Mon papa avait acheté ces lits métalliques il y a longtemps, à l'époque où nous avions beaucoup de personnel à loger. Je ne les ai jamais changés. Ils sont solides.

— Est-ce qu'il en manque certains ?

Les épaules de Nate se contractèrent.

— Comment ça ? Qu'est-ce que vous voulez dire ? On m'aurait volé des lits ?

Mais Jesse n'était nullement disposé à lui parler de la pièce secrète découverte chez Fiona.

— Simple question. Retournons à l'écurie.

— O.K., répondit Nate en passant devant lui.

Mais il ne roulait plus des mécaniques ; son attitude bravache avait disparu, remplacée par une tension palpable.

— Vous devriez persuader mon ex-femme que mon fils

ne risque rien en montant à cheval. Tout ce que je veux, c'est le mettre en selle avec moi et faire une promenade dans l'enceinte du corral. Il n'y a pas de mal à ça.

— Aucun mal.

— Elle est en train d'en faire un petit froussard.

Les hésitations de Belinda, de l'avis de Jesse, tenaient moins à la sécurité de Mickey qu'à l'attitude de son père. L'amertume de Nate était toxique, envahissante. Et dirigée en priorité contre ses voisins, les Carlisle.

— Quelle est l'origine de la querelle qui vous oppose aux Carlisle ? questionna-t-il à brûle-pourpoint.

— Vous voulez vraiment le savoir ?

— Ma foi, oui, puisque je vous ai posé la question.

— Eh bien, je vais vous le dire.

Nate s'arrêta, contempla le sol boueux pendant quelques instants puis releva la tête, une lueur mauvaise dans le regard.

— Sterling Carlisle a tué mon papa.

Bien que surpris par cette allégation, Jesse se garda de manifester son étonnement. Il se borna à hocher la tête.

— C'est arrivé il y a six ans.

Les lèvres de Nate bougeaient à peine tandis qu'il parlait.

— Le shérif a dit que c'était un accident, mais je sais bien que ce n'est pas vrai.

— Comment votre « papa » est-il mort ?

— Nous avions une cinquantaine de têtes de bétail. Elles étaient dans la stabulation pour prendre du poids avant d'aller à l'abattoir. Papa s'est évanoui dans le bâtiment. Il a été piétiné.

Plutôt ironique pour un homme qui ne jurait que par l'élevage des bêtes en batterie ! songea Jesse.

— Je ne vois pas ce que vient faire Sterling Carlisle dans son décès.

Nate plissa les yeux comme si des scènes du passé défilaient devant lui.

— J'ai entendu papa lui parler. Ils se disputaient, en fait. Il lui disait que ses méthodes biologiques n'étaient que du vent. Et il avait bien raison.

— Ah bon ?

— Les bovins n'ont pas besoin de se promener en liberté et de manger de l'herbe. C'est de la viande. Rien que de la viande, bon sang !

— Vous avez vu quelque chose ?

— Vous pensez bien que non ! J'avais mon travail, moi aussi. Après la mort de maman, c'est moi qui me suis occupé de la cuisine et de la maison. Il n'y avait que papa et moi, au ranch.

Nate avait beau avoir passé les trente-cinq ans, il s'exprimait comme un enfant, nota Jesse. Sous la coupe de son « papa », il n'avait pas pleinement mûri.

— Avez-vous entendu Sterling Carlisle le menacer ?

— Pas exactement. Je n'ai pas eu le temps de m'interrompre dans mon travail pour écouter.

Il trancha l'air d'un doigt vengeur comme s'il cherchait à emporter l'adhésion d'un jury invisible.

— Mais je sais ce qui s'est passé, moi. Sterling est venu ici et il a tellement énervé mon papa avec ses salades qu'il en a eu une crise cardiaque. Et il est parti sans appeler les secours. Il l'a laissé mourir.

Jesse ne fit aucun commentaire. Nate croyait dur comme fer à cet improbable scénario, cela sautait aux yeux. Ses yeux brillaient d'une ardeur fanatique. Il cherchait son souffle, comme si la haine l'oppressait au point de l'empêcher de respirer normalement.

Le grand-père de Jesse aurait dit que Nate avait l'air d'un homme qui avait été mordu par un animal enragé.

Nate continua :

— Les Carlisle nous ont ruinés. Ils sont tellement imbus d'eux-mêmes, tellement bien-pensants, tellement riches. Qu'ils aillent tous au diable !

Jesse se demanda s'il incluait Nicole dans le lot. Elle n'était pas ici six ans plus tôt, à l'époque où le père de Nate était mort.

— Les Carlisle traversent une passe difficile actuellement. Avec l'enlèvement.

— Nicole n'a pas été kidnappée, finalement.

Mais un mauvais rictus tordait sa bouche.

— Aux dernières nouvelles, il paraît qu'elle a dit à Dylan qu'elle voulait divorcer, qu'elle ne reviendrait plus jamais.

— Et vous pensez que c'est vrai ? Qu'elle s'est enfuie avec Pete Richter ?

— Je ne l'aurais jamais cru. Richter n'est pas bel homme. Mais c'est vrai qu'il sait manier la hache. Il a été bûcheron dans l'Oregon.

Jesse douta que des talents de travailleur forestier aient suffi à pousser Nicole à quitter son mari.

— Que pouvez-vous me dire d'autre sur Richter ?

— Il ne donnait pas l'impression de vouloir rester cow-boy pendant le restant de ses jours. Il parlait tout le temps de tropiques et de danseuses hawaïennes, dit Nate avec mépris. Butch Thurgood, c'est une autre histoire. Il était grand, bien baraqué. Un vrai homme à femmes. Nicole aurait pu s'amouracher de lui, c'est sûr.

Seulement, Butch était mort.

Tandis qu'il regardait Nate se diriger à grandes enjambées vers l'écurie, Jesse se prit à regretter de n'avoir pas suivi de formation plus complète en matière d'interrogation de témoins. D'instinct, il sentait que Nate dissimulait des informations cruciales, mais il n'avait pas la clé pour le faire parler. Pas plus, d'ailleurs, que l'habilitation pour l'obliger à répondre à des questions.

Dans l'écurie, Mickey se précipita vers son père.

— Maman dit que je peux monter sur la selle avec toi.

En un clin d'œil, Nate se transforma en un autre homme. Il n'avait jamais été de l'étoffe dont on fait les pères modèles, mais son sourire semblait sincère. Avec un geste magnanime de grand seigneur, il montra les chevaux qui ne lui appartenaient pas.

— Choisis celui qui te plaît, fiston.

Nate avait omis d'inclure Abby dans son programme et une immense déception se peignit sur les traits de la petite fille. Jesse vit Fiona se retenir, s'efforcer de ne rien dire. Elle incarnait en cet instant un mélange aussi étrange que détonnant d'émotion passionnée et de stricte politesse.

Jesse, lui, n'y alla pas par quatre chemins.

— Nate, je crois que vous avez oublié Abby. Nous allons seller deux chevaux et je la ferai monter avec moi.

— D'accord.

Fiona lui décocha un sourire aussi radieux que s'il avait accompli un acte héroïque, puis elle s'inclina vers sa fille.

— Qu'est-ce que tu dis, Abby ?

— Merci, monsieur Miller.

— Pas de problème, petite. Choisis un cheval.

Contrairement à Mickey, Abby n'hésita pas une seconde. Elle se dirigea droit vers une jument noire au comportement calme et au regard intelligent.

— Elle, je l'aime bien, décréta-t-elle.

— Tu as bon goût, dit Nate. C'est l'une des meilleures montures. Mais elle a perdu un fer l'autre jour et je préfère la laisser au repos.

Si ça n'avait tenu qu'à lui, Jesse aurait jeté son dévolu

sur l'un des deux chevaux arabes — de belles bêtes, fières. Mais Nate n'aurait certainement pas voulu utiliser des animaux aussi prisés pour apprendre l'équitation à des enfants. Il s'avança vers une jument à la robe tachetée.

— Je vais l'appeler Cookie. Parce qu'elle a des taches sombres, comme un biscuit avec des morceaux de chocolat, proclama Abby.

— Tu sais, elle doit déjà avoir un nom, souligna Fiona.

— C'est Cookie, insista Abby.

— Voilà ce qui s'appelle avoir de l'initiative, observa Jesse. Parfait. Il faut du caractère pour être cavalier. Le cheval doit savoir qui est le maître.

— Et pas que les chevaux, murmura Fiona.

Tout bas, elle ajouta :

— Alors ? Vous avez trouvé quelque chose ?

— Rien de très concluant.

Tout en passant les rênes à l'animal nouvellement rebaptisé Cookie, Jesse regretta d'avoir perdu tant de temps au Circle M. La présence des lits en métal confirmait bien que c'était vraisemblablement quelqu'un venant du ranch — Richter ou Butch — qui avait construit la pièce secrète sous la grange de Fiona, mais ce n'était pas une découverte renversante.

Lorsqu'il souleva la selle, son épaule blessée se rappela douloureusement à lui et il recula sans se faire prier pour laisser agir Fiona. A l'aisance avec laquelle elle manipula le matériel, il vit tout de suite qu'elle s'y connaissait en matière d'équitation.

— Telle mère, telle fille, dit-il. C'est sûrement de vous qu'Abby tient son amour des poneys.

— Mais je ne suis pas aussi passionnée qu'elle. Je ne m'étais jamais intéressée aux chevaux avant de venir habiter ici.

— Californienne dans l'âme, conclut-il, se rappelant ce qu'elle lui avait dit.

— Maman, dépêche-toi, lui enjoignit Abby.

Fiona posa la paume à plat sur le flanc de Cookie.

— Voilà. Elle est prête.

— Allez-y, dit Jesse. C'est vous qui montez. Je vais aider Abby à se mettre en selle.

Ce n'était pas le plan qui avait reçu l'aval de Nate, mais il n'y avait pas de raison que cela pose problème. Jesse empoigna les rênes et conduisit le cheval et ses deux cavalières au corral.

Nate suivait avec Mickey qui gesticulait, tout excité.

Abby, elle, prenait sa première chevauchée très au sérieux et prêtait une oreille attentive à tout ce que disait sa mère.

Belinda s'approcha de Jesse, les mains enfoncées dans les poches de son pantalon noir. Sous les mèches brunes en bataille qui cachaient à demi ses yeux, elle avait l'air anxieuse.

— Vous pensez que Nate est capable de s'occuper de ces chevaux ?

— Je n'en sais rien, répondit-il en haussant les épaules.

— Il estime que c'est un coup de chance inespéré d'avoir pu récupérer le ranch, avec les chevaux qui s'y trouvaient. Il veut vendre sa petite maison, en ville, revenir s'installer définitivement ici et transformer l'endroit en une ferme équestre, expliqua-t-elle en secouant la tête. Autant vous dire que je peux dire adieu à la pension alimentaire de Mickey.

Comme son fils passait à proximité, il agita les deux bras.

— Maman ! Tu as vu ? Je fais du cheval !

Elle sourit et le salua en retour.

Jesse regarda Fiona et Abby. Elles avaient fière allure

à cheval. Les longs cheveux châtains de Fiona ondulaient sous la brise tandis qu'elle lançait Cookie au petit trot, le ramenait au pas, puis le mettait à l'arrêt. La jument répondait parfaitement. Le dresseur Thurgood avait fait du bon travail.

— Une ferme équestre, c'est beaucoup de travail.

— Et beaucoup d'argent, souligna Belinda.

Elle cala sa hanche ronde contre la barrière du corral.

— Nate veut bien faire, je pense, mais je ne suis pas tranquille à l'idée que Mickey vienne le voir ici. Un ranch peut être un endroit très dangereux pour un enfant si on le laisse ne serait-ce qu'une minute sans surveillance.

— Ce n'est pas le ranch qui vous inquiète, dit sans ambages Jesse.

— Vous avez raison. C'est Nate. Parfois, il entre dans de telles colères que j'ai l'impression que les yeux vont lui sortir de la tête. Il ne comprend pas que Mickey est un petit garçon qui pleure quand il tombe et qui ne fait pas toujours attention.

— Mais il aime son fils, non ?

— Il faut lui reconnaître ça, concéda-t-elle. Mais je me demande quelle sera sa réaction quand je vais me remarier.

Elle avait raison de se faire du souci, songea Jesse. Nate avait beaucoup de haine en lui. A tout moment, il pouvait exploser, comme un volcan demeuré longtemps sous pression.

— Est-il violent ?

— Il n'a jamais levé la main sur moi ni sur Mickey. Mais il me mettait plus bas que terre en paroles.

La violence verbale pouvait être plus traumatisante qu'une agression physique. Belinda était plutôt grande, avec les épaules larges et, pourtant, elle semblait se recroqueviller quand elle posait les yeux sur son ex-mari.

— La rupture n'a pas dû être facile, dit-il posément.

— Vous n'avez pas idée. Je n'avais pas un sou vaillant. Si Fiona ne m'avait pas proposé de garder le chalet et de loger sur place, je n'aurais eu nulle part où aller.

Il se rappela un fait que Fiona avait mentionné.

— Vous avez demandé une injonction restrictive contre lui ?

— J'y ai été forcée. Il ne me laissait pas tranquille. Il voulait Mickey... Il n'en démordait pas, dit-elle en frissonnant. Heureusement, tout ceci est derrière moi, maintenant.

Jesse espéra qu'elle ne se trompait pas.

La promenade terminée, ils ramenèrent les chevaux dans leurs boxes. Ils sortaient de l'écurie lorsque le téléphone portable de Fiona sonna. Sa bonne humeur se dissipa tandis qu'elle parlait.

Elle raccrocha et se tourna vers Jesse, la mine grave.

— C'était le shérif. Il faut que je rentre tout de suite au chalet.

13

Fiona claqua la portière de sa fourgonnette et marcha droit vers le porche. Elle avait demandé à Belinda d'emmener Abby chez elle avec Mickey pour éviter que sa fille n'assiste à ce qui allait suivre.

Clinton avait appelé le shérif en exigeant qu'on l'autorise à fouiller le chalet de Fiona pour qu'il y récupère ses précieux biens. Ils étaient là, tous les deux, debout devant la porte. Si Burke n'avait pas été présent, nul doute qu'ils auraient cassé une vitre ou enfoncé la porte.

Tandis qu'elle les regardait, en approchant, elle se demanda lequel des deux avait l'air le plus hargneux. Le shérif Trainer et ses soupçons injustifiés ? Ou son beau-fils et ses doléances injustifiées ?

Jesse la dépassa et se posa d'entrée de jeu en médiateur.

— Bonjour, messieurs. Qu'est-ce que vous voulez ?

Clinton lissa le col de sa veste et leva bien haut la tête.

— Nous avons un mandat de perquisition. Je veux fouiller le chalet afin de retrouver les biens qu'on m'a volés.

— Volés ? s'étrangla Fiona. Tu as perdu la tête ? Comment peux-tu imaginer que j'aie pu te voler quoi que ce soit ?

— Les biens de mon père appartiennent à moi et à ma sœur, rétorqua-t-il d'un air suffisant.

— Crois-tu que ton père serait fier de toi, Clinton ?

Si elle avait eu en main l'arme de Jesse, elle n'aurait pas hésité à percer son joli front d'un petit trou bien net.

— Tu penses qu'il approuverait ta cupidité ?

— Tu essaies de gagner du temps. Comme quand tu m'as accusé de m'être introduit chez toi par effraction.

— Jusqu'à preuve du contraire, rien ne démontre que tu ne l'as pas fait.

— Ne me pousse pas à bout, Fiona.

Comme Clinton avançait d'un pas, l'air menaçant, elle nota que l'agent Burke faisait de même. Si cette confrontation tournait au pugilat, au moins Burke et Jesse seraient-ils de son côté. C'était rassurant.

Mais ce n'était pas à eux de livrer bataille à sa place. Elle refusait de s'abriter lâchement derrière eux. Il était temps pour elle de se battre bec et ongles. Pas pour les possessions dont Clinton avait soigneusement établi la liste, mais pour sa réputation.

— Je ne suis pas une voleuse.

Clinton ricana.

Jesse sortit le bras de l'attelle qui le maintenait et replia les doigts de manière éloquente.

— Je vous suggère de vous montrer un peu plus courtois vis-à-vis de la veuve de votre père.

— Du calme, intervint le shérif. Nous sommes ici avec un mandat tout ce qu'il y a de légal.

— Montrez-le-moi, dit Fiona.

Le shérif lui plaça sous le nez le mandat auquel était agrafé l'inventaire de Clinton. Aveuglée par la colère, elle attendit quelques secondes de recouvrer son sang-froid avant de proférer, les dents serrées :

— Il est signé par un juge de Denver. Est-ce qu'il est valable dans ce district ?

— Question pertinente, souligna Jesse. Je suis sûr

que l'agent Burke sera en mesure de clarifier ce point en passant un ou deux coups de fil. Quels objets entendez-vous confisquer, exactement ? Une lampe Tiffany, c'est ça ?

— Et une tiare rose, ajouta Fiona en consultant la liste de Clinton.

— Une tiare rose, mm ?

Jesse décocha un regard assassin au shérif.

— Mais, dites-moi, ça pourrait constituer une menace pour la sûreté nationale, ça. Il faudrait peut-être alerter la N.S.A.

Burke tira son portable de sa poche.

— Je peux commencer par le bureau du procureur de l'Etat. Ou par le gouverneur. C'est un ami personnel de Carolyn.

— Ecoutez, je ne fais que mon travail, grommela le shérif.

Il paraissait si embarrassé, tout à coup, que Fiona l'aurait presque pris en pitié s'il ne s'était pas montré aussi hostile à son égard.

— Je veux régler cette affaire une fois pour toutes, déclara-t-elle. Nous avons d'autres chats à fouetter en ce moment que nous occuper des mesquines revendications de Clinton.

— Comme quoi ? demanda Clinton.

Elle arrêta son regard sur le shérif.

— Comme s'assurer que Nicole va bien et retrouver la rançon.

— Ce n'est pas mon problème, répliqua Clinton. Je ne renoncerai pas.

— Le contraire m'aurait surprise, de ta part.

La rage qu'elle éprouvait grimpa encore d'un cran. Il fallait qu'elle lui dise son fait, sinon elle allait exploser.

— Depuis que ton père est mort, vous vous êtes montrés

sous votre vrai jour, ta mère et toi. Votre seul souci a été de me déposséder de tout. Avec l'aide de vos avocats, vous avez saisi ma maison, ma voiture, mes comptes bancaires. Mais vous ne pourrez jamais me prendre ce qui m'est le plus cher.

— A savoir ?

— Mes souvenirs.

Si elle ne devait conserver de ses années avec Wyatt que le souvenir de leur amour et du bonheur qu'ils avaient partagé, elle serait une femme riche.

Elle marqua une pause pour reprendre son souffle. Maintenant qu'elle avait dévoilé devant Burke et Trainer le pathétique bilan de sa situation financière, son secret ne tarderait pas à être de notoriété publique. C'était humiliant, peut-être, mais cela valait sans doute mieux ainsi. De toute façon, elle n'aurait pas pu dissimuler encore bien longtemps le fait qu'elle manquait d'argent ; elle allait bientôt devoir chercher du travail.

Elle tendit les clés de la maison à Burke.

— Agent Burke, s'il vous plaît, veuillez accompagner Clinton dans ses… *recherches*. J'aimerais qu'il laisse le moins de désordre possible.

— Je comprends parfaitement. Ce ne devrait pas être long.

Elle regarda Clinton entrer d'un pas conquérant dans le chalet. Tout espoir de réconciliation avec cette partie de la famille de Wyatt venait de s'envoler. Cela la peina de songer qu'Abby ne connaîtrait jamais certains de ses proches.

Jesse était resté près d'elle et elle lui en sut gré. Elle avait affronté Clinton seule, mais avoir une épaule solide sur laquelle s'appuyer était un vrai réconfort maintenant que son beau-fils était parti.

Le shérif Trainer s'éclaircit la gorge.

— C'est vrai, ce que vous avez dit ? Vous avez tout perdu à la mort de votre mari ?

— Oui, pratiquement tout. Il n'y a que ce chalet qu'ils n'ont pas pu s'approprier car il est à mon nom.

— Ça explique pourquoi vous êtes venue vous établir ici...

Il sortit son paquet de cigarettes de sa poche et en puisa une, qu'il ficha d'un geste bien rodé entre ses lèvres.

— Je vous avoue que je ne comprenais pas qu'une citadine comme vous soit venue habiter ce chalet. Au moins, c'est clair, maintenant. C'est parce que vous êtes fauchée.

— Ça suffit, gronda Jesse.

— Ah ? Mais j'ai à peine commencé, rétorqua Trainer, sa cigarette non allumée tressautant entre ses lèvres tandis qu'il parlait. *Une* chose m'échappait : c'était la raison pour laquelle une femme riche se serait impliquée dans un enlèvement. Mais vous n'êtes *pas* riche. Vous avez un motif.

— Vous aussi, proféra froidement Jesse.

— Pardon ? se récria Trainer d'une voix étranglée.

— Mais oui. Une somme d'un million de dollars constitue une motivation puissante, vous ne trouvez pas ? Alors je suis obligé de me poser la question suivante : comment se fait-il que les ravisseurs aient toujours un coup d'avance sur les enquêteurs ? Comme s'ils avaient un informateur bien placé, vous me suivez ?

— Vous êtes complètement f...

— En fait, je tiens le raisonnement suivant, poursuivit Jesse sans s'émouvoir. Vous qui avez tellement de pain sur la planche en ce moment, vous vous arrangez malgré tout pour satisfaire — en personne ! — la requête de Clinton

Grant ? Comme si vous cherchiez à détourner l'attention, à nous orienter dans la mauvaise direction.

— Je n'ai pas de piste.

— Et comment cela se fait-il ? Richter n'est pas un génie. Il a dû laisser des indices. Mais peut-être le couvrez-vous...

Le shérif alluma sa cigarette.

— Je n'ai aucune raison de rester là à écouter vos élucubrations, éructa-t-il.

— Alors partez, proféra Fiona d'une voix basse et tendue. Sortez de chez moi.

Sans un mot, Trainer tourna les talons.

Fiona le regarda s'éloigner au volant de son véhicule, le cœur battant. Spontanément, elle saisit la main de Jesse.

— Merci d'avoir pris ma défense.

— Vous vous seriez bien débrouillée pour chasser cet insecte nuisible sans moi. Vous êtes plus forte que vous ne le croyez.

Et c'était vrai qu'avec l'adrénaline qui coulait encore à flots dans ses veines elle se sentait des ailes lui pousser — dès lors que Jesse était à son côté pour l'encourager.

— Ce que vous avez dit au shérif... Vous le pensez vraiment ?

— Je n'ai aucune preuve contre lui, mais je suis assez doué pour percer les gens à jour. Et le shérif Trainer n'a pas l'âme d'un honnête homme. Je ne serais pas surpris d'apprendre que Clinton l'a soudoyé pour obtenir de lui ce mandat.

Elle n'avait pas pensé à ça, mais c'était possible.

— Et s'il a accepté de l'argent de Clinton, il est d'autant plus susceptible de s'être laissé acheter par les kidnappeurs.

— Comme je disais, un million de dollars en liquide, c'est extrêmement tentant.

Oui… Aussi tentant qu'il l'était, lui, songea Fiona. Le sourire étincelant qu'il lui adressait lui donnait envie de s'approcher de lui et de se hisser sur la pointe des pieds pour le gommer d'un baiser, le capturer à jamais. Et sans doute l'aurait-elle fait si Clinton n'avait pas été dans les parages.

Redoutant de céder à la tentation, elle détourna les yeux.

— Si on ne peut pas compter sur le shérif, il faut que nous prenions nous-mêmes l'enquête en main.

— Nous ?

— Vous l'avez dit vous-même. Je suis plus forte qu'il n'y paraît.

Elle se redressa de toute sa hauteur — un mètre soixante de totale confiance en soi. Elle n'avait pas l'intention de courber l'échine et de vivre avec l'ombre du soupçon pesant sur elle. Si le shérif la pensait coupable de complicité avec les ravisseurs, d'autres pourraient tenir le même raisonnement. Et Clinton n'avait pas mis longtemps à la traiter de voleuse.

Il n'y avait pas de honte à manquer d'argent, mais elle ne tolérerait pas qu'on traîne dans la boue son intégrité morale. Elle était quelqu'un de bien. Et s'il fallait traquer des ravisseurs pour en apporter la preuve, eh bien, soit, elle était prête à relever le défi.

Jesse était un professionnel et il connaissait son métier. Lorsque ses clients se mettaient en tête de s'armer, eux aussi, ou se vantaient d'être capables d'en remontrer à leur ennemi parce qu'ils s'étaient mis au karaté, les ennuis n'étaient jamais loin. S'il devenait trop sûr de lui, le client prenait des risques inconsidérés.

Debout devant Fiona, tandis qu'ils attendaient que

Burke et Clinton ressortent de la maison, il se lança dans son discours habituel sur la sécurité.

— Si je suis ici, c'est pour vous protéger.

— Je le sais et je vous en suis extrêmement reconnaissante.

Ses doux yeux gris lui rappelaient la teinte délavée du ciel, juste avant l'aube, quand il commençait à s'éclaircir et que le monde attendait, figé dans un silence feutré, le lever du jour nouveau. Elle avait du répondant, oui, mais elle était la délicatesse personnifiée. Une artiste. Une mère aimante.

— Je ne veux pas que vous vous impliquiez dans l'enquête. Votre rôle à vous, votre *devoir*, c'est de rester à l'abri.

— Mais je l'ai déjà fait puisque je vous ai aidé à faire des recherches dans ma propriété, plaida-t-elle.

Elle n'avait pas remarqué qu'il avait pris des précautions particulières, qu'il s'était tenu en permanence sur le qui-vive et que Wentworth avait toujours été à portée de voix. S'il avait perçu la moindre menace, il aurait agi en conséquence et mis immédiatement Fiona en sécurité.

Vraiment ? Le moment où ils étaient entrés dans la grange lui revint à la mémoire. Il avait eu la distincte impression que les ombres, à l'intérieur de la vieille bâtisse, prenaient forme, se faisaient menaçantes. Instinctivement, sa main s'était portée vers la crosse de son arme. Mais il n'avait pas fait demi-tour. Il n'avait pas reconduit Fiona à la maison.

Grave erreur de jugement. Qui l'inquiétait. Concentré sur l'enquête, il en avait négligé sa mission première : celle de garde du corps. Il devait corriger le tir. Pour l'instant, ils n'avaient identifié aucune menace directe contre Fiona, mais Richter était toujours libre. Et donc toujours aussi dangereux.

La porte s'ouvrit et Clinton apparut, l'air tout à la fois renfrogné et impérieux. De toute évidence, il n'avait pas trouvé ce qu'il était venu chercher.

— Pas de tiare, annonça Burke en se retenant à grand-peine de sourire. Ni aucun autre élément de la liste, d'ailleurs.

— C'est bien normal, puisque je ne les ai jamais eus en ma possession, énonça clairement Fiona.

Un homme doté d'un sens de l'honneur plus développé que Clinton aurait présenté des excuses. Mais son beau-fils se contenta de la toiser avant de détourner le regard.

— J'en ai terminé ici.

— Très bien, répondit-elle sèchement. Je t'avoue que je n'aurais aucun regret si je devais ne plus te revoir. Mais il y a Abby. N'oublie pas qu'elle est ta demi-sœur ; ce serait injuste qu'elle soit coupée de la famille du côté de son père.

Sans un sourire, il répondit :

— Sans doute.

— Donc, ta sœur et toi, vous pouvez venir lui rendre visite quand vous voulez.

— Un jour, peut-être, grommela-t-il à contrecœur.

Tandis que Clinton s'éloignait au volant de sa voiture, Jesse leva la tête et contempla le ciel. Il ne restait que quelques heures avant la tombée de la nuit. Le temps filait. Les investigations de la journée avaient comblé quelques blancs, mais ils n'avaient guère progressé.

En fait, il s'était efforcé d'endosser plusieurs rôles, ce qui l'empêchait d'exploiter au maximum ses capacités. Il n'avait pas la rigueur de raisonnement d'un enquêteur ni la rouerie décomplexée d'un policier rompu à la technique des interrogatoires. Sa spécialité à lui, c'était la traque. S'il voulait trouver la rançon et découvrir ce qu'il était advenu de Nicole, il devait se fier à son instinct.

Fiona le regardait d'un air interrogateur.

— Qu'est-ce qu'on fait, maintenant ?

Encore ce mot. *On*.

— Vous allez rejoindre Wentworth chez les Carlisle. Il vous emmènera chercher Abby en ville. Ensuite, vous rentrerez ici.

— Mais je ne veux pas rester en retrait. Je tiens à apporter ma contribution. Il doit bien y avoir un moyen de me rendre utile... D'aider à faire avancer l'enquête.

Tout en elle — de l'éclat de ses yeux à la supplique que traduisaient ses mains expressives, ouvertes, paumes vers le ciel — l'attirait irrésistiblement. La confrontation avec Clinton avait réveillé la combativité en elle ; elle était prête à passer à l'action.

— Vous ne connaissez rien à la chasse. Vous ne savez pas suivre une piste, ni manier une arme.

— C'est vrai, je n'ai aucune expérience dans ces domaines. Mais je suis très observatrice. J'ai un œil d'artiste qui capte les détails.

— C'est un point en votre faveur.

— Et je vous promets de suivre scrupuleusement vos instructions. Je ferai tout ce que vous me demanderez. Sauf rester barricadée chez moi.

Il pensait sincèrement que le risque était minime. Et il ne voulait pas la décevoir. Il se tourna vers Burke.

— Il va nous falloir deux chevaux.

14

Jesse préférait travailler seul lorsqu'il suivait une piste. Lorsqu'il était enfant, son grand-père lui avait enseigné la valeur de l'observation calme, posée. Il lui avait appris quand attendre, quand poursuivre sa proie, non seulement en relevant ses traces, mais aussi en se fiant à l'ouïe et à l'instinct. Chasser, c'était dans sa nature. Il ne tuait jamais pour le plaisir, uniquement pour manger. Son grand-père lui avait appris à respecter tous les êtres vivants — des wapitis aux lièvres en passant par les cailles — qui leur procuraient de la nourriture.

L'expédition dans laquelle il s'était lancé aujourd'hui était différente. Sa proie était un criminel qu'il tenait en très basse estime. Et il n'était pas seul.

D'après le dossier de Burke, la remise de la rançon s'était effectuée en même temps que l'opération du F.B.I. et pendant que Dylan voyait sa femme pour la dernière fois.

C'était Carolyn qui l'avait apportée dans un champ à l'ouest de la propriété Carlisle. Il fallait donc qu'ils partent de là. Fiona et lui se mirent en route, accompagnés de Burke et de Carolyn. A son habitude, cette dernière avait pris la tête du petit groupe.

Le terrain, au-delà de la maison d'habitation des Carlisle, s'ouvrait sur une vaste vallée dégagée, couverte d'herbes sèches et de sauge, délimitée au loin par des collines boisées. Les ombres commencèrent à s'allonger comme le soleil baissait.

D'un coup de talon, Jesse incita son cheval à accélérer l'allure pour se rapprocher de Fiona. Ses longs cheveux cascadaient dans son dos, sous un chapeau de cow-boy fauve. Bien que petite et menue, elle menait sa monture d'une main ferme. En dépit de ses tennis, l'ancienne Californienne avait tout d'une cow-girl accomplie pour qui l'équitation n'avait pas de secrets.

Ils ralentirent l'allure en approchant d'une clôture barbelée entourant un pré. Elle le regarda, les yeux brillants.

— Merci de m'avoir permis de venir.

Pour être honnête, il appréciait, lui aussi, sa présence. Fiona avait un effet apaisant sur lui.

— Je veux que vous fassiez appel à vos dons d'observation. Il se peut que votre œil d'artiste, comme vous dites, note un détail qui nous a échappé, à nous.

Elle plissa les yeux et balaya la forêt du regard.

— Quel genre de détail ?
— Que voyez-vous ?
— Un grand espace ouvert. Des cimes, au loin, couvertes de neige. Ce paysage est spectaculaire, mais il a quelque chose de subtil en même temps, avec sa palette polychrome qui va du jaune paille et du kaki des herbes sèches au vert profond des arbres en passant par le riche acajou des ombres.

Elle poussa un soupir émerveillé.

— J'adore vivre ici.
— Attendez qu'il neige, la prévint-il.
— Justement, j'attends ça avec impatience. Un beau Noël blanc.

Carolyn s'arrêta devant la barrière. Répondant à son

coup de rênes, son cheval, Elvis, fit demi-tour pour leur faire face.

— Le ravisseur m'a dit d'apporter la rançon ici. L'argent était rangé dans un grand sac à dos. Il m'a dit de le laisser près de La Rana.

— Qu'est-ce que c'est ? demanda Fiona.

Carolyn montra du doigt un rocher au milieu du champ. Il ressemblait à un crapaud géant.

De l'autre côté des barbelés se trouvaient des abreuvoirs et des mangeoires. La terre, à force d'être piétinée, n'était plus qu'un agglomérat de boue et de foin.

— Lorsqu'elle est venue, indiqua Burke, il y avait trois cents têtes de bétail dans l'enclos. Nous les avons déplacées pour faciliter l'accès à la scène de crime.

Un homme avait été tué par balle sur ce site. Le contremaître du ranch. C'était un traître qui avait fourni des informations aux ravisseurs. Mais sa dernière action sur cette terre avait été un geste de loyauté — pour protéger Carolyn.

Jesse mit pied à terre, se dirigea vers le portail et l'ouvrit.

— Montrez-moi ce que vous avez fait, Carolyn.

Elle entra dans le champ, toujours à cheval, descendit d'Elvis et le rejoignit.

— Je suis entrée par ici, en contournant le troupeau.

Fiona suivit Carolyn, en laissant son cheval près de la clôture.

— Ce devait être terrifiant. Ces bêtes sont énormes.

— Elles pèsent plus de cinq cents kilos par tête. Ce champ est leur dernier pâturage avant l'abattoir, donc elles ont toutes atteint leur taille maximale.

— Elle n'avait pas peur, précisa Burke. Carolyn adore ses animaux.

— Ils sont magnifiques, souligna celle-ci. Mais j'avoue

que, quand les coups de feu ont éclaté et que le troupeau a pris peur, je n'étais pas franchement rassurée.

— Comment t'en es-tu sortie sans dommages ?

— Burke, répondit Carolyn en se retournant vers lui pour lui décocher un sourire. Il est arrivé à cheval et m'a secourue. En vrai héros.

— N'importe quel cow-boy digne de ce nom aurait fait la même chose.

Carolyn se mit à rire.

— Comme si tu étais un cow-boy. Quel cow-boy porte une casquette des Cubs ?

— Un cow-boy de Chicago, repartit-il sans se démonter.

Jesse s'avança vers le rocher de La Rana.

— Où se trouvait le ravisseur ?

— En fait, je ne l'ai pas vraiment vu. Mais il était près des rochers. C'est de là que les coups de feu sont partis. Et la rançon s'est envolée aussi rapidement que je l'avais déposée.

Burke, toujours en selle, s'approcha de Jesse.

— Nous avons essayé de chercher des indices, mais c'était peine perdue. Le bétail avait tout effacé. On n'a pas relevé une seule empreinte de pas.

Le kidnappeur avait échafaudé un plan simple et efficace. Attirer Carolyn dans l'enclos, tirer afin d'effrayer le bétail pour que, occupée à tenter de rejoindre la clôture, elle ne puisse pas le poursuivre.

— Combien de temps a mis Burke pour arriver ici ?

— Cinq à dix minutes.

— Dans la confusion générale, le ravisseur n'a eu aucun mal à prendre la fuite, dit Burke.

Jesse s'adossa au rocher et balaya le pâturage du regard. Il avait été piétiné par des centaines de bovins et des dizaines de chevaux. Aucune chance de découvrir une piste ici.

Au-delà de la clôture, il y avait deux chemins — des accès pour acheminer la nourriture des bêtes en tracteur. Au nord, la forêt s'étendait presque jusqu'à la clôture.

Si Jesse avait dû préparer sa fuite à partir de cet endroit, il aurait préféré le cheval à la voiture — pour la mobilité.

— Vous avez vu son cheval ?

— Je crains que non, répondit Carolyn. Je slalomais entre les bêtes en m'efforçant de ne pas me faire écraser.

Jesse retourna à sa monture, inséra le pied dans l'étrier et se prépara au coup de poignard qui allait lui transpercer l'épaule. Il aurait tout le temps d'achever sa convalescence une fois qu'il aurait retrouvé cette rançon.

— Où allons-nous ? s'enquit Fiona.

— Inspecter le terrain le long de la clôture, côté nord. Il a bien fallu que le ravisseur se ménage une issue pour s'enfuir avec la rançon. Son cheval devait être attaché à un arbre.

— On a déjà cherché par là-bas, intervint Burke. La clôture n'est sectionnée nulle part.

N'empêche... Il trouverait peut-être un signe indiquant par où le kidnappeur était passé. Ils remontèrent en file indienne jusqu'au côté nord de la parcelle le long de la clôture. Faite de cinq fils de fer barbelés tendus parallèlement entre de vieux piquets, elle était renforcée dans sa partie basse par du grillage à basse-cour, destiné probablement à empêcher la formation de congères.

Jesse savait d'expérience qu'il était beaucoup plus difficile de franchir une clôture de barbelés qu'il n'y paraissait. Il suffisait de s'accrocher quelque part pour s'emmêler irrémédiablement.

D'innombrables marques de sabots à l'extrémité de

la clôture témoignaient des recherches assidues menées par les enquêteurs, rendant du même coup toute trace de passage du ravisseur impossible à déceler. Si seulement il avait pu examiner le terrain juste après la remise de la rançon... Le sol était trop sec et dur pour faire apparaître de belles empreintes bien nettes. Mais il aurait pu repérer des branches brisées, des touffes d'herbe couchées...

— Qui s'est chargé d'effectuer les recherches par ici ? demanda-t-il à Burke.

— L'équipe du F.B.I. était occupée à encercler la bande de trafiquants survivalistes. Alors on a envoyé un hélico équipé d'un projecteur pour survoler la zone.

Ce qui équivalait à employer une clé anglaise là où il aurait fallu une pince à épiler. Pister une proie, c'était avant tout relever de menus détails.

— Et le shérif, ajouta Burke. Il est venu jeter un coup d'œil de ce côté avec ses adjoints.

— Décidément, le shérif Trainer semble voué à chercher continuellement sans jamais rien trouver.

Il s'arrêta devant un endroit où une des agrafes qui fixait le fil de fer barbelé supérieur au piquet avait sauté. Baissant les yeux, il vit, à trois mètres de la clôture, des marques rectangulaires distantes d'environ quarante centimètres les unes des autres.

— Par ici, lança-t-il, pointant les traces sur la terre dure parsemée de touffes d'herbe sèche.

Carolyn descendit de son cheval et mesura de la main la distance entre deux marques.

— Une échelle. Il a utilisé une échelle pour passer les barbelés.

— Mmm..., fit Burke. Ça cadre avec son mode opératoire. Simple, pour ne pas dire rudimentaire.

— Mais efficace, observa Carolyn. Pas étonnant qu'il ait pu quitter l'enclos aussi vite.

Burke fronça les sourcils.

— Comment se fait-il que nous ayons manqué ça ?

— Bonne question, souligna Jesse, ses pensées tournées une fois de plus vers le shérif Trainer.

— Il y a quelque chose qui m'échappe, nota Fiona. Le ravisseur se serait enfui à cheval avec un gros sac à dos et une échelle ?

— Il a dû se débarrasser d'elle, suggéra Jesse en contemplant le sous-bois. Si les recherches avaient été effectuées dans les formes, avec un homme tous les mètres, ils seraient tombés dessus. Mais, bref... L'important, maintenant, est de localiser la trace du kidnappeur. Quand on aura un point de départ, on n'aura plus qu'à la suivre pour voir où elle nous conduit.

Fiona hocha brièvement la tête.

— O.K.

— Déployez-vous, ordonna Jesse. Nous allons entrer dans la forêt.

La lumière commençait à décliner et il espéra trouver la piste avant la tombée de la nuit. Suivre des marques de nuit était une tout autre paire de manches.

Ce fut Fiona qui, la première, lança :

— J'ai trouvé quelque chose.

Il ne s'était pas attendu à cela. Elle n'était pas pisteuse, comme lui, ne connaissait rien à la chasse, ni à la traque.

— Qu'est-ce que c'est ?

— Un cheval est passé là. Il a laissé un... petit cadeau, répondit-elle, un pied en l'air. Je peux nettoyer ma semelle ?

Jesse la contempla, sa chaussure de tennis en suspens au-dessus d'un tas de fumier desséché. Il décida de lui jouer un tour.

— Ah, non, pas question, répondit-il en se tournant vers Burke. Il s'agit d'une preuve matérielle, n'est-ce pas ?

Burke réprima un éclat de rire.

— Oui, absolument.

Jesse sortit son téléphone portable.

— Ne bougez pas, Fiona. Il me faut une photo. Levez votre pied un peu plus haut, s'il vous plaît…

Prenant conscience qu'il la taquinait, elle pointa le pied en avant et prit la pose.

— Comme ça ?

Il appuya sur le bouton. Même avec du fumier plein sa chaussure, elle était irrésistible.

— O.K. Maintenant, je vais zoomer pour avoir un gros plan.

— C'est moi qui vais vous zoomer, vous allez voir ! repartit-elle en riant et en frottant sa semelle contre un tronc d'arbre. Vous faites le malin, mais n'empêche que c'est moi qui ai trouvé quelque chose. A votre tour, maintenant. Montrez-nous comment vous vous y prenez pour pister une proie.

La démonstration fut plus facile qu'il ne l'avait escompté. Il s'accroupit et étudia les marques des sabots. Aussitôt, quelque chose lui sauta aux yeux.

— Ce cheval avait perdu son fer avant droit.

— Oh ? Comme celui du Circle M, souligna Fiona.

— Exactement. La jument noire qu'Abby voulait monter.

Cette petite particularité allait lui permettre de distinguer les empreintes laissées par ce cheval de celles des autres.

— Ce n'est pas trop tôt, souligna Jesse. Enfin, nous tenons quelque chose.

Comme Carolyn cherchait à savoir de quoi il retournait, Fiona relata leur visite au Circle M et le fer manquant au sabot d'un des chevaux des survivalistes. Le ravisseur devait chevaucher cet animal-là lorsqu'il avait pris la fuite.

— Ce qui signifie que nous tenons une piste, conclut Jesse.

Bien que n'étant pas détective, il avait trouvé la clé qui allait permettre de faire progresser une enquête qui n'était restée que trop longtemps au point mort. Tout cela en se montrant fidèle à lui-même et en revenant à ses fondamentaux, ce qu'il aurait dû faire depuis le début. Moins de réflexions, plus d'action.

Fiona aurait bien voulu accompagner Jesse et Burke, mais la piste était rapidement devenue difficile à suivre : elle grimpait dans la forêt, puis traversait une zone rocailleuse avant de redescendre le long d'un sentier. Il était clair qu'ils en auraient pour des heures et elle devait récupérer sa fille.

Carolyn et elle rebroussèrent donc chemin pour retourner au ranch Carlisle.

Parvenues à destination, ce fut la mère de Carolyn, Andrea, qui les accueillit. Grande et mince, moulée dans un pull en cachemire et un jean, Andrea les salua d'un large sourire — mais sans s'avancer pour les embrasser. Elle était d'un naturel réservé.

Elle avait divorcé de Sterling Carlisle et quitté le ranch quand Carolyn et Dylan étaient enfants. Fiona ne s'imaginait pas abandonnant Abby pour quelque motif que ce soit. Mais elle éprouvait de la compassion pour Andrea qui, au dire de Carolyn, avait demandé aux enfants de venir emménager à New York avec elle. Tous deux avaient choisi de rester au ranch.

Devenue adulte, Carolyn avait passé un peu de temps avec sa mère, qui s'était remariée et avait une fille de douze ans. Leur relation semblait apaisée. Quand Carolyn l'avait appelée pour lui annoncer que Nicole avait été enlevée, Andrea avait aussitôt sauté dans un avion pour venir soutenir la famille en cette période de crise.

Dylan n'avait pas été ravi de cette initiative.

— Bonne nouvelle, lança Carolyn. Nous avons trouvé une piste. Burke et Jesse la suivent.

Le front altier d'Andrea se plissa.

— Je voudrais tellement pouvoir faire davantage. Je me sens inutile.

— Nous en sommes tous là, déclara Fiona.

— Vous restez dîner, bien sûr, proposa Andrea. Vous et votre adorable petite fille.

— La journée a été longue — tout spécialement pour Abby. Je crois qu'il vaut mieux que je la ramène à la maison.

Jusqu'à cet instant, Fiona ne s'était pas rendu compte à quel point elle était pressée de rentrer chez elle. Et d'être à ce soir, lorsque Jesse rentrerait et qu'elle se retrouverait seule avec lui.

L'image d'eux deux, assis côte à côte sur son canapé, cuisse contre cuisse, passa devant ses yeux. Il lui caresserait la joue du dos de la main... Elle suivrait du doigt le tracé de cette petite cicatrice sur son menton. Elle s'arracha à sa rêverie au prix d'un effort de volonté.

— Mais merci de votre offre, Andrea.

— Peut-être pourrais-je vous rendre une petite visite, demain ? suggéra Andrea. Carolyn m'a dit que vous étiez artiste. J'aimerais voir votre travail.

Fiona devina un peu plus qu'un intérêt poli dans sa déclaration.

— Je n'ai pas beaucoup d'œuvres ici. J'ai entreposé pas mal de sculptures à Denver, dans l'atelier d'une amie artiste et le reste est en dépôt-vente dans une boutique de Cherry Creek.

— Eh bien, tu devrais peut-être sortir ton book, intervint Carolyn en donnant une tape sur l'épaule de sa mère. Maman dirige une galerie d'art à Manhattan.

Lui adressant un nouveau sourire, Andrea reprit :

— Je suis toujours à la recherche de nouveaux talents.

Fiona cligna les yeux, comme éblouie par le flash d'une lampe torche. Les opportunités se présentaient parfois de la façon la plus inattendue.

— Une galerie ?

— J'essaie de présenter des artistes venant des quatre coins du pays. A quoi vous intéressez-vous plus particulièrement dans votre travail ?

— En ce moment, je travaille sur une sculpture inspirée des vases de mariage navajos avec un bec de chaque côté.

— J'aimerais beaucoup la voir. Demain matin, ça vous va ?

— Demain matin... Entendu.

Ça ne pouvait pas tomber mieux. Elle était en train de construire un site internet pour vendre son travail. Si elle pouvait placer certaines de ses œuvres dans une galerie new-yorkaise, sa réputation grimperait en flèche. Peut-être même, à terme, parviendrait-elle à vivre de son art.

Tandis qu'elle s'en allait avec Wentworth, un frisson la parcourut. Ce matin encore, ses perspectives d'avenir étaient bien sombres. Mais voilà que, tout à coup, la chance lui souriait et que l'horizon s'éclaircissait. *Un peu trop vite, peut-être*.

D'une part, ils avaient une piste qui les conduirait peut-être à la rançon.

D'autre part, cette rencontre inespérée avec Andrea.

Et puis... il y avait Jesse. Son attirance pour lui ne

faisait que croître à chaque échange de regards, chaque sourire, chaque éclat de rire. Une décharge électrique la secouait chaque fois qu'ils se frôlaient. Elle ne pouvait le nier, leur amitié était en passe de se transformer en… autre chose. Ne serait-ce pas extraordinaire ? De connaître de nouveau l'extase des sens ? De passer une nuit blottie dans ses bras ? C'était sans doute trop espérer…

Elle frissonna de nouveau. Etre trop heureuse, n'était-ce pas le meilleur moyen de faire le lit du malheur ?

15

Le ravisseur avait emprunté un itinéraire erratique, s'abritant d'abord sous le couvert des arbres, puis gravissant la montagne en direction d'une crête avant de redescendre vers la clôture pour s'enfoncer de nouveau dans la forêt. Jesse relevait les traces et interprétait l'état d'esprit de celui qui les avait laissées — un homme inquiet, aux abois.

Au moment où la rançon avait changé de mains, l'enfer s'était déchaîné. Burke lui décrivit la panique des trois cents bovins qui s'étaient mis à beugler et à se bousculer, galopant en tous sens. Une douzaine de cow-boys du ranch avaient accouru dans le secteur de La Rana. Dans le même temps, deux autres opérations du F.B.I. se déroulaient, avec déploiement du dispositif maximal : hélicoptères, porte-voix et équipes d'assaut.

Pas étonnant que le ravisseur ait eu du mal à se décider. C'était un voyou et un criminel, mais aussi une souris qui s'était aventurée hors de son trou et espérait en réchapper.

Il avait quand même fini par arrêter un itinéraire, quittant enfin le ranch Carlisle et suivant un chemin parallèle à la route principale. Son cheval ayant perdu un fer, il avait évité les surfaces dures comme l'asphalte. « Une chance », songea Jesse. Il avait une piste à suivre et elle l'emmenait vers Riverton.

Burke et lui arrivèrent aux abords de la ville à la nuit tombée.

Jesse mit pied à terre et dirigea le faisceau de sa lampe vers une empreinte de sabot sur le bas-côté. Mais il n'y avait pas de trace laissée par l'autre patte du cheval. Il s'avança jusqu'au croisement de la rue, revint en arrière et releva des traces de pas et la marque crénelée, profonde des pneus d'une moto tout-terrain. Mais plus trace de sabots.

— Voilà, conclut-il. La piste s'arrête là.

Il balaya les environs du regard. Il y avait des boîtes aux lettres plantées sur des piquets et de longues allées menant à de petites maisons préfabriquées, en retrait de la rue. Un seul réverbère éclairait parcimonieusement ce faubourg rural.

— Des témoins l'ont peut-être vu, dit Burke.

— Dans une petite bourgade comme Riverton, voir un homme à cheval n'a rien d'inhabituel.

— On ne sait jamais. Je vais appeler le shérif et lui demander de faire quadriller le secteur par ses adjoints.

— Le shérif Trainer, dit Jesse avec un dégoût non dissimulé. Il est déjà passé à côté de tant de pistes... Ses hommes auraient dû trouver ces marques.

— Pas si sûr, répondit Burke en ajustant la casquette de base-ball sur sa tête. Ce n'est pas la première fois que je traque un criminel, loin de là, mais je n'ai jamais vu quelqu'un suivre une piste comme vous venez de le faire — surtout dans l'obscurité. Admettez-le, Jesse. Vous êtes un vrai limier.

Un large sourire étira les lèvres de Jesse.

— Un chien de chasse ? Je ne sais pas trop comment je dois le prendre.

— Bon sang, où avez-vous appris à suivre une piste de cette façon ?

— Enfant, je passais tous mes étés dans la réserve, avec mon grand-père, un homme très avisé. Il m'a beaucoup appris.

— C'était un Ute ?

— Un Navajo.

Jesse se tourna vers les lumières de la rue principale, au loin. Il détestait l'idée d'avoir retracé tout le parcours du ravisseur pour déclarer forfait maintenant.

— Pourquoi est-il venu en ville ?

— Ce devait être le lieu de rendez-vous avec son acolyte. Je ne vois pas qui d'autre il aurait pu venir voir ici. Toute la ville considérait les Enfants de la Liberté comme des fauteurs de trouble.

— Les traces qu'on a suivies... Vous pensez que c'était celles de Butch ou de Richter ?

— D'instinct, je dirais Richter. Quand la rançon a été délivrée, il a été prompt à dégainer son arme. Comme quand il vous a pris pour cible.

— Mon instinct est d'accord avec le vôtre.

De toute évidence, Richter était le plus dangereux des deux.

— Mais si Richter avait la rançon, pourquoi tuer son partenaire ?

— L'appât du gain.

Oui. C'était l'un des motifs les plus courants et les plus mortels.

— Avec un million de dollars dans son gros sac à dos, il ne devait certainement pas tenir à être vu. Il devait avoir une sacrément bonne raison pour courir le risque de venir en ville. Et puis, regardez... Pourquoi a-t-il traversé la route ici ? A ce croisement ?

— Parce que sa destination, à Riverton, devait être dans les alentours.

Un pâté de maisons plus loin, les principaux commerces étaient concentrés dans le petit centre-ville. Ils remontèrent en selle et s'avancèrent au pas jusqu'au panneau Stop. Riverton était trop petite pour mériter l'installation d'un feu de la circulation ou d'une épicerie. Les gens qui vivaient ici n'avaient d'autre choix qu'aller faire leurs courses à Delta.

Il n'était que 19 heures, mais la plupart des devantures étaient éteintes, à l'exception des décorations de Noël. La seule activité semblait se tenir à l'extrémité de la partie commerçante — longue d'à peine un pâté de maisons — où étaient situés *le* restaurant et *le* bar. Quelques voitures et fourgonnettes étaient garées le long du trottoir devant les deux établissements.

Ils s'approchèrent de la station-service, si délabrée qu'on aurait pu la croire abandonnée depuis des lustres. Les fenêtres du bureau étaient couvertes d'une épaisse couche de saleté de même que les trois portes de l'atelier.

— Chaque fois que je passe devant cette station, elle est fermée, nota Burke. Le vieux à qui elle appartient doit ouvrir quand ça lui chante.

— Silas O'Toole, articula lentement Jesse, se souvenant de l'incident dont il avait été témoin quand Wentworth et lui avaient traversé Riverton. Je l'ai vu à l'œuvre l'autre jour… Il a jeté dehors un cow-boy qui lui cherchait des noises en pointant sur lui un fusil à double canon.

— Quelle était la raison du différend ? Un pneu à plat ?

— D'après ce que j'ai compris, O'Toole a un petit-fils qui travaille avec lui. Comme mécanicien, je suppose. Silas a parlé d'un agent de probation… Le petit-fils a mis les voiles avant d'avoir terminé le travail qu'il devait effectuer pour le cow-boy.

— Il a mis les voiles, répéta Burke. Quand était-ce ?

— Le jour où je suis sorti de l'hôpital. Le lendemain de la remise de la rançon.

Jesse s'interrompit, la signification possible de cet épisode lui apparaissant tout à coup.

— Bon sang, j'aurais dû faire plus attention.

Tout cadrait. Le petit-fils de Silas O'Toole pouvait fort bien avoir été en cheville avec Richter et Butch et, sitôt payé pour ses services, avoir pris la poudre d'escampette. « Pourquoi diable n'ai-je pas fait le lien plus tôt ? » Il n'avait pas le temps de se tromper.

Il descendit de cheval. Ses bottes résonnèrent sur le bitume tandis qu'il s'avançait vers la station-service. Il y avait une lumière au-dessus des pompes à essence et une au-dessus de la porte.

Contournant le bâtiment qui abritait le bureau, il vit quatre voitures accidentées plus ou moins détériorées. Une odeur d'huile et d'essence flottait dans l'air. Burke et lui avançaient, courbés en deux, cherchant des empreintes de sabots dans la boue.

— J'aurais dû faire plus attention, déclara-t-il. Un vieil homme acariâtre agitant un fusil sous le nez d'un client, c'était pourtant un indice, non ?

— Ou simplement couleur locale, grommela Burke. Je vais vous dire : je commence à en avoir assez des ranchs, du bétail et des cow-boys. Vivement que je retrouve mon bureau, à Denver.

— Et Carolyn ?

— Elle travaille aussi à Denver. Ne vous laissez pas tromper par l'image de la cow-girl. C'est une femme d'affaires très influente qui mange des sushis au déjeuner et se chausse de Gucci. Et c'est tant mieux. J'aime Carolyn mais je ne crois pas que je pourrais vivre ici.

— Moi, si.

Bien qu'il n'eût jamais songé à s'installer ici — ni ou que ce soit, d'ailleurs — il aimait la vie montagnarde. Où qu'on tourne le regard, un paysage de carte postale s'offrait à vous. Et puis il aimait être ici parce que Fiona y était.

A la seconde où il pensa à elle, son cœur se mit à battre plus vite. Il voyait ses longs cheveux onduler au rythme des mouvements du cheval, à côté de lui. Ce soir, il veillerait à ce qu'ils puissent avoir un moment de tranquillité, seuls, tous les deux.

Revenu sur l'avant du bâtiment, il tourna la poignée de la porte, espérant que la désinvolture avec laquelle O'Toole gérait son affaire allait jusqu'à laisser la station ouverte à tous les vents. Mais non. La porte était verrouillée.

Il se dirigea vers les portes de l'atelier et essaya la première. Fermée à clé, elle aussi. La seconde s'ouvrit dans un grincement à la première tentative. Il se retourna vers Burke et sourit.

— Paré pour une petite introduction par effraction ?
— Sans problème. Je suis agent du F.B.I.
— Ce qui ne vous place pas au-dessus des lois.
— Mais fait que je bénéficie d'une longue expérience en matière d'invention de prétextes plausibles, pratiquement légaux.

Jesse entra dans le garage et alluma les ampoules nues.

L'intérieur de l'atelier donnait un nouveau sens au concept de négligence. Des outils traînaient sur un établi crasseux. Des chiffons maculés de graisse recouvraient un baril en métal. Un calendrier vieux de 2002 montrait une rousse sexy vêtue de cuissardes en cuir noir mollement alanguie contre une moto de grosse cylindrée. Le sol de béton brut semblait ne pas avoir été balayé depuis le siècle dernier.

Il ne fallut pas longtemps à Jesse pour découvrir une

marque de sabot, nettement imprimée dans la couche de poussière graisseuse.

— Tiens, tiens… Un cheval est passé par là, mais ce sabot avait un fer. Il est impossible de savoir si c'était la monture du ravisseur.

— C'était lui, dit Burke en se relevant. Je ne suis peut-être pas aussi bon pisteur que vous, mais quand il s'agit de flairer de l'argent sale, je n'ai pas mon pareil. Regardez…

Dans sa main gantée, il tenait une coupure de cent dollars.

Une fois Abby couchée, Fiona s'assura que Wentworth n'avait besoin de rien, puis elle se rendit dans son atelier, à l'arrière de la maison. Demain, la mère de Carolyn devait venir voir son travail et Fiona tenait à lui montrer ses meilleures œuvres. La sculpture inspirée des vases navajos n'était en rien une réplique exacte ; elle ne prétendait pas comprendre les rituels de la cérémonie de mariage. Mais elle s'en était inspirée parce que l'idée des deux embouts — un pour chacun des nouveaux époux — lui plaisait. Elle aimait l'idée que deux êtres unis par les liens du mariage boivent à la même source tout en conservant leur identité propre.

Bien qu'elle ait commencé selon la méthode traditionnelle du montage au colombin, sa création présentait un caractère beaucoup plus original. Les deux longs becs s'élançaient, semblant jaillir du délicat entrelacs de ceps de vigne qui s'enroulaient autour du vase et auquel se superposaient des feuillages en relief. Le rendu était tout à la fois moderne et intemporel.

Elle appliqua minutieusement sur la poterie biscuitée une glaçure blanche. Le motif en soi était suffisamment élaboré pour ne nécessiter aucune ornementation supplémentaire.

Ne voulant pas mettre le four en marche pour une seule pièce, elle émailla quelques autres objets dont un calice à haut col et plusieurs coupes. Décidément, le thème de son travail semblait tourner autour de la boisson. Etait-elle assoiffée de quelque chose ?

— Jesse, murmura-t-elle.

Ces œuvres étaient déjà terminées lorsqu'elle l'avait rencontré. Mais, dès l'instant où elle avait fait la connaissance de l'homme qui avait sauvé la vie de son mari, Jesse n'avait plus quitté ses pensées. Elle était prête à le laisser entrer dans sa vie.

Elle remit ses produits chimiques sous clé, puis régla le programmateur du four.

Que pouvait-elle montrer d'autre à Andrea ? Elle ouvrit les portes des placards, en sortit les boîtes qu'elle n'avait pas touchées depuis son installation dans le chalet.

Avant la naissance d'Abby, ses créations avaient été plus imposantes. La pièce la plus grande mesurait soixante-dix centimètres de haut — une explosion de roses qu'elle avait conservée pour la beauté incandescente de son émail cuivré. Elle avait réalisé cette sculpture en songeant à son mariage. Elle était lumineuse et gaie, mais la technique manquait de maturité et de profondeur.

Après la naissance de sa fille, le temps consacré à son art avait par la force des choses été plus limité. Elle avait créé toute une série d'étranges petites maisons. Des habitations de fées... Son idée était de créer une ville miniature peuplée d'elfes, de génies et de magiciens. Beaucoup de ces œuvres avaient été vendues, mais il lui en restait quelques-unes.

Logiquement, après la mort de son mari, son art avait

pris un tour plus sombre. Des vases cuits selon la technique du raku qui permettait des effets d'enfumage et de craquelures. Des motifs abstraits aux lignes abruptes. Ouvrant une boîte, elle en sortit une sculpture d'une vingtaine de centimètres. Un arbre frappé par la foudre aux branches squelettiques qui s'étiraient vers le ciel, telles des serres, et un vernis foncé qui se teintait de rouge sombre au fond des craquelures. Son relief tourmenté évoquait de façon saisissante l'aspect de l'écorce carbonisée.

Par ses formes distordues, l'arbre semblait hurler et se contorsionner pour échapper aux affres de la mort. Elle l'avait modelé, guidée par une incommensurable tristesse et par un sentiment de révolte. Mais, aujourd'hui, elle pouvait le retourner dans ses mains et admirer l'émotion qui s'en dégageait sans en être affectée.

— Pas mal.

Oui. Elle le montrerait à Andrea.

Le four avait beau être dûment ventilé, le petit atelier se transformait en fournaise lorsqu'elle cuisait ses pièces. Elle se déshabilla, ne gardant que son soutien-gorge de sport noir.

Même si Andrea ne prenait aucune de ses œuvres dans sa galerie, Fiona n'aurait pas travaillé en vain. Elle pourrait photographier ces créations pour son site Web. Elle poursuivit ses recherches, cherchant le book présentant les pièces qui étaient exposées à Denver.

Andrea l'avait interrogée quant à son style, mais Fiona n'en avait pas un à proprement parler. Sa poterie reflétait simplement son état d'esprit du moment, toute une palette d'émotions, donc, allant du bonheur idyllique à un accablement sans fond.

Elle avait envie de sculpter Jesse. Son beau visage témoignait de sa force de caractère. Ses mains étaient douces, mais robustes. Elle sentit courir dans ses veines le flux de l'énergie créatrice. Où diable avait-elle mis son carnet à dessins ? Il y avait bien longtemps qu'elle ne s'était pas sentie aussi motivée.

En trois coups de crayon, elle esquissa de mémoire son portrait. Portant un chapeau de cow-boy, un poing serré, ses yeux sombres animés d'une lueur sauvage, un sourire carnassier aux lèvres — carnassier, mais sexy. Seigneur, oui... Elle aurait bien aimé être dévorée par ce prédateur-là.

Un filet de sueur coula entre ses seins. Sa queue-de-cheval collait à la peau de sa nuque. Bien sûr, l'intense chaleur qu'elle ressentait venait en partie du four, mais elle était surtout due au feu intérieur qui l'embrasait. « Bien, songea-t-elle en s'éventant. Il est temps de faire une pause. »

Quittant l'atelier, elle sortit dans la nuit et inspira une grande goulée d'air frais avant d'exhaler un long soupir satisfait. Elle s'était laissé totalement emporter par l'inspiration artistique... Un sentiment absolument grisant.

Peu à peu, le monde reprit forme autour d'elle et elle eut conscience des bruissements de la nuit. Les branches nues agitées par le vent raclaient la façade du chalet.

Elle nota un mouvement entre les pins, près de la grange. Puis elle la vit distinctement. La silhouette d'un homme qui se détachait des ombres. Il se déplaçait rapidement dans sa direction. Une arme à la main.

16

Devant la maison délabrée de Silas O'Toole, Jesse laissa Burke prendre les choses en main. Il aimait bien le grand agent du F.B.I. ; ils formaient une bonne équipe, tous les deux.

Burke était particulièrement doué pour tout ce qui était logistique. En quelques coups de fil, il avait obtenu l'adresse du garagiste et s'était arrangé pour que des employés du ranch viennent en ville récupérer leurs chevaux et leur apporter un 4x4.

Burke tambourina à la porte.

— F.B.I. ! Ouvrez !

Se rappelant le fusil à double canon, Jesse avait sorti son arme. Son épaule commençait à le faire souffrir. S'il n'avait pas été sous l'effet de l'adrénaline, la fatigue se serait fait cruellement sentir.

La bicoque de bois était de taille moyenne, nichée comme ses voisines au fond d'une allée, mais, au lieu d'un jardin entretenu, c'était une étendue d'herbes mortes qui la séparait de la rue. Un canapé hors d'âge meublait le porche. Il y avait de la lumière derrière les rideaux et on entendait le son d'un téléviseur à l'intérieur.

La porte s'entrouvrit. La silhouette d'un vieil homme aux cheveux hirsutes se découpa dans la lumière. Il était vêtu d'un caleçon rouge qui dépassait d'un jean qui bâillait à la taille et lui tombait sur les hanches.

Silas grogna sans aménité :

— Qu'est-ce que vous voulez ?

— Nous cherchons Zeke O'Toole. Votre peti-fils est-il ici ?

— Non.

Voyant qu'il s'apprêtait à leur fermer la porte au nez, Burke inséra son pied dans l'ouverture pour la bloquer.

— Nous devons vous parler.

Les épaules du vieil homme s'affaissèrent.

— Qu'est-ce qu'il a fait, cette fois ?

— On peut entrer ?

O'Toole recula.

— Allez-y.

L'intérieur était miteux. Un sandwich entamé et une canette de bière étaient posés sur une table basse encombrée d'un invraisemblable fouillis, devant la télévision. O'Toole éteignit le téléviseur et se laissa tomber lourdement dans un fauteuil.

Jesse se tenait en retrait, laissant Burke poser les questions.

— Savez-vous où se trouve Zeke ?

— A Grand Junction, sûrement. Il a vendu une voiture, il y a quelques jours. Il était pressé de dépenser son argent. Il est allé à Grand Junction. Y a pas de mal à ça, non ?

— Quand a-t-il vendu cette voiture ?

— J'sais pas... Avant-hier ? Zeke ne me dit pas tout.

— Mais il vit ici.

— Il revient au bercail quand il n'a pas de petite amie. C'est pas le grand luxe, mais c'est chez lui.

Il n'était pas besoin d'être grand clerc pour deviner que l'argent venait de la rançon, réfléchit Jesse. Après avoir pris le sac, Richter était allé à la station-service où Zeke lui avait procuré la voiture.

Tandis que Burke continuait à questionner O'Toole, Jesse sentit son téléphone vibrer dans sa poche. Il le sortit et regarda l'écran. Wentworth.

— Que se passe-t-il ? demanda-t-il en se détournant.
— Quelqu'un a essayé de s'en prendre à Fiona.

Un choc d'une puissance inouïe le secoua.

— Quoi ? Elle va bien ?
— Oui.

Wentworth parlait calmement, mais une note d'urgence teintait sa voix.

— Je ne sais pas qui c'était. Elle a vu le type lui foncer dessus. Il arrivait de la grange. Il était armé.
— Elle était dehors ?
— Elle était sortie une seconde par la porte de derrière pour prendre l'air.

Assez longtemps pour se faire enlever — ou tuer. Bonté divine ! N'avait-elle pas compris ses recommandations ? Il lui avait dit cent fois de ne pas sortir de la maison. Il aurait dû être là pour la protéger.

— J'arrive. Je serai là dans moins de dix minutes.

Debout au pied du lit de sa fille, Fiona la regardait dormir. La lumière du couloir tombait droit sur son visage d'ange, ses joues rebondies, ses boucles blondes. Elle était tellement mignonne. Tellement innocente.

Fiona lutta contre l'envie de la tirer du lit et de l'emmener loin, quelque part où elle serait en sécurité. Comment pouvaient-elles rester ici ? L'homme armé qu'elle avait vu arriver en courant vers elle dans la nuit constituait une menace bien réelle — c'était tout autre chose que d'entendre des voix dans la nuit ou de *supposer* qu'il y avait du danger.

La menace avait pris forme humaine.

A l'instant où elle avait aperçu l'homme, elle était rentrée en courant dans la maison, avait verrouillé la porte à double tour tout en appelant Wentworth. Qui était-ce ? Richter ?

Elle réprima le besoin de serrer Abby contre elle, ne voulant pas lui transmettre sa peur. Il valait bien mieux qu'elle dorme tranquillement. Faire face aux menaces, c'était le rôle d'une maman. Son rôle à *elle*.

Laissant la porte entrebâillée, elle se dirigea vers le séjour. Son regard s'arrêta sur les rideaux tirés. L'inconnu était peut-être là, juste derrière, à les guetter. Elle frissonna.

— Jesse est en route, annonça Wentworth.

— Il ne va pas être content. J'ai passé outre ses conseils. Je suis sortie.

— Ça passera.

Wentworth s'adossa à la porte de la cuisine, son arme à la main.

— Jesse ne reste jamais en colère très longtemps.

Dehors, un bruit de moteur se fit entendre.

Wentworth s'approcha de la fenêtre et jeta un coup d'œil à l'extérieur.

Une porte claqua. Deux secondes plus tard, Jesse entrait en trombe dans la pièce. Il se dégageait de lui une telle énergie qu'elle eut l'impression de voir l'onde de choc se propager dans l'air autour de lui. L'œil farouche, sans ralentir le pas, il marcha droit sur elle... et la prit dans ses bras.

Elle s'accrocha à lui comme si sa vie en dépendait. Les larmes ne tardèrent pas à suivre. Des larmes de soulagement. Il était là. *Son protecteur*. Elle ne risquait plus rien, maintenant. Il ne permettrait jamais que quelque chose leur arrive, à Abby ou à elle.

— Ça va ? murmura-t-il.

— J'ai eu un peu peur.

Il lui caressa les cheveux.

— Vous voulez bien me dire pourquoi vous êtes sortie ?

— Eh bien, pas vraiment, dit-elle en séchant ses joues. Mais je vais le faire quand même.

Elle lui devait bien une explication. Ses instructions avaient été on ne peut plus claires.

— J'avais allumé le four dans mon atelier et la chaleur était intenable. Alors je suis sortie un instant pour me rafraîchir.

Jesse se retourna vers Wentworth.

— Tu étais où ?

— Dans le séjour, tranquillement assis. Je croyais que tout allait bien.

— O.K. Ce n'est pas ta faute.

— Quand j'ai entendu Fiona crier, je me suis précipité dans l'atelier, mais elle avait déjà refermé la porte à clé. Nous sommes allés ensemble voir Abby, dans sa chambre.

Le bras toujours autour des épaules de Fiona, il l'escorta jusqu'au sofa et la fit asseoir.

— L'agent Burke et deux hommes du ranch Carlisle attendent dehors. Je vais rester avec Fiona. Toi, tu vas aller voir si tu retrouves la trace de ce fumier.

— Soyez prudent, rappela Fiona. Il est armé.

La porte se referma derrière Wentworth et Jesse s'assit tout près d'elle. Elle sentait sa veste encore froide contre elle. Pendant un long moment, elle écouta le battement régulier de son cœur.

— Jesse, qu'est-ce que je vais faire ? Je ne peux pas rester ici avec un fou dangereux dans les parages.

— Vous vous inquiétez pour Abby. C'est normal.

— Dites-moi ce que je dois faire. Je vous promets que je vous écouterai. J'ai confiance en vous.

Bien qu'ils soient blottis l'un contre l'autre, son baiser la prit par surprise. Ce n'était pas un petit baiser de réconfort. Non, c'était tout le contraire... Un baiser torride, exigeant.

Sans même s'en rendre compte, elle changea de position pour se placer face à lui. Elle se pressa contre son torse. Tant de couches de vêtements les séparaient... Elle avait envie de ne faire qu'un avec lui. De faire l'amour.

Il l'attira sur ses genoux tandis que sa langue se frayait un chemin entre ses lèvres accueillantes. Il poussa un soupir d'aise qui ne fit qu'accroître le désir de Fiona.

Lorsqu'ils s'écartèrent l'un de l'autre, elle le regarda, le souffle court, brûlant d'envie qu'il l'embrasse de nouveau. Sans même en avoir conscience, elle s'inclina vers lui, réclamant un autre baiser.

— Attendez... Fiona... Réfléchissez, murmura-t-il. Wentworth et Burke seront de retour d'ici quelques minutes.

Elle était impatiente de mettre fin à la longue période d'abstinence qu'elle avait vécue... Mais Jesse avait raison. Le moment ne pouvait être plus mal choisi.

— D'accord, concéda-t-elle à regret en reprenant place sur le sofa, à côté de lui. Pas maintenant... mais bientôt.

— Je n'aurais jamais dû vous laisser seule.

— Je ne l'étais pas. Il y avait Wentworth.

Déposant un baiser sur son front, il se leva et se dirigea vers la cuisine. Elle lui emboîta le pas.

— Vous savez ce que je pense de la culpabilité. Elle ne sert à rien. Vous n'êtes pas responsable de ce qui m'est arrivé. Pas plus que de l'enlèvement de Nicole. Bon sang, vous avez failli mourir en tentant de lui porter secours.

Il ouvrit le réfrigérateur et sortit une bouteille d'eau.

— N'empêche que je m'en veux. Je n'ai pas su protéger mon client.

Elle comprit qu'il n'aurait pas de repos tant qu'il n'aurait pas retrouvé la rançon et Nicole.

— Où conduisait la piste que vous avez suivie ?

— A un autre suspect. Mais on n'a rien de concluant pour l'instant.

— Je devrais peut-être plier bagage et aller m'installer à l'hôtel en attendant que tout soit fini. Qu'en pensez-vous ? Mais je ne veux pas dire ce qui se passe à Abby. Je ne veux pas qu'elle ait peur et se mette à faire des cauchemars.

— Je vais poster deux hommes à l'extérieur du chalet et, moi, je serai à l'intérieur.

Il tendit la main et glissa ses doigts dans ses cheveux.

— Je voudrais pouvoir vous promettre que vous ne risquerez plus rien, Abby et vous. Que je n'ai jamais perdu un client. Mais ce serait mentir. Il m'est arrivé de commettre des erreurs.

— Vous avez sauvé la vie de mon mari.

Et, d'une certaine façon, songea-t-elle, il sauvait également la sienne en ce moment. En lui redonnant goût à la vie. En lui rappelant ce que c'était que d'être une femme.

— Il y a trois ans, j'ai été engagé pour protéger la famille du P-D.G. d'une compagnie pétrolière. Ils passaient leurs vacances dans une résidence privée à Telluride. J'avais deux hommes avec moi, des skieurs hors pair.

— Vous faites du ski ?

— Et du snowboard. Ça vous étonne ? Je suis né dans le Colorado.

— Donc, pour résumer votre C.V., vous skiez, vous montez à cheval, vous chassez et vous êtes tireur d'élite. Faites-vous aussi du canoë-kayak et de l'escalade ?

— Oui, ça fait partie de l'offre de services de Longbridge

Security. Protéger les gens y compris lorsqu'ils pratiquent des sports de plein air.

— Y a-t-il quelque chose que vous ne sachiez pas faire ?

— J'ai le mal de mer, admit-il. Je peux descendre des rivières en canoë ou en kayak, mais emmenez-moi en mer et je vire au vert à peine sorti du port.

C'était rassurant de savoir qu'il n'excellait pas en *tout*.

— Désolée, reprit-elle. Continuez… Je vous ai interrompu.

Mais, avant qu'il n'ait eu le loisir de répondre, on gratta à la porte d'entrée. Ils revinrent dans le séjour et Jesse alla ouvrir.

Wentworth, Burke et les deux cow-boys du ranch Carlisle entrèrent.

Burke se laissa tomber sur le sofa en grommelant :

— Je ne sais pas comment vous faites pour passer des journées entières en selle, les gars. J'ai le postérieur en compote !

Fiona lança un coup d'œil en direction du couloir.

— Désolée pour votre postérieur, mais pourriez-vous tous venir dans la cuisine ? Abby dort.

Les hommes lui emboîtèrent le pas, martelant le sol de leurs semelles, aussi bruyamment qu'un troupeau de taureaux. Burke s'assit sur une chaise et étendit ses longues jambes devant lui.

— On n'a pas pu le coincer. Mais on a relevé des tas de signes indiquant que quelqu'un s'était caché là. Il a remonté l'allée, suivi la route et, ensuite… pfuit ! Plus rien.

Fiona s'affairait devant le comptoir, préparant du café et cherchant quelque chose à leur donner à grignoter. Son stock d'en-cas s'était réduit à quelques barres de céréales, qu'elle déposa au centre de la table pendant que Jesse établissait le programme de surveillance pour la nuit.

Elle regarda le café couler dans la verseuse, s'efforçant d'appréhender la situation. Se retournant, elle se cala contre le plan de travail et contempla les cinq hommes réunis autour de la table. Un agent du F.B.I., deux cow-boys, Wentworth et Jesse.

— J'ai une question, lança-t-elle à brûle-pourpoint.

Toutes les têtes se tournèrent vers elle. Face à cette assemblée très virile, elle se sentit petite et très *femme*. Mais pas impuissante. Elle ne pouvait pas se permettre de jouer les demoiselles en détresse. La sécurité de son enfant était en jeu.

— Cet après-midi, nous avons suivi la trace du ravisseur qui a réceptionné la rançon. Lequel des deux était-ce ?

— Nous ne savons pas exactement, répondit Burke. Mais nous penchons pour Richter.

— Bien. Donc, il a récupéré l'argent, déclara-t-elle.

— Ensuite, il a tué son acolyte, poursuivit Burke.

— Pourquoi est-il toujours ici ? rétorqua-t-elle plus fort qu'elle n'en avait eu l'intention. Il a l'argent. Son partenaire est mort. Pourquoi s'attarder dans les parages ?

— Il *avait* l'argent, corrigea Jesse. Il a pu l'égarer. A moins que Butch ne le lui ait pris. Ou Nicole...

Burke ajouta :

— Quand la rançon a été versée, tout le secteur fourmillait d'agents du F.B.I. Des équipes d'assaut. Des hélicos. Ils se sont peut-être dit qu'il valait mieux planquer l'argent et faire profil bas.

— Et il y a une cachette très pratique dans votre grange.

Elle se tut, cherchant une logique à l'enchaînement des faits.

— Donc, l'un d'eux aurait apporté l'argent ici et l'aurait caché ?

— Possible, dit Burke.

— Et après ? La rançon s'est volatilisée par l'opération du Saint-Esprit ?

Personne ne pipa mot.

Sans autres indices, ils en étaient réduits à jouer aux devinettes. Ce qui était certain, c'était que Pete Richter avait bel et bien cherché à s'en prendre à elle. Et qu'il ne semblait pas du genre à renoncer facilement.

17

Quelques heures plus tard, allongée sur son lit, trop à cran pour trouver le sommeil, Fiona tourna et retourna les événements dans sa tête. Durant les terrifiantes secondes où elle avait vu Richter fonçant sur elle, il était armé. S'il avait voulu la tuer, il aurait pu tirer — sans même se déplacer. Mais il ne l'avait pas fait. Il avait surgi de l'ombre au risque de se faire repérer dans une tentative désespérée de... De quoi ?

Que lui voulait Richter ?

Elle roula sur le côté. Elle se sentait en sécurité, ce soir, avec le dispositif qu'avait mis en place Jesse. Par la porte entrouverte de sa chambre — précaution supplémentaire prise par Jesse pour le cas où Richter forcerait la fenêtre, elle l'entendait faire les cent pas dans le séjour.

Quelques heures plus tôt, elle était dans ses bras et l'embrassait, mourant d'envie de faire l'amour avec lui. Son corps palpitait encore.

Se retournant une fois de plus, elle se mit à plat ventre. Même s'ils ne devaient pas faire l'amour, elle avait envie de l'avoir près d'elle. Ce qu'elle ressentait pour Jesse allait bien au-delà de l'attirance physique, au-delà de la passion. Elle avait confiance en cet homme. Il ne lui arriverait rien tant qu'elle l'aurait à son côté. Mais, bon sang, que lui voulait ce Richter ?

La réponse lui apparut d'un seul coup, comme une illumination. Simple. Evidente. Pourquoi n'y avait-elle pas pensé plus tôt ? Rejetant les couvertures, elle attrapa sa robe de chambre en flanelle, noua rapidement la ceinture autour de sa taille et se dirigea vers le hall pour en faire part à Jesse.

Il l'attendait, assis sur le sofa, la main droite sur l'accoudoir, prêt à entrer en action. Il émanait de sa silhouette mince et musclée une incroyable impression de force. Aucun malfrat sensé n'aurait tenté de chercher des noises à Jesse Longbridge.

Il lui sourit.

— Vous en avez mis, du temps.

— Vous croyez que je ne peux pas me passer de vous ?

— Je crois que vous avez envie de parler. Je l'ai vu quand vous êtes partie vous coucher. En fait, je comptais sur votre venue.

Parce qu'il voulait qu'ils achèvent ce qu'ils avaient commencé ? Les pulsions qu'elle avait refoulées alors qu'elle était seule dans sa chambre revinrent en force, occultant tout le reste, y compris l'idée lumineuse qui lui était venue.

— Vous y… comptiez ? Pourquoi ?

— J'ai besoin d'aide. D'une aide matérielle.

— M… Matérielle ? bredouilla-t-elle, prise de court par sa formulation quelque peu singulière. C'est un peu… clinique, non ?

— Si.

Il entreprit de déboutonner sa chemise. Un bouton… Deux. Il avait le torse glabre. La peau lisse comme du velours. Du velours couleur moka au lait.

— J'ai besoin que vous m'aidiez à changer mon pansement.

Se levant, il se dirigea vers la cuisine tandis que Fiona faisait de son mieux pour se ressaisir. Il la voulait comme infirmière, pas comme amante. Elle le suivit, traînant ses pieds chaussés de socquettes en laine sur le parquet.

Sur le plan de travail, il avait déjà disposé le nécessaire : antiseptique, savon, compresses et bandage.

— Mieux vaut nous installer ici. La salle de bains jouxte la chambre d'Abby et je ne veux pas la réveiller.

— Vous comptez faire beaucoup de bruit ?

— Ça dépend, repartit-il en arquant les sourcils de façon suggestive. Comptez-vous faire preuve de douceur ?

Il la taquinait, c'était évident, et elle n'y voyait aucun inconvénient, à ceci près qu'elle avait quelque chose d'important à lui dire.

— Je sais pourquoi Richter me pourchasse.

— J'étais sûr que vous penseriez à quelque chose. Vous avez l'esprit d'un enquêteur. Vous êtes intelligente et créative. Face à un problème, vous envisagez l'éventail complet des possibilités.

Il retira sa chemise.

Elle lutta pour garder l'air détaché, s'efforçant de le regarder comme s'il était l'un des modèles qu'elle sculptait lorsqu'elle était aux Beaux-Arts. Il avait les épaules larges, presque disproportionnées par rapport à ses hanches. Son torse n'était pas outrageusement musclé comme celui d'un haltérophile, mais ses abdominaux étaient nettement dessinés. Il n'avait pas une once de graisse. De son point de vue, c'était un parangon de perfection masculine — un physique digne d'un Michel-Ange.

Elle s'immobilisa, incapable de parler, de penser ou de faire autre chose que de rester là, à le regarder tandis qu'il décollait l'adhésif et retirait le pansement de son épaule.

Des points de suture noirs maintenaient les bords de la plaie, laissant une méchante cicatrice rouge.

— Ça vous fait mal ? balbutia-t-elle.

— Pas la plaie en elle-même. Elle est en train de cicatriser ; ce sont les muscles qui me font souffrir, surtout quand je lève le bras.

Elle le contemplait toujours, fascinée, songeant aux différentes sculptures de son atelier, si représentatives de son humeur au moment de leur création. Les joyeuses petites maisons. Les arbres noirs, tourmentés. Les vases vides.

Jesse incarnait une nouvelle phase de sa vie. Force et sensualité.

— Fiona ? Alors ? Quelle est cette idée dont vous vouliez me parler ?

Elle s'arracha à la contemplation de son torse et prit une compresse et le savon sur le plan de travail.

Lorsqu'elle toucha son torse, elle sentit sa peau frémir sous ses doigts. Un frisson la parcourut à son tour.

— Quand je suis arrivée dans le séjour, vous avez dit que vous saviez que j'avais envie de parler… Pourquoi ?

— Vous aviez cet air… Quand quelque chose vous trotte dans la tête, vous haussez légèrement les sourcils. J'avais raison ou non ?

— Comment se fait-il que vous me connaissiez aussi bien ?

Elle nettoya soigneusement la peau autour de la cicatrice, orientant son autre main selon un angle bizarre dans le seul but de ne pas entrer en contact avec son torse.

— Pour la même raison que vous, vous *me* connaissez. Parce que quelque chose… Un lien spécial… nous unit.

— C'est vrai.

Et ce n'était pas seulement parce qu'il avait sauvé la vie de son mari. Non, ils avaient... des atomes crochus.

— Il devait être écrit que nous nous rencontrerions à ce moment précis, à cet endroit précis.

Il arrêta longuement son regard sur elle.

— Que nos chemins se rejoindraient ici.

Elle cligna des yeux, troublée.

— Le vôtre est beaucoup plus dangereux que le mien.

— Pas en ce moment, objecta-t-il.

— Donc, voilà ce que j'ai pensé, reprit-elle précipitamment. Burke et vous partez du principe que Richter est celui qui est allé à Riverton et a troqué son cheval contre une voiture achetée au petit-fils de Silas O'Toole... Mais si c'était Butch ? Butch met la main sur la rançon... S'empresse de la cacher quelque part avant d'aller retrouver son complice... C'est pour ça que Richter l'a tué.

Prenant une nouvelle compresse, elle rinça les dernières traces de savon sur son épaule.

— Il me poursuit parce qu'il pense que je sais où Butch a caché l'argent. A cause de la pièce secrète, sous ma grange. Il croit que Butch et moi étions de mèche.

— Peut-être pense-t-il que vous étiez amants.

— Merci bien !

— Vous avez vu des photos de Thurgood. C'était une star du rodéo. Un séduisant cow-boy.

— Ce n'est pas mon type.

Son type, c'était l'homme qui était devant elle, torse nu.

— Donc Richter est complètement à côté de la plaque, reprit-elle, suivant son idée. Tout ça n'a rien à voir avec moi.

— Si, c'est lié à qui vous êtes, insista-t-il d'une voix douce. Vous êtes si jolie et si sexy que même un crotale comme Richter n'a pu faire autrement que supposer que vous aviez un amant.

— Oh ! voyons, protesta-t-elle en levant les yeux au ciel. A vous entendre, on croirait que je suis une irrésistible sirène qui attire les cow-boys jusqu'à son ranch.

Il caressa ses longs cheveux et repoussa les mèches qui tombaient de part et d'autre de son visage.

— C'est peut-être bien ce que vous êtes… La mystérieuse et désirable veuve Grant, nouvellement arrivée en ville.

D'un coup de poignet, il tira sur le cordon de sa robe de chambre, glissa la main droite au-dessous et encercla sa taille pour l'attirer à lui. Le fin jersey de sa chemise de nuit se pressa contre la peau nue de Jesse. Elle se sentit fondre. Arquant la nuque, elle attendit qu'il l'embrasse, frémissante.

Mais il tourna légèrement la tête et lui mordilla le lobe de l'oreille, provoquant en elle une décharge électrique.

Fiona promena les mains sur l'étendue dénudée de son dos, savourant la texture de sa peau et les muscles durs, au-dessous.

D'une main, il la tenait aux épaules. L'autre glissa le long de sa chute de reins et la souda à lui. Elle remua les hanches, imprima à son tour de lascives pressions, le clouant au comptoir de la cuisine.

La bouche de Jesse était chaude, avide, passionnée. Comme il l'embrassait voracement, elle sentit l'étincelle s'allumer au plus profond de son être. Un instant plus tard, c'était une rivière de lave qui coulait dans ses veines. Elle enfonça ses ongles dans sa peau, ivre d'excitation, de désir.

D'un mouvement fluide, apparemment sans effort, il la souleva pour qu'elle s'assoie sur le comptoir. Elle l'enserra entre ses cuisses nues tandis qu'il repoussait frénétiquement les pans de sa robe de chambre.

Un son étranger parvint aux oreilles de Fiona, pénétrant

la bulle de passion dans laquelle ils étaient tous les deux enfermés — seuls au monde.

Jesse réagit au quart de tour. Il s'écarta d'elle, la main déjà sur son arme, et bondit vers la porte de service.

Ce fut avec soulagement que Fiona entendit la voix de Wentworth.

— Ouvre... Je suis gelé.

— Tu tombes mal, murmura Jesse.

Le temps qu'il ouvre le battant, Fiona avait rajusté sa tenue, lissé ses cheveux. Quant au brasier qui continuait à faire rage en elle, elle ne pouvait rien y changer. Elle savait que ses joues étaient colorées, ses yeux brillants de passion.

Wentworth s'engouffra dans la cuisine, en même temps qu'un courant d'air froid. Le regard braqué sur le sol, il traversa la cuisine sans s'arrêter, marmonnant quelque chose à propos de la salle de bains.

Elle regarda Jesse — le haut du corps dévêtu, une protubérance suspecte au niveau de l'entrejambe. Ce qu'ils étaient en train de faire était tellement évident que c'en était franchement cocasse.

Elle lui décocha un large sourire.

— Je crois que nous avons mis Wentworth dans l'embarras.

— Il s'en remettra.

Quoi qu'il en soit, ils devaient mettre leur ardeur — aussi dévorante soit-elle — de côté. Avoir des vigiles qui traversaient la maison à chaque rotation de tour de garde n'était pas exactement un facteur favorisant l'intimité.

— J'aimerais bien finir ce que nous avons commencé, dit-elle. Et je ne parle pas de votre pansement.

Il l'embrassa rapidement et murmura :

— Je veux faire les choses bien, Fiona. Je veux vous

faire l'amour dans des draps de satin et vous garder la nuit entière contre moi. Je veux que la première chose que je verrai en me réveillant, le matin, soit votre visage.

Elle soupira et posa la joue contre sa peau nue.

— Ça me va tout à fait.

— Je veux vous offrir tous les luxes. Toutes les petites attentions spéciales que vous méritez.

— J'ai déjà eu tout ça, vous savez.

— Oui, je sais.

— Posséder des tas de biens ne vous rend pas heureux. J'ai aussi chaud dans de la fausse fourrure que dans un manteau d'hermine. Et c'est nettement plus politiquement correct.

Il recula d'un pas et la tint à bout de bras.

— Wyatt était un homme bien, un homme soucieux de subvenir aux besoins de son épouse. Et c'était le père de votre fille.

Elle n'avait pas pensé à Wyatt. Son souvenir était très exactement cela : un heureux, un précieux souvenir.

— Je ne l'oublierai jamais.

— C'était l'amour de votre vie.

Se détournant, il se dirigea vers le lavabo et se mit à déplacer les produits qu'il avait posés sur le plan de toilette. Il ne s'était éloigné que de trois pas, mais c'était comme si un gouffre, tout à coup, s'était ouvert entre eux, se dit Fiona. Lui en voulait-il de l'amour qu'elle avait porté à Wyatt ? Cela constituerait-il un problème entre eux ?

Ce qu'elle éprouvait pour Jesse était trop nouveau pour pouvoir être nommé. Elle ne pouvait pas appeler cela de l'amour… Du moins, pas encore. Mais, lorsqu'elle était près de lui, un sentiment profond s'emparait de tout son être… Une indescriptible exultation intérieure.

— Ma vie n'a pas pris fin avec la mort de Wyatt,

reprit-elle calmement. Pendant un certain temps, j'aurais bien voulu. Ç'aurait été plus facile de descendre dans la tombe avec lui.

Il se tourna vers elle.

— Cette tombe qui est pour ainsi dire sur le pas de votre porte.

Elle s'avisa tout à coup de l'omniprésence de Wyatt dans sa vie, particulièrement ici, dans ce chalet. Il y avait une photo de lui sur sa table de chevet. La chambre d'Abby était remplie d'animaux en peluche offerts par son père. La radio était encore réglée sur sa station favorite.

— Les choses sont en train de changer. J'évolue, dit-elle.

Evitant de croiser son regard, il regarda sa cicatrice.

— C'est presque guéri. Je n'aurai pas besoin d'un aussi gros bandage.

Il avait changé de sujet pour éviter un terrain miné sur le plan émotionnel. En général, Fiona n'hésitait pas à exprimer ses sentiments mais, plongée en pleine confusion, elle préféra en revenir aux questions pratiques.

— Je vais vous poser une compresse imbibée d'antiseptique que je couvrirai d'un pansement.

Il regarda résolument ailleurs tandis qu'elle le soignait. Elle en fit autant.

En un clin d'œil, ils étaient passés d'une ardeur incandescente à une froideur glaciale. L'atterrissage était brutal.

— Alors ? Que pensez-vous de ma théorie sur Richter ? demanda-t-elle, laconique.

— Ça se tient. Mais ça n'explique pas le plus important : où est Nicole ?

— D'après Dylan, elle est partie. Elle l'a quitté.

— Et vous y croyez ?

— Carolyn m'a dit qu'ils s'étaient disputés. Ils traversaient une crise, mais quel couple ne connaît pas des hauts et des bas ?

Wyatt et elle aussi avaient eu des désaccords. Bon sang, voilà qu'elle pensait de nouveau à Wyatt !

— Je ne sais pas ce que Nicole a dit à Dylan, mais, apparemment, elle l'a convaincu. Il est persuadé qu'elle veut divorcer.

Il réenfila sa chemise.

— Quand je l'entendrai de sa bouche, je le croirai, moi aussi. En attendant, elle reste ma cliente.

— Vous croyez qu'elle est toujours entre les mains de Richter ?

— Je ne sais pas.

Il s'assit, ses longues jambes étendues sous la table de la cuisine, l'air harassé, comme si les efforts de la journée avaient fini par le rattraper. Elle aurait voulu l'aider, faire qu'il se sente mieux.

— Avons-nous d'autres pistes à suivre ?

— Demain matin, je poursuivrai les recherches. Cette fois, je partirai de l'endroit où Nicole et Dylan se sont retrouvés.

— Au moment même de la remise de la rançon, souligna Fiona. Je pourrai vous accompagner ?

— Non.

L'ombre d'un sourire frémit au coin de ses lèvres.

— Vous aussi, vous êtes ma cliente. Et j'ai bien l'intention de vous garder en vie, Abby et vous.

— Richter n'oserait pas se manifester pendant que je suis avec vous.

— Non ? La dernière fois que j'ai eu affaire à lui, il a failli avoir ma peau. Il a tiré le premier. Et j'ai failli à ma mission.

— Non, assena-t-elle avant de pousser un soupir de

contrariété. C'est la dernière fois que je le répète : vous n'êtes pas responsable de cet enlèvement.

— Allez le dire à Nicole.

Elle repensa à la petite pièce où sa voisine avait été retenue, attachée au bout d'une chaîne, sans pouvoir voir le jour. Dans les vidéos, elle paraissait être en bonne santé et avoir bon moral, mais elle avait dû être terrorisée.

L'empathie naturelle qu'elle éprouvait pour Nicole s'étendit à Jesse. Lui aussi souffrait. Il s'accusait de tous les torts, estimait qu'il n'avait pas fait correctement son travail.

Il avait ses propres démons, elle le savait. Prise d'une impulsion subite, elle demanda :

— Que s'est-il passé à Telluride ?

Elle vit sa mâchoire se contracter. Il lui était difficile d'évoquer l'incident où il estimait avoir, là aussi, commis une erreur.

— Je n'aurais jamais dû vous parler de ça.
— Mais vous l'avez fait.

Elle s'assit en face de lui.

— Parce que vous sentez instinctivement que vous pouvez me faire confiance. Je veux comprendre, Jesse. Je veux *vous* comprendre.

— Je ne suis pas si compliqué.

— Oh ! que si, vous l'êtes, rétorqua-t-elle avant de prendre sa main. Racontez-moi… s'il vous plaît.

Il poussa un profond soupir.

— Une résidence privée à Telluride. Un P.-D.G., ses deux filles adolescentes et sa femme.

— Ils faisaient tous du ski ?

— Pas sa femme. Elle préférait se reposer à la maison et lire. Une femme charmante. Je n'oublierai jamais son regard quand je lui ai dit qu'on avait tiré sur son mari.

Fiona retint son souffle.

— Comment est-ce arrivé ?

— Les enfants n'ont pas été touchées. Et leur père a survécu… de justesse.

Il serra sa main dans la sienne.

— Je n'ai pas vu les tireurs embusqués dans les arbres. Ou, du moins, je les ai vus trop tard.

Elle aurait voulu le réconforter, lui dire qu'il avait fait de son mieux. Mais elle voyait bien, à son expression hantée, qu'il ne serait pas facile de l'apaiser. Sa douleur était trop profonde.

— Vous avez un métier extrêmement difficile.

— Et dans lequel l'échec n'a pas droit de cité car il est synonyme de mort. Je n'aurai de cesse de retrouver Nicole.

18

Le lendemain matin, Jesse se prépara rapidement à se mettre en route pour le ranch Carlisle, où il devait retrouver Burke et suivre la piste du deuxième ravisseur. Sans tout à fait se l'avouer, il espérait ne pas croiser Fiona avant de partir. Oh ! il ne ferait rien pour l'éviter, il n'était pas lâche à ce point… Mais leur discussion de la veille avait ravivé de mauvais souvenirs. Douloureux, mais il pouvait faire face. Il avait eu des années pour méditer sur cet échec.

Non, ce qui lui posait problème, c'était leur intimité — le goût de ses baisers, la pression de son corps gracile contre le sien, la texture soyeuse de ses longs cheveux, son parfum, ses soupirs d'aise. Son attirance pour elle ouvrait en lui un nouvel abîme de regret. Ils étaient sur la même longueur d'ondes. Dès l'instant où ils s'étaient rencontrés, il avait senti qu'elle était la femme qu'il voulait à son côté pour la vie. Seulement, elle avait déjà trouvé son grand amour en la personne de Wyatt Grant et jamais il ne pourrait le remplacer. Tomber amoureux de Fiona ne pourrait que lui briser le cœur.

Se cuirassant pour le cas où il tomberait nez à nez avec elle, il entra dans la cuisine. Abby était assise à table, bavardant gaiement avec un des cow-boys du ranch

Carlisle qui avait passé la nuit à patrouiller. Jesse salua le jeune homme d'un signe de tête.

— Bonjour, Jesse, répondit McKenzie.

Abby sauta à bas de sa chaise, prit sa main et l'entraîna vers le comptoir.

— Viens... Il faut que tu boives du café.

Il suivit le petit lutin blond aux manières autoritaires.

— Tu as l'air bien sûre de toi.

Elle leva au ciel ses yeux bleu clair et poussa un soupir.

— Tout le monde est trèèèès fatigué aujourd'hui.

— C'est vrai.

Après une nuit de tours de garde, il n'avait pas beaucoup dormi. Et ses rêves avaient été troublés.

— Sers-toi tout seul, déclara Abby en se dirigeant vers le réfrigérateur. Je n'ai pas le droit de toucher ce qui est chaud, mais je peux sortir le lait.

Elle lui tendit la brique presque vide. Bien qu'il préférât le café noir, il ajouta un nuage de lait.

— Merci, Abby.

— Tu as vu ? Je suis une très bonne hôtesse.

— Oui, tu t'occupes bien de moi.

— Je sais. Et je m'occuperais bien d'un poney, aussi.

— Tu lui offrirais du café ?

— Tu es bête ! s'exclama-t-elle en pouffant de rire. Les poneys mangent des céréales !

Tandis qu'elle retournait s'asseoir, il se servit un muffin aux myrtilles. Pas de fruits, ce matin. Les stocks de nourriture s'amenuisaient. Il faudrait que quelqu'un aille faire un saut au supermarché dans la journée.

Il avala son café et mangea le muffin au-dessus de l'évier. S'il se dépêchait, il réussirait peut-être à battre en retraite avant que Fiona n'arrive.

— McKenzie, je m'en vais. Dis à Wentworth que je serai de retour à midi.

Il ouvrait la porte arrière lorsqu'il entendit la voix de Fiona derrière lui.

— Vous allez partir sans dire au revoir ?

Il se retourna. Pris au piège.

— Au revoir.

Elle paraissait reposée et en pleine forme avec une touche de maquillage qui mettait en valeur ses grands yeux gris et un brillant à lèvres rose pâle. Ses cheveux châtains étaient tirés en arrière, tombant dans son dos en une longue tresse luisante.

— Pas si vite, reprit-elle. J'aimerais votre avis concernant l'une des poteries que j'ai cuites, hier.

— Je ne pourrai pas vous aider, répondit-il en jetant un regard chargé d'envie à la porte. Je ne m'y connais pas beaucoup en matière d'art.

Mais, déjà, pratiquement comme Abby, elle avait saisi sa main et le guidait le long du couloir vers l'atelier. Décidément, les femmes de la famille avaient une nette tendance à se montrer dirigistes.

L'atelier avait changé d'aspect. Sur la table de travail qui était encombrée de carnets de croquis et d'outils la dernière fois qu'il y était venu, étaient maintenant présentées plusieurs œuvres d'art achevées — des sculptures représentant des petites maisons aux couleurs vives, des plantes exotiques, des créatures aux allures étranges et tout un assortiment de pots et de vases.

— Je me suis inspirée des vases de mariage navajos pour celle-ci, dit Fiona en montrant l'une d'elles. Un seul récipient muni de deux embouts, un pour chaque époux. La symbolique me plaisait. Séparés, indépendants tout en étant unis.

Il promena son regard sur le pot émaillé de blanc qu'on aurait cru recouvert de feuilles. Hivernal mais pas froid. Son talent l'impressionna, mais ce furent ses mots qui résonnèrent en lui. « Séparés, indépendants tout en étant unis. » Un mariage n'était pas forcément une structure étouffante dans laquelle chacun perdait son identité. Il effleura du bout des doigts la céramique.

— On dirait de la glace vivante.

Un sourire étincelant illumina son visage.

— Vous aimez.

— Je confirme. Et pas seulement celle-ci, les autres aussi.

Certains des étranges petits animaux lui tirèrent un sourire. Les motifs qui ornaient les pots étaient fascinants.

— Vous êtes douée.

— Andrea — la mère de Carolyn et de Dylan — doit venir ce matin. Elle a une galerie d'art à Manhattan. Si j'arrive à la convaincre d'exposer mon travail, j'y gagnerai une crédibilité immédiate.

Elle avait une telle sensibilité… Pas étonnant qu'elle soit aussi créative. Elle était l'une des personnes les plus expressives qu'il lui eût été donné de rencontrer. Plus il passait de temps auprès d'elle, plus elle le fascinait et l'attirait.

— Elle aurait bien tort de ne pas présenter votre travail. Vous avez un talent fou.

Elle se dressa sur la pointe des pieds et l'embrassa sur la joue.

— C'est ce que j'avais besoin d'entendre. Maintenant, vous pouvez partir.

Mais lui, maintenant, avait envie de rester. Il prit l'un des pots — simple, fonctionnel avec un motif orange et bleu foncé.

— Ça me rappelle le travail de certains artistes navajos. Mon grand-père aurait aimé.

— C'est un merveilleux compliment. Je sais à quel point il comptait pour vous.

Un souvenir remonta à sa mémoire.

— J'ai rêvé de lui cette nuit. Je le voyais traversant un grand plateau. Il y avait une femme avec lui. Une femme blonde.

— Nicole, dit-elle.

— Je l'appelais et je courais vers eux en sautant de rocher en rocher. Mais je n'arrivais pas à les rattraper. Vous voyez ce que je veux dire... ? Quand on court dans un rêve ?

— Oui.

— Alors mon grand-père s'est avancé au bord de la falaise et a levé les bras vers le ciel. Il y a eu un éclair. Et Nicole a disparu.

Il avait peur pour elle, peur que Richter l'ait tuée et ait abandonné son corps au fond d'une grotte. Il faudrait des années de recherche dans ces montagnes pour la retrouver... s'ils la retrouvaient un jour.

— Qu'est-ce que ça signifie ?

Il refusait de formuler à voix haute le fond de sa pensée, craignant de lui donner corps en prononçant les mots.

— Quand mon grand-père s'est retourné, je me suis retrouvé à côté de lui.

Il ne croyait pas aux revenants ni aux esprits, mais il respectait les morts.

— Il s'est adressé à moi en navajo. Je ne parle pas bien la langue, mais je comprenais ce qu'il disait. « Suis ton chemin. »

— Comme quand vous avez suivi cette piste jusqu'en

ville, souligna-t-elle. Peut-être qu'il vous indiquait que vous étiez sur la bonne voie.

Jesse fronça les sourcils. Il ne savait pas ce que signifiait ce rêve, mais il en avait assez de tourner en rond. Il avait envie de savoir exactement dans quelle direction aller.

— Je dois partir.

Que cela lui plaise ou non, son chemin le ramènerait vers Fiona, il le savait.

Au ranch Carlisle, Jesse se dirigea directement vers les écuries. Le cheval bai qu'il avait monté la veille hennit lorsqu'il s'approcha de son box. C'était une bête calme, obéissante. En quelques minutes, Jesse fut en selle.

Lorsqu'il sortit, il vit un cavalier qui l'attendait. Dylan.

— Vous avez besoin d'aide ? s'enquit celui-ci avec raideur.

Il était toujours caparaçonné dans sa colère et son chagrin, mais une énergie nouvelle se dégageait de lui — de la détermination.

— Vous savez suivre une piste ? demanda Jesse.

— Plutôt pas mal. Je suis chasseur.

D'un mouvement de tête, il indiqua la maison.

— Burke ne viendra pas. Il vient d'avoir un indice concernant l'endroit où pourrait se trouver Zeke O'Toole.

Jesse donna le départ d'un coup de rênes.

— Voyons ce qu'on peut trouver.

Ensemble, ils se mirent en route, traversant le pâturage sud. Jesse n'avait pas besoin d'être guidé jusqu'au lieu où Nicole et son mari s'étaient rencontrés. C'était près de l'endroit où il avait été témoin du kidnapping — là où il avait été touché.

A l'est s'ouvrait un panorama de terres d'élevage, des vallées et des collines moutonnantes sur fond de hautes cimes enneigées. Des bandes de nuages vaporeux s'étiraient haut dans le ciel bleu et le soleil illuminait les champs de son pâle éclat hivernal. Sans pouvoir s'empêcher de s'émerveiller devant la beauté saisissante de ce vaste paysage bordé par la forêt, Jesse n'en éprouvait pas moins une étrange prémonition. Dylan avait dû ressentir la même chose. Dans ce coin paisible de la forêt, sa femme lui avait déclaré que leur union était terminée.

Jesse jeta un coup d'œil à l'homme qui chevauchait à son côté. Avec sa veste de daim et son Stetson, Dylan Carlisle incarnait le vrai cow-boy. Il avait vécu toute sa vie ici ; ces terres immenses et le bétail appartenaient à sa famille.

Quand Dylan avait fait appel à Longbridge Security, quelques heures avant l'enlèvement, il était tendu. Son ranch était victime d'actes de vandalisme. On avait mis le feu à une vieille écurie. Bien que n'aimant guère l'idée de demander la protection de gardes du corps, il ne s'était jamais montré impoli ni arrogant.

La dernière fois qu'ils s'étaient vus, Dylan, en revanche, n'avait pas épargné Jesse. « A juste titre », songea-t-il. Néanmoins, le comportement qu'il avait eu n'était pas à porter à son tableau d'honneur.

Ils ralentirent comme ils atteignaient un chemin sinueux qui conduisait à un ruisseau. Au printemps, ce sentier aurait été verdoyant, recouvert d'une voûte végétale. Mais les branches des trembles étiraient aujourd'hui leurs bras dénudés, squelettiques, et les buissons n'étaient que des broussailles brunes, hérissées de branches sèches.

— Qu'est-ce qui vous a fait changer d'avis ? demanda-t-il brusquement à Dylan.

— Burke m'a parlé de ce que vous avez découvert hier. La piste qui vous a menés à Riverton. La voiture vendue par Zeke... Cette histoire est plus compliquée que je ne l'avais cru de prime abord. Butch est mort. Pourquoi Richter n'a-t-il pas pris le large ?

— C'est forcément pour l'argent, répondit Jesse. Vous espérez récupérer la rançon ?

— Je me fiche pas mal de la rançon, assena Dylan en tirant sur les rênes pour guider sa monture le long du cours d'eau. Voilà... C'est là qu'elle est venue me retrouver.

Il contempla un endroit vide au-dessous d'un grand sapin. Sa mâchoire se contracta. Jesse vit une larme rouler sur la joue de Dylan — qui n'était pourtant pas homme à afficher ses émotions.

Il poursuivit.

— Notre couple traversait une passe difficile... Ce n'était pas la première fois que nous avions des mots. Alors, quand elle m'a dit qu'elle entendait demander le divorce, je l'ai crue. Mais maintenant...

Il s'éclaircit la gorge.

— Je me dis que j'ai peut-être eu tort. Qu'elle est peut-être toujours maintenue prisonnière quelque part.

« Ou pire », songea Jesse malgré lui. Tout haut, il dit :

— Voyons si l'étude du sol peut nous apprendre quelque chose.

— Deux hommes à moi sont déjà venus ici. Ils ont repéré une trace de passage qui conduit jusque chez Fiona.

— Un seul cavalier ?

Dylan hocha la tête.

Jesse aurait parié que c'était faux. Que Nicole était venue, escortée par l'un de ses ravisseurs. Sinon, pourquoi ceux-ci se seraient-ils séparés ?

L'un d'eux s'était emparé de la rançon et était allé en ville. L'autre était resté avec Nicole.

— Je pense que Nicole n'est pas venue seule ici.

— Vous croyez qu'ils l'ont forcée ? Qu'ils l'ont menacée de mort, peut-être, si elle n'obtempérait pas ?

Jesse jeta un regard à la ronde.

— Vous êtes chasseur. Si vous vouliez tirer sur quelqu'un positionné à cet endroit, où vous placeriez-vous ?

— Là-haut, répondit sans hésiter Dylan en désignant de la tête la pente couverte d'arbres.

— Laissons les chevaux ici, déclara Jesse. On va examiner le terrain là-haut. Je prends à gauche. Vous, à droite.

Il se mit à gravir la colline, relevant la moindre petite branche cassée, la plus infime trace sur le sol. Il repéra l'empreinte d'un chevreuil. Au pied d'un sapin, il trouva la cache d'un écureuil remplie de pommes de pin.

— J'ai une empreinte de pas ! lança Dylan.

Jesse leva la tête. Depuis le surplomb où se tenait Dylan, un tireur embusqué aurait eu Nicole en plein dans sa ligne de tir. Mais, bonne cavalière comme elle l'était, elle aurait eu toutes les chances de lui échapper si elle avait subitement lancé son cheval au galop, puisqu'il était à pied.

Le début d'une idée se forma dans sa tête.

— J'arrive dans un instant.

Il trouva ce qu'il cherchait. L'empreinte bien nette de deux sabots, derrière un gros rocher.

Ils étaient deux à avoir tenu Nicole en joue. Deux ici. Un à La Rana pour récupérer la rançon.

Butch et Richter avaient un complice.

19

Fiona accueillit Andrea avec à l'esprit l'idée omniprésente que cette rencontre pouvait changer drastiquement sa carrière.

La New-Yorkaise sophistiquée les embrassa chaleureusement, Abby et elle. Regardant autour d'elle, Andrea nota :

— Il y a des années que je ne suis pas venue dans ce chalet. Plus de vingt ans, en fait. Sterling et moi venions jouer aux cartes avec les Grant.

— Les parents de Wyatt, dit Fiona, n'arrivant pas à croire qu'Andrea appartienne à la génération précédente.

On lui aurait donné la quarantaine, pas plus.

— Nous nous amusions bien, poursuivit sa visiteuse. On riait en buvant du vin et on rentrait à la maison en chantant à tue-tête, se souvint-elle d'une voix teintée d'un peu de nostalgie. Oh ! peu de gens connaissaient cette facette de Sterling. Tout le monde voyait en lui le patriarche, le fondateur de Carlisle Certified Organic Beef.

— Vos enfants poursuivent aujourd'hui son œuvre. Vous devez être fiers d'eux.

— Fière... Et inquiète, aussi.

Comment ne l'aurait-elle pas été ? Fiona posa une main compatissante sur son épaule.

— Voulez-vous une tasse de thé ?

Avec tout ce qu'elle avait donné aux gardes du corps et

aux équipes de recherche qui avaient investi sa maison, elle n'avait plus grand-chose dans ses placards et il ne lui restait que du café instantané. A une époque, elle se serait confondue en excuses, honteuse de ne pouvoir offrir de café fraîchement moulu. Durant son mariage, elle avait pris son rôle d'hôtesse très au sérieux, consciente que Wyatt serait jugé sur la façon dont elle recevait. Si elle avait porté des robes un peu trop courtes, servi un vin inapproprié à table ou ri trop fort, les gens auraient inévitablement jasé.

Mais, aujourd'hui, elle était libre d'être elle-même. *Un nouveau départ.* Qu'avait dit Jesse à propos de leurs chemins de vie ? Qu'ils se rejoignaient ici ? C'était ça, aujourd'hui, la voie qu'elle voulait suivre.

— Rien pour moi, merci, répondit Andrea.

Au même moment, Abby entra en courant dans la salle à manger et grimpa sur une chaise. Elle montra du doigt le centre de table — un Père Noël en céramique peint en couleurs vives.

— C'est moi qui l'ai fait.

— C'est très joli, la complimenta Andrea.

— On aura bientôt un bel arbre de Noël ! C'est maman qui l'a dit.

— Et que va t'apporter le Père Noël ?

— Un poney, affirma sans hésiter Abby.

Bien que sa fille commençât à être un peu lourde, Fiona la souleva et la cala sur sa hanche. Avec toutes les œuvres qu'elle avait exposées, elle ne pouvait pas permettre qu'Abby coure partout dans l'atelier au risque de casser quelque chose.

Déverrouillant la porte de l'atelier, elle s'effaça pour laisser passer Andrea. Il fallait que son travail parle de lui-même. Qu'aurait-elle pu dire, de toute façon, pour convaincre une galeriste à l'œil aiguisé de la valeur de son travail ?

Abby, en revanche, ne tarissait pas de commentaires sur les maisons de fées et les sculptures d'animaux.

Andrea se promena, examinant les pièces sans complaisance, d'un regard analytique. Finalement, elle se retourna, le sourire aux lèvres.

— Vous avez du talent, Fiona. Et de l'imagination. J'ai rarement vu une palette de poteries et de sculptures aussi large, aussi diversifiée.

Fiona attendit le mais qui allait suivre. *Talentueuse, mais... Douée, mais...*

— Vous êtes une artiste d'une très grande sensibilité. Je vois quand vous êtes heureuse. Quand c'est la colère qui vous guide. Ou la peur.

Mais...

— J'aimerais beaucoup présenter vos œuvres. J'ai une exposition prévue au printemps pour faire découvrir quelques autres sculpteurs, dit-elle avant de citer une liste impressionnante de noms. Votre travail s'y intégrera parfaitement.

Fiona serra involontairement Abby contre elle. Leur situation financière allait s'améliorer ! Elle brûlait d'impatience de le dire à Jesse.

— Merci... Merci beaucoup.

— Il ne nous reste que les détails à régler, décréta Andrea. Pourquoi ne pas m'accompagner au ranch, toutes les deux ? Cela simplifiera les choses pour les gardes qui nous protègent si nous sommes tous ensemble. Il y a de quoi manger, du café...

— Et des poneys, ajouta Abby.

Fiona tira son portable de sa poche.

— Je vais m'assurer que Jesse est d'accord, mais ça ne devrait pas poser problème.

Elle voulait tellement croire que les choses allaient s'arranger. Que la roue avait tourné... Enfin !

Au ranch Carlisle, Fiona et Abby bénéficièrent d'une protection sans faille. Tous les employés qui n'étaient pas en train de s'occuper des bêtes étaient armés et affectés à la sécurité.

Après le déjeuner, Abby et elle se rendirent à l'écurie en compagnie de Carolyn. Fiona observa :

— On se croirait revenus au temps du vieil Ouest ici, avec tous ces cow-boys armés jusqu'aux dents.

Carolyn grimaça.

— Le mythique Far-West ! Ce qui ne laisse pas de me surprendre, c'est que ces gars, pour la plupart, sont encore moins éclairés que leurs équivalents du XVIIIe siècle !

— C'est ça, railla Fiona. Tu adores ce ranch, je le sais bien.

— Oui, mais c'est à Denver que je suis chez moi, répliqua-t-elle en repoussant son Stetson en arrière. Tu n'imagines pas à quel point je suis impatiente de retrouver mon appartement dans ma résidence de luxe, avec son Jacuzzi, son dressing... Et j'ai une paire d'escarpins de créateur qui dort dans un placard et que je n'ai encore jamais chaussée.

— Sans compter que, cerise sur le gâteau, Burke vit en ville, lui aussi, souligna malicieusement Fiona.

— J'ai des billets pour Casse-Noisette la semaine prochaine... Il a accepté de m'y accompagner.

— Burke ? Voir un ballet ?

Fiona eut toutes les peines du monde à se représenter

l'armoire à glace du F.B.I. en spectateur attentif d'un ballet de Tchaïkovski en tutu !

— Il a promis. Et c'est à ce ballet que je veux étrenner mes nouveaux escarpins à talons aiguille.

Fiona retint un sourire, songeant au burlesque de la situation : elle était en train de discuter ballet et talons aiguille alors qu'elle se dirigeait vers l'écurie avec une femme qui, présentement, arborait l'attirail complet de la parfaite cow-girl !

Elles atteignirent le corral où paissait le cheval de Carolyn, Elvis, qui les salua de hochements de tête répétés.

— Il est beau, Elvis, proclama Abby. C'est quoi, des escarpins ?

— Des chaussures élégantes, avec des talons pointus. Tu sais, j'en ai, moi aussi.

— Tu ne les mets plus jamais.

Et elles ne lui manquaient pas, se dit Fiona. Elle se rendit compte tout d'un coup qu'elle aimait la vie, ici. Courir dans les champs en tennis, respirer l'air de la montagne... Même si elle devenait une sculptrice renommée, exposée à Manhattan, elle resterait vivre ici.

Tournant la tête du côté du pâturage sud, elle vit deux cavaliers qui venaient dans leur direction. Jesse était devant, penché en avant, au galop. Interdite, elle le contempla, retenant son souffle. A cheval, il dégageait une incroyable impression de puissance et de virilité. Quoi qu'en dise Carolyn, les cow-boys étaient sexy.

Carolyn la poussa du coude.

— Y a-t-il quelque chose entre toi et Jesse ?

— Je l'espère.

Bien sûr, elle aurait dû surveiller ses propos en présence d'Abby, mais Fiona n'avait jamais su cacher ses sentiments.

Abby agita les deux mains en l'air.

— Jesse ! Je suis là !

Il s'approcha de la barrière du corral.

— Je te vois, Abby.

— Tu as attrapé les méchants ?

— Pas encore.

Il se pencha, saisit la petite fille qui avait grimpé sur la clôture et la mit en selle devant lui.

— Mais je t'ai attrapée, *toi* !

Fiona aima la façon dont il avait réagi et pris les choses en main. Le cœur gonflé de bonheur, elle le regarda laisser Abby tenir les rênes tout en continuant à bavarder avec un débit de mitraillette.

Dylan, qui accompagnait Jesse, mit pied à terre à côté d'elles. Il se tourna vers sa sœur.

— Peut-être que je me suis trompé au sujet de Nicole.

— Toi ? Te tromper ?

Ses yeux s'arrondirent démesurément.

— On aura tout vu.

— Ce n'est pas le moment de plaisanter, répondit-il. Où est Burke ?

— A l'intérieur.

— Occupe-toi de mon cheval.

Il lui tendit les rênes sans autre forme de procès et disparut en direction de la maison.

Le sourire de Carolyn s'effaça tandis qu'elle le regardait s'éloigner.

— Il ressemble tant à notre père. Une tête de mule, comme lui. Il ne l'aura pas volé si Nicole ne lui revient jamais.

— Tu n'es pas sérieuse ?

— Non, évidemment.

Mais Fiona lut la tension dans ses yeux. Tout le monde, au ranch, s'efforçait de garder son calme, mais la peur transpirait dans toutes les conversations. Ils ne pouvaient pas s'empêcher de se faire du souci pour Nicole, de craindre le pire.

Le mobile de Fiona se mit à sonner. Le tirant de sa poche, elle répondit. C'était Belinda. Elle avait l'occasion de faire des heures supplémentaires au café et espérait que Fiona pourrait la dépanner en gardant Mickey.

— Je suis désolée de te demander ça, mais j'ai vraiment besoin de cet argent.

Fiona s'assura auprès de Carolyn que cela ne posait pas de problème, laquelle répondit :

— Je crois que nous avons assez de place pour accueillir un petit garçon.

— O.K., dit Fiona dans le combiné. Abby et moi sommes au ranch Carlisle et Carolyn dit que Mickey peut nous y rejoindre.

— Au ranch Carlisle ? Ah…

Belinda marqua une pause.

— Si Nate apprend que son fils est allé chez les Carlisle, il va exploser.

— C'est un problème ? questionna Fiona.

— Pas pour moi, non, répondit au bout d'un instant Belinda. Nous viendrons vers 4 heures.

Jesse descendit de cheval et déposa Abby par terre. Lorsqu'il se redressa, son regard croisa celui de Fiona. Une bouffée d'excitation l'assaillit. Elle ne lui avait pas encore dit, pour Andrea et les nouvelles possibilités qui allaient s'ouvrir à elle.

— Vous avez à parler tous les deux, décréta Carolyn en prenant la main d'Abby. Nous, les cow-girls, nous allons conduire les chevaux à l'écurie et les soigner.

— C'est vrai ? s'exclama Abby en sautillant sur place. Moi aussi, je pourrai ?

— Si tu fais exactement ce que je te dis, oui.

Jesse s'appuya sur la barrière, le talon de sa botte calé sur la planche du bas. Retirant son chapeau, il lissa ses cheveux, puis le remit en place.

— Nous avons trouvé la preuve qu'une troisième personne était mêlée au kidnapping.

Sa grande nouvelle allait devoir attendre.

— Vraiment ? Dites-moi tout.

Il lui expliqua par le menu comment il était parvenu à cette conclusion. Fiona comprit immédiatement.

— Deux hommes ? Donc, elle parlait sous la menace. Ils l'auraient tuée si elle n'avait pas tenu ce discours à Dylan.

L'effet recherché avait été atteint. Dylan, convaincu que Nicole voulait le quitter, avait mis fin aux recherches.

— Après avoir parlé à Dylan, Nicole est partie vers le sud. Près de chez vous, elle a été rejointe par les deux hommes. Ils ont dû troquer leurs chevaux contre un véhicule motorisé, mais on n'a vu aucune trace de pneus.

— La voiture de Zeke.

Il hocha la tête.

— Je pense que l'un d'eux s'est rendu en ville pour retrouver le troisième homme et que c'est lui qui avait la rançon.

— Et Nicole ? Où était-elle ?

— Elle devait être dans la voiture. Les empreintes que nous avons relevées montrent que le ravisseur qui est resté sur place s'est ensuite dirigé vers le Circle M pour y reconduire les trois chevaux — celui qu'il montait et les deux autres.

Elle écoutait ses explications, suspendue à ses lèvres. Comment avait-il pu apprendre tout cela simplement en regardant le sol ?

— Et ensuite ?

— La piste s'arrêtait là. Nous ne savons pas ce qui est arrivé après, mais je suppose que deux des hommes — sans doute Butch et Richter — sont revenus par ici et que c'est à ce moment-là que vous les avez entendus se disputer.

De nouveau, les indices pointaient sa maison.

— Pourquoi ici ? Qu'est-ce qu'ils cherchaient ?

Il haussa les épaules.

— C'est ce que je me demande, moi aussi.

— Si le shérif était là, je sais ce qu'il vous répondrait : ils sont revenus ici parce que c'est moi qui suis derrière tout ça. La tête pensante de cet enlèvement.

— Le shérif Trainer va devoir s'expliquer de son côté, assena-t-il, l'air sombre. Dylan et moi avons vu ces traces. Pourquoi pas lui ?

— Il ne savait peut-être pas où chercher… Vous êtes bien meilleur pisteur que lui et ses hommes.

— Je ne suis pas un génie, protesta-t-il.

Tendant la main, elle posa tour à tour le doigt sur chacun des boutons de sa chemise.

— Mais vous êtes bon. Très bon. Meilleur que la moyenne.

— Et comment le savez-vous ?

— L'intuition.

Un lent sourire étira progressivement ses lèvres. Seigneur, comme il était séduisant ! D'une voix soudain plus basse, sexy, il s'enquit :

— Et que vous dit-elle d'autre ?

« Que nous sommes faits l'un pour l'autre. Que vous êtes l'homme avec qui je veux passer le restant de mes jours. » Mais il aurait été insensé de dire une chose pareille. Ils ne se connaissaient que depuis quelques jours — pas assez longtemps pour faire prendre à sa vie un tournant radical. Elle venait seulement de décider qu'elle avait envie de coucher avec lui. Mais des projets d'avenir ? Elle n'était pas prête à accomplir dans la précipitation un tel pas de géant.

— Mon intuition me dit…, commença-t-elle, baissant le ton. Que nous devrions faire l'amour dès que possible.

— Je penserai à noter ça dans mon agenda. Dès que j'aurai coincé le fou furieux qui est à vos trousses, sauvé Nicole et récupéré la rançon… D'accord ?

— Si nous attendons trop longtemps, ce sera trop tard… Vous serez déjà reparti.

— Peut-être pas.

Elle se demanda ce que signifiait cette réponse énigmatique. Qu'il avait l'intention de s'attarder encore un peu ici ? Combien de temps ? Et où séjournerait-il ?

Comme elle n'avait la réponse à aucune de ces interrogations, elle changea de sujet.

— Andrea a aimé mes sculptures. Je vais exposer dans sa galerie.

— C'est une fantastique nouvelle.

Il la serra à l'étouffer dans ses bras, la soulevant de terre et la faisant tournoyer.

— C'est vous, le génie.

Elle rit.

— Je me contenterai de « dotée d'assez de talent pour commencer à vendre ».

— Est-ce que ça signifie que vous pliez bagage et partez pour New York ?

— Sûrement pas.

Derrière lui, le ciel était d'un bleu pur, profond. L'air était vif.

— Je suis ici chez moi.

Lorsqu'il l'embrassa, elle eut le sentiment que c'était dans l'ordre normal des choses.

Combien de temps s'écoulerait-il encore avant qu'ils ne fassent l'amour ? Combien de jours mettrait-elle à se décider à lui dire qu'elle était tombée amoureuse de lui au premier regard ?

20

Après quelques heures passées dans la salle à manger avec le trio de caractère que formaient Burke, Dylan et Carolyn, Jesse éprouva le besoin de prendre un peu l'air. Il sortit sous la véranda. Les ombres de l'après-midi s'allongeaient sur le paysage. Bientôt, le soleil se coucherait. Une nouvelle nuit sans nouvelles de Nicole.

La découverte du troisième homme éclairait l'affaire sous un jour nouveau. Il avait écouté les avis, hypothèses et stratégies échafaudés par Burke et les deux Carlisle. Il avait consulté les cartes qu'ils avaient étalées sur la grande table, relu les notes antérieures sans que rien, en particulier, ne le frappe.

Jusque-là, son travail de pisteur avait plutôt porté ses fruits. Son instinct lui soufflait qu'il était temps de passer à la traque, désormais. Ses blessures étaient suffisamment guéries pour qu'il soit en mesure de faire le coup de poing le cas échéant. Le tout était de savoir contre qui. Qui était le mystérieux troisième homme ?

Fiona sortit de la maison et le rejoignit. Les avant-bras sur la rambarde, elle cambra le dos et s'étira comme un chat, ce qui eut pour effet de mettre en valeur son postérieur joliment arrondi.

— Abby est dans la cuisine, en train de faire des

biscuits avec Andrea, annonça-t-elle. Je me suis dit que j'allais venir aux nouvelles.

— Ce n'est pas à moi qu'il faut poser la question. Je me suis éclipsé un moment.

— Oh ! voyons, Jesse. Je ne plaisante pas.

— Moi non plus.

Lorsque, par jeu, il lui assena une petite tape sur les fesses, elle se redressa d'un bond et se retourna, un sourire incrédule aux lèvres.

— Je n'arrive pas à croire que vous ayez fait ça.

— Si vous attendez des excuses, vous ne les aurez pas. Vous l'avez bien cherché, avec vos postures de félin nonchalant. Autant agiter un chiffon rouge sous le nez d'un taureau.

— Vraiment ? le taquina-t-elle en ondulant brièvement des hanches. Non, sérieusement, vous êtes enfermés dans la salle à manger depuis des heures. Vous avez bien dû trouver quelque chose.

— Burke fait chauffer son téléphone portable et passe des appels tous azimuts. Et Carolyn et Dylan ne cessent de se lancer des piques.

— Oui, ils se chamaillent souvent. Ce sont deux fortes personnalités, avec des opinions très contrastées, parfois.

Mais, au bout du compte, ils n'avaient obtenu que peu de réponses. Avec des pistes qui partaient dans tous les sens et Richter qui s'était évaporé dans la forêt, il leur fallait tout reprendre de zéro, à savoir : qui avait intérêt à kidnapper Nicole ? Beaucoup de gens avaient des raisons d'en vouloir à la riche et puissante famille Carlisle. La liste de leurs ennemis était longue.

— Dylan veut que Burke rappelle le F.B.I.

Ce que Jesse estimait être un geste désespéré.

— Ce n'est pas en interrogeant tous les habitants de Riverton qu'on retrouvera sa femme.

— Vous avez une meilleure idée ?

— La patience.

Du coin de l'œil, il vit un cow-boy à cheval sortir de l'écurie, à l'arrière de la maison, et se diriger vers le portail principal. Il avait une arme de poing à la ceinture et un fusil à la main. Parvenu à l'entrée de la propriété, il releva le garde en faction. Net. Sans bavures. Efficace.

Sous la supervision de Wentworth, la sécurité au ranch Carlisle était optimale. Peut-être pas exactement d'une précision militaire, mais presque. Jesse devait bien une augmentation de salaire à son fidèle ami et partenaire. Ou peut-être quelques semaines de congés payés supplémentaires. *Comme si cela pouvait compenser le fait qu'il lui avait sauvé la vie.*

— La patience ? questionna Fiona, intriguée. C'est-à-dire ?

— Le plus difficile, dans la chasse, c'est l'attente. Nous avons réuni des informations. Maintenant, attendons de voir comment les pièces s'imbriquent les unes dans les autres. Il nous manque un dernier indice pour que l'ensemble prenne sens.

— Ah bon ? demanda-t-elle d'un ton sceptique. Mais comment expliquez-vous la pièce secrète, dans ma grange ?

Dressant l'index, elle le regarda bien en face.

— Ça, c'est la question numéro un. Question numéro deux, qui a tué Butch Thurgood ? Trois, qui a acheté la voiture de Zeke O'Toole et pourquoi ? Quatre, qui est le troisième homme ?

Comme elle remuait ses quatre doigts en l'air sous son nez, il attrapa sa main.

— Les seules questions qui importent sont : où est Nicole ? Où est la rançon ?

Leurs doigts s'entremêlèrent et elle s'approcha de lui.

— Lorsque nous aurons l'une des explications, le reste suivra, comme une bobine qu'on déroule. A mon avis, notre meilleure piste, c'est Zeke O'Toole. Burke a émis un avis de recherche. Quand on aura trouvé Zeke et qu'on saura à qui il a vendu sa voiture, nous aurons les réponses que nous cherchons.

Elle baissa les yeux. Lorsqu'elle releva la tête, ils brillaient comme de l'argent.

— Attendre, ça n'a jamais été mon fort.

— Ça fait partie intégrante de la chasse.

Il éleva sa main toujours emprisonnée dans la sienne et effleura ses phalanges de ses lèvres. Résister à la tentation de la toucher lui devenait de plus en plus difficile.

— Il faut savoir quand passer à l'action. Et quand rester en retrait.

La voix de Fiona s'abaissa jusqu'à n'être plus qu'un murmure torride :

— Nous ne parlons plus de l'enquête, n'est-ce pas ?

— Vous savez très bien de quoi je parle.

— Moi aussi, je vous désire.

Tout en elle l'excitait. La courbe de ses lèvres douces. La façon dont elle relevait le menton quand elle souriait. Il avait envie de lui faire l'amour là, tout de suite. Elle était sensuelle, sexy et lui avait fait comprendre en termes dénués d'ambiguïté qu'elle était plus que prête.

Mais, avec Fiona, il voulait davantage qu'une aventure sans lendemain. Ce qu'il voulait, c'était une vraie relation… Un engagement. Ils étaient faits l'un pour l'autre ; il l'avait senti dès la première fois qu'il l'avait vue.

Le fait de repenser à ce moment lui tira un sourire.

C'était il y a trois jours seulement… Mais, en ce court laps de temps, elle s'était transformée. Elle lui était apparue délicate et fragile.

— Vous avez changé, ces derniers jours, observa-t-il.
— Comment ça ?

Il recula et prit son visage en coupe entre ses mains.

— Vous n'avez jamais caché vos émotions. Mais, maintenant, vous les faites vôtres, vous les revendiquez… Vous avez pris confiance en vous.

Ses yeux argentés s'écarquillèrent de surprise.

— Comment faites-vous pour être aussi perceptif ?
— Je vous l'ai dit cent fois : dans mon métier, je dois savoir deviner ce que pensent les gens.

Elle se rapprocha de lui, posa la main sur sa poitrine.

— A quoi suis-je en train de penser en ce moment ?

Son langage corporel était assez clair. Il avait devant elle une femme qui voulait être embrassée. Elle débordait de désir, de passion… Elle était prête.

— Si nous étions seuls, je vous le dirais, murmura-t-il. Et aussi ce que je veux, moi. Mais il va falloir attendre un peu, indiqua-t-il en pointant le doigt vers la grille d'entrée.

Elle se retourna et vit la vieille fourgonnette de Belinda remonter l'allée en direction de la maison.

Elle rajusta sa veste.

— Je suis contente que Mickey vienne. Abby fait tourner Andrea en bourrique dans la cuisine.

Belinda se gara et sortit de la voiture. Se précipitant vers la véranda, Mickey gravit les marches quatre à quatre.

— Mon papa aussi, il a un ranch.
— Oui, dit Fiona.
— Et des chevaux, ajouta Mickey en bombant le torse.

Belinda s'avança derrière lui.

— Merci beaucoup, Fiona. Tu crois que je peux faire un saut à l'intérieur pour remercier Carolyn ?

Jesse leur tint la porte et les suivit dans la maison. Mickey disparut dans la cuisine, où Abby et lui se saluèrent bruyamment. Belinda et Fiona se dirigèrent vers la salle à manger.

Carolyn était assise au bout de la table tandis que son frère faisait les cent pas, derrière elle. Dylan interrompit ses va-et-vient lorsqu'elles firent irruption dans la pièce. Les deux Carlisle étaient impressionnants — grands, avec des cheveux noirs et des yeux vert pâle.

En voyant la ronde Belinda s'avancer vers eux avec son blouson à franges, son pantalon noir moulant et ses chaussures de serveuse, Jesse eut l'impression de voir une humble servante approchant d'altesses royales. D'une certaine façon, c'est d'ailleurs ce qu'étaient Carolyn et Dylan : les héritiers d'un empire qui valait des millions de dollars.

Intimidée, Belinda s'inclina jusqu'à presque faire la révérence.

Fiona prit le bras de son amie.

— Carolyn et Dylan, j'aimerais vous présenter Belinda Miller.

— La femme de Nate ? aboya Dylan.

— Plus maintenant, répondit posément Fiona.

— Divorcée, dit-il. Oui, je me souviens d'avoir entendu parler d'une injonction restrictive.

— Ça suffit, trancha sèchement Carolyn en se levant de sa chaise pour venir serrer la main de Belinda. Veuillez excuser mon frère. Il a la civilité d'un porc-épic.

— Merci d'avoir permis à mon fils de venir chez vous, énonça Belinda d'une voix hésitante. Comme j'ai dit à

Fiona, avec Noël qui approche, j'ai besoin de cumuler autant d'heures de travail que possible.

— Belinda travaille au café, à Riverton, précisa Fiona. Ce qui, d'ailleurs, me donne une idée... Elle pourrait ouvrir l'œil pour nous.

— Je serais contente de vous aider, renchérit l'intéressée. Je suis tellement désolée pour Nicole ! Elle nous a aidés à sauver un chien blessé. C'est vraiment quelqu'un qui a un grand cœur.

En entendant le nom de sa femme, Dylan fronça les sourcils et croisa les bras. Il avait l'air courroucé et impérieux, mais Jesse le perçait à jour. Dylan était en train de s'apercevoir qu'il ne connaissait pas aussi bien son épouse qu'il l'avait cru. Nicole avait pris le temps de se lier d'amitié avec cette femme dont Dylan ne connaissait même pas le nom.

— Pour commencer, reprit Fiona, connais-tu Zeke O'Toole ?

— Le petit-fils de Silas ? Bien sûr. Un traîne-savates... Et grippe-sou avec ça, comme son grand-père. Pourquoi ?

— Il a peut-être vendu une voiture aux ravisseurs.

Fiona avait raison, songea Jesse, d'utiliser les contacts naturels de Belinda.

— Et Pete Richter ? s'enquit-il. Vous l'avez déjà rencontré ?

Belinda se mordit la lèvre.

— Je ne suis pas sûre... Les Enfants de la Liberté ne venaient pas souvent au café. Ils allaient plutôt à la taverne.

— Il y a une photo de lui sur l'ordinateur, rappela Fiona.

Carolyn tapota rapidement sur le clavier, puis tourna l'écran du portable vers Belinda.

Mais l'image qui s'afficha sur l'écran était celle de Nicole tenant entre ses mains le journal du lendemain du kidnapping, avec, en toile de fond, le drap imprimé jaune dont était recouvert le lit de la pièce secrète. Le col de son chemisier fleuri faisait ressortir la pâleur de sa peau, mais, au fond de son regard, luisait une farouche détermination.

Belinda porta vivement une main à sa bouche.

— Oh… Mais c'est après son enlèvement.

— Désolée, dit brièvement Carolyn. Erreur de frappe.

Elle pianota de nouveau sur le clavier pour afficher le bon fichier.

— Non, dit Belinda en secouant nerveusement la tête. Je ne le reconnais pas.

Burke entra en trombe dans la pièce, brandissant le téléphone à bout de bras comme si c'était la flamme olympique.

— On a la voiture ! Trainer l'a retrouvée, abandonnée aux abords de la ville.

Ce véhicule devait regorger de preuves matérielles… D'empreintes… De cheveux.

L'enquête touchait peut-être enfin à sa fin.

Après s'être douché dans la salle de bains de Silas O'Toole, Richter s'habilla rapidement. Les vêtements qu'il avait trouvés dans la garde-robe de Zeke lui allaient juste. Zeke avait toute une collection de chemises western fermées par des pressions de nacre. Il en choisit une, heureux de se débarrasser des habits qu'il portait depuis des jours. Même les écureuils le sentaient approcher !

Il ajusta son holster sur sa hanche, rangea sa hache de l'autre côté. Bientôt, il pourrait s'acheter tout ce qu'il voudrait. Bientôt, la rançon serait à lui. Après tout ce qu'il avait enduré, il aurait bien mérité cet argent.

Il sortit de la chambre et traversa la maison crasseuse

de Silas O'Toole. Le vieil homme avait de l'argent ; il aurait dû se payer une femme de ménage pour nettoyer ce taudis et faire un peu de cuisine.

Debout dans l'entrée, il considéra son prisonnier. Richter l'avait capturé sitôt que le punk avait franchi la porte, une demi-heure plus tôt. Il voulait le faire parler et lever le camp au plus vite. Seulement, il l'avait questionné un peu trop « activement » et Zeke était tombé dans les pommes. Il l'avait laissé assis là, attaché à une chaise, un morceau d'adhésif plaqué sur la bouche pendant qu'il se changeait et se préparait pour sa nouvelle vie.

— Ah, tu es réveillé, gronda-t-il.

Zeke leva de grands yeux remplis d'effroi vers lui. Du sang maculait ses cheveux blonds sur le côté de sa tête.

— Si tu me dis ce que je veux savoir, je ne serai pas obligé de te tuer, reprit Richter. Tu me suis ?

Zeke hocha la tête.

Bien. Ça allait être facile. Dire qu'il avait perdu des jours à essayer de mettre le grappin sur Fiona Grant ! Quand il avait entendu l'un des gardes du corps parler de la voiture, il se serait giflé. Il ne savait pas qu'elle venait d'être achetée à Zeke quand il avait mis Nicole dans le coffre avant de se rendre au lieu de rendez-vous. Il n'avait pensé qu'à une chose : suivre le plan qu'on leur avait indiqué par téléphone, à Butch et à lui.

Il avait été stupide de croire le type qui leur donnait les ordres. D'abord, il l'avait pris pour un des survivalistes, peut-être même Logan en personne. Mais il s'était trompé. Tous ces gars étaient encerclés par le F.B.I.

Ensuite, il s'était dit que ce devait être l'un des employés du ranch Carlisle. L'un d'eux avait travaillé pour Logan.

Ou quelqu'un en ville.

Ou un adjoint du shérif. Voire le shérif lui-même.

Comme il tournait en rond, il avait fini par se rabattre sur Fiona.

Mais Zeke était une bien meilleure source d'informations. Lui au moins savait quelque chose.

Richter arracha l'adhésif. Le jeune homme aspira une grande goulée d'air.

— Il y a une semaine, tu as vendu l'un de tes tas de ferraille à quelqu'un qui t'a payé en liquide. Qui était-ce ?

— Si je vous le dis, il me tuera.

Richter tira sa hache de sa ceinture.

— Ah ouais ? Eh bien, moi, je peux faire pire que te tuer, gronda-t-il en passant la lame sous le nez du jeune homme.

Au bord des larmes, Zeke recula la tête autant qu'il le put.

— O.K., O.K., je vais vous le dire, mais ne me faites pas de mal…

Lorsqu'il entendit le nom de l'acquéreur, Richter ne fut pas tellement surpris.

21

Pendant que Burke et Dylan s'en allaient rejoindre le shérif sur le lieu où l'on avait retrouvé la voiture, Fiona et Carolyn continuèrent à réfléchir à partir des éléments qui étaient à leur disposition.

Fiona examina une carte où les itinéraires des trois kidnappeurs étaient représentés par des pointillés. « De la patience », avait conseillé Jesse. Mais combien de temps faudrait-il encore attendre pour que ces lignes convergent enfin pour composer un schéma cohérent ? Combien de temps restait-il à Nicole ?

Elle entendait les enfants, dans la cuisine, qui s'efforçaient de convaincre Jesse et Andrea qu'*un seul* cookie ne leur couperait *sûrement pas* l'appétit pour le dîner.

Andrea se faufila dans la salle à manger, venant aux nouvelles.

Elles lui parlèrent de la découverte de la voiture.

— Dylan et Burke sont allés rejoindre le shérif sur place. Lui et son équipe cherchent des empreintes et des indices.

Dans la cuisine, le raffut allait croissant, les deux enfants tour à tour criant et suppliant « S'il te plaît, s'il te plaît ! » Andrea jeta un regard amusé à Fiona.

— Le petit Mickey Miller est adorable, contrairement

à ce qu'on aurait pu penser quand on connaît son père, dit Andrea.

— Ne viens pas me parler de la vieille querelle entre les Carlisle et les Miller ! s'agaça Carolyn. La mère de Mickey n'a rien à voir avec Nate. Elle a l'air plutôt gentille.

— Oh ! ce n'était pas mon intention. Je n'ai jamais compris pourquoi ton père et le père de Nate se haïssaient à ce point — à ceci près, bien sûr, que Miller était un individu vraiment déplaisant.

— Comme Nate, souligna Carolyn. Toujours à cran et de mauvaise humeur. Il est sur notre liste de suspects. En fait, sa petite maison à Riverton est l'un des premiers endroits que le shérif a perquisitionnés. Mais il n'a rien trouvé. Pas l'ombre d'un cheveu. Rien.

Parce que Nicole était détenue dans la pièce secrète, sous la grange de Fiona. Piégée dans un trou sans soleil. Jetée dans le coffre d'un véhicule. Fiona réprima un frisson.

Les enfants déboulèrent dans la pièce, Jesse sur leurs talons.

— Maman, lança Abby d'un air suppliant. On peut avoir un biscuit avant le dîner ? Juste un. S'il te plaît ! S'il te plaît !

— S'il te plaît ! ajouta Mickey pour faire bonne mesure.

— Vous promettez de manger tous vos légumes à table ?

— Oui ! s'écrièrent-ils à l'unisson.

— Un biscuit chacun, décréta-t-elle avant de lever les yeux vers Jesse. Vous aussi, vous pouvez en prendre un.

Il ouvrait la bouche pour riposter lorsque le téléphone de Fiona se mit à sonner. Elle se contorsionna pour le sortir de sa poche.

C'était Belinda. Sa voix était tendue.

— Fiona, il faut que je te parle. Je n'ai rien voulu dire devant Dylan et Carolyn, mais toi... C'est différent.

Ennuyée, Fiona réfléchit rapidement. Quitter le ranch Carlisle maintenant, en laissant Carolyn avec les enfants sur les bras par-dessus le marché, était pour le moins inopportun.

— Est-ce que ça peut attendre à tout à l'heure, quand tu passeras prendre Mickey ?

— Je ne sais pas… Oui, je suppose que oui, répondit-elle, hésitante. Je me monte sans doute la tête pour rien, de toute façon.

— Attends, lança Fiona, mue par un sentiment d'urgence.

D'ordinaire, Belinda était quelqu'un de terre à terre, de direct et sensé. Elle n'aurait pas téléphoné si ce n'avait pas été important.

— Qu'est-ce qui ne va pas ?

— Rien… Laisse tomber.

— Bon. Je serai là dans vingt minutes.

Lorsqu'elle raccrocha, Jesse l'observait, attendant patiemment qu'elle lui dise de quoi il retournait.

— Il faut que je file en ville, annonça-t-elle.

— Pas de problème, répondit Carolyn. Je vais te conduire.

Mais Belinda ne voulait pas parler devant Dylan et Carolyn.

— En fait…, commença Fiona.

— Je vais l'emmener, intervint Jesse.

Plantant les poings sur les hanches, Carolyn les contempla tour à tour.

— Il se passe quelque chose et vous essayez de me laisser en dehors du coup.

— Je t'appellerai dès que je saurai quelque chose, c'est promis, dit Fiona.

— Je veux être présente.

Andrea passa une main autour de l'épaule de sa fille.

— Evidemment. A peine savais-tu marcher que, déjà, tu voulais mener la danse ! C'est ce qui fait de toi la brillante P.-D.G. que tu es.

— Merci, maman.

— Mais Fiona est tout à fait capable de régler ça toute seule, conclut Andrea. Et elle a Jesse avec elle pour la protéger.

Désignant la porte du menton, elle ajouta à l'adresse de Fiona et de Jesse :

— Allez-y.

Quelques minutes plus tard, Jesse se dirigeait vers Riverton, au volant du 4x4 de Longbridge Security.

— Belinda avait l'air effrayée, nota Fiona, soucieuse.

Les sourcils froncés, Jesse ne répondit pas. Le dénouement de l'affaire était proche. Comme tout bon chasseur, il sentait que le filet était en train de se refermer autour de sa proie.

Et il n'aimait pas l'idée que Fiona soit avec lui, en ce moment. Il aurait préféré qu'elle reste au ranch, sous bonne garde.

— Il va falloir être très prudents. Ne vous éloignez pas de moi et faites ce que je vous dis.

— Richter n'oserait pas s'en prendre à moi en ville.

Il se gara devant le café. Il était à peine 4 heures passées... et la lumière commençait déjà à baisser.

L'intérieur du café était décoré de rubans rouges et verts et de Pères Noël en plastique. Jesse balaya du regard les boxes alignés le long du mur et le comptoir, comptant au total une douzaine de clients — des cow-boys, des adolescents et un jeune couple assis à une table, qui se tenait par la main.

Dès que Belinda les vit, elle les entraîna vers l'arrière-salle et les fit sortir par la porte de service. Ils se retrouvèrent dans une ruelle longée par une palissade délabrée qui séparait le restaurant d'un bâtiment de brique à un étage qui semblait dater du siècle dernier. Des poubelles en métal, contre le mur de la cuisine, débordaient de détritus. L'été, l'endroit devait être infesté de mouches et l'odeur, épouvantable. Mais, en cette saison, c'était seulement désolant à voir.

Belinda embrassa avec effusion son amie.

— Merci d'être venue si vite. Vraiment. C'est tellement... Je... Je ne savais pas quoi faire, tu comprends.

Fiona la réconforta de son mieux, l'assurant qu'il n'y avait pas à avoir peur. Jesse, silencieux, les observait, admirant la patience de Fiona face aux larmes et au flot de paroles sans suite qui se déversait de la bouche de Belinda. Il savait se montrer patient lorsqu'il chassait, mais les sanglots de Belinda l'irritaient déjà.

Elle produisit un visible effort pour se ressaisir. Se tamponnant les yeux à l'aide d'une serviette de l'établissement, elle effaça les traînées noires que le mascara avait laissées sur ses joues.

— Vous avez parlé d'une voiture achetée récemment et qui aurait quelque chose à voir avec l'enlèvement.

— Oui, tout à fait, l'encouragea Fiona.

— Eh bien... Nate en a acheté une.

Ses lèvres se contractèrent.

— Il me l'a dit quand nous étions au Circle M. Il a dit que, si j'avais besoin d'une voiture cet hiver, il pourrait m'en prêter une.

Information peu probante, songea Jesse, qui s'enquit :

— A-t-il fait une quelconque allusion à Zeke O'Toole ?

— Non. J'ai simplement pensé que Nate faisait le fier

parce qu'il avait quitté sa petite maison et était retourné vivre au ranch.

Jesse se souvint des brèves recherches qu'il avait menées au Circle M. Il n'avait pas été très exhaustif, mais l'endroit avait déjà été passé au peigne fin la veille par le shérif et le F.B.I. Seulement, ces fouilles avaient eu lieu *avant* que Nate ne ré-emménage au ranch.

— Merci du renseignement, dit-il à haute voix. On va envoyer quelqu'un y jeter un coup d'œil.

— Mon Dieu, gémit Belinda, la lèvre inférieure recommençant à trembler. J'ai tellement honte de l'avoir épousé. J'étais jeune, je n'avais que dix-neuf ans. Mais ce n'est pas une excuse.

Fiona lui tapota affectueusement l'épaule.

— Allons… Tu as ta vie, ton identité propre. Personne ne porte de jugement sur toi à cause de Nate.

— Tu n'as pas vu la façon dont Dylan m'a regardée ? On aurait dit que j'étais un papier gras collé à sa semelle !

— Il est bouleversé en ce moment.

Mais Belinda secouait obstinément la tête.

— Il le sera encore plus quand il saura…

Elle s'interrompit pour essuyer une larme.

— Quand il saura quoi ? interrogea Jesse, agacé.

— Il y a autre chose qu'il faut que je vous dise… A propos de cette photo de Nicole sur l'ordinateur… C'est mon chemisier qu'elle portait. Je l'ai jeté quand j'ai quitté Nate. Le gilet, aussi, d'ailleurs. Et j'ai même reconnu le drap, sur le lit, derrière elle. J'avais une parure avec le même motif quand je vivais avec Nate.

Ce fut comme une secousse électrique pour Jesse. L'information qu'il espérait ! Enfin ! Tout allait s'expliquer, désormais.

— Vous avez jeté ces vêtements et cette parure de lit, reprit Jesse pour clarifier les choses.

— Je n'avais jamais aimé ce chemisier que Nate m'avait offert. Il a dû le ressortir de la poubelle, comme le gilet et les draps, ajouta-t-elle avec un frisson. Quand je l'ai quitté, il l'a très mal pris. Il me surveillait constamment. Du vrai harcèlement.

— C'est alors que vous avez emménagé chez Fiona.

— Vous n'imaginez pas la délivrance que ça a été pour moi, dit-elle en saisissant la main de Fiona. Ça m'a sauvé la vie, en mettant de la distance entre Nate et moi. Il a fini par renoncer à me harceler.

Et Jesse comprenait pourquoi. Nate s'était mis à construire cette pièce secrète, sous la grange, pour pouvoir s'y embusquer et surveiller Belinda tout à son aise. Comme beaucoup de harceleurs, il avait conservé ses vêtements.

Et, le moment venu, il avait disposé d'une cache toute trouvée pour Nicole.

Sans quitter les deux femmes des yeux un seul instant, Jesse recula d'un pas et sortit son téléphone.

— Il faut que je passe un coup de fil.

Burke était occupé à examiner la voiture avec le shérif. Jesse fut bref.

— Nate Miller est le kidnappeur. Le troisième homme.

A l'urgence de la voix de Jesse, Fiona avait compris que l'affaire était sur le point d'être résolue. Des stratégies se mettaient en place à coups d'appels téléphoniques ; tout serait bientôt terminé.

Elle se tourna vers Belinda.

— Tu devrais retourner au ranch pour être auprès de ton fils.

— Qu'est-ce qui se passe ? Nous sommes en danger ?

C'était parfaitement possible. Si Nate se sentait pris au piège, nul ne savait quelle pouvait être sa réaction.

— Je pense qu'il vaut mieux que tu restes au ranch jusqu'à notre retour.

— Je n'aurais jamais dû rien dire.

— Au contraire, tu as très bien fait, contra fermement Fiona, voyant en son amie le reflet de l'être pusillanime qu'elle-même avait été, quand elle avait peur de voix entendues dans la nuit. Tu devrais être fière de toi. Maintenant, va vite retrouver Mickey.

Tandis que Belinda rentrait dans la cuisine, Jesse s'avança vers Fiona.

— Burke, Dylan et le shérif sont en route. Ils vont arrêter Nate au Circle M.

Ils remontèrent lentement la ruelle et contournèrent le café pour rejoindre le trottoir.

— C'est Nate qui tirait les ficelles et qui donnait les ordres à Richter et Butch. Ce que je ne comprends pas, c'est pourquoi il a mis en place un plan aussi compliqué pour cette rencontre entre Nicole et Dylan.

— Moi, si.

La composante émotionnelle était cruciale dans cet enlèvement.

— Nate méprisait Dylan. Il a voulu faire passer son ennemi juré par là où lui-même était passé quand Belinda l'a quitté. Il voue une haine obsessionnelle aux Carlisle.

Lorsqu'ils eurent rejoint la rue principale, Fiona nota que Jesse regardait à droite et à gauche, scrutant les environs, toujours à l'affût d'un possible danger.

— J'ai vu à quel point Nate était déséquilibré quand nous étions au Circle M. J'aurais dû…

— Stop ! Plus un mot. Je ne veux pas vous entendre une fois de plus vous accabler de reproches. Nate est peut-être fou, mais il a bien su jouer ses cartes. Il s'est arrangé pour ne pas attirer les soupçons sur lui. Quand je pense qu'il a bâti une pièce sous *ma* grange sans que je m'en aperçoive !

— Le principal, c'est qu'on l'ait démasqué. Tout sera bientôt fini.

Et ensuite ? Une fois le danger passé, elle n'aurait plus besoin de garde du corps.

— Vous allez partir pour une autre mission ?

La question demeura en suspens entre eux — question qui aurait dû être posée dès l'instant où elle avait compris qu'elle était irrésistiblement attirée par lui. La quitterait-il ?

Au lieu de répondre, il l'entraîna vers le 4x4.

Un air frais soufflait de la montagne, agitant les guirlandes de Noël qui ornaient les vitrines. Quelques piétons emmitouflés dans des parkas et coiffés de chapeaux se pressaient sur le trottoir. Une poignée de voitures et de camions, feux de croisement allumés, étaient arrêtés au stop de la rue principale — l'heure d'affluence, version Riverton.

La petite ville n'avait guère changé au fil des années et son rythme de vie tranquille lui convenait tout à fait. Elle n'avait pas besoin d'aller plus vite. A cet instant, elle aurait même suspendu le cours du temps si elle l'avait pu. La seule idée de compter les minutes jusqu'au moment où ils devraient se faire leurs adieux lui comprimait le cœur.

Jesse lui ouvrit la portière. Elle marqua une pause avant de monter dans le véhicule.

— Je ne veux pas que vous partiez.

— Tant que Richter ne sera pas sous les verrous, je ne…

— Je ne parle pas de Richter, ni de Nate, coupa-t-elle en le regardant bien en face. Je parle de vous et moi.

C'était le moment ou jamais de prendre Fiona dans ses

bras, de l'embrasser et de lui dire que lui aussi voulait rester auprès d'elle, pensa Jesse. Mais il se borna d'un geste à l'inviter à s'asseoir.

— Il est temps de se mettre en route. J'ai dit à Burke qu'on passerait jeter un coup d'œil à la maison de Nate puisqu'on est en ville. Il est possible qu'il y ait caché la rançon.

Elle entra dans l'habitacle et il referma la portière. A l'époque, pas si lointaine, où elle était encore peu sûre d'elle, Fiona aurait pensé qu'il la rejetait. Elle aurait abandonné la partie sans chercher à se battre.

Mais elle savait ce qu'il éprouvait pour elle. Bon sang, l'alchimie avait d'emblée opéré entre eux, c'était indéniable ! Ne lui avait-il pas dit qu'il voulait faire les choses bien pour leur première nuit ? Lui faire l'amour dans des draps de satin et la garder serrée contre lui jusqu'au matin ?

Pour autant qu'elle s'en souvienne, cette conversation s'était mal terminée. Jesse s'était mis à parler du train de vie qu'elle avait mené lorsqu'elle était l'épouse du procureur de Denver. Un train de vie qui lui permettait d'avoir tout ce qu'elle désirait... Un train de vie qui ne lui correspondait plus aujourd'hui.

Lorsqu'il se glissa derrière le volant, elle déclara :

— Restez avec moi ce soir. Je me débrouillerai pour trouver une baby-sitter. Il n'y aura que vous et moi. Une nuit ensemble... D'accord ?

Il mit le moteur en marche.

— Non, ce n'est pas suffisant.

La colère lui étreignit le cœur. Comme il se retournait pour manœuvrer, le bras de Fiona se détendit et elle bloqua le volant d'une main.

— Nous n'irons nulle part tant que vous ne vous serez pas expliqué.

Il la contempla, les mâchoires contractées. Le regret et le chagrin se lisaient dans ses yeux.

— Je veux bien plus qu'une nuit avec vous, Fiona. Je veux une vie entière. Je veux être l'amour de votre vie. Votre *seul* amour.

— Oh… C'est à cause de Wyatt ? Du fait que j'ai vécu, heureuse, durant mes années de mariage avec lui ?

— Je ne pourrai jamais être à sa hauteur. On ne lutte pas contre un fantôme.

— Oh ! Jesse…

Elle ne savait pas si elle devait pleurer, rire ou le frapper.

— Wyatt est un souvenir. Vous, vous êtes bien réel, en chair et en os. Vous êtes l'homme que je veux à côté de moi dans mon lit.

— Mais vous penserez toujours à lui.

Wyatt avait occupé une place prépondérante dans sa vie, oui. Et il était le père de son enfant.

— Je ne l'oublierai pas. Mais c'était une autre époque. Un autre endroit. Une autre vie. Je crois que j'ai changé… J'ai avancé.

Il la contempla pendant quelques instants, puis, enfin, il sourit. Largement.

— Vous avez changé, c'est vrai. Et j'aime beaucoup la façon dont vous avez évolué. Je suis un âne.

— Mais un âne très, très sexy.

— Promettez-moi que nous aurons bien plus qu'une nuit.

— Aussi longtemps que vous voudrez, assura Fiona.

— Je vous aime, Fiona, murmura-t-il d'une voix rauque. Nous étions faits pour nous rencontrer et poursuivre notre route côte à côte. C'est notre destin.

— Une route différente de celle que nous avons suivie jusque-là, chacun de notre côté.

Il l'embrassa, scellant leur pacte d'amour, soulignant la promesse qu'elle lui avait faite.

— A propos de ce soir…

— Nous serons bientôt ensemble, rappela-t-elle d'une voix chargée d'une infinie tendresse. Finissons ce que nous avons à faire ici. Ensuite, nous pourrons commencer le reste de notre vie.

Jesse n'en revenait pas. Comment tout avait-il pu s'arranger aussi bien, aussi vite ? L'énigme de l'enlèvement était en cours de résolution. Et, plus important, il savait désormais à quoi s'en tenir, s'agissant de Fiona. Tout, en définitive, ne tenait qu'à un seul mot : *l'amour.*

Il n'avait pas été aussi heureux depuis bien longtemps. Jamais, peut-être. Il comprenait maintenant pourquoi il était revenu d'entre les morts. C'était pour la trouver. Pour découvrir la possibilité d'une vie nouvelle.

— Je crois que vous avez manqué la route, dit-elle.

Il regarda derrière lui.

— Oh ! c'est vrai. Je dois avoir la tête ailleurs.

Il fit demi-tour, s'engagea dans l'impasse et rangea le 4x4 le long du trottoir. Les petites maisons étaient assez distantes les unes des autres. Trois d'entre elles, contiguës, semblaient vides.

— C'est celle-ci, dit Fiona, pointant du doigt une petite maison de plain-pied.

Le cottage avait un toit pointu, mais sa surface au sol ne devait pas excéder celle d'un bungalow. Il y avait des lumières aux fenêtres de la maison d'en face, mais celle de Nate était plongée dans l'obscurité.

Le téléphone de Jesse se mit à sonner. C'était Burke. Jesse décrocha rapidement.

— Que se passe-t-il ?

— On a retrouvé Nicole ! lança Burke d'une voix remplie d'excitation. Elle est avec nous. Elle va bien.

— Et la rançon ?

— Toujours pas localisée pour le moment.

— Et Nate ?

— Les recherches se poursuivent. Je dois y aller. A tout à l'heure, au ranch.

Jesse referma son appareil et annonça la bonne nouvelle à Fiona.

Avec un cri de victoire, elle déboucla vivement sa ceinture et grimpa sur ses genoux. En l'espace d'une minute, elle dut l'embrasser au bas mot soixante fois. Elle était folle de joie.

Et spontanée. Belle. Merveilleusement intuitive... Merveilleuse, tout court. Mon Dieu, il adorait cette femme.

— En revanche, pas de rançon.

Fiona descendit de ses genoux et ouvrit sa portière.

— Peut-être qu'on va la trouver dans la maison.

Il contempla l'habitation sombre et fut pris d'un mauvais pressentiment.

— Fiona... Pas si vite !

Elle pivota sur elle-même. La lumière du réverbère illumina ses traits. Son beau visage.

Il la rejoignit.

— Vous oubliez les règles de prudence.

— Pardon. Je me laisse emporter par l'enthousiasme.

Il fut tenté de la reconduire jusqu'à la voiture et de s'en aller. « Laisse donc le soin à quelqu'un d'autre de fouiller la maison de Nate. » Mais la rançon n'avait pas été retrouvée. Il devait suivre toutes les pistes.

— Comment va-t-on entrer ?

Ils pouvaient casser une vitre ou faire sauter la serrure. Mais, en contournant l'habitation, ils trouvèrent la porte arrière fracturée.

— Quelqu'un est passé par ici avant nous.

— Richter, souffla-t-elle.

Il pouvait être encore à l'intérieur. Il était temps d'appeler du renfort.

Mais, avant que Jesse n'ait eu le temps de prendre son portable dans sa poche, il entendit un bruit. Venant d'en haut.

Il leva la tête. Vit luire le canon d'une arme. Un homme se tenait accroupi sur le toit pentu.

Il attrapa Fiona par le bras et la poussa de toutes ses forces vers la maison. Elle serait à l'abri, sous l'avancée du toit.

L'homme se mit à tirer. Quatre détonations, coup sur coup.

Comment le tireur pouvait-il l'avoir manqué d'aussi près ? « Ce n'est pas mon heure. J'ai trop de choses à vivre, désormais. »

Sans prendre le temps de viser, il fit feu à son tour. D'un bond, il se déporta vers la gauche pour avoir un meilleur angle de tir.

A demi dissimulé par la pénombre, le tireur grimpait vers le faîte du toit. Sa silhouette semblait déformée, comme bossue.

Jesse tira de nouveau.

L'homme chancela, lâcha son arme. Elle heurta les tuiles, glissa le long du toit et atterrit sur le sol, aux pieds de Fiona. Elle jaillit de sa cachette et la ramassa vivement.

— Laissez tomber ! lança Jesse à l'homme, sur le toit. Vous n'avez aucune chance.

— Dommage que je vous ai raté la première fois.

C'était Richter, ce fumier.

— Allez, les mains en l'air !

Et ce fut exactement ce que Richter fit. Jesse le vit distinctement. Il portait un gros sac à dos. *La rançon.* Dans sa main droite, il tenait une hache.

Le temps s'arrêta.

Tout parut se dérouler comme au ralenti.

Jesse vit le bras de Richter reculer pour prendre de l'élan. La hache fondit sur lui en tournoyant dans les airs.

Il entendit le hurlement de Fiona.

Jesse se jeta au sol.

Mais l'effort qu'avait produit Richter pour projeter avec force l'arme contre Jesse lui fit perdre l'équilibre. Avec un cri étouffé, il glissa le long de la pente et s'écrasa par terre.

Jesse se releva d'un bond, mais Fiona fut sur Richter la première. Debout devant l'homme qui l'avait terrorisée, elle pointa l'arme des deux mains sur son visage.

— Un geste, un seul, et je tire, gronda-t-elle.

Et Jesse la crut. La douce, l'adorable Fiona avait beaucoup changé en quelques jours.

Tard, ce soir-là, Fiona poussa la porte de sa chambre. Ses cheveux scintillaient et elle avait revêtu son plus beau déshabillé en satin bleu pâle. Jesse était déjà au lit. La lumière d'une douzaine de bougies jetait des ombres mouvantes — et très tentantes — sur son torse dénudé.

Abby dormait au ranch Carlisle, sous la garde d'Andrea. Sa propriété n'était plus encerclée par des gardes du corps et des employés du ranch armés jusqu'aux dents. Jesse et elle étaient seuls… Enfin.

Elle s'avança sans hâte vers le lit, le satin bruissant doucement contre ses hanches. Tout s'était bien terminé…

Nicole était épuisée mais en bonne santé. Richter était derrière les barreaux. On avait découvert, dans le sac à dos, la majeure partie de la rançon. Quant à Zeke O'Toole, il avait été retrouvé, ligoté et mort de peur, mais en vie. Nate Miller, malheureusement, n'avait pas pu être rattrapé. C'est lui qui avait détenu Nicole pendant tout ce temps, avant de la relâcher.

Elle s'assit au bord du lit et traça une ligne du bout du doigt au centre du torse de Jesse.

— Quand j'ai vu cette hache voler vers toi, j'ai cru que c'était la fin.

— Jamais je ne serais mort avant ce soir, rétorqua-t-il tandis qu'un lent sourire sexy étirait ses lèvres. Il fallait que je batte la mort. Pour arriver jusqu'à toi.

— Là où est ta place.

Il l'attira contre lui.

— Oui… Auprès de toi, Fiona… Pour toujours.

Ne manquez pas dès le mois prochain
dans votre collection

BLACK ROSE

le premier tome de la nouvelle série

Les disparues du Lac Echo

Quand le passé ressurgit,
les secrets se dévoilent…

Un roman inédit
à découvrir chaque mois

Retrouvez prochainement, dans votre collection
BLACK ROSE

Les ombres de l'aube, d'Amanda Stevens - N°629

LES DISPARUES DU LAC ECHO - 1/3

« Sophie a disparu ! » Tandis qu'il longe à grande vitesse la rive du Lac Echo, Tom se répète en boucle le coup de fil de Rae. Comme dans un cauchemar, des images d'autrefois lui reviennent : la lune était rousse, la nuit semblable à celle-ci. Et trois adolescentes de la région avaient disparu dans des circonstances mystérieuses. Comme Sophie, la nièce de Rae, son amie d'enfance...

Recherches en eaux troubles, de Janice Kay Johnson

Alors qu'il enquête sur une série de crimes, le lieutenant Daniel Deperro constate que les victimes ont deux points communs : primo, elles ont toutes été impliquées dans des affaires de maltraitance. Deusio, les jeunes qui ont subi leurs sévices ont été pris en charge par une femme, Lindsay Engle, une séduisante assistante sociale qui, pour de mystérieuses raisons, refuse de collaborer avec lui...

Seras-tu là pour moi ? de Lisa Childs - N°630

Débarrasse-toi du flic, ou tu peux dire adieu à ton gamin... Paniquée, Rae froisse la lettre qu'elle vient de découvrir sur son oreiller. Ainsi, la menace qu'elle sent peser sur elle et son bébé depuis qu'un corps a été retrouvé dans son jardin, se précise. Mais doit-elle pour autant obéir à l'auteur du sinistre message ? Doit-elle demander à Forrest, le séduisant policier qui les protège, de suspendre son enquête ?

Périlleuse alliance, d'Angi Morgan

« J'ai un service à te demander, chéri ! » Stupéfait, Wade Hamilton fixe la magnifique brune qui vient de s'asseoir à côté de lui dans le café où il est en train de boire une bière. Certes, il connaît Therese qu'il a rencontrée lors d'une de ses missions de Texas ranger... Mais pourquoi l'a-t-elle appelé « chéri » ? Et quel est donc ce « service » qu'il doit lui rendre et qui semble si urgent ?

Retrouvez prochainement, dans votre collection
BLACK ROSE

La peur sur ton visage, d'Anna J. Stewart - N°631

Qui est la jolie inconnue que Leo a surprise, cachée dans sa grange ? Quel est le véritable nom de celle qu'il a surnommée « Jane » et qui, apparemment, a tout oublié de son passé et des circonstances qui l'ont conduite chez lui ? Tout ou presque... car, lorsque Leo lui propose de faire appel à la police pour l'aider à découvrir qui elle est, il voit une indicible terreur voiler son regard...

Le passé en embuscade, de B.J. Daniels

Tandis qu'il chevauche aux côtés de Jinx, Angus scrute les collines. Car il sait qu'à tout moment ils risquent de tomber dans une embuscade tendue par l'ex-mari de Jinx, un individu brutal prêt à tout pour se venger de celle qui l'a quitté. Il sait aussi qu'il fera tout pour protéger la femme farouche et indépendante qui l'a embauché pour mener son troupeau, et dont il est tombé amoureux au premier regard...

Une famille en danger, de Carla Cassidy - N°632

Marisa Perez a un principe : ne jamais s'attacher aux enfants dont elle a la garde. Une règle qui vacille lorsque Jack Cortland, célèbre musicien, lui confie ses fils, Mick et David. Comment pourrait-elle garder ses distances, face à ces deux petits garçons, déjà éplorés par la mort de leur mère et qui viennent d'être victimes d'une mystérieuse tentative d'enlèvement ?

Double identité, de Jenna Ryan

Le jour où un certain Marlowe Damon se présente chez elle, Shannon est immédiatement sur ses gardes. Qui est cet homme troublant, qui se prétend détective privé et a changé plusieurs fois de nom ? Travaille-t-il pour les dangereux criminels contre lesquels elle a témoigné ? Ou est-il là pour la protéger ?

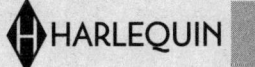

SAGAS
SECRETS. HÉRITAGE. PASSION.

Villa luxueuse en Grèce,
palais somptueux en Italie,
manoir mystérieux en Louisiane, chalet
enneigé en Alaska…
Voyagez aux quatre coins du monde et
vivez des histoires d'amour
à rebondissements grâce aux intégrales
de votre collection Sagas.

4 sagas à découvrir tous les deux mois.

DIVERTIR • INSPIRER • ÉMOUVOIR

OFFRE DE BIENVENUE !

Vous êtes fan de la collection Black Rose ?
Pour prolonger le plaisir, recevez gratuitement

1 livre Black Rose gratuit
et 2 cadeaux surprises !

Une fois votre colis de bienvenue reçu, si vous souhaitez continuer à recevoir nos romans Black Rose, cela se fera automatiquement. Vous recevrez alors chaque mois 3 volumes doubles inédits de cette collection au tarif unitaire de 7,70€ (Frais de port France : 2,49€).

➡ LES BONNES RAISONS DE S'ABONNER :

Aucun engagement de durée ni de minimum d'achat.

◆

Aucune adhésion à un club.

Vos romans en avant-première.

La livraison à domicile.

➡ ET AUSSI DES AVANTAGES EXCLUSIFS :

Des cadeaux tout au long de l'année.

◆

Des réductions sur vos romans par le biais de nombreuses promotions.

◆

Des romans exclusivement réédités notamment des sagas à succès.

◆

Des points fidélité échangeables contre des livres ou des cadeaux.

➡ REJOIGNEZ-NOUS VITE EN COMPLÉTANT ET EN NOUS RENVOYANT LE BULLETIN !

N° d'abonnée (si vous en avez un) ⏣⏣⏣⏣⏣⏣⏣⏣   I1ZEA3

Mme ☐ Mlle ☐ Nom : .... Prénom : ....

Adresse : ....

CP : ⏣⏣⏣⏣⏣ Ville : ....

Pays : .... Téléphone : ⏣⏣⏣⏣⏣⏣⏣⏣⏣⏣

E-mail : ....

Date de naissance : ⏣⏣ ⏣⏣ ⏣⏣⏣⏣

☐ Oui, je souhaite être tenue informée par e-mail de l'actualité d'Harlequin.
☐ Oui, je souhaite bénéficier par e-mail des offres promotionnelles des partenaires d'Harlequin.

Renvoyez cette page à : Service Lectrices Harlequin – CS 20008 – 59718 Lille Cedex 9 - France

Date limite : **31 décembre 2021**. Vous recevrez votre colis environ 20 jours après réception de ce bon. Offre soumise à acceptation et réservée aux personnes majeures, résidant en France métropolitaine. Prix susceptibles de modification en cours d'année. Vous pouvez demander à accéder à vos données personnelles, à les rectifier ou à les effacer. Il vous suffit de nous écrire en nous indiquant vos nom, prénom et adresse à : Service Lectrices Harlequin - CS 20008 - 59718 LILLE Cedex 9. Harlequin® est une marque déposée du groupe HarperCollins France – 83/85, Bd Vincent Auriol – 75646 Paris cedex 13. Tél : 01 45 82 47 47. SA au capital de 3 120 000€ - R.C. Paris. Siret 31867159100069/APE5811Z.

RESTEZ CONNECTÉ AVEC HARLEQUIN

Harlequin vous offre un large choix de littérature sentimentale !

Sélectionnez votre style parmi toutes les idées de lecture proposées !

 www.harlequin.fr

 L'application Harlequin

- **Découvrez** toutes nos actualités, exclusivités, promotions, parutions à venir...

- **Partagez** vos avis sur vos dernières lectures...

- **Lisez** gratuitement en ligne

- **Retrouvez** vos abonnements, vos romans dédicacés, vos livres et vos ebooks en précommande...

- Des **ebooks gratuits** inclus dans l'application

- **50 nouveautés tous les mois** et + de 7 000 ebooks en téléchargement

- Des **petits prix** toute l'année

- Une **facilité de lecture** en un clic hors connexion

- Et plein d'autres avantages...

Téléchargez notre application gratuitement

SUIVEZ-NOUS !    facebook.com/HarlequinFrance
twitter.com/harlequinfrance

OFFRE DÉCOUVERTE !

Vous souhaitez découvrir nos collections ? Recevez **votre 1er colis gratuit*** avec **2 cadeaux surprises** ! Une fois votre colis de bienvenue reçu, si vous souhaitez continuer à recevoir nos livres, cela se fera automatiquement. Vous recevrez alors vos livres inédits** en avant-première.

Vous n'avez aucune obligation d'achat et cette offre est sans engagement de durée !

*1 livre offert + 2 cadeaux / 2 livres offerts pour la collection Azur + 2 cadeaux. La collection Harmony démarre avec un premier colis payant à 20,16€ (frais d'envoi inclus). **Les livres Ispahan, Sagas, Gentlemen et Hors-Série sont des rééditions.

☛ COCHEZ la collection choisie et renvoyez cette page au
Service Lectrices Harlequin – CS 20008 – 59718 Lille Cedex 9 – France

Collections	Références	Prix colis*
❏ AZUR	Z1ZFA6	6 livres par mois 29,39€
❏ BLANCHE	B1ZFA3	3 livres par mois 24,15€
❏ LES HISTORIQUES	H1ZFA2	2 livres par mois 16,89€
❏ ISPAHAN	Y1ZFA3	3 livres tous les 2 mois 23,85€
❏ PASSIONS	R1ZFA3	3 livres par mois 25,59€
❏ SAGAS	N1ZFA3	3 livres tous les 2 mois 28,26€
❏ BLACK ROSE	I1ZFA3	3 livres par mois 25,59€
❏ VICTORIA	V1ZFA3	3 livres tous les 2 mois 26,19€
❏ GENTLEMEN	G1ZFA2	2 livres tous les 2 mois 17,35€
❏ HARMONY	O1ZFA3	3 livres par mois 20,16€
❏ ALIÉNOR	A1ZFA2	2 livres tous les 2 mois 17,35€
❏ HORS-SÉRIE	C1ZFA2	2 livres tous les 2 mois 17,85€

N° d'abonnée Harlequin (si vous en avez un) ⎵⎵⎵⎵⎵⎵⎵⎵

Mme ❏ Mlle ❏   Nom : _____

Prénom : _____   Adresse : _____

Code Postal : ⎵⎵⎵⎵⎵   Ville : _____

Pays : _____   Tél. : ⎵⎵⎵⎵⎵⎵⎵⎵⎵⎵

E-mail : _____

Date de naissance : _____

❏ Oui, je souhaite recevoir par e-mail les offres promotionnelles des éditions Harlequin.
❏ Oui, je souhaite recevoir par e-mail les offres promotionnelles des partenaires des éditions Harlequin.

Date limite : 31 décembre 2021. Vous recevrez votre colis environ 20 jours après réception de ce bon. Offre soumise à acceptation et réservée aux personnes majeures, résidant en France métropolitaine, dans la limite des stocks disponibles. Prix susceptibles de modification en cours d'année. Vous pouvez demander à accéder à vos données personnelles, à les rectifier ou à les effacer. Il vous suffit de nous écrire en nous indiquant vos nom, prénom et adresse à : Service Lectrices Harlequin CS 20008 59718 LILLE Cedex 9.
Service Lectrices disponible du lundi au vendredi de 8h à 18h : 01 45 82 47 47.